종족의 탄생

WARRIORS
전사들

6 별들의 길

WARRIORS series 5: Dawn of the Clans
Book 6: PATH OF STARS
Copyright ⓒ 2015 by Working Partners Limited
Series created by Working Partners Limited
Map art ⓒ 2015 by Dave Stevenson
Interior art ⓒ 2016 by Allen Douglas

Korean translation copyright ⓒ 2025 by GaramChild.
Korean translation rights arranged with Working Partners Ltd.
through Rights People, London.

종족의 탄생

WARRIORS 전사들
6 별들의 길

2025년 2월 28일 초판 발행

지은이 에린 헌터 | 옮긴이 서현정

기획 이성애 | 편집 한명근 | 교정·교열 권혜정
마케팅 한명규 | 디자인 김성엽의 디자인모아

발행처 ㈜가람어린이

출판등록 2002년 9월 16일 제2002-000291호
주소 경기도 고양시 덕양구 삼원로 63, 1015호
전화 02-323-2160 | 팩스 02-6008-2150
전자우편 garambook@garambook.com
블로그 blog.naver.com/garamchildbook
인스타그램 instagram.com/garamchildbook
X(트위터) twitter.com/garamchildbook
유튜브 가람어린이tv
카카오톡 채널 가람어린이출판사

ISBN 979-11-6518-380-6 (73840)

종 족 의 탄 생

WARRIORS
전사들

6별들의 길 PATH OF STARS

에린 헌터 지음 ㅣ 서현정 옮김

가람어린이

케이트 캐리에게
특별한 감사를 전합니다.

차례

WARRIORS
전사들

등장하는 고양이들

클리어스카이 진영

지도자
클리어스카이(맑은하늘) 연회색 수고양이로 눈이 파란색이다.

스타플라워(별꽃) 황금색 암고양이로 눈이 초록색이다.
에이콘퍼(도토리털) 밤색 암고양이.
쏜(가시) 털이 얼룩덜룩하고 지저분한 수고양이.
스패로퍼(참새털) 삼색얼룩 암고양이로 눈이 호박색이다.
퀵워터(빨리흐르는물) 회색과 흰색이 섞인 암고양이.
네틀(쐐기풀) 회색 수고양이.
버치(자작나무) 황갈색 수고양이.
올더(오리나무) 회색과 흰색이 섞인 암고양이.
블로섬(꽃송이) 삼색얼룩에 흰색이 섞인 암고양이.

썬더 진영

지도자
썬더(천둥) 주황색 수고양이로 발이 흰색이다.

라이트닝테일(번개꼬리) 검은색 수고양이.
아울아이스(올빼미눈) 회색 수고양이로 눈이 호박색이다.

클라우드스파츠(구름점박이) 털이 긴 검은색 수고양이로, 귀와 가슴 그리고 앞발이 하얀색이다.

핑크아이스(분홍눈) 나이 많은 흰색 수고양이로 눈이 붉게 충혈되었다.

리프(나뭇잎) 검은색과 흰색이 섞인 수고양이로 눈이 호박색이다.

밀크위드(박주가리) 황갈색과 검은색이 섞인 얼룩덜룩한 암고양이.

새끼 고양이들

클로버(토끼풀) 황갈색과 흰색이 섞인 암고양이.

시슬(엉겅퀴) 황갈색 수고양이.

리버리플 진영

지도자

리버리플(강물결) 긴 은색 털을 가진 수고양이.

대플드펠트(얼룩털가죽) 섬세한 무늬의 삼색얼룩 암고양이로 눈이 황금색이다.

섀터드아이스(산산이부서진얼음) 회색과 흰색이 섞인 수고양이로 눈이 초록색이다.

나이트(밤) 새까만 암고양이.

듀(이슬) 회색 암고양이.

톨섀도 진영

지도자

톨섀도(긴그림자) 검고 털이 풍성한 암고양이로 눈이 초록색이다.

페블하트(조약돌심장) 진회색 얼룩무늬 수고양이로 가슴에 흰 무늬가 있다.

선셰도(해그림자) 검은색 수고양이로 눈이 호박색이다.

재기드피크(뾰족봉우리) 자그마한 회색 얼룩무늬 수고양이로 눈이 파란색이다.

홀리(호랑가시나무) 털이 삐죽삐죽 솟고 덥수룩한 검은색 암고양이.

마우스이어(생쥐귀) 귀가 생쥐 쥐처럼 작고 덩치가 큰 얼룩무늬 수고양이.

머드포스(진흙발) 네발이 까만 옅은 갈색 수고양이.

새끼 고양이들

스톰펠트(폭풍털가죽) 회색 수고양이로 눈이 파란색이다.

듀노즈(이슬코) 코끝과 꼬리 끝이 하얀 갈색 얼룩무늬 암고양이.

이글페더(독수리깃털) 갈색 수고양이.

윈드러너 진영

지도자

윈드러너(바람처럼달리는자) 비쩍 말랐지만 강인한 갈색 암고양이로 눈이 노란색이다.

고스퍼(가시금작화털) 호리호리한 회색 얼룩무늬 수고양이.

슬레이트(청석돌) 숱이 많은 회색 암고양이로 한쪽 귀 끝이 찢어졌다.

그레이윙(회색날개) 진회색 수고양이로 눈이 황금색이다.

스파티드퍼(점무늬털) 금색을 띤 갈색 수고양이로 눈이 호박색이고 털가죽이 얼룩덜룩하다.

미노(피라미) 회색과 흰색이 섞인 암고양이.

리드(갈대) 은색 얼룩무늬 수고양이.

새끼 고양이들

더스트머즐(먼지주둥이) 회색 수고양이.

모스플라이트(나방날기) 하얀색 암고양이로 눈이 초록색이다.

떠돌이 고양이들

슬래시(길게베인상처) 지저분하고 흉터투성이인 갈색 얼룩무늬 수고양이로, 두 앞다리를 길게 가로지르는 하얀 상처가 있다.

펀(고사리) 새까만 암고양이.

높은 돌산

천둥길

윈드러너의
진영

나무 네 그루

폭포

강

리버리플의 진영

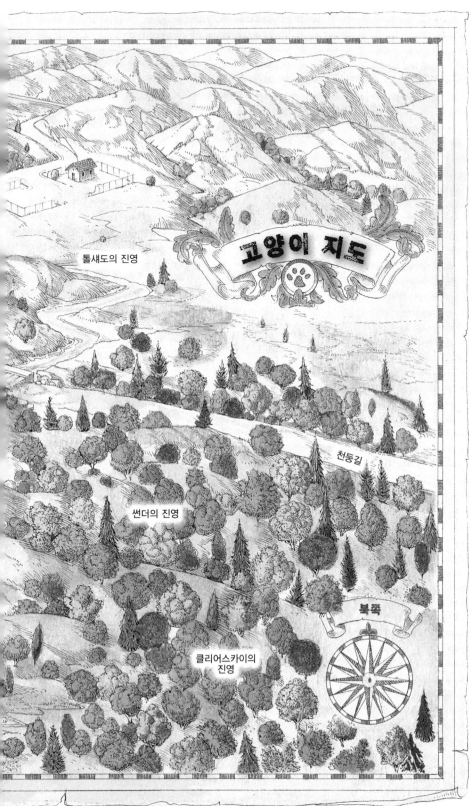

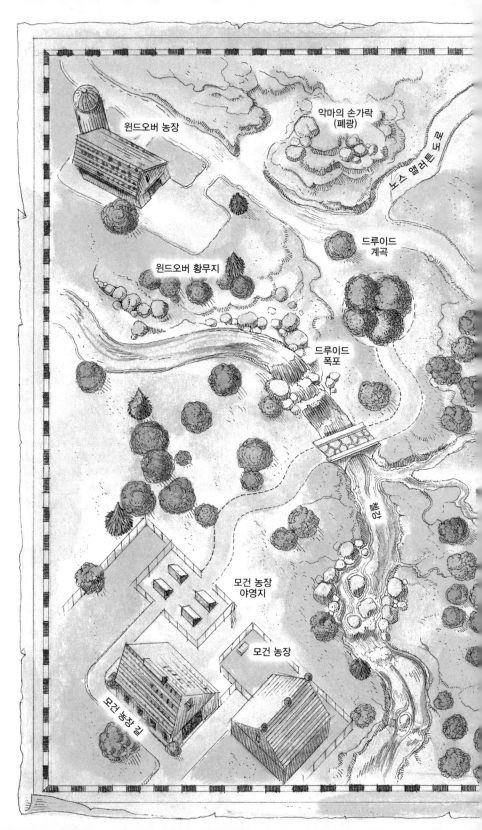

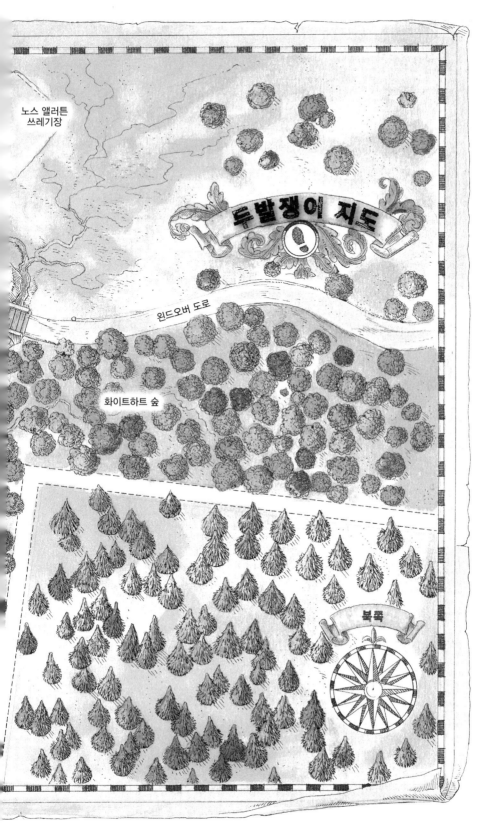

프롤로그

　높은 돌산 너머로 길게 이어져 있던 구름이 흩어지기 시작하면서, 그 속으로 저물어 가는 해가 산봉우리를 불꽃처럼 빨갛게 물들였다. 저 멀리 아래쪽에서는 까마귀처럼 검은 그림자가 길게 드리워져 바위를 집어삼켰다. 황무지 끄트머리에 앉아 있던 그레이윙은 털을 헝클어뜨리는 바람을 맞으며 지평선을 향해 고개를 들다가, 불타는 듯 강렬한 햇빛을 견디지 못하고 눈을 가늘게 떴다. 터틀테일이 부드럽게 가르랑거리며 옆으로 다가왔다.

　암고양이의 털이 몸을 스치자 그레이윙의 가슴 가득 사랑이 샘솟았다.

　"정말 완벽해. 지금 이 순간에 영원히 머무르고 싶어."

　그레이윙은 나지막이 중얼거렸다.

　갑자기 터틀테일의 몸이 굳는 게 느껴졌다. 의아해진 그레이윙은 고개를 돌려 암고양이의 눈을 바라보았다.

　'터틀테일은 나와 함께 있는 게 싫은 걸까?'

　암고양이의 초록색 눈이 애처롭게 빛났다.

　"당신의 삶은 이미 바뀌었어."

터틀테일이 말했다.

"그래?"

그레이윙은 기억해 내려고 애를 썼다. 문득 슬레이트가 떠오르면서 심장 박동이 빨라졌다.

'이제는 슬레이트가 내 짝이야, 터틀테일이 아니라.'

이것은 꿈이었다.

그레이윙은 눈을 깜박거렸다. 죄책감이 가슴을 짓눌렀다. 어떻게 사랑하는 슬레이트를 잊어버릴 수가 있을까?

터틀테일이 뺨을 맞대자 가슴속으로 슬픔이 밀려왔다. 그 순간, 이 다정한 암고양이의 죽음이 방금 전 일처럼 생생하게 느껴졌다. 두발쟁이 마을에서 괴물에게 목숨을 잃었다고 썬더가 전해 주던 바로 그때처럼.

"아직도 당신이 그리워."

그레이윙은 쉰 목소리로 말했다.

"나도 당신이 그리워."

터틀테일이 천천히 물러나며 말했다.

"하지만 이제 슬레이트가 있어서 다행이야. 당신은 홀로 외롭게 살아서는 안 돼."

"정말 괜찮아?"

자신이 다른 사랑을 찾아서 터틀테일이 상처받은 건 아닌지 걱정스러웠다.

"당신이 행복한 걸 보니 나도 마음이 놓여."

터틀테일의 삼색얼룩 털가죽이 바람에 물결치듯 일렁거렸다.

"난 당신을 정말 많이 사랑해. 내가 살아 있을 때 당신은 내게 큰 행복을 안겨 줬어. 그리고 내 아이들도 잘 길러 줬고. 그 애들을 돌봐 준 건 영원히 고마워할 거야."

암고양이의 눈에 슬픔이 스쳤다.

"그 애들을 두고 온 게 당신을 두고 온 것보다 훨씬 힘들었어."

터틀테일의 슬픔이 그레이윙의 심장을 찔렀다. 진짜로 피를 나눈 사이는 아니지만 페블하트와 스패로퍼, 아울아이스는 친자식 같았고, 그 애들이 황무지를 떠나 소나무 숲과 떡갈나무 숲으로 간 지금도 여전히 그리웠다. 그렇지만 각자의 본능에 따라 자신들이 원하는 집을 선택했다는 사실이 자랑스러웠다.

터틀테일이 계속 말을 이었다.

"당신은 그동안 많은 고양이들에게 아버지 같은 존재였어."

암고양이의 눈이 환하게 빛났다.

"내 새끼들뿐만 아니라 썬더에게도 그랬지. 위로와 길잡이가 필요한 모든 고양이에게 말이야. 당신만큼 많은 사랑을 받은 고양이도 없을 거야, 그레이윙. 당신은 모두의 기억 속에 남을 거야."

갑자기 터틀테일이 눈을 반짝이며 말을 멈췄다.

"앞으로도 영원히, 당신이 이 세상을 떠……."

날카로운 올빼미 울음소리가 꿈을 파고들었다. 그레이윙은 귀를 움찔거리며 화들짝 놀라 잠에서 깼다.

'이 세상을…… 뭐?'

터틀테일의 끝맺지 못한 말이 머릿속에 맴도는 채로 깜깜한 잠자리에서 눈을 깜박거렸다.

옆에서는 슬레이트가 잠에 취해 발을 축 늘어뜨린 채 바닥에 등을 대고 누워 있었다. 그레이윙은 짝의 뺨을 주둥이로 살짝 눌렀다. 터틀테일의 냄새가 아직 입안에 남아 있었고 행복이 털가죽에 내리쬐는 햇볕처럼 따사롭게 느껴졌다. 두 암고양이에게 사랑받은 자신이 참 운이 좋다는 생각이 들었다.

'당신만큼 많은 사랑을 받은 고양이도 없을 거야.'

헤더 줄기를 뒤흔들고 진영을 휩쓸고 지나가는 잎 없는 계절의 바람을 피해 그레이윙은 잠자리 깊숙이 파고들었다.

"그레이윙?"

잠에 취한 슬레이트의 목소리가 들렸다. 어둠 속에서 반짝이는 눈이 그레이윙을 바라보았다.

"괜찮아?"

"괜찮아. 그냥 꿈을 꿨어."

"무슨 꿈?"

"내가 얼마나 운이 좋은지 말해 주는 꿈."

짝에게 더 바짝 다가간 그레이윙은 터틀테일의 기억과 뒤섞인 슬레이트의 냄새를 맡으며 가르랑거렸다.

"다시 자자."

1
먹이와 맞바꾼 평화

새벽빛이 머리 위를 가린 나뭇가지를 뚫고 스며들었다. 마침내 구름이 걷히고 있었다. 나뭇가지마다 눈 녹은 물이 뚝뚝 떨어져 숲 바닥으로 튀었다. 클리어스카이는 축축한 나뭇잎을 질퍽질퍽 밟으며 떡갈나무 사잇길로 황급히 걸어갔다.

달이 가장 높이 떴을 때 스타플라워가 사라졌다. 그 뒤로 지금까지 마치 평생이 흐른 것처럼 길게 느껴졌다.

조심스럽게 주둥이를 들어 공기를 맛보았다. 그러고는 걸음을 멈추고 어깨 너머를 힐끗 돌아보았다.

'누가 나를 몰래 지켜보고 있나?'

슬래시의 경고가 떠오르자 등줄기를 따라 털이 곤두섰다.

"우리는 너희가 상상하는 것보다 훨씬 더 많아."

어쩌면 지금도 여우처럼 교활한 떠돌이들이 경계 밖 그림자 속에 숨어서 약한 고양이들을 노리고 있을지도 모른다.

클리어스카이는 으르렁거렸다.

'나는 약하지 않아!'

하지만 슬래시 패거리와 어떻게 싸울 수 있을까? 그들은 스타플라워를 잡아갔다. 스타플라워를 살리려면 슬래시의 요구를 들어주는 수밖에 없다. 그 더러운 수고양이의 위협적인 시선이 번뜩 떠오르면서 가슴속에서 분노가 치솟았다.

"비겁한 자식!"

잠에서 깨어나 스타플라워 옆에 서 있는 슬래시를 발견한 기억을 떠올리고, 클리어스카이는 작은 소리로 쉭쉭거렸다. 흉악한 수고양이 둘이 스타플라워의 양옆에 서서 으르렁거리며 위협하고 있었고 피 냄새가 공기 중에 가득했다. 슬래시가 발톱으로 할퀸 스타플라워의 뺨은 피에 젖어 번들거렸다.

스타플라워는 완전히 겁에 질려 있었다. 그 모습이 떠오르자 클리어스카이는 몸이 덜덜 떨리고 심장이 쪼그라드는 것 같았다. 그런데 퀵워터는 그 광경을 다 지켜보면서도 도와주지 않았다! 그 암고양이는 과거에 부족 동료였고, 이제는 진영 동료이기도 했다. 그런데도 고사리 덤불에 숨어 그저 지켜보기만 했다. 만약 퀵워터가 도와줬다면 함께 떠돌이들과 맞서 싸웠을 테고, 그랬다면 스타플라워는 떠돌이들에게 끌려가지 않고 지금 곁에 있었을 것이다.

슬래시와 떠돌이 패거리가 스타플라워를 끌고 간 뒤에 클리어스카이는 퀵워터에게 따졌다. 그런데 퀵워터는 스타플라워도 그들과 한패이며, 스스로 원해서 슬래시를 따라간 거라고 우겼다. 그 말에 화가 난 클리어스카이는 발톱으로 퀵워터의 주둥이를 할퀴었다.

'멍청한 늙은 고양이 같으니!'

클리어스카이는 진영이 있는 쪽으로 돌아섰다. 갑자기 털가죽 밑에서 힘이 불끈 솟았다. 지금까지 아무것도 하지 않고 시간을 낭비했다. 이제는 움직여야 했다. 슬래시는 반달이 뜰 때 모든 무리의 지도자를 데리고 나무 네 그루로 오라고 요구했다. 다른 지도자들을 설득할 수 있도록 시간을 조금만 더 달라고 했지만, 슬래시는 허락하지 않았다. 클리어스카이 혼자서 하루 만에 다른 지도자들을 모두 설득하는 건 불가능했다. 슬래시는 모든 지도자가 앞으로 평생 자신들에게 먹이를 나눠 주는 데 동의한다면 스타플라워를 놓아주겠다고 약속했다. 이른 아침의 차가운 공기를 막으려고 클리어스카이는 털을 부풀렸다. 잎 없는 계절이 이제 막 시작되었지만, 먹잇감은 이미 오래전부터 부족했다. 썬더, 톨새도, 리버리플, 윈드러너에게 잡은 먹이의 일부를 내놓으라고 설득하는 게 쉬울 리 없었다. 그들이 슬래시를 만나는 데 동의하기는 할까?

물론 그들 역시 스타플라워를 가엾게 여길 것이다. 클리어스카이의 어머니인 콰이어트레인이 죽었을 때 스타플라워가 얼마나 큰 힘이 되어 주었는지 톨새도와 썬더는 똑똑히 봤다. 그러니 그 암고양이가 잔인하고 피에 굶주린 원아이의 딸이라는 건 이제 문제가 안 될 것이다. 스타플라워는 원아이와는 전혀 달랐다. 비록 과거에 잘못된 선택을 하긴 했지만 이제는 달라졌다.

'게다가 지금 뱃속에 내 새끼들을 품고 있잖아.'

클리어스카이는 젖은 땅을 철벅철벅 밟으며 달리기 시작했다. 어서 빨리 순찰대를 조직해서, 각각의 무리를 찾아가 썬더, 리버리플, 톨새도, 윈드러너에게 슬래시를 만나 달라고 설득해야 했다. 스타플라워가 풀려날 때까지만 떠돌이들의 요구를 들어주면 될 것이다.

'그건 별로 어려운 일도 아니잖아, 안 그래?'

가시덤불 울타리를 비집고 들어간 클리어스카이는 미끄러지듯 진영 안으로 들어섰다.

쏜과 올더가 고개를 홱 돌렸다. 나뭇잎이 흩어진 공터 가장자리를 돌아다니던 네틀과 스패로퍼는 클리어스카이가 공터 한가운데에 멈춰 서자 눈을 가늘게 뜨고 바라보았다. 블로섬도 에이콘퍼와 버치 뒤에서 불안한 시선을 보냈다.

퀵워터는 꼬리를 휘두르며 주목나무 옆을 서성거렸다.

땅 위를 이리저리 움직이는 발소리가 들리고, 주위에서 입김이 뭉게뭉게 피어올랐다. 다들 귀와 수염을 움찔거리고 있었다. 하지만 아무도 입을 열지 않았다.

'퀵워터가 벌써 말했구나.'

클리어스카이의 시선이 암고양이에게로 향했다.

"뭐라고 한 거야?"

클리어스카이는 따지듯 물었다.

퀵워터는 화가 나서 번들거리는 눈으로 클리어스카이를 똑바로 바라보았다. 할퀸 코에는 피가 말라붙어 있었다.

"나는 사실을 말했을 뿐이야."

클리어스카이는 입을 하악 벌렸다.

"네가 겁에 질려서 진영 동료를 위해 싸우지 못했다는 게 사실이잖아!"

"스타플라워는 내 동료가 아니야!"

암고양이가 쏘아붙였다.

24

"걔는 진짜 친구들한테로 돌아간 거야."

"스타플라워는 그놈들한테 잡혀간 거야!"

클리어스카이는 화를 애써 참으며 발톱으로 땅을 움켜잡았다. 그리고 다른 고양이들의 표정을 읽으려고 찬찬히 훑어보았다. 버치는 생각에 잠긴 눈빛으로 고개를 갸웃거렸다. 네틀은 무슨 생각을 하는지 알 수 없는 얼굴로 눈만 깜박거렸고, 그 옆에 있는 쏜은 안절부절못하며 이 발에서 저 발로 계속 체중을 옮겼다.

에이콘퍼와 블로섬만 클리어스카이의 눈을 똑바로 바라보았다.

그 둘 사이에 앉은 스패로퍼가 꼬리를 씰룩거리며 말했다.

"퀵워터가 그러는데, 그 떠돌이들 중 하나가 스타플라워의 짝이라면서요."

"그건 사실이 아니야."

클리어스카이는 화가 나서 꼬리를 부풀렸다.

"슬래시는 원아이의 친구였어. 그래서 스타플라워도 그 녀석을 아는 거고. 그뿐이야."

퀵워터가 앞으로 걸어 나왔다.

"다른 두 녀석도 원아이를 잘 알던데! 그들은 모두 같은 떠돌이 패거리야. 장담하는데, 스타플라워는 그들 모두를 잘 알 거야."

올더가 클리어스카이를 보며 눈을 깜박거렸다.

"그 패거리가 얼마나 큰데요?"

"나도 몰라."

클리어스카이의 가슴속에서 두려움이 솟구쳤다. 스타플라워 혼자서 사악한 고양이들한테 둘러싸여 있는 모습이 머릿속에 그려졌다.

"우리가 스타플라워를 구해야 해."

네틀이 얼굴을 찡그렸다.

"하지만 퀵워터 말로는 스타플라워가 제 발로 걸어갔다던데요."

"어쩔 수 없었어!"

클리어스카이는 쏘아붙였다.

"슬래시가 뺨을 찢었단 말이야. 그래서 겁을 먹었던 거야!"

"그럼 스타플라워는 왜 싸우지 않은 건데?"

퀵워터가 따져 물었다.

"왜 그런지 너도 봤잖아!"

클리어스카이는 암고양이를 향해 고개를 홱 돌렸다.

"스타플라워는 혼자였어. 상대는 셋이고. 그리고 뱃속에 새끼까지 가졌어. 새끼들을 위험에 빠뜨리면서까지 싸울 순 없잖아?"

에이콘퍼의 눈이 휘둥그레졌다.

"그래서 떠돌이들에게 억지로 끌려갔군요."

"맞아!"

클리어스카이는 희망이 샘솟는 걸 느꼈다. 드디어 누군가가 믿어 주기 시작한 걸까?

"왜 그들을 막지 않았어요?"

스패로퍼가 말했다.

"나 혼자서는 못 해!"

클리어스카이는 쏟아지는 질문에 몸이 떨렸다.

"왜 스타플라워를 잡아갔는데요?"

버치가 눈을 깜박이며 물었다.

클리어스카이는 숨을 가다듬었다.

"슬래시는 모든 무리의 지도자와 이야기하고 싶어 해. 내가 톨셰도, 윈드러너, 썬더, 리버리플을 데리고 만나러 갈 때까지 스타플라워를 잡아 두겠다고 했어."

"슬래시가 왜 다른 지도자들을 만나려는 건데?"

쏜이 물었다.

클리어스카이는 머뭇거렸다.

"우리가 먹이를 나눠 주길 바라고 있어."

쏜의 귀가 움찔거렸다.

"옛날하고 똑같네."

쏜은 네틀과 눈짓을 주고받았다.

"우리도 예전에 외톨이로 지낼 때 나무숲 끄트머리에 먹이를 가져다 놨어. 그래야 떠돌이들이 만족하고 우리 땅으로 들어오지 않았거든."

네틀이 고개를 끄덕였다.

"먹이와 평화를 맞바꾼 셈이죠."

클리어스카이는 희망에 부푼 눈빛으로 그들을 바라보았다.

"그걸 다시 하는 거야! 우리한테는 평화가 필요하잖아."

퀵워터의 눈이 번뜩였다.

"정말로 우리가 잡은 먹이의 절반을 내주고도 잎 없는 계절을 버텨 낼 수 있을 거라고 생각해?"

네틀이 꼬리를 획 튕겼다.

"굳이 절반을 줄 필요는 없어요. 그들이 만족할 만큼이면 될 거예요."

쏜이 콧방귀를 뀌었다.

"슬래시나 원아이 같은 놈들은 전부 다 가져야 만족할걸!"

절망이 바위처럼 클리어스카이의 뱃속을 무겁게 짓눌렀다.

"그 말이 맞아."

클리어스카이는 중얼거렸다.

"하지만 스타플라워가 집에 돌아올 때까지는 슬래시가 원하는 걸 줘야만 해. 그런 다음에는 떠돌이들더러 스스로 먹을 걸 사냥하라고 하면 돼."

"그들이 어디서 사냥을 하는데요?"

버치가 따지듯 물었다.

"우리 땅이겠지."

블로섬이 암울하게 대답했다.

"그래서 다른 무리의 도움을 받아야 한다는 거야."

클리어스카이는 다급하게 말을 이었다.

"일단 스타플라워를 데려오고 난 다음에 어떻게 해야 할지 결정하면 돼."

블로섬이 걱정스러운 눈빛으로 나무 사이를 힐끗 살폈다.

"그들이 도와주기 싫다고 하면 어떻게 할 건데요?"

"그럴 리 없어!"

말은 그렇게 했지만 털가죽이 공포로 쿵쿵 울렸다. 과거에 클리어스카이는 다른 무리의 고양이들과 싸운 적이 있다. 심지어 자신의 혈육에게 등을 돌리기도 했다.

'썬더와 그레이윙, 재기드피크가 그런 나를 용서했을까?'

"그들을 설득할 수 있도록 너희가 도와줘야 해!"

클리어스카이는 희망을 품고 눈을 깜박이며 진영 동료들을 바라보았다.

퀵워터가 콧방귀를 뀌었다.

"다른 무리의 지도자들이 스타플라워 때문에 자기 동료들을 위험에 몰아넣을 리 없어. 걔는 그들을 배신했잖아."

"그건 벌써 오래전 일이야!"

클리어스카이는 주장했다.

"그리고 자기 아버지 편을 들었다고 누가 욕할 수 있겠어?"

버치가 코를 킁킁거렸다.

"스타플라워가 짝이 아니었더라도 그렇게 쉽게 용서할 수 있었겠어요?"

"아니면 떠돌이들이 다른 고양이를 잡아갔대도 지금처럼 도움을 구하려고 애썼을 것 같아?"

쏜이 끼어들었다.

클리어스카이는 갈색 수고양이를 노려보았다.

"너희 중 누가 잡혀갔다고 해도 난 지금처럼 애썼을 거야! 너희 모두 내 동료들이니까!"

"저도 같이 갈게요."

에이콘퍼가 단호하게 꼬리를 쳐들고 말했다.

클리어스카이의 털가죽 아래로 안도감이 물결처럼 밀려들었다.

"고마워!"

"하지만 퀵워터의 말이 사실이면 어떻게 해요?"

버치가 물었다.

"스타플라워 스스로 원해서 떠돌이들을 따라간 거라면요?"

"정말로 그렇다고 해도 스타플라워는 클리어스카이의 새끼를 가졌어."

에이콘퍼가 버치에게 단호하게 말했다.

"그 아이들은 우리 무리에 속한 고양이들이야. 그러니까 그 애들을 되찾아 와야 해."

올더가 회색과 흰색이 섞인 털가죽을 씰룩거리며 한배 형제인 버치를 힐끗 쳐다보았다.

"엄마가 죽고 나서 무리가 우리를 어떻게 보호해 줬는지 기억나지?"

클리어스카이는 배를 쿡쿡 쑤시는 죄책감을 느꼈다. 새끼들을 지키기 위해 싸운 그 어미 고양이를 죽인 것이 바로 자신이었기 때문이다. 그 뒤로 페탈이 올더와 버치를 무리로 데려와 자신의 새끼처럼 길렀다.

버치가 한결 부드러워진 눈빛으로 고개를 끄덕였다.

"무리 덕분에 우리는 안전한 보금자리에서 잠을 자고 먹이를 먹을 수 있었어."

어린 수고양이의 눈길이 모여 있는 고양이들을 빠르게 훑었다.

"스타플라워의 새끼들도 똑같이 보호받아야 해요. 그 애들은 잘못한 게 없으니까요."

퀵워터의 눈이 가늘어졌다.

"하지만 우리가 그 애들의 엄마를 믿을 수 있을까?"

쏜도 얼굴을 찡그렸다.

"또 다른 덫을 놓은 걸지도 몰라."

"절대 그럴 리 없어!"

클리어스카이는 분노로 털이 바짝 곤두섰다.

"스타플라워는 전에도 그런 짓을 했잖아요. 숨어서 기다리고 있던 원아이한테로 우리를 이끌고 갔다고요."

네틀이 일깨워 주었다.

걱정스럽게 웅성거리는 소리가 고양이들 사이로 물결처럼 번져 나갔다.

"이번에 잡혀간 것도 일부러 꾸민 짓이면 어쩌지? 무리의 지도자들을 한자리에 모으려고 말이야."

쏜이 숨을 헐떡이며 말했다.

블로섬의 눈이 휘둥그레졌다.

"놈들이 우릴 공격하려고 계획하는 게 분명해요!"

"그들이 왜 그런 짓을 하겠어?"

클리어스카이는 답답한 마음에 쏘아붙였다.

"그들이 원하는 건 먹이뿐이라고."

"확실해?"

퀵워터가 꼬리로 땅을 이리저리 쓸며 말했다.

"만약 놈들이 우리 지도자들을 모조리 죽이면, 우리를 자기들 마음대로 휘두를 수 있게 될 거야."

두려움에 털이 곤두선 동료들을 보자 클리어스카이는 몸이 뻣뻣하게 굳었다. 결국 클리어스카이도 털을 부풀렸다.

"너희는 마치 우리가 힘없는 토끼라도 되는 것처럼 굴고 있어!"

클리어스카이는 쏘아붙였다.

"우리의 발톱도 떠돌이들만큼 길어. 아무도 죽지 않을 거야!"

올더가 고개를 끄덕였다.

"그런 놈들한테 겁먹어선 안 되죠."

"우리 것을 빼앗기지 않으려면 싸워야 해요!"

스패로퍼도 나섰다.

클리어스카이는 희망에 찬 눈으로 어린 암고양이를 바라보았다.

"그럼 다른 지도자들을 설득하러 나와 같이 가 줄 거니?"

"네."

스패로퍼가 앞으로 걸어 나왔다.

올더도 그 뒤를 따라 나왔다.

"저도 같이 갈게요."

클리어스카이가 고마운 마음에 눈을 깜박이며 둘을 바라보는데, 쏜이 끼어들었다.

"이렇게 많은 고양이가 한꺼번에 진영을 떠나는 게 현명한 일일까? 이러면 공격에 취약해진단 말이야. 만약 그 떠돌이들이 다시 오면 어떻게 해?"

"놈들은 이미 스타플라워를 잡아갔어. 뭐가 더 필요하겠어?"

클리어스카이가 대답했다.

퀵워터가 험악하게 으르렁거렸다.

"우리 입안에 든 먹이까지 빼앗아 가려고 할지도 모르지."

클리어스카이는 씁쓸한 눈빛으로 암고양이를 바라보았다.

"그때가 되면 너도 싸울 마음이 생기겠네, 안 그래?"

진영 입구로 걸어가면서, 스패로퍼와 올더, 에이콘퍼가 곧장 쫓아오는 것을 보고 마음이 놓였다.

몸을 숙여 가시덤불 울타리를 빠져나간 클리어스카이는 썬더의 진영으로 향하는 길로 접어들었다.

'진영 동료들보다 아들이 나를 더 잘 이해해 줄까?'

걱정으로 속이 울렁거렸다. 썬더가 도와주지 않을 이유는 헤아릴 수 없이 많았다. 클리어스카이는 자신이 한 번도 좋은 아버지였던 적이 없다는 것을 잘 알고 있었다. 게다가 스타플라워가 클리어스카이를 짝으로 선택하기 전에, 썬더가 먼저 그 암고양이를 사랑했다. 길이 가파른 오르막으로 이어지자 클리어스카이는 숨을 골랐다. 둘 사이에 그 모든 일이 일어난 지금도 썬더의 도움을 받을 수 있을까?

2

부탁과 거절

젖은 낙엽을 밟는 소리에 썬더는 귀를 쫑긋 세웠다. 동작을 멈추고 꼬리를 휙 움직여 라이트닝테일에게 신호를 보냈다. 심장이 빠르게 뛰기 시작했다. 라이트닝테일이 뒤에 멈춰 서자 썬더는 사냥 자세로 몸을 웅크리고 입을 벌렸다. 퀴퀴한 낙엽 냄새 사이로 생쥐 냄새가 풍겼다. 새벽에 진영을 나선 뒤로 처음 맡아 보는 땅에 사는 먹잇감 냄새였다. 머리 위로 지붕처럼 겹쳐진 나뭇가지에서는 새들이 이리저리 옮겨 다니며 바스락거리는 소리를 냈지만, 땅바닥은 마치 얼마 전 내린 눈에 모든 생명이 얼어 죽기라도 한 듯 고요했다.

생쥐가 다시 움직이기 시작했다. 언덕 꼭대기로 길게 늘어진 가시나무 덩굴 아래에서 털이 얼핏 보였다. 썬더는 몸을 낮춘 채 살금살금 앞으로 기어갔다. 생쥐는 가시덤불 속으로 더 깊이 파고들었다. 기대감에 배가 팽팽하게 조여 왔다. 썬더는 걸음을 조금 재촉하다가, 발톱을 쭉 뻗은 채 허공을 가르며 뛰어올랐다. 그리고 눈을 가늘게 뜨고 가시 돋친 나뭇가지 사이로 뛰어들어 생쥐 위에 정확히 내려앉은 뒤, 발톱 밑에서 버둥거리는 몸통을 꽉 움켜잡았다. 그런 다음 의기양양하게 꼬리를 휘두르며 주둥이를 쭉 뻗어 등줄기를 깨물었다. 축 늘어진 생쥐를 이빨로 낚아챈 썬더는 주둥이가 긁히는 것도 아랑곳하지 않고 가시덤불을 뚫고 나와 자랑스럽게 먹이를 쳐들었다.

그 모습을 보고 라이트닝테일이 가르랑거렸다.

"숲에 생쥐가 한 마리도 안 남았나, 궁금해하던 참이었는데."

썬더는 친구의 발치에 생쥐를 떨어뜨렸다.

"날씨가 너무 일찍 추워졌어."

썬더는 서리를 맞아 꽁꽁 얼어 버린 가시나무 열매를 힐끗 쳐다보았다.

"그래서 먹잇감들이 먹을 식량까지 다 시들어 버렸어."

라이트닝테일은 생쥐를 내려다보았다.

"그나마 남아 있던 굶주린 먹잇감도 곧 사라질 거야."

썬더는 불안감에 속이 뒤틀리는 것 같았다. 새잎 돋는 계절까지 먹잇감이 남아 있지 않으면 어떻게 되는 걸까?

"먹잇감들은 눈이 내리기 전에 식량을 충분히 모아 뒀을 거야."

썬더는 희망을 품고 말했다.

라이트닝테일이 주위를 둘러보았다.

"생쥐와 다람쥐는 눈이 녹을 때까지만 숨어 있을지도 몰라."

"그럴 수도 있지."

썬더는 불안감을 떨쳐 버리려고 애썼다.

"사냥이나 계속하자."

이제는 지도자가 되었으니, 무엇을 해야 할지 알아야 했다. 하지만 허공에서 먹잇감이 나타나게 할 수는 없는 노릇이었다. 잡은 생쥐를 물고 오르막길을 따라 올라가 땅 위로 뱀처럼 구불구불 뻗어 있는 나무뿌리를 넘어갔다. 골짜기 꼭대기 근처에는 큰 바위가 많았다. 바위틈 깊숙이 먹잇감들이 굴을 파고 살고 있을지도 모른다. 썬더는 아쉬운 얼굴로 나무 꼭대기를 힐끔거리며, 라이트닝테일과 나란히 바위를 향해 걸어갔다.

헐벗은 나뭇가지 사이로 이른 아침 햇살이 비쳤다. 썬더는 문득 어제 일이 생각났다. 나무 네 그루가 있는 분지에서 무거운 바위를 옮기는 것을 돕고, 클리어스카이와 그레이윙, 재기드피크, 선샤도, 톨섀도가 그 바위 아래에 콰이어트레인을 옮겨 놓는 것을 지켜보았다. 늙은 암고양이는 근처를 어슬렁거리는 여우들을 피해 안전한 곳에 묻혔고, 긴 여행과 고통스러운 병에서 벗어나 마침내 안식을 얻었다.

슬픔을 뒤로하고 다시 진영이 있는 골짜기로 돌아오게 되어 내심 기뻤다. 콰이어트레인이 죽었다는 소식을 진영 동료들에게 전하자 다들 엄숙하게 귀를 기울였고, 그레이윙이 톨섀도의 무리를 떠나 황무지로 돌아갔다는 소식을 전할 때는 놀라서 수군거렸다.

'그레이윙이 마침내 진정한 집을 찾은 거라면 얼마나 좋을까.'

썬더는 아버지 클리어스카이의 무리를 떠나 자신의 무리를 새로 만든 것을 한 번도 후회한 적 없었다. 리프, 핑크아이스, 아울아이스, 라이트닝테일, 밀크위드는 충성스럽고 용감했으며, 그들이 자신을 따라 새 진영으로 오겠다고 결심한 것이 너무나 고마웠다. 이제 썬더는 처음으로 자신이 어딘가에 속해 있다는 느낌이 들었다. 황무지에서는 그레이윙이 친절하게 대해 주긴 했지만, 아버지의 사랑과 인정을 받고 싶은 욕구가 채워지지 않았다. 클리어스카이의 진영에서는 단 한순간도 아버지가 자신을 인정해 준다는 느낌을 받지 못했다. 하지만 이제는 아버지의 인정도 사랑도 필요하지 않았다. 오직 자신의 무리를 위해 열심히 일해야 겠다는 생각뿐이었다.

'그들은 나에게 의지하고 있어. 절대 실망시키지 않을 거야. 이제 나는 지도자니까.'

썬더는 굳게 결심했다.

바위에 가까워졌을 때 라이트닝테일의 목소리가 썬더의 생각을 파고들었다.

"우리도 나무를 오르는 훈련을 해야 해."

검은 수고양이는 걸음을 멈추고 굵은 떡갈나무를 올려다보았다. 낮은 나뭇가지 위에서 찌르레기 한 마리가 폴짝폴짝 뛰어다니고 있었다.

썬더도 걸음을 멈추고 물고 있던 생쥐를 땅바닥에 내려놓았다.

"한번 잡아 봐."

라이트닝테일은 떡갈나무 주위를 빙빙 맴돌다가 몸을 쭉 뻗어 이끼로 뒤덮인 나무껍질을 발톱으로 찍었다. 그리고 나서 몸을 위로 끌어 올리자 부서진 나무껍질이 우수수 떨어졌다. 찌르레기는 고개를 휙 돌리더니 라이트닝테일을 발견하고 눈을 반짝거렸다. 날카롭게 울부짖는 소리와 함께 찌르레기는 하늘로 날아올라 머리 위 나뭇가지에 사뿐히 내려앉았다.

라이트닝테일이 으르렁거렸다.

"왜 제일 좋은 먹잇감은 날개가 달린 걸까?"

그때 썬더의 눈가로 뭔가가 휙 움직이는 것이 보였다. 바위 쪽으로 눈길을 돌리자, 개똥지빠귀 한 마리가 바위 꼭대기에 서 있는 게 보였다. 서너 걸음마다 멈춰 서서 바위틈을 콕콕 쪼며 성큼성큼 돌아다니고 있었다. 썬더는 움직임을 멈췄다. 자신과 개똥지빠귀 사이에는 덤불이 하나도 없었다. 조금만 움직여도 들킬 게 뻔했다. 썬더는 발이 땅에 뿌리내린 듯 꼼짝하지 않고 먹잇감을 빤히 노려보았다. 개똥지빠귀는 클로버와 시슬에게 좋은 먹잇감이 될 것이다. 태어난 지 겨우 넉 달밖에 되지 않은 새끼 고양이들은 이 정도면 충분히 배를 채울 수 있었다. 썬더는 굶주린 눈으로 개똥지빠귀를 지켜보았다. 어떻게 해야 들키지 않고 가까이 다가가 덮칠 수 있을까?

천천히 숨을 쉬면서, 몸을 웅크리고 뱀처럼 숲 바닥을 미끄러지듯 기어갔다. 젖은 낙엽이 배털을 흠뻑 적셨다. 심장이 쿵쾅거렸지만 개똥지빠귀한테서 눈을 떼지 않았다.

그때 갑자기 새까만 무언가가 머리 위에서 뚝 떨어졌다.

깜짝 놀란 썬더는 숨을 들이마시며 털을 부풀렸다.

'라이트닝테일이잖아! 어디서 떨어진 건가?'

털가죽 아래에서 두려움이 번개처럼 솟구쳤다. 하지만 친구의 눈빛을 보자 두려움은 사라졌다. 라이트닝테일의 눈은 개똥지빠귀에게 고정되어 있었다.

'나뭇가지에서 뛰어내렸구나!'

놀란 새가 정신없이 눈을 희번덕거리며 날개를 활짝 폈다. 하지만 너무 늦었다. 의기양양하게 울부짖으며 개똥지빠귀 옆에 착지한 라이트닝테일은 이빨로 새의 목을 물었다.

썬더는 가르랑거리며 소리를 질렀다.

"잘했어!"

라이트닝테일은 개똥지빠귀를 대롱대롱 물고 달려왔다. 그리고 그것을 썬더 옆에 내려놓고 얼굴을 찡그린 채 앞발을 하나씩 들어 흔들었다.

"아야! 바위가 엄청 단단하네!"

라이트닝테일은 자랑스럽게 수염을 씰룩거리며 개똥지빠귀를 힐끗 내려다보았다.

"따뜻할 때 먹을 수 있게 진영으로 돌아가자."

썬더는 친구의 어깨를 장난스럽게 쿡 찔렀다.

"어떻게 잡았는지 자랑하고 싶구나."

라이트닝테일이 썬더를 보며 눈을 깜빡였다.

"매처럼 날아서 덮쳤다고 말할까 봐."

그렇게 말하고서 발로 개똥지빠귀를 낚아채 서둘러 골짜기를 향해 달려갔다.

썬더도 자신이 잡은 생쥐를 물고 뒤따라갔다. 골짜기에 가까워지자 익숙한 진영 냄새가 코를 감쌌다. 썬더는 라이트닝테일을 앞질러 튀어나온 바위 위로 뛰어내린 뒤 가파른 절벽을 빠르게 달려 내려가 부드러운 흙바닥에 내려섰다. 뒤따라 옆으로 뛰어내린 라이트닝테일은 곧바로 가시금작화 울타리로 달려갔다. 그리고 몸을 숙여 울타리를 비집고 들어갔다.

썬더도 가시금작화 가시에 털가죽을 긁히며 그 뒤를 따라갔다. 진영으로 뛰어들자 클로버와 시슬이 밀크위드와 함께 사는 가시덤불 잠자리에서 달려 나왔다. 새끼 고양이들은 날마다 덩치가 커졌다.

'이제 살아 있는 먹잇감을 진영으로 잡아 와서 이 아이들에게 사냥하는 법을 가르쳐야 할까?'

썬더는 고민했다.

라이트닝테일이 공터 한가운데에서 걸음을 멈추자 시슬이 그 앞에 미끄러지듯 멈춰 섰다. 이른 아침 햇살이 골짜기 꼭대기의 나뭇가지 사이로 스며들어 진영에 얼룩덜룩한 빛 그림자를 드리웠다. 클로버가 한배 형제를 지나쳐 썬더에게 달려왔다.

"뾰족뒤쥐도 잡았어요?"

어린 암고양이의 노란 눈이 기대감에 반짝거렸다. 등줄기를 따라 황갈색과 흰색이 섞인 털이 바짝 곤두서 있었다.

썬더는 생쥐를 내려놓았다.

"미안한데 이것뿐이야."

"그리고 내가 잡은 개똥지빠귀하고."

라이트닝테일이 자신의 발치에 놓여 있는 새를 향해 고개를 끄덕이며 소리쳤다.

시슬은 벌써 신이 나서 주황색 꼬리를 씰룩거리며 새 깃털 사이로 코를 밀어 넣고 있었다.

밀크위드가 가시덤불에서 소리쳤다.

"욕심부리지 마, 시슬! 다른 고양이들도 배고프단 말이야."

핑크아이스가 쓰러진 나무 옆 잠자리에서 조용히 빠져나왔다.

"애들 먼저 먹으라고 해."

늙은 수고양이가 쉰 목소리로 말했다.

"난 나중에 먹어도 돼."

핑크아이스는 뭔가를 보려는 듯 햇빛 사이로 눈을 깜박거렸다.

40

흐릿한 눈은 원래도 잘 보이지 않았지만 나이가 들면서 시력이 더 나빠진 것 같았다.

썬더는 문득 이 늙은 수고양이가 얼마나 말랐는지 알아차리고 얼굴을 찡그렸다. 비쩍 마른 채로 잎 없는 계절을 시작하는 건 위험했기 때문이다.

"이 생쥐 좀 드세요, 핑크아이스."

썬더는 잡아 온 먹이를 하얀 수고양이에게 가져가 발치에 내려놓았다.

"시슬과 클로버는 개똥지빠귀를 먹으면 돼요. 곧 사냥 순찰대를 또 내보낼 거예요."

"내가 갈게."

리프가 막 잠에서 깨어나 털이 헝클어진 채로 가시덤불에서 걸어 나왔다.

아울아이스도 주목나무 밑 잠자리에서 서둘러 나왔다.

"나도 같이 가도 돼?"

썬더는 열심히 일하는 진영 동료들을 보자 기분이 좋아서 가르랑거렸다.

"네가 사냥 순찰대를 이끄는 게 어때?"

"좋아!"

아울아이스는 신이 나서 꼬리를 쳐들었다.

썬더는 리프를 힐끗 보았다. 검은색과 흰색이 섞인 이 수고양이는 아울아이스보다 나이도 많고 경험도 훨씬 풍부했다. 어린 고양이들이 나이 많은 고양이들을 따라다니면서 배우는 것만큼 순찰대를 이끄는 경험을 하는 것도 중요하다는 걸 리프가 이해해 줄까?

걱정과 달리 리프는 만족스럽게 꼬리를 휘둘렀다.

"좋은 생각이야."

클라우드스파츠가 고사리 굴길에서 걸어 나왔다. 그 굴길은 클라우드스파츠가 잠자리를 만든 긴 풀 사이의 작은 공터로 이어졌다. 굴길을 이룬 고사리는 거의 말라 가고 있었지만, 그 뒤에서 뻣뻣한 주황색 잎이 다시 울창하게 자라나면서 거처를 보호해 주고 있었다. 클라우드스파츠는 아직 잠이 덜 깬 듯 멍한 얼굴이었다.

"먹이 냄새가 나는데."

클라우드스파츠는 개똥지빠귀를 힐끗 쳐다보았다. 그러고는 핑크아이스의 발치에 있는 생쥐로 시선을 옮겼다.

"그거밖에 못 찾았어?"

검은 수고양이의 목소리에 걱정이 가득했다.

"아울아이스와 리프가 더 잡아 올 거예요."

썬더는 고개를 저으며 기운차게 대답했다. 자신이 먹이에 대해 얼마나 걱정하고 있는지 다른 고양이들에게는 들키고 싶지 않았다.

"곧 사냥 순찰대가 출발할 거예요."

"나도 같이 갈게."

클라우드스파츠가 나섰다.

"눈이 네 개인 것보다는 여섯 개가 있는 게 더 낫겠지."

시슬이 개똥지빠귀에서 고개를 들었다.

"나도 같이 가면 눈이 여덟 개나 되는데!"

리프가 새끼 고양이의 머리를 코로 톡 쳤다.

"넌 다음에 같이 가자."

"넌 우리가 없는 동안 골짜기에 생쥐가 있는지 살펴봐 줘!"

아울아이스는 벌써 진영 입구를 향해 달려가고 있었고 클라우드스파츠도 그 뒤를 바짝 쫓아갔다.

"그건 어제 벌써 살펴봤거든요!"

시슬이 투덜거렸다.

"여기엔 생쥐가 한 마리도 없어요!"

"다시 봐."

리프도 클라우드스파츠를 따라가려고 돌아서며 말했다.

밀크위드가 공터를 가로질러 걸어왔다.

"우린 네가 필요해, 시슬."

어미 고양이가 말했다.

"모두 다 사냥을 나가 버리면 진영은 누가 지키겠니?"

시슬은 콧방귀를 뀌었다.

"나 못 가게 하려고 그렇게 말하는 거 다 알거든요."

클로버가 빠른 걸음으로 한배 형제에게 다가갔다.

"당연하지."

어린 암고양이가 코웃음을 치며 말했다.

"엄마가 널 특별한 고양이라고 느끼게 해 주지 않으면 넌 아침 내내 씩씩거릴 거잖아."

"난 씩씩거린 적 없거든!"

시슬이 누이를 노려보며 말했다.

"어제도 엄마가 빗속에 나가서 놀지 못하게 한다고 오후 내내 씩씩거렸잖아."

시슬은 화가 나서 하늘을 찌를 듯 꼬리를 홱 쳐들었다.

"겨우 비 때문에 놀지 못하게 하니까 그러지!"

썬더는 새끼 고양이들 사이로 걸어가며 밀크위드와 시선을 교환했다. 아울아이스가 순찰대를 이끌고 숲으로 가면서 골짜기에서 모래가 쏟아지는 소리가 들렸다.

"우리 모두 먹이를 먹고 나면 네 엄마랑 내가 숲에 데려갈게."

썬더는 시슬에게 약속했다.

밀크위드가 고마운 눈길로 썬더를 바라보았다.

시슬의 털이 신이 나서 물결치듯 일렁거렸다.

"진짜 순찰대처럼요?"

"저도 같이 가도 돼요?"

클로버도 덩달아 흥분해서 물었다.

"당연하지."

썬더는 어린 암고양이를 다정하게 바라보았다.

라이트닝테일이 개똥지빠귀를 물고 공터 끄트머리에 있는 나무 그루터기 옆으로 가져갔다. 햇빛이 가장 잘 드는 곳이었다.

"어서 와서 이거 먹어!"

라이트닝테일은 새끼 고양이들에게 소리쳤다.

"내가 어떻게 잡았는지 이야기해 줄게."

시슬과 클로버가 라이트닝테일에게 쪼르르 달려갔다.

밀크위드는 쓰러진 나무 쪽을 힐끗 쳐다보았다. 암고양이의 눈길은 핑크아이스의 잠자리를 향해 있었다. 얼마 전 내린 비로 고사리 줄기를 쌓아 만든 잠자리가 젖어서 푹 퍼져 있었다.

"내가 핑크아이스의 잠자리를 새로 만들어 줄까?"

암고양이가 썬더를 보며 물었다.

썬더가 고개를 끄덕이는데, 생쥐를 먹던 핑크아이스가 고개를 들고 매서운 눈으로 쳐다보았다.

"내 잠자리는 내가 만들 수 있어."

늙은 수고양이가 투덜거리듯 말했다.

"알아요."

밀크위드가 말했다.

"그래도 일단 제가 먼저 시작하고 있으면 먹이를 다 드신 다음에 도와주면 되잖아요. 제가 싱싱한 고사리를 모아 올 테니까, 쓰러진 나무에서 이끼를 긁어모아서 햇빛에 널어 말려 주세요."

암고양이는 대답도 기다리지 않고 공터를 가로질러 걸어갔다.

밀크위드가 고사리 덤불 속으로 사라지자, 라이트닝테일의 털가죽이 썬더의 시선을 사로잡았다. 검은 수고양이는 두 앞발을 쭉 뻗고 공터를 가로질러 펄쩍 뛰었다.

시슬과 클로버는 눈이 휘둥그레진 채 입을 딱 벌리고 그 모습을 지켜보았다.

"개똥지빠귀는 나를 보지도 못했어."

라이트닝테일이 먹이를 잡았을 때의 동작을 똑같이 되풀이하며 새끼 고양이들에게 이야기를 들려주었다.

"마치 올빼미처럼 소리 없이 먹잇감을 덮쳤지."

"나도 나무 오르는 법을 배울 수 있어요?"

클로버가 물었다.

"우린 다람쥐가 아니야!"

핑크아이스가 마지막 남은 생쥐 조각을 꿀꺽 삼키며 말했다.

늙은 고양이가 입맛을 잃은 게 아니라는 걸 확인하고 썬더는 마음이 놓였다.

시슬이 콧방귀를 뀌었다.

"다람쥐가 아니라도 나무에 올라갈 수는 있잖아요."

핑크아이스는 앞발을 쓱 핥더니 일어섰다.

"나무에서 떨어져서 꼬리가 비틀려도 내 탓은 하지 마."

핑크아이스는 쓰러진 나무로 가서 썩은 나무껍질에 자란 이끼를 뜯어내기 시작했다.

그 뒤에서 고사리 덤불이 부스럭거리며 뿌리가 뜯기는 소리가 나더니, 밀크위드가 싱싱한 줄기를 끌고 나왔다.

썬더는 창백한 푸른 하늘을 힐끗 올려다보았다. 앞으로 추운 날씨가 여러 달 계속될 것이다. 먹잇감이 벌써부터 이렇게 부족한데 무리를 잘 먹일 수 있을까? 썬더는 아울아이스와 클라우드스파츠, 리프가 자신과 라이트닝테일보다 사냥을 더 잘해 오기만을 바랐다.

'그렇지 않으면 내가 나중에 다시 나가 봐야겠어.'

썬더는 절대 자신의 고양이들을 굶기지 않겠다고 다짐했다.

'절대 굶기지 않겠다고?'

털가죽이 따끔거렸다. 그게 그렇게 함부로 해도 되는 약속일까? 문득 얕은 무덤에 누워 있는 콰이어트레인이 떠올랐다. 그리고 라이트닝테일이 나무에서 뛰어내리던 장면이 머릿속을 휙 스쳐 지나갔다. 잠깐이지만 친구가 나무에서 떨어진 줄 알았다. 사고는 언제든, 누구에게든 일어날 수 있었다.

'만약 내가 죽으면 어떡하지? 이 고양이들이 나 없이 살아갈 수

46

있을까?'

　마치 얼음물에 빠진 것처럼 무서운 생각이 썬더를 덮쳤다. 자신이 없어도 이 무리가 계속 유지될 수 있을지 알 수 없었다. 썬더가 이곳으로 그들을 이끌고 왔다. 그리고 그들은 썬더가 자신들을 위해 최선의 결정을 해 줄 거라 기대하고 있었다. 그런데 만약 썬더가 없다면 리프가 밀크위드와 새끼 고양이들을 위해 사냥을 할까? 밀크위드는 핑크아이스에게 보송보송한 잠자리를 만들어 줘야 한다는 생각을 할까? 라이트닝테일은 클로버와 시슬에게 재미있는 사냥 이야기를 들려줄까? 이들 모두 착한 고양이인 건 사실이다. 하지만 지도자 없이도 스스로를 하나의 무리로 생각할까? 아니면 뿔뿔이 흩어져서 떠돌이가 될까? 혹시 클리어스카이의 무리로 돌아가지는 않을까?

　'그런 일은 절대 있어선 안 돼!'

　거기까지 생각이 미치자 썬더는 온몸이 오싹해져서 벌떡 일어나 서성거리기 시작했다. 클리어스카이가 지난 몇 달 사이에 부드러워진 건 사실이었다. 하지만 썬더는 아버지가 어떤 고양이인지 잘 알고 있었다. 클리어스카이의 발톱에 죽은 고양이가 한둘이 아니었으니까.

　'난 죽지 않을 거야!'

　썬더는 자기 자신에게 말했다.

　'절대 안 죽어. 이 고양이들에게는 내가 없으면 안 돼.'

　걱정을 떨쳐 버리려고 애쓰는데, 절벽에서 돌멩이가 달그락거리며 굴러떨어지는 소리가 들렸다.

　썬더는 눈에 힘을 주고 가시금작화 울타리 너머를 보려고 애썼다. 사냥 순찰대가 벌써 돌아오는 걸까?

시슬과 클로버도 팔짝 뛰어 일어나 진영 입구로 후다닥 달려갔다.

"아울아이스예요!"

클로버가 코를 씰룩거리며 소리쳤다.

"냄새가 나요!"

"그냥 추측하는 거잖아."

시슬이 콧방귀를 뀌며 말했다.

"여기서 어떻게 냄새를 맡아?"

"나도 핑크아이스만큼 냄새를 잘 맡거든!"

어린 암고양이가 기대에 찬 얼굴로 나이 든 수고양이를 바라보았다.

"클로버 말이 맞아."

핑크아이스가 쓰러진 나무에서 길게 뜯어낸 이끼에 시선을 고정한 채 말했다.

가시금작화 울타리 너머에서 쿵쿵 울리는 발소리가 들렸다.

썬더는 새끼 고양이들 사이를 요리조리 빠져나가 공터를 가로질러 걸어갔다. 진영으로 다가오는 게 누군지는 모르지만 굉장히 다급한 것 같았다. 귀를 쫑긋 세우고 있을 때 아울아이스가 가시금작화 굴길을 불쑥 빠져나왔다. 어린 고양이의 눈이 불안한 듯 번들거렸다.

"클리어스카이가 오고 있어!"

아울아이스는 숨을 헐떡이며 말을 이었다.

"순찰대를 이끌고 있어. 에이콘퍼랑 스패로퍼랑 올더가 같이 있어."

"얘기는 해 봤어?"

썬더는 다급히 물었다.

"클라우드스파츠와 리프가 이야기하는 중이야. 리프가 나한테 먼저 진영으로 가서 알리라고 했어."

라이트닝테일이 서둘러 썬더 옆으로 다가왔다.

"무슨 일이지? 클리어스카이가 다시 싸움을 시작하려는 걸까?"

"왜 그런 짓을 하겠어? 이제는 싸울 이유가 없잖아."

공터 너머에서 핑크아이스가 눈을 깜박거리며 말했다.

"클리어스카이는 언제든 싸울 이유를 찾아낼 수 있는 고양이라고요."

라이트닝테일이 암울하게 으르렁거렸다.

"그런 게 아니라면 왜 순찰대를 끌고 오겠어요?"

썬더는 귀를 움찔거렸다. 마지막으로 만났을 때, 아버지는 전혀 적대감을 보이지 않았다. 그때 아버지는 오로지 콰이어트레인의 죽음을 슬퍼하고 있었다.

"어쩌면 무슨 소식을 전하려고 오는 건지도 몰라."

썬더는 라이트닝테일에게 말했다.

"소식을 전하는데 진영 동료를 셋이나 끌고 올 필요는 없잖아."

라이트닝테일이 반박했다.

가시금작화 덤불 너머에서 골짜기를 황급히 내려오는 발소리가 들렸다.

썬더는 턱을 쳐들었다.

"일단 지켜보는 게 어때?"

썬더는 라이트닝테일에게 경고의 눈빛을 보냈다. 성질 급한 친구가 필요 이상으로 클리어스카이를 경계할지 모른다는 생각에서 한 행동이었다.

"필요 없는 말싸움은 하지 말자."

가시금작화 덤불이 부스스 떨리고 클리어스카이가 급히 뛰어들었다. 회색 털은 마구 헝클어져 있었고 겁을 먹은 듯 눈이 번들거렸다. 뒤따라 달려온 에이콘퍼, 올더, 스패로퍼는 침울한 눈빛이었다.

썬더는 눈을 깜박이며 아버지를 바라보았다.

"괜찮으세요?"

걱정이 불꽃처럼 털가죽을 찔렀다.

"네 도움이 필요해."

클리어스카이는 꼬리를 가만두지 못하고 이리저리 휘둘렀다.

썬더는 얼굴을 찡그렸다.

"무슨 일인데요?"

"슬래시가 스타플라워를 잡아갔어."

클리어스카이는 다급히 말을 이었다.

"지금 인질로 붙잡아 두고 있어."

'슬래시.'

그 이름이 저 멀리서 지저귀는 새소리처럼 머릿속에서 울렸다. 들어 본 적 있는 이름이었다.

'어디서 들었더라?'

생각을 떠올려 보던 썬더는 몸이 굳었다.

'핀한테서 들었잖아.'

50

펀은 그레이윙과 함께 만난 적 있는 젊은 떠돌이 암고양이였다. 그레이윙이 슬래시를 피해 그 암고양이를 톨샌도의 진영으로 데리고 갔다. 펀은 슬래시가 소나무 숲 고양이들을 몰래 염탐하라고 강요했다고 털어놓았다. 그 말을 할 때 암고양이는 몹시 겁먹은 목소리였다.

썬더는 문득 클리어스카이가 자신을 빤히 보고 있다는 걸 알아차렸다.

"스타플라워가 위험에 빠졌어!"

썬더는 아버지의 눈을 마주 보았다.

"그럼 구해야죠."

"그런데 어디에 잡혀 있는지 몰라."

클리어스카이가 힘없이 말했다.

에이콘퍼가 끼어들었다.

"얼마나 많은 떠돌이들이 지키고 있는지 누가 알겠어?"

"슬래시는 우리가 상상하는 것보다 떠돌이들이 훨씬 더 많다고 했어."

스패로퍼가 덧붙였다.

썬더는 아버지를 빤히 쳐다보았다.

'아버지한테 계획이 있는 게 아니었어?'

"제가 어떻게 하길 원하세요?"

클리어스카이가 슬래시의 요구에 대해 설명하기 시작하자 썬더는 눈이 가늘어졌다. 모든 지도자를 한자리에 모아서 떠돌이들에게 먹이를 나눠 줄 방법을 논의하자는 이야기였다.

썬더가 믿을 수 없다는 듯 고개를 설레설레 내젓고 있는데, 클로버와 시슬이 다가왔다.

"에이콘퍼!"

클로버가 눈을 깜박이며 한때 진영 동료였던 암고양이를 바라보았다.

"나 기억해요?"

시슬이 누이를 옆으로 밀치며 콧방귀를 뀌었다.

"분명 기억 못 할걸. 우린 그때보다 훨씬 더 컸잖아."

클리어스카이가 으르렁거렸다.

"꼬맹이들이 끼어들 문제가 아니야."

클리어스카이는 새끼 고양이들을 향해 꼬리를 획 튕기고는 다시 썬더를 바라보았다.

"저 애들한테 심부름이든 아니면 뭔가 쓸모 있는 일을 시키지 그러니?"

썬더는 아버지한테 짜증이 치솟았다. 도움을 청하러 온 지금도 아버지는 여전히 다른 고양이들한테 명령을 내리고 있었다.

"여긴 제 진영이에요. 누가 뭘 할지는 제가 결정합니다."

썬더는 단호하게 말했다.

그때 진영 뒤쪽의 고사리 덤불이 바스락거렸다.

"무슨 일이야?"

서둘러 공터를 가로질러 오던 밀크위드가 클리어스카이와 에이콘퍼, 스패로퍼, 올더를 보더니 걱정으로 눈을 반짝이며 물었다.

클로버가 엄마를 빤히 쳐다보았다.

"클리어스카이가 우리는 심부름을 해야 한대요."

"새끼 고양이들이 말하면 안 된다고 생각하나 봐요."

시슬도 화가 나서 끼어들었다.

밀크위드는 털을 바짝 곤두세우고 성난 얼굴로 클리어스카이를 노려본 뒤 클로버와 시슬을 멀리 데리고 갔다.

가시금작화 너머에서 다시 발소리가 들리더니, 클라우드스파츠와 리프가 서둘러 진영으로 달려 들어왔다.

금방이라도 폭풍이 몰아칠 것처럼 공기 중에 긴장이 가득했다. 곤두선 털을 억지로 차분히 눕히면서 썬더는 공터 한가운데로 걸어가 클리어스카이를 마주 보았다.

"저도 돕고 싶어요. 하지만 지금도 먹이가 부족해요. 떠돌이들한테 나눠 줄 건 없어요."

클리어스카이는 화가 난 듯 꼬리를 씰룩거리며 앞으로 걸어 나왔다.

"나눠 줘야만 해! 우리가 말을 듣지 않으면 슬래시가 스타플라워를 죽일 거야."

라이트닝테일이 으르렁거리며 앞으로 나섰다.

"우리가 그 요구를 받아들인다면 그놈들은 우리를 약하다고 생각할 거고, 그럼 계속해서 우리를 못살게 굴 게 뻔해요!"

리프가 고개를 끄덕였다.

"그 말이 맞아. 그런 떠돌이들은 여우보다 더 나빠. 게을러서 자기 먹을 것도 직접 사냥 안 하면서 다른 고양이들을 괴롭혀서 먹이를 뜯어내잖아."

밀크위드는 꼬리로 새끼들을 감싸 가까이 끌어당겼다.

"그냥 우리 먹이를 조금 나눠 주자. 그러면 조용해질 거야."

핑크아이스가 안타깝다는 듯 어미 고양이를 힐끗 쳐다보았다.

"네 새끼들 때문에 걱정하는 마음은 잘 알아. 하지만 그 떠돌이들은 지금 자신의 운을 시험하는 거야. 만약 그들의 요구를 들어준다면, 우리가 여길 떠날 때까지 괴롭힐 거야. 이 진영은 우리 힘으로 애써 만든 거잖아."

"내 말이 그 말이에요!"

라이트닝테일이 쏘아붙이듯 말했다.

썬더는 걱정스럽게 땅을 꾹꾹 밟으며 라이트닝테일을 힐끗 쳐다보았다. 친구의 눈이 분노로 번뜩이고 있었다. 리프는 등줄기를 따라 검은색과 흰색이 섞인 털을 곤두세운 채 진영을 방문한 고양이들 주위를 맴돌았다. 클라우드스파츠는 실눈을 뜨고 그들을 노려보았다.

클리어스카이가 절박한 눈빛으로 썬더를 바라보았다.

"네가 날 도와야지."

'왜요?'

목구멍으로 쓴물이 올라왔다.

'아버지는 한 번도 날 도운 적 없잖아요!'

썬더는 목구멍까지 올라온 말을 간신히 삼켰다.

'어째서 아버지는 내 어머니에 대해서는 이렇게 걱정하지 않았죠? 만약 아버지가 어머니를 이만큼 걱정했다면, 어머니와 내 형제들은 아직 살아 있을지도 몰라요.'

하지만 썬더는 그런 생각들을 떨쳐 버렸다. 과거는 이미 지나갔다. 클리어스카이는 지금 도움을 청하고 있었다. 아버지가 지금까지 얼마나 나쁜 짓을 저질렀든, 지금은 도움을 청하는 고양이일 뿐이었다.

그렇지만 자신의 동료들을 먼저 생각해야 한다는 것을 잘 알고 있었다. 썬더는 클리어스카이의 눈을 마주 보았다.

"떠돌이들에게 먹이를 줄 수는 없어요. 우리도 그들만큼 먹이가 필요하니까요."

클리어스카이가 수염을 파르르 떨며 앞으로 몸을 숙였다.

"그들에게 먹이를 줄 필요는 없어. 그저 슬래시를 만나서 먹이를 주겠다는 약속만 해 줘. 스타플라워를 놓아주도록 말이야."

"그 떠돌이들을 만나면 말썽만 생길 거야."

라이트닝테일이 으르렁거렸다.

"우린 이 일에 끼어들면 안 돼."

리프도 꼬리를 휘두르며 반대했다.

"이건 우리 문제가 아니야."

클라우드스파츠도 동의했다.

클리어스카이가 간절한 눈으로 썬더를 바라보았다.

"제발 도와 다오!"

절망에 빠진 목소리가 터져 나왔다.

썬더는 가슴을 찌르는 죄책감을 느끼며 고개를 저었다.

"안 돼요."

썬더는 작은 소리로 중얼거렸다.

"저는 제 동료들을 먼저 생각해야 해요. 아버지의 무리 때문에 제 무리 고양이들을 희생할 순 없어요."

클리어스카이의 털이 곤두섰다.

"대체 어떤 아들이 아비한테 이럴 수 있니?"

아버지의 성난 눈빛에 썬더는 가슴이 철렁 내려앉았다. 그동안 수도 없이 많이 본 눈빛이었다. 클리어스카이가 화가 나서 계속 쏘아붙이는 동안 썬더는 힘겹게 버텼다.

"스타플라워를 짝으로 삼았다고 해서 언제까지 나를 원망할 참 이냐?"

클리어스카이가 으르렁거렸다.

"꼭 그렇게 벌을 줘야겠어? 만약 내 새끼들이 죽으면 너를 절 대 용서하지 않을 거야!"

"저는 누구도 벌줄 생각 없어요."

썬더는 두려움을 애써 삼키고 침착하게 말을 이어 나갔다.

"스타플라워는 아버지를 선택했고, 저는 그 선택을 존중해요. 위험에 빠진 건 안타깝게 생각하고, 할 수만 있다면 돕고 싶어요. 그렇지만 스타플라워를 구하기 위해 제 진영 동료들을 굶길 수는 없습니다. 이 문제는 아버지 스스로 해결하세요."

클리어스카이는 믿을 수 없다는 듯 번들거리는 눈으로 썬더를 노려보았다.

에이콘퍼가 지도자를 향해 몸을 숙였다.

"가요."

어린 암고양이가 작은 소리로 속삭였다.

"어서요."

"톨새도가 도와줄 거예요."

올더가 격려하듯 말했다.

"리버리플이라면 어떻게 해야 하는지 알 거예요."

스패로퍼가 자신의 지도자에게 말하고 썬더를 매섭게 노려보 았다.

"강에는 늘 물고기가 많잖아요. 리버리플은 자기 먹이를 기꺼이 나눠 줄 거예요."

"네 말이 맞아."

클리어스카이는 중얼거리며 돌아섰다.

"다른 고양이들이 도와줄 거야. 반드시 그래야 해."

클리어스카이는 서둘러 가시금작화 굴길을 빠져나갔고 진영 동료들도 그 뒤를 따라갔다.

그들이 골짜기를 달려 올라가는 소리가 들리자 그제야 썬더는 자신이 떨고 있다는 것을 깨달았다.

'아버지를 도와주겠다고 했어야 하나?'

다른 지도자들이 정말로 클리어스카이를 도와줄지 알 수 없었다. 만약 그들이 도와주지 않는다면 스타플라워는 어떻게 될까?

축축한 바람이 분지로 휘몰아치자 썬더는 몸이 부르르 떨렸다. 스타플라워 덕분에 아버지의 성격이 부드러워졌다. 만약 짝이 죽으면 아버지가 어떻게 나올까? 그 생각을 하자 썬더는 몸이 부들부들 떨렸다. 지금의 거절이 또 다른 전쟁을 불러오는 건 아닐까?

3

꿈꾸는 어린 암고양이

수염을 휘날리는 축축한 바람을 맞으며 그레이윙은 황무지 가장자리를 찬찬히 훑어보았다. 공기를 맛보는데 뱃속에서 꼬르륵거리는 소리가 울렸다. 하지만 퀴퀴하게 시들어 가는 헤더 냄새만 풍길 뿐 먹잇감 냄새는 나지 않았다. 저 밑에서는 고스퍼가 흐르는 물처럼 같은 방향으로 휘날리는 풀을 밟으며 비탈을 가로질러 성큼성큼 걸어가고 있었다. 황무지가 숲으로 이어지는 내리막에서는 윈드러너가 헤더 덤불 냄새를 맡고 있었다.

암고양이가 주둥이를 앞으로 쓱 내밀었을 때 헤더 줄기 사이에서 스파티드퍼가 불쑥 튀어나왔다.

"여기 먹이 냄새는 더 오래됐어요."

어린 수고양이의 목소리가 바람을 타고 그레이윙에게 날아왔다.

황금빛을 띤 갈색 수고양이 스파티드퍼는 얼마 전 무리에 새로 들어왔다. 그의 어머니는 떠돌이 시절에 슬레이트와 함께 사냥을 하곤 했는데, 어머니와 형제들이 새로운 곳으로 옮겨 가면서 그들과 헤어졌다고 했다. 헤더 밭에서 사냥하고 달리는 황무지 고양이들을 보고 그들과 함께하고 싶어졌기 때문이다. 윈드러너는

58

떠돌이를 진영 동료로 받아들일 마음이 전혀 없었다. 하지만 슬레이트가 스파티드퍼를 받아들이자고 권하며, 그의 어머니가 다정하고 솜씨 좋은 사냥꾼이었다고 장담했다. 얼마 지나지 않아 스파티드퍼는 그 말이 틀리지 않았다는 것을 증명했다. 윈드러너만큼 먹이를 많이 잡아 왔고, 무리 지도자는 곧 자신이 이 어린 수고양이를 의심했다는 것도 잊어버렸다.

하지만 아무리 사냥 솜씨가 좋고 의욕적이라 해도 없는 먹잇감을 나타나게 할 수는 없었다.

텅 비어 있는 비탈을 보면서 그레이윙은 불안해하며 눈을 가늘게 떴다. 눈이 녹기 시작했으니 지금쯤 먹잇감이 굴속에서 나와야 했다. 얼마 전 내린 눈 때문에 새로 태어난 먹잇감들이 다 얼어 죽은 걸까? 그레이윙은 걱정스러워서 발을 이리저리 꼼지락거렸다. 정말 그렇다면 잎 없는 계절이 훨씬 더 길어지고 굶주림도 심해질 것이다. 그때 고스퍼가 꼼짝 않고 있는 것을 보고 그레이윙은 덩달아 몸이 굳었다. 고스퍼가 먹잇감이라도 발견한 걸까? 하지만 회색 수고양이의 눈길을 따라간 곳에서 모스플라이트를 발견하고 실망했다.

윈드러너와 고스퍼 사이에서 태어난 모스플라이트는 또다시 순찰대에서 멀리 벗어나 혼자 돌아다니며 하늘을 올려다보고 있었다. 작고 하얀 이 암고양이는 태어난 지 벌써 다섯 달이나 됐는데도 갓 태어난 새끼 고양이처럼 걸핏하면 딴 데 정신이 팔렸다. 앞으로 달려 나가 풀밭에 삐죽 솟아 있는 시든 풀 줄기 냄새를 맡다가 다시 구름을 쳐다보는 어린 암고양이를 보고, 그레이윙은 얼굴을 찌푸렸다. 새끼 고양이들이 호기심이 많은 건 타고난 본

능이지만, 모스플라이트는 이제 자신이 하는 일에 집중하는 법을
배워야 했다.

"모스플라이트!"

고스퍼가 큰 소리로 딸을 불렀다.

"구름 구경은 나중에 하렴! 우린 지금 사냥하러 나온 거야!"

그레이윙은 짜증스럽게 꼬리를 튕겼다. 굴에서 기어 나오던 먹
잇감이 있었다면, 고스퍼가 울부짖는 소리에 다시 깊숙이 숨어
버렸을 것이다.

모스플라이트는 사과하듯 고개를 꾸벅 숙이고는 다시 황무지
가장자리로 살금살금 걸어가기 시작했다.

그때 뒤에서 땅을 쿵쿵 밟으며 걸어오는 소리가 들렸다. 잠시
뒤 슬레이트의 냄새가 풍기더니 암고양이가 부드러운 털을 스치
며 뒤에 멈춰 섰다.

"아직 아무것도 못 잡았어?"

슬레이트가 숨을 헐떡이며 물었다. 잠자리의 따뜻한 헤더 냄새
가 털가죽에 아직 남아 있었다.

그레이윙은 암고양이를 지나쳐 진영이 있는 비탈 분지 쪽을 힐
끗 쳐다보았다. 슬레이트는 그곳에서 왔을 것이다.

"잡을 게 없어."

그레이윙은 우울하게 대답했다.

"없긴 왜 없어!"

슬레이트는 턱을 쳐들고 다른 고양이들에게 걸어갔다.

그레이윙은 문득 지난밤 꿈이 떠올랐다.

'당신이 행복한 걸 보니 나도 마음이 놓여.'

터틀테일의 말이 생각나면서 마음속에 사랑이 가득 차올랐다. 슬레이트 덕분에 삶이 다시 따스해졌다는 것을 터틀테일이 원망하지도 않고, 잎 없는 계절의 추운 밤을 혼자 보내지 않아도 된다는 사실에 행복했다. 터틀테일이 죽고 새끼들이 다른 무리로 떠나면서 가족의 사랑이 그리웠다. 그런데 이제 다행히 슬레이트와 함께 새 삶을 시작할 수 있게 되었다.

그레이윙은 윈드러너에게 걸어가는 슬레이트를 지켜보았다. 스파티드퍼가 헤더 밭에서 미끄러져 나와 기대에 찬 눈으로 언덕 비탈을 바라보고 있었다. 슬레이트는 그들 옆에서 걸음을 멈추고 지도자에게 고개 숙여 인사했다.

두 암고양이가 인사를 주고받는 사이, 어떤 움직임이 그레이윙의 눈을 사로잡았다. 토끼 한 마리가 풀 더미 뒤에서 쏜살같이 달려 나와 풀밭을 가로질러 달려가고 있었다. 윈드러너와 스파티드퍼가 따라잡기에는 너무 멀었다. 대신 고스퍼가 토끼를 발견하고 비탈을 달려 올라갔다. 토끼는 곧장 모스플라이트를 향해 달려갔다.

'모스플라이트, 토끼를 봐!'

그레이윙은 긴장했다. 어린 암고양이는 여전히 하늘만 쳐다보고 있었다. 그레이윙은 마음속으로 어린 암고양이에게 제발 고개를 돌리라고 재촉했다. 그러는 사이 토끼는 방향을 틀어 안전한 굴이 있는 황무지 꼭대기로 향하고 있었다. 그때까지도 모스플라이트는 꼼짝하지 않았다.

'쟤는 토끼 소리가 안 들리나?'

그레이윙은 마음속 가득 밀려오는 짜증을 꾹 참고 결국 직접 토끼를 향해 달려갔다. 앞길만 막는다면 다시 모스플라이트가 있는 쪽으로 몰고 갈 수 있을 것 같았다.

'그때는 저 녀석도 토끼가 있다는 걸 눈치채겠지.'

축축한 공기 때문에 가슴이 타들어 가는 것 같았다. 지난 몇 달 동안 안 그래도 숨을 쉬기 힘들었는데, 거기에 잎 없는 계절이 더해져 상태가 더 나빠졌다. 가슴이 쥐어짜듯 아팠지만 그레이윙은 멈추지 않았다. 하늘을 등지고 무시무시한 그림자를 드리워서 토끼가 방향을 바꾸게 만들려고 필사적으로 털가죽을 부풀렸다.

'성공했어!'

희망이 온몸으로 번져 나갔다. 토끼는 겁에 질려 눈을 반짝거리더니 그레이윙을 피해 다급히 미끄러지며 방향을 틀었다.

모스플라이트는 여전히 가만히 서서 꿈꾸는 듯한 얼굴로 하늘을 올려다보고 있었다.

'이 정도로 가까이 갔으면 토끼 소리가 들릴 텐데!'

쿵쿵 달리는 소리에 땅바닥이 흔들리는 것 같았다. 윈드러너, 스파티드퍼, 슬레이트도 고개를 돌려 바라보았다. 고스퍼는 아직도 멀리 뒤처진 채 토끼를 쫓고 있었다.

"모스플라이트!"

토끼가 어린 암고양이 옆을 빠르게 스쳐 지나가는 순간 그레이윙은 소리쳤다. 그제야 고개를 돌린 모스플라이트는 토끼가 옆을 지나쳐 달려가 언덕 너머로 사라진 것도 모르고 눈을 깜박이며 그레이윙을 바라보았다.

그레이윙은 젖은 풀에 발을 미끄러뜨리며 모스플라이트에게서 꼬리 하나 정도 떨어진 곳에 멈춰 섰다. 그리고 어린 암고양이를 노려보며 소리쳤다.

"도대체 지금 뭐 하는 거야?"

숨을 고르려고 헐떡이자 가슴이 불타는 것처럼 아팠다.

모스플라이트는 걱정스러운 얼굴로 그레이윙을 보며 눈을 깜박거렸다.

"괜찮아요?"

어린 암고양이가 서둘러 달려와 주둥이 냄새를 맡았다.

"또 숨을 쉬면 아파요?"

"난 괜찮아."

그레이윙은 헐떡이며 대답했다.

'이 멍청한 꼬맹이는 자기가 무슨 짓을 했는지 정말 모르나?'

어린 암고양이의 눈이 휘둥그레졌다.

"앉아서 좀 쉬세요."

그러는 사이 고스퍼가 토끼가 사라진 언덕 꼭대기에 눈길을 고정한 채 옆으로 빠르게 달려갔다. 고스퍼는 꼬리를 뒤로 길게 뻗은 채 아직도 토끼를 쫓고 있었다.

모스플라이트는 어리둥절해 보이는 동그란 눈으로 아빠의 뒷모습을 멍하니 바라보았다.

"너 정말 못 봤어?"

그레이윙은 숨을 헐떡이며 물었다.

"뭘요?"

그레이윙은 뱃속부터 화가 치밀었다.

"냄새를 맡아 봐! 사방에 냄새가 나잖아."

모스플라이트는 입을 벌리고 이빨 사이로 조그만 분홍색 혀를 쏙 내밀었다.

"토끼다!"

어린 암고양이는 눈을 휘둥그레 뜨고 숨을 헐떡였다.

그레이윙은 자신의 귀를 믿을 수가 없었다.

"어떻게 그걸 놓칠 수 있어?"

"정말 죄송해요!"

모스플라이트는 고개를 홱홱 돌리며 풀로 뒤덮인 황무지를 살폈다. 하지만 고스퍼가 쫓아간 토끼는 언덕 너머로 사라진 지 오래였다.

윈드러너가 그들에게 달려왔다.

엄마가 걸음을 멈추고 꾸짖는 눈길로 바라보자 모스플라이트는 지레 겁을 먹고 발을 이리저리 꼼지락거렸다.

"구름 구경을 하고 있었어요."

어린 암고양이가 작은 소리로 중얼거렸다.

"토끼처럼 생긴 구름이 있었거든요."

그레이윙은 하늘을 힐끗 쳐다보았다. 두껍게 뭉친 뭉게구름은 어떤 모양으로든 보일 것 같았다.

"네가 황무지를 보고 있었다면 구름 토끼가 아니라 진짜 토끼를 찾았을 거야."

그레이윙은 어린 암고양이에게 쏘아붙였다.

윈드러너도 으르렁거렸다.

"모스플라이트! 대체 몇 번을 말해야 알아듣겠니? 사냥할 때는 집중해야 한다고 말했잖아!"

모스플라이트는 고개를 푹 숙였다.

"잘못했어요."

"잘못했다는 말로 동료들 배를 채워 줄 순 없어!"

윈드러너가 귀를 씰룩거리며 딸을 야단쳤다.

"다음에는 더 잘할게요."

모스플라이트가 약속했다.

"지난번에도 똑같이 말했잖아!"

윈드러너가 쉭쉭거리며 말했다.

풀 죽은 얼굴로 엄마를 바라보는 모스플라이트를 보자, 그레이윙은 갑자기 가엾다는 생각이 들었다. 아무래도 이 어린 암고양이는 사냥꾼 기질을 타고나지 않은 것 같았다. 어쩌면 사냥 대신 잠자리를 깨끗이 치우고 새 거처를 짓는 일을 하는 게 무리에 더 도움이 될지도 모른다. 그레이윙은 분지를 향해 꼬리를 홱 튕겼다.

"리드와 미노한테 가서 헤더가 더 필요한지 물어볼래?"

그 둘은 가시금작화 덤불에 헤더 줄기를 엮어서 새 거처를 만들기 위해 진영에 남아 있었다. 그리고 더스트머즐이 그들을 돕고 있었다. 차라리 더스트머즐을 사냥에 데려오고 모스플라이트를 진영에 남겨 두는 게 나았을지도 모른다. 어린 수고양이는 누이보다 훨씬 뛰어난 사냥꾼이었다.

하지만 모스플라이트는 의욕이 가득한 얼굴로 눈을 깜박이며 그레이윙을 바라보았다.

"저도 토끼 흔적을 쫓게 해 주세요, 제발요! 전 냄새를 아주 잘 맡아요. 어디로 갔는지 꼭 찾아낼게요."

윈드러너가 콧방귀를 뀌었다.

"지금쯤은 굴 깊숙이 숨었을 거야. 너 같은 쥐 대가리는 토끼굴로 따라 들어갔다가 길을 잃기 십상이야. 그러면 우리는 또 널 찾으려고 순찰대를 보내야 할 테고."

모스플라이트는 털가죽 속으로 몸이 움츠러드는 것 같았다.

그레이윙은 마음이 아팠다.

"어쩌면 우리가 같이 토끼 흔적을 쫓을 수도……."

말을 하는 사이 언덕 위로 고스퍼가 나타났다. 입에는 축 늘어진 토끼를 물고 있었다.

"잡았구나!"

그레이윙은 가르랑거리며 말했다.

고스퍼는 천천히 다가와 윈드러너 앞에 토끼를 내려놓았다.

모스플라이트가 미안한 듯 눈을 반짝거렸다.

"쥐 대가리같이 굴어서 죄송해요."

"괜찮아."

고스퍼가 부드럽게 말했다.

하지만 윈드러너는 꼬리를 휘둘렀다.

"당신이 없었다면 이 애 실수로 토끼를 그대로 놓칠 뻔했어."

암고양이는 짝을 노려보았다.

고스퍼는 침착하게 짝과 눈을 맞췄다.

"아직 어리잖아."

"자기 품으로 뛰어드는 토끼쯤은 잡을 수 있는 나이야."

윈드러너가 쏘아붙였다.

모스플라이트는 엄마에게서 아빠로 불안한 시선을 돌렸다.

"약속해요, 다시는 안 그럴게요."

윈드러너는 콧방귀를 뀌었다.

"아니, 네 아빠가 널 위해 계속 변명을 해 주는 한 넌 계속 그럴 거야.”

“애한테 너무 심하잖아, 윈드러너.”

고스퍼가 따지듯 말했다.

“누군가는 이렇게 해야 해. 안 그러면 애는 사냥하는 법을 평생 못 배울 거야.”

그레이윙은 가족 문제는 가족끼리 해결하도록 놔두고, 돌아서서 비탈을 따라 원래 있던 자리로 돌아갔다.

슬레이트가 다가와 맞이했다.

“별일 없지?”

암고양이는 윈드러너가 있는 쪽을 힐끗 쳐다보았다.

그레이윙은 계속 걸었다.

“토끼는 고스퍼가 잡았어.”

숨이 찬 걸 들키지 않으려고 일부러 천천히 말했다.

슬레이트가 다가와 옆에서 나란히 걸었다.

“윈드러너는 기분이 별로 좋지 않아 보이는데.”

“윈드러너는 모스플라이트가 그 토끼를 잡았어야 한다고 생각해.”

“우리는 누구나 실수를 하잖아.”

“내가 토끼를 그 애 쪽으로 몰고 가지 말았어야 했어.”

그레이윙은 작은 소리로 말했다.

“모스플라이트를 믿을 수 없다는 걸 알았어야 하는데.”

슬레이트는 나란히 걸으며 주둥이로 그레이윙의 어깨를 쿡 찔렀다.

“아이가 저지른 실수를 당신 탓으로 돌리지 마.”

67

암고양이를 돌아본 그레이윙은 따뜻한 눈빛에 모스플라이트에 대한 걱정이 눈 녹듯 사르르 녹는 걸 느꼈다.

"언젠가는 멍하게 있는 버릇을 고치겠지."

그레이윙은 마지못해 말했다.

"당연히 그럴 거야."

슬레이트는 분지 쪽을 힐끗 쳐다보았다.

"진영으로 돌아갈까?"

암고양이의 목소리에서 걱정이 느껴졌다.

그레이윙은 긴장했다.

'내 쌕쌕거리는 숨소리를 들었나?'

"먹이를 좀 더 잡아야지."

"당분간 우리 없이도 다른 고양이들이 잘 해낼 거야."

슬레이트가 우기듯 말했다.

"그리고 우리가 없으면 모스플라이트가 사냥 연습할 기회도 생길 거고."

앞쪽에서 가시금작화 덤불 뿌리의 냄새를 맡고 있던 스파티드퍼가 둘이 다가가자 주둥이를 쳐들었다.

"먹잇감 냄새가 너무 오래돼서 거의 맡을 수가 없어요."

"높은 곳에 있는 토끼 굴들을 살펴보는 건 어때?"

그레이윙은 모스플라이트가 있는 곳을 코로 가리키며 제안했다. 윈드러너와 고스퍼를 따라 풀밭 위로 걸어가는 어린 암고양이의 하얀 털가죽이 마치 작은 구름처럼 보였다.

"네가 가서 모스플라이트한테 싱싱한 토끼 흔적을 찾는 법을 가르쳐 줘도 좋고."

스파티드퍼의 눈이 반짝거렸다.

"걔가 싫어하지 않을까요?"

그 말에 슬레이트가 가르랑거렸다.

"네가 같이 가면 고마워할 것 같은데."

스파티드퍼는 어린 암고양이를 따라잡으려고 비탈을 가로질러 달려갔다.

그레이윙은 모르는 사이에 슬레이트가 분지 입구로 이어지는 길로 자신을 이끌고 왔다는 것을 깨달았다. 아무래도 좀 쉬면서 숨을 가다듬어야 할 것 같았다. 사냥은 나중에 다시 할 수 있었다. 게다가 땅거미가 지면 먹잇감들이 숨어 있던 곳에서 나올 수도 있었다.

진영 입구에 있는 부드러운 풀밭을 가로질러 가는데 익숙한 냄새가 코를 스쳤다. 그레이윙은 호기심에 털가죽이 따끔거렸다. 클리어스카이와 톨섀도가 방금 전 이 길로 지나갔다.

'그들이 여긴 왜 왔지?'

그레이윙은 걸음을 재촉해 서둘러 진영으로 들어갔다.

형제는 공터를 서성거리고 있었다. 톨섀도는 어두운 눈빛으로 공터 가장자리에 앉아 있었다. 리드와 미노는 울타리 옆에서 여전히 거처를 만드는 중이었는데, 가시금작화에서 튀어나온 엉성한 틀 속으로 헤더 줄기를 엮어 넣으며 불안한 눈빛으로 다른 무리의 고양이들을 힐끗힐끗 살피고 있었다. 더스트머즐은 그들 가까이에 있는 헤더 가지 더미 옆에 앉아 털을 곤두세운 채 클리어스카이를 노려보고 있었다.

클리어스카이가 기대에 찬 눈빛으로 그레이윙을 돌아보았다.

"윈드러너도 같이 왔어? 할 말이 있는데."

클리어스카이는 그레이윙 옆을 지나 가시금작화 덤불 틈새를 내다보았다.

"너랑 같이 사냥하러 갔다던데."

"지금 황무지에 있어."

그레이윙은 형제에게 말했다.

슬레이트가 클리어스카이를 향해 눈을 깜박였다.

"내가 가서 데려올까?"

"데려온다고?"

클리어스카이가 되물었다. 아무래도 딴생각을 하고 있는 것 같았다.

그레이윙은 형제의 털가죽이 단정하지 못한 것을 눈치챘다. 목털은 굵게 뭉쳐 삐죽삐죽 튀어나와 있었다. 어딘지 이상했다. 그레이윙은 슬레이트를 향해 고개를 끄덕였다.

"가서 윈드러너를 데려와."

목소리에 담긴 다급함을 눈치채고 슬레이트는 진영에서 달려나갔다. 클리어스카이의 눈을 들여다본 그레이윙은 푸른 눈 깊숙이 타오르는 두려움을 느끼고 불안해졌다. 뭔가 잘못되어도 단단히 잘못된 게 분명했다.

"무슨 일인데?"

"놈들이 스타플라워를 잡아갔어!"

클리어스카이가 계속 서성거리며 말했다.

"누가 스타플라워를 잡아갔는데?"

그레이윙의 심장이 빠르게 뛰기 시작했다.

톨새도가 앞으로 걸어 나왔다.

"슬래시와 그 녀석이 거느린 떠돌이들이."

그레이윙의 머리가 빠르게 돌아갔다.

'슬래시!'

펀에게 톨새도의 무리를 염탐하라고 시킨 그 고양이였다! 그레이윙은 펀을 톨새도의 무리에 남겨 두긴 했지만, 그 이유에 대해서는 설명하지 않았다. 톨새도가 걱정하는 건 원치 않았기 때문이다. 슬래시의 떠돌이들 중 하나를 숲 고양이들 사이에 남겨 둔 게 잘못이었을까?

"펀은 어디 있는데?"

"펀?"

톨새도가 그레이윙을 보며 눈을 깜박거렸다.

"걔는 네가 떠나자마자 떠났어."

그레이윙의 털가죽 밑에서 경보가 울렸다. 그렇다면 펀이 슬래시를 위해 내내 염탐하고 있었던 걸까?

"왜 떠나는지는 말했어?"

"아니."

톨새도는 궁금하다는 듯 고개를 갸웃했다.

"그냥 사라졌어. 별로 놀랄 일도 아니지. 한곳에 정착할 고양이로는 보이지 않았거든. 늘 딴생각을 하는 것 같았어. 꼭 겁에 질린 것처럼 말이야."

펀은 왜 톨새도의 무리를 떠났을까? 그곳에서도 안전하다고 느끼지 못했던 걸까? 그레이윙의 털가죽 밑으로 두려움이 애벌레처럼 꿈틀꿈틀 기어다녔다. 슬래시는 생각보다 훨씬 더 위험한 고

71

양이가 분명했다.

클리어스카이가 그레이윙과 톨섀도 사이로 걸어 들어왔다.

"지금 편 얘기를 왜 하는데? 그 암고양이가 이 일과 무슨 관련이라도 있어?"

"편은 슬래시의 떠돌이 동료였어."

그레이윙이 설명했다.

"난 편이 슬래시한테서 달아날 수 있도록 도와줬고."

그 말을 들은 톨섀도가 그레이윙을 노려보았다.

"왜 진작 나한테 말하지 않았는데?"

"난 지금 그 암고양이 얘기나 하자고 여기 온 게 아니야!"

클리어스카이가 발톱을 세우고 쏘아붙였다.

"놈들이 스타플라워를 잡아갔다고! 내 말 못 알아듣겠어?"

그때 윈드러너가 숨을 헐떡이며 진영으로 뛰어 들어왔다. 슬레이트와 고스퍼도 뒤따라 들어와 미끄러지듯 멈춰 섰다.

"무슨 일인데?"

윈드러너가 다급하게 물었다.

클리어스카이는 간절한 얼굴로 윈드러너를 향해 돌아섰다.

"네 도움이 필요해."

클리어스카이가 불쑥 말했다.

"떠돌이들이 스타플라워를 잡아가서 붙잡아 두고 있어."

윈드러너는 어리둥절한 눈빛으로 얼굴을 찡그렸다.

"왜?"

"우리가 먹이를 나눠 주면 안전하게 돌려보내겠다고 했어."

클리어스카이는 다급한 눈빛으로 암고양이를 바라보았다.

윈드러너의 눈이 가늘어졌다.

"그 떠돌이들이 누군데?"

그레이윙은 걱정스럽게 귀를 씰룩거렸다.

"슬래시라는 고양이가 이끄는 무리야. 윈아이의 오랜 친구지."

윈드러너가 발끈했다.

"그래서 우리 먹이를 놈들에게 나눠 주라는 거야?"

"그냥 만나서 말만 하면 돼."

클리어스카이가 애원했다.

"반달이 뜰 때 무리의 지도자들을 모두 만나 조건을 의논하고 싶다고 했어."

고스퍼가 불안한 듯 귀를 씰룩거리며 앞으로 걸어 나왔다.

"스타플라워는 윈아이의 딸이잖아. 그러니 슬래시의 친구인지 아닌지 어떻게 알아?"

고스퍼가 조심스럽게 말했다.

윈드러너의 꼬리가 파르르 떨렸다.

"어쩌면 이건 걔가 세운 계획일지도 몰라."

"절대 아니야!"

클리어스카이가 비쩍 마른 암고양이를 노려보았다.

"스타플라워는 나를 사랑해. 내 새끼도 가졌어! 그리고 진영 동료들한테 충성을 바치고 있다고."

윈드러너의 눈길이 클리어스카이를 지나쳐 톨섀도에게 향했다.

"너도 클리어스카이와 같은 생각이야?"

톨섀도의 눈빛은 어두웠다.

"스타플라워는 콰이어트레인이 죽었을 때 우리 진영에 있었어.

내가 보기에 스타플라워는 떠돌이가 아니라 숲 고양이의 마음을 지닌 것 같아. 이제는 원아이의 딸로 살던 삶에서 등을 돌렸어."

그레이윙도 고개를 끄덕였다.

"톨새도 말이 맞아. 스타플라워가 클리어스카이를 다정하고 충성스럽게 보살피는 걸 나도 봤어. 내 생각엔 자기 뜻과 상관없이 붙잡혀 있는 게 분명해."

윈드러너가 미심쩍은 얼굴로 그레이윙을 쳐다보았다.

"그렇다고 해서 우리가 여우처럼 악랄한 녀석들한테 우리 먹이를 나눠 줘야 하는 건 아니지."

클리어스카이의 눈에 두려움이 스쳤다.

"네가 도와줘야 해!"

윈드러너는 싸늘한 눈빛으로 클리어스카이를 바라보았다.

"우리가 널 위해 뭘 해 줘야 할 이유는 없어."

"네가 이 일을 당했다면 어떻겠어?"

클리어스카이가 따지듯 물었다.

"만약 고스퍼가 잡혀갔다면 말이야. 그랬다면 난 너를 도와줬을 거야."

"정말?"

윈드러너는 콧방귀를 뀌었다.

"넌 지금껏 네 생각만 했지, 남을 도와준 적이 없잖아."

"그건 사실이 아니야."

그레이윙은 갑자기 형제의 편을 들어야 한다는 생각이 들었다.

"홀리의 새끼들이 사라졌을 때, 그 애들을 구한 게 바로 클리어스카이야!"

하지만 윈드러너는 클리어스카이에게서 눈을 떼지 않았다.

"이건 네 문제지, 우리 문제가 아니야."

그레이윙은 눈을 깜박이며 윈드러너를 바라보았다. 스타플라워를 구하는 일을 도와줘야만 했다.

클리어스카이의 눈이 휘둥그레졌다.

"그러면 스타플라워와 내 새끼들이 위험에 처했는데도 그냥 두고 보겠다는 거야?"

윈드러너는 털가죽을 꿈틀거릴 뿐 대답하지 않았다.

그레이윙은 암고양이가 주저한다는 것을 알 수 있었다.

"우리가 도와줘야 한다고 생각해."

그레이윙은 속삭이듯 말했다.

슬레이트가 옆으로 다가왔다.

"하지만 너무 위험해."

암고양이가 작은 소리로 속삭였다.

"그 떠돌이들은 진짜 위험하단 말이야."

"우리도 마찬가지야."

그레이윙은 으르렁거리며 말했다.

고스퍼가 꼬리를 확 튕기며 앞으로 걸어 나왔다.

"하지만 우리한테는 나눠 줄 먹이가 없어!"

"꼭 그럴 필요는 없어."

그레이윙은 고스퍼에게 말했다. 그러고서 클리어스카이에게로 눈을 돌렸다.

"슬래시는 무리의 지도자들을 만나고 싶어 하는 거잖아, 맞지?"

클리어스카이가 고개를 끄덕였다.

"너희를 만나고 나면 스타플라워를 돌려보내 줄 거야."

"그렇다면 간단하네."

그레이윙은 빠르게 말했다.

윈드러너가 그레이윙을 바라보았다.

"우리가 왜 이 일에 끼어들어야 하는데?"

그레이윙은 심각한 눈빛으로 윈드러너를 마주 보았다.

"스타플라워와 뱃속에 있는 새끼들을 보호하는 건 우리 임무야."

슬레이트가 그레이윙에게 몸을 바짝 붙였다.

"하지만 그 암고양이는 우리 무리도 아니잖아."

그레이윙은 슬레이트의 호박색 눈을 들여다보았다.

"만약 당신과 당신 뱃속에 있는 우리 새끼들이 위험에 처한다면, 나도 내가 아는 모든 고양이들이 당신을 구하는 일을 도와주길 바랄 거야."

그 말에 슬레이트의 눈빛이 부드러워졌다.

윈드러너가 끙 소리를 냈다.

"새끼들이 걸린 문제라 어쩔 수가 없네."

암고양이는 고개를 꾸벅 숙였다.

"알았어, 그레이윙. 네 판단을 믿을게. 그 떠돌이들을 만나러 갈게."

클리어스카이의 눈에 기쁨이 번졌다.

"정말 고마워!"

톨새도가 자리에서 일어나 몸을 털었다.

"돕겠다고 결정해 줘서 고마워, 윈드러너."

암고양이는 진영 입구로 발걸음을 옮겼다.

"바로 떠날 거야?"

윈드러너가 톨섀도를 보며 물었다.

"먼저 계획을 세워야 하는 거 아니야?"

"그건 나중에 해도 돼."

클리어스카이가 톨섀도를 따라 발걸음을 옮기며 말했다.

"먼저 리버리플과 얘기를 나누고."

"리버리플은 아직 동의 안 했어?"

윈드러너의 등줄기를 따라 털이 곤두섰다.

"안 했어. 하지만 리버리플도 우리와 함께할 거야."

톨섀도가 걸음을 멈추고 대답했다.

고스퍼의 눈빛이 어두워졌다.

"썬더는 떠돌이들을 만나겠대?"

클리어스카이가 그레이윙을 힐끗 쳐다보았다.

"걔는 거부했어."

윈드러너가 고스퍼와 눈길을 주고받았다.

"슬래시가 모든 지도자를 만나고 싶어 한다며. 만약 썬더가 같이 안 가면 우리끼리 가는 게 무슨 소용인데?"

그레이윙은 꼬리를 쳐들었다. 썬더가 자신을 수없이 외면한 아버지를 도와주기를 주저하는 건 얼마든지 이해할 수 있었다. 하지만 썬더는 착한 고양이였다. 그리고 스타플라워와 뱃속에 있는 새끼들이 다치는 것을 진심으로 바라지도 않을 것이다.

"썬더한테는 내가 말해 볼게."

"걔가 마음을 바꿀 거라고 생각해?"

클리어스카이가 기대에 찬 얼굴로 물었다.

"썬더는 귀를 기울여 줄 거야."

그레이윙은 형제를 안심시켰다.

'다른 누구도 아닌 내가 설득하면 들어줄 거야.'

하지만 그 떠돌이들을 만나서 뭘 어떻게 해야 한다는 걸까?

클리어스카이의 눈에는 감사의 마음이 가득했다.

"고마워."

"가자."

톨섀도가 진영을 빠져나가며 재촉했다.

클리어스카이가 톨섀도를 따라 가시금작화 틈으로 사라지자 그레이윙의 머릿속에 한 가지 생각이 떠올랐다.

'바로 그거야!'

윈드러너가 얼굴을 찡그리며 그레이윙을 바라보았다.

"정말 그 떠돌이들을 만나서 우리 먹이를 나눠 주겠다고 약속하는 게 좋은 생각인 것 같아?"

그레이윙은 수염을 씰룩거렸다.

"우리는 그 떠돌이들을 만난다고만 했지, 먹이를 나눠 주겠다고 약속하진 않았어."

윈드러너의 눈이 휘둥그레졌다.

"하지만 만약 먹이를 나눠 주겠다고 하지 않으면 그들이 무슨 짓을 할지……."

그레이윙은 암고양이의 말을 끊고 끼어들었다.

"그들은 아무 짓도 못 할 거야. 나한테 계획이 있어."

4
절망에 빠진 클리어스카이

클리어스카이의 등줄기를 따라 털가죽이 물결치듯 움직였다. 까마귀처럼 새까만 하늘에서 반달이 빛나고 있었다. 뼛속까지 파고드는 추위가 숲을 덮치면서 낙엽 지는 계절 마지막까지 남아 있던 나뭇잎들이 파르르 떨렸다. 먹잇감의 발소리나 올빼미 울음소리를 들으려고 귀를 쫑긋 세웠지만, 진영을 떠난 뒤로 숲은 줄곧 고요하기만 했다. 마치 온 숲이 오늘 밤 만남을 숨죽여 기다리고 있는 것 같았다.

'누가 올까?'

나무 네 그루가 있는 분지에 가까워지자 클리어스카이는 걸음을 재촉했다.

톨새도는 오겠다고 약속했다. 윈드러너도 마찬가지였다. 리버리플도 약속을 지킬 것이다. 강에 사는 고양이들의 지도자는 이미 거대한 떡갈나무 아래에서 기다리고 있을 것이다. 그렇다면 썬더는? 그레이윙이 정말로 설득했을까?

클리어스카이는 핏줄을 타고 흐르는 두려움을 느꼈다. 길고 긴 밤 제대로 잠을 이루지 못해 몸은 지칠 대로 지쳤다. 두려움과 희망만이 남아 있는 유일한 힘이었다. 스타플라워의 얼굴을 보고 싶어 미칠 것 같았다. 나무 네 그루가 있는 분지에서 슬래시 옆에 서 있을 암고양이를 상상하며 걸음을 재촉했다.

'무사할까? 떠돌이들이 함부로 대하지는 않았겠지?'

떠돌이들에게 잡혀간 스타플라워가 어떤 고생을 했을지는 생각하지 않으려고 애썼다.

만약 스타플라워가 그 자리에 없으면 어떻게 해야 할까? 만약 슬래시가 나타나지 않는다면? 어쩌면 이건 속임수일지도 모른다. 밤낮으로 자신을 괴롭혔던 의심을 떨쳐 내려 애썼다. 만약 지도자들을 한자리에 불러낸 것이 빈 진영을 노리려는 속임수라면?

클리어스카이는 눈을 가늘게 떴다. 진영을 떠나기 전, 동료들에게 각자 자리를 정해 주고 보초를 서라고 지시하며 단단히 준비시켰다. 네틀과 쏜은 진영 입구에서 보초를 서고 있었다. 버치와 올더는 나무숲을 돌아다니며 침입자의 흔적이 없는지 살피기로 했다. 스패로퍼와 블로섬은 공터 위로 드리워진 떡갈나무 가지에서 주위를 살피고, 에이콘퍼와 퀵워터는 그 아래 그림자 속에 숨어 있기로 했다. 어떤 떠돌이든 발을 들여놓았다가는 무시무시한 공격을 각오해야 할 것이다. 클리어스카이는 다른 지도자들도 자신처럼 만반의 준비를 해 뒀기를 바랐다.

"클리어스카이?"

분지 꼭대기에 가까워졌을 때, 나무 사이로 외치는 소리가 들렸다. 클리어스카이는 걸음을 멈췄다. 심장이 빠르게 뛰었다.

목소리가 다시 들렸다.

"너야?"

클리어스카이는 톨새도의 목소리를 알아차렸다. 암고양이의 냄새를 맡고 서둘러 달려갔다. 익숙한 냄새가 혀를 적시자 불안감이 사라졌다.

어둠 밖으로 조용히 빠져나온 톨새도는 그림자나 다름없어 보였다.

"리버리플은 분지 반대편에서 기다리고 있어."

암고양이는 몸을 숨기고 있던 숲에서 나와 비탈 꼭대기에 멈춰섰다. 클리어스카이도 옆으로 다가가, 톨새도의 시선을 따라 분지 반대편을 내려다보았다. 그러자 덤불에 가려진 리버리플의 옅은색 털가죽이 보였다.

톨새도는 비탈 꼭대기를 훌쩍 뛰어넘어 고사리 덤불을 뚫고 내려갔다. 클리어스카이도 그 뒤를 따라 기다란 풀 줄기 사이를 요리조리 빠져나가 분지 바닥으로 향했다.

반대편에서 풀이 휙휙 움직이는 소리가 나면서 리버리플이 그들을 맞이하러 달려왔다. 길고 풍성한 은색 털이 달빛을 받아 물결처럼 일렁거렸다.

고사리 덤불에서 뛰쳐나가 공터로 걸어 들어가자 차가운 공기가 얼굴을 덮쳤다. 분지 바닥에 찬 공기가 고여 있어서 마치 얼음물 속을 헤엄치는 물고기가 된 것 같았다. 두려움을 애써 참고 있는데, 털가죽 아래에서 뜨거운 기운이 샘솟는 것 같았다. 클리어스카이는 재빨리 공터를 둘러보았다. 심장이 너무 세차게 뛰어서 귓속에서 피가 고동치는 소리가 쿵쿵 울렸다. 공터 한쪽 끝에 솟아 있는 커다란 바위가 달빛을 받아 마치 구부러진 거대한 발톱처럼 보였다. 그 너머로 윈드러너의 야윈 몸이 보이자 클리어스카이는 고마운 마음이 들었다. 윈드러너는 그를 향해 다가오고 있었다.

클리어스카이는 눈에 힘을 주고 암고양이 너머의 어둠을 바라보았다. 그레이윙이 썬더를 설득하는 데 성공했을까?

뒤쪽 비탈에서 고사리 덤불이 바스락대는 소리가 들리자 클리어스카이는 홱 돌아보았다. 눈에 익은 아들의 넓은 어깨가 보이고, 썬더가 공터로 걸어 들어왔다. 주황색 털가죽이 달빛에 파르스름하게 빛났다.

"썬더!"

마음속에서 기쁨이 솟구쳤다. 자신이 설득하지 못한 아들을 그레이윙이 설득했다는 사실에 살짝 화가 났지만 애써 참았다. 그레이윙이 썬더에게 그만큼의 영향력을 미칠 수 있다는 사실을 못마땅하게 여길 자격이 있을까? 썬더에게는 그레이윙이 더 아버지 같은 존재일 것이다.

톨섀도와 리버리플도 클리어스카이 옆에 멈춰 서서 썬더가 다가오길 기다렸다.

"떠돌이 냄새가 나는데요."

썬더가 으르렁거렸다.

"신선한 냄새야?"

윈드러너가 물었다.

그때 커다란 바위에서 목소리가 울려 퍼졌다.

"당연히 신선한 냄새지."

재미있다는 듯한 목소리였다.

클리어스카이는 홱 돌아서서 바위를 올려다보았다. 목에서 숨이 턱턱 막혔다. 반의반 달이라는 시간 동안 이 순간만을 기다렸다. 공포가 털가죽을 찔렀다. 고약한 떠돌이 냄새가 코를 찌르고 다른 지도자들 냄새도 맡을 수 있었지만, 뭔가 빠진 것이 있었다.

슬래시가 바위 위에 우뚝 서 있었고, 떠돌이 여섯이 그 옆을 에워싸고 있었다. 지저분한 털가죽이 비쩍 마른 몸에 찰싹 달라붙은 떠돌이들은 바위처럼 꼼짝도 하지 않고 무리의 지도자들을 내려다보고 있었다. 고요한 침묵과 어울리지 않게 그들의 눈은 위협적으로 번뜩였다.

"너희가 오길 바랐어."

슬래시가 바위 끝으로 걸어 나와 비웃는 듯한 눈빛으로 아래를 내려다보았다.

클리어스카이는 화가 나서 두려움도 잊고 입을 하악 벌렸다.

"네가 우리한테 다른 선택지를 주지 않았잖아."

슬래시는 콧방귀를 뀌었다.

"너한테 다른 선택지를 주지 않은 거지, 클리어스카이."

떠돌이의 눈길이 다른 지도자들에게로 향했다.

"저들은 여기 올 이유가 없었어. 네가 스타플라워나 네 새끼들을 다시는 못 보게 되든 말든 그게 저들과 무슨 상관이지?"

클리어스카이는 심장이 철렁 내려앉았다.

"그렇다면 왜 나한테 저들을 데려오라고 한 거지?"

슬래시는 재미있다는 듯 수염을 씰룩거렸다.

"난 그저 네가 저들을 설득할 수 있는지 없는지 보고 싶었어."

윈드러너가 화난 듯 꼬리를 휙 튕겼다.

"클리어스카이가 우리를 설득하지 못했다면 어쩔 셈이었지?"

"스타플라워와 거래해서 너희가 먹이를 내놓게 만들 다른 방법을 찾아냈겠지."

슬래시가 대답했다.

'스타플라워와 거래한다고?'

클리어스카이는 두려움에 꼬리를 움찔거렸다.

'그게 무슨 뜻이지?'

갑자기 새끼 고양이가 된 것처럼 뭘 해야 할지 막막해졌다.

'스타플라워는 어디 있지?'

입을 벌려 짝의 냄새를 찾는 순간, 뭔가 빠졌다고 생각한 것이 무엇인지 깨달았다. 바로 스타플라워의 냄새였다!

썬더가 털을 곤두세웠다.

"감히 우리를 협박하다니!"

슬래시가 꼬리를 홱 튕기면서 다른 떠돌이들을 돌아보았다. 그러자 그들이 쉭쉭대며 앞으로 걸어 나와 바위 끄트머리에 섰다.

"정말로 날 상대하고 싶은 거야, 썬더?"

슬래시가 물었다.

썬더는 귀를 머리에 납작 붙였다.

"대체 왜 우리가 먹이를 나눠 줄 거라고 확신하는 거야?"

슬래시의 눈길이 지도자들을 휙 훑었다.

"너희를 오늘 밤 이 자리로 부른 것과 같은 이유야. 너희는 클리어스카이가 짝과 새끼들을 잃는 걸 보고 싶지 않잖아."

클리어스카이는 앞으로 달려 나가 커다란 바위 위를 올려다보며 으르렁거렸다.

"스타플라워는 어디 있지?"

두려워서 차분히 생각을 할 수가 없었다. 끔찍한 공포로 뱃속이 뻥 뚫린 것 같았다.

"무사한 거지?"

누군가의 털이 옆구리를 스쳤다. 클리어스카이는 털을 곤두세우며 홱 돌아보았다.

리버리플이 옆에 서 있었다.

"저 녀석 말에 반응하지 마."

은색 고양이가 작은 소리로 말했다.

"저 녀석은 네 판단력을 흐리게 만들 작정이야. 정신 똑바로 차려야 해."

클리어스카이는 달래는 듯한 리버리플의 눈빛을 가만히 마주 보았다. 그러자 마치 은색 수고양이의 침착함이 자신에게도 스며든 듯 숨쉬기가 편해지면서 빠르게 뛰던 심장 박동도 느려졌다. 클리어스카이는 자세를 바로 하고 다시 슬래시를 돌아보았다.

"너는 내가 다른 지도자들을 이 자리로 데리고 오면 스타플라워를 돌려보내겠다고 약속했어."

슬래시가 고개를 갸웃했다.

"만약 내가 지금 스타플라워를 보내면, 우리가 오늘 밤 하게 될 약속을 정말 지킬 거야? 그걸 어떻게 믿을 수 있지?"

클리어스카이는 차가운 땅속으로 발톱을 쿡 박아 넣었다.

"스타플라워가 안전하게 돌아오기 전까지는 아무도 약속 같은 건 하지 않을 거야."

슬래시가 귀를 머리에 납작 붙이고 클리어스카이를 노려보았다.

"안됐지만 그건 네가 결정할 수 있는 문제가 아니야. 네 짝이든 아니면 네 새끼들이든, 살아 있는 상태로 만나고 싶다면 내 요구를 들어줘야 할 거야."

클리어스카이는 털가죽을 파고드는 차가운 공포를 느꼈다. 입이 바짝 말라붙어 말도 나오지 않았다.

"네가 원하는 게 정확히 뭔데?"

뒤에서 썬더의 침착한 목소리가 들렸다.

"먹이 다섯을 잡으면 그중 하나를 내놔."

슬래시가 별일 아니라는 듯 말했다.

"그러면 내 고양이들이 매일 너희를 찾아가서 우리 몫을 가져올 거야."

윈드러너가 슬래시를 노려보았다.

"그러면 우린 굶어 죽을 거야!"

썬더도 으르렁거렸다.

"너희를 먹이기 위해 우리가 굶을 순 없어!"

슬래시의 눈이 가늘어졌다.

"왜 우리 땅에 있는 먹이를 먹고 너희가 살을 찌우려는 건데?"

"이번 잎 없는 계절에는 누구도 살을 찌우지 못할 거야."

톨섀도가 내뱉었다.

"우리 먹을 것도 충분하지 않아. 그러니 너희한테 나눠 줄 게 있을 리 없잖아."

"그건 내가 걱정할 일이 아니지."

슬래시가 차갑게 대꾸했다.

"우리 땅에서 살고 싶다면 당연히 이곳에서 잡은 걸 나눠야지."

"여긴 너희 땅이 아니야!"

썬더가 쉭쉭거렸다.

"너희 땅도 아니잖아. 너희가 묻지도 않고 멋대로 차지한 거지."

슬래시가 쏘아붙였다.

"너희가 우리를 이 땅 끄트머리로 쫓아냈고, 너희가 먹고 남은 찌꺼기나 먹게 만들었잖아."

"너희는 원래 다른 고양이들이 사는 땅 끄트머리만 헤매고 다녔잖아."

윈드러너가 으르렁거리며 말했다.

"너희가 계속 그렇게 살아왔다는 거 알아. 내가 새끼 고양이였을 때부터 너희는 다른 고양이들을 괴롭히고 대신 사냥하게 만들었잖아."

클리어스카이의 머릿속에서 수많은 생각이 소용돌이쳤다.

'왜 지금 땅을 가지고 떠들지? 우리는 지금 스타플라워 때문에 이 자리에 온 거잖아. 왜 다들 스타플라워를 구할 생각을 안 하지?'

리버리플이 차가운 눈으로 슬래시를 바라보았다.

"너희는 왜 여기 사는 건데? 황무지도, 강도, 숲도 너희는 필요 없잖아. 저기 지평선까지 새로운 땅이 뻗어 있어. 다른 곳에 가서 사냥하면 되잖아."

"너희가 우릴 위해 사냥을 해 줄 텐데 우리가 왜 굳이 직접 사냥을 하겠어?"

슬래시가 바위 가장자리를 따라 걷기 시작하자, 그를 따르는 떠돌이들은 슬래시가 지나갈 수 있도록 뒤로 물러났다.

"너희는 사냥 솜씨가 뛰어난 걸 자랑으로 여기잖아. 지금 내가 너희한테 그 솜씨를 자랑할 기회를 주는 거 아니야? 그리고 난 이미 그렇게 해야 할 이유를 충분히 준 것 같은데……. 잊지 마, 너희가 먹이를 나눠 주지 않으면 스타플라워는 죽어."

'안 돼!'

목구멍에서 숨이 턱 막혔다.

"먹잇감 열 마리를 잡으면 그중 하나를 주는 건 어때?"

클리어스카이는 불쑥 말했다.

슬래시의 귀가 움찔거렸다.

"좀 더 베풀어 봐."

"일곱 마리 중에 하나?"

절박해진 클리어스카이는 쉰 목소리로 말했다. 그리고 어깨 너머로 다른 지도자들을 힐끗 돌아보며 자신을 지지해 달라고 말없이 애원했다.

"일곱 마리 중 하나 정도면 크게 부담스럽지도 않잖아."

클리어스카이는 쉰 목소리로 말을 이었다.

"모르는 사이에 새잎 돋는 계절이 올 테고, 그러면 이 땅엔 다시 먹잇감이 가득해질 거야."

썬더는 시선을 피했다. 톨섀도는 미안하다는 듯 눈을 깜박거렸다. 윈드러너는 눈을 너무 가늘게 뜨고 있어서 무슨 생각을 하는지 읽을 수가 없었다.

리버리플이 커다란 바위 가까이 다가가 슬래시를 올려다보았다.

"너희를 먹이려고 우리 진영 동료를 굶기는 일은 없을 거야."

클리어스카이는 구역질이 날 것 같았다.

'스타플라워가 죽는다고 해도 상관없다는 거야?'

클리어스카이는 리버리플을 지나쳐 썬더에게 달려갔다.

"너희가 이러면 안 되지!"

간절한 시선이 윈드러너에게로 옮겨 갔다.

"스타플라워를 구하는 걸 도와줘야 하잖아!"

클리어스카이가 노려보자 톨섀도는 뒷걸음쳤다.

"날 도와주겠다고 약속했잖아!"

슬래시의 목에서 낮게 으르렁대는 소리가 흘러나왔다. 클리어스카이는 돌아서서 슬래시를 마주 보았다. 떠돌이들이 험악한 얼굴로 자신들의 지도자 주위를 서성거렸다.

"설득할 시간을 줘."

클리어스카이는 애원했다.

슬래시의 얼굴이 일그러졌다.

"아무래도 네 친구들은 스타플라워가 죽든 말든 상관없나 봐."

슬래시가 으르렁거렸다.

"하지만 걱정하지 마. 이 대가를 치러야 하는 게 너 혼자는 아닐 테니까."

떠돌이의 발톱이 바위를 긁었다.

"너희 모두 지금 어떤 위험을 맞닥뜨렸는지 전혀 모르는구나. 우리는 너희보다 수가 훨씬 더 많아. 그리고 너희가 상상도 못 할 만큼 잔인하지. 너희 새끼들의 목숨과 진영 동료들의 목숨이 먹이보다 더 귀중하다면 내 요구를 거절해도 돼."

썬더가 턱을 쳐들었다.

"허풍 떨지 마."

톨섀도도 슬래시를 향해 쉭쉭거렸다.

"우리가 왜 네 말을 믿어야 하는데?"

"네 동료는 지금 옆에 있는 놈들이 전부라는 거 다 알아."

윈드러너도 끼어들었다.

"정말로 모험을 하고 싶다 이거야?"

슬래시가 사악한 눈으로 암고양이를 노려보았다.

하지만 윈드러너는 꿈쩍하지 않았다.

"그래."

"맞아."

썬더가 한 걸음 앞으로 나섰다.

"나도 그래."

톨섀도가 꼬리를 휘두르며 동의했다.

"안 돼!"

클리어스카이는 절박한 얼굴로 리버리플을 바라보았다. 분명 리버리플은 이대로 포기하지 않을 것이다.

"모르겠어? 저 고양이가 스타플라워를 죽일 거야!"

리버리플은 안타깝다는 듯 동그란 눈으로 클리어스카이를 바라보았다.

"저런 불량한 녀석한테 항복할 수는 없어."

리버리플이 부드럽게 말을 이었다.

"저 녀석은 우리가 모두 굶어 죽을 때까지 계속 더 내놓으라고 요구할 거야."

"그래서 지금 내 짝을 희생시키겠다는 거야?"

클리어스카이는 자신의 귀를 믿을 수가 없었다.

"내 새끼들의 엄마를?"

"알았어, 너희 생각이 정 그렇다면."

슬래시의 목소리가 분노로 매서워졌다.

"아니야!"

클리어스카이는 애원하는 눈으로 슬래시를 쳐다보았다.

"내가 대신 사냥할게! 내 먹이를 다 가져가도 돼. 제발 스타플라워만 돌려줘!"

슬래시는 만족스럽게 눈을 번뜩였다. 그러더니 돌아서서 커다란 바위 뒤쪽으로 사라졌다. 나머지 떠돌이들도 줄지어 그를 뒤따라갔다. 클리어스카이는 떠돌이들이 고사리 덤불 사이로 휙휙 지나가는 소리를 들으며 바위처럼 꼼짝 않고 서 있었다.

'스타플라워!'

슬픔으로 가슴이 찢어지는 것 같았다. 발을 부들부들 떨며 비틀거리다 옆으로 털썩 주저앉았다. 잠긴 목에서 흐느끼는 소리가 새어 나왔다. 두려움이 온몸을 조여 오고, 옆으로 다가오는 발소리도 잘 들리지 않았다.

"클리어스카이."

리버리플의 부드러운 목소리가 들렸다.

"너희가 스타플라워를 죽였어. 내 새끼들까지 죽였다고."

클리어스카이는 발밑에 코를 파묻었다.

"나 혼자 내버려둬!"

'모두 나를 배신했어. 내 아들조차도!'

"너희를 다시는 보고 싶지 않아."

별안간 날카로운 발톱이 귀를 할퀴었다.

"클리어스카이!"

윈드러너의 숨결이 얼굴을 뒤덮었다.

"당장 일어나 앉아! 새끼 고양이처럼 징징대지 말고."

충격을 받은 클리어스카이는 고개를 홱 쳐들었다. 윈드러너와 리버리플, 썬더, 톨섀도가 눈을 반짝이며 주위를 에워싸고 있었다.

"모르겠어? 스타플라워가 죽게 생겼단 말이야!"

클리어스카이는 애원하듯 말했다.

"멍청한 녀석."

윈드러너가 쉭쉭대며 말했다.

"넌 우리가 정말 그렇게 매정하다고 생각해?"

썬더가 몸을 숙여 주둥이로 어깨를 툭 쳤다.

"일어나세요."

"왜?"

클리어스카이는 어리둥절한 채로 썬더에게 의지해 일어섰다.

톨섀도가 꼬리를 쳐들었다.

"같이 가자. 너한테 보여 줄 게 있어."

5
구출 작전

그레이윙은 그늘진 소나무 숲 사이를 노려보았다. 덤불로 뒤덮인 땅이 환한 달빛을 받으며 눈앞에 펼쳐져 있었다. 저 멀리 천둥길에서 우르릉거리는 소리가 들렸다. 덤불 너머에는 별이 총총히 박힌 하늘을 등지고 썩은 고기 버리는 곳이 우뚝 솟아 있었다. 산처럼 쌓인 두발쟁이들의 찌꺼기에서 풍기는 끔찍한 악취가 코를 찌르자 그레이윙은 몸서리를 쳤다. 슬래시가 정말로 스타플라워를 저런 더러운 곳에 붙잡아 둔 걸까?

라이트닝테일이 옆에서 몸을 꼼지락거렸다. 이제 그레이윙한테는 숲 고양이의 퀴퀴한 냄새가 낯설게 느껴졌다. 리프와 리드는 뒤쪽 그림자 속에서 초조한 듯 몸을 꼼지락거렸다.

그레이윙이 썬더의 진영으로 가서 계획을 논의한 뒤 리프와 라이트닝테일도 순찰대에 참여하겠다고 나섰다. 리드는 처음부터 함께 가겠다고 고집했다. 그레이윙은 진영 동료에게 고마움을 느꼈다. 치료에 대해 잘 아는 이 은색 수고양이는 큰 도움이 될 수 있을 것이다. 스타플라워가 어떤 상태로 발견될지 알 수 없으니 말이다.

라이트닝테일이 코를 찡그렸다.

"정말 여기가 맞을까요?"

그레이윙은 앞쪽에 시선을 고정했다.

"펀이 그렇게 말했어."

리프가 불안한 얼굴로 어깨 너머를 힐끗 돌아보았다.

"펀은 어디 있는데? 여기서 만나자고 했다면서."

"동료들한테 들키지 않고 빠져나오려면 시간이 걸릴 거야."

그레이윙이 대답했다.

"빨리 와야 할 텐데."

리드가 초조하게 중얼거렸다.

"나무 네 그루에서의 만남이 끝나고 슬래시가 그곳을 떠나기 전에 스타플라워를 빼내야 해. 새끼를 밴 고양이를 납치할 정도로 막무가내인 녀석인데, 만약 우리가 탈출시키려 한다는 걸 알게 되면 우리한테 무슨 짓을 할지 어떻게 알아?"

그레이윙은 반달을 힐끗 올려다보았다. 달은 아직 높이 떠 있었다.

'만남이 얼마나 길어질까?'

윈드러너는 최대한 시간을 끌어 보겠다고 약속했다. 다행히 아직 시간은 많이 있었다. 그레이윙은 걱정스러운 얼굴로 그늘진 곳을 다시 돌아보았다.

'펀이 오고 있긴 한 걸까?'

어쩌면 펀 없이 자신들끼리 스타플라워를 찾기 시작해야 할지도 모르겠다는 생각이 들었다.

그레이윙은 지난 반의반 달 동안 톨섀도의 진영을 떠난 펀을 찾으려고 암고양이의 흔적을 찾아 소나무 숲을 뒤지고 다녔다. 찾을 수 있다는 희망을 품고 떡갈나무 숲과 강가를 샅샅이 뒤졌다. 슬래시와 관련 있는 고양이는 펀뿐이었기 때문에 스타플라워가 어디에 잡혀 있는지 알아내려면 펀이 반드시 필요했다.

마침내 그레이윙은 소나무 숲 너머에서 펀의 냄새를 찾아냈다. 냄새를 쫓아가다 보니 암고양이의 냄새에 고약한 떠돌이들 냄새가 섞여 있어 경계심이 점점 커졌다. 펀이 지나간 흔적을 따라 냄새는 점점 짙어졌고, 마침내 떠돌이들의 냄새가 진동하는 곳에 이르렀다. 두려움에 걸음을 멈춘 그레이윙은 털이 곤두섰다. 그곳이 바로 떠돌이들의 진영이었다. 습지에 움푹 파인 분지였는데, 소나무가 듬성듬성 나 있고 습지의 풀이 울타리처럼 빽빽하게 둘러싸고 있어서 쉽게 눈에 띄지 않는 곳이었다. 그레이윙은 조심스럽게 주위를 맴돌다가 분지 너머에 있는 비탈을 기어 올라갔다. 그러자 버드나무 사이로 개암나무 덤불이 우거져 있는 땅이 나왔다. 그 땅은 나무가 빽빽한 숲으로 이어졌다. 몸을 숨긴 채 떠돌이들이 오가는 것을 지켜보기에 완벽한 장소였다. 썩어 가는 이끼 덤불을 발견한 그레이윙은 그 위에서 몸을 굴려 자신의 냄새를 없앤 다음 복잡하게 뒤엉킨 덤불 속에 웅크리고 기다렸다.

길고 긴 낮과 밤이 지나고서야 펀을 찾아냈다. 새벽이 밝아 오면서 희미한 빛이 습지를 비출 때 펀이 모습을 드러냈다. 암고양이는 순찰대를 따라 진영으로 돌아오고 있었다. 그레이윙은 가슴이 철렁했지만 다른 떠돌이들한테 들키지 않고 펀을 불러낼 방법을 궁리했다.

다행히 펀은 냄새를 아주 잘 맡았다. 비탈 아래쪽을 따라 걷던 암고양이가 걸음을 멈추고 코를 찡긋거렸다. 그러더니 귀도 쫑긋 세웠다. 암고양이가 돌아서서 버드나무가 있는 쪽을 힐끗 돌아보자 그레이윙은 심장이 빠르게 뛰었다.

"나는 나중에 뒤따라갈게!"

편이 순찰대를 향해 소리쳤다.

떠돌이들이 눈에 보이지 않을 만큼 멀어지자 편은 비탈을 달려 올라와 털가죽을 물결처럼 꿈틀대며 개암나무 덤불 속으로 비집고 들어왔다.

암고양이는 그레이윙이 스타플라워를 찾아왔다는 걸 짐작하고 있었다. 하지만 어디에 갇혀 있는지는 정말 모른다고 맹세했다.

"슬래시가 보초 서는 고양이들 말고는 아무한테도 말해 주지 않았어."

편이 털어놓았다.

"아무도 찾지 못하게 진영에서 멀리 떨어진 곳에 가둬 놓은 것 같아."

"하지만 어디 있는지 알아내야만 해."

그레이윙이 다그쳤다.

편은 스타플라워가 어디에 있는지 알아보겠다고 약속했다.

"그렇지만 넌 다시는 여기 오면 안 돼."

편이 주의를 주었다.

"내가 널 찾아갈게. 그게 우리 둘 다를 위해 안전해."

그곳을 떠나면서 그레이윙은 마음이 놓이는 게 아니라 더 불안해졌다. 편에게 모든 위험을 떠넘기는 것이 과연 옳은 일일까? 하지만 그런 걱정은 잊기로 했다. 클리어스카이의 태어나지 않은 새끼들이 더 큰 위험에 처해 있었기 때문이다.

여러 날이 지나고 나무 네 그루에서의 만남이 점점 가까워졌다. 그러다 드디어 펀이 찾아왔다. 새벽 무렵, 순찰대로 나선 그레이윙이 헤더 덤불 옆을 지나가는데, 두려움으로 눈이 동그래진 암고양이가 나타났다.

"어디에 갇혀 있는지 알아냈어."

펀이 숨을 헐떡이며 말했다.

"지금 당장은 가르쳐 줄 수 없어. 슬래시가 이미 내가 어디 갔는지 궁금해하고 있을 거야."

그래서 둘은 만남이 있는 날 밤에 소나무 숲 끝에서 만나기로 약속했다.

오늘이 바로 그 밤이었고, 그레이윙은 반달을 다시 한 번 초조하게 바라보았다.

'대체 펀은 어디 있는 거야? 설마 빠져나오지 못한 걸까?'

축축한 땅 위에 내내 엎드려 있자니 몸이 뻣뻣해지는 것 같아서 발을 이리저리 꼼지락거렸다.

"펀이 오지 않으면 어쩌죠?"

라이트닝테일이 힐끗 쳐다보며 물었다.

"그러면 우리 힘으로 스타플라워를 찾으러……."

뒤쪽 가시덤불이 부스럭대자 그레이윙은 하던 말을 멈췄다. 그리고 꼬리 끝을 움찔거려 다른 고양이들에게 조용히 하라는 신호를 보내며 몸을 돌렸다.

"그레이윙?"

나무 사이에서 펀의 겁먹은 속삭임이 들렸다.

순간 마음이 놓였지만 그레이윙은 불안한 눈빛으로 그림자 속을 노려보았다.

"너 혼자야?"

"당연하지."

뒤엉킨 나뭇가지 사이를 빠져나오던 암고양이는 삐죽삐죽 뭉친 검은 털이 가시에 걸리자 아파서 얼굴을 찡그렸다.

리프가 몸을 곧게 폈다.

"안 오는 줄 알았잖아."

펀이 리프를 노려보았다.

"내가 분명 온다고 말했잖아, 안 그래?"

리드가 고개를 꾸벅 숙였다.

"무사히 와서 다행이야."

라이트닝테일이 기대에 찬 얼굴로 펀을 보며 눈을 깜박거렸다.

"스타플라워는 어디 있어?"

"날 따라와."

펀은 검은 수고양이를 스쳐 지나가 나무 사이를 빠져나갔다. 그리고 계속 몸을 낮춘 채 앞장서서 덤불로 뒤덮인 땅을 가로질러 갔다.

짧고 뻣뻣한 풀이 그레이윙의 발톱 사이에 걸렸다. 서리를 맞아 시커멓게 시든 덤불이 양쪽에 빽빽이 들어차 있었다. 썩은 고기 버리는 곳이 가까워질수록 고약한 냄새가 더 강해졌다.

펀은 걸음을 늦추고 빽빽하게 자란 고사리 덤불을 향해 고개를 끄덕였다.

"저 안에 있어."

암고양이가 속삭였다.

"스왈로와 스네이크가 지키고 있어."

라이트닝테일이 덤불 가까이 다가가 공기를 맛보았다.

그레이윙은 펀이 털가죽에서 두려움의 냄새를 풍기며 머뭇거리는 것을 알아차렸다.

"넌 이만 진영으로 돌아가는 게 좋겠어."

그레이윙은 작은 소리로 말했다.

펀이 고마운 듯 힐끗 쳐다보았다.

"만약 내가 너희를 여기로 데려온 걸 슬래시한테 들키면……."

"알아."

그레이윙은 고마운 마음을 담아 암고양이의 머리를 코로 톡 건드렸다.

"넌 정말 용감했어. 네 친절과 용기는 오래오래 기억할게."

펀은 기대에 찬 얼굴로 그레이윙을 보며 눈을 깜박거렸다.

"여기서 무사히 데리고 나가길 바랄게. 여긴 어미 고양이가 새끼를 낳을 만한 곳이 못 돼."

펀은 재빨리 고개를 끄덕이고는 소나무 사이로 서둘러 모습을 감췄다.

그레이윙은 라이트닝테일을 돌아보았다.

"준비됐어?"

"그럼요!"

라이트닝테일이 턱을 높이 쳐들었다.

그레이윙은 리프를 보며 고개를 끄덕였다.

"뭘 해야 하는지 알지?"

리프도 고개를 끄덕였다.

그레이윙은 공기를 맛보았다. 떠돌이들 냄새가 혀를 스쳤다. 고사리가 가벼운 바람에 흔들리며 바스락거리는 소리를 냈다. 그레이윙은 앞을 향해 꼬리를 홱 튕겨 라이트닝테일과 리프에게 신호를 보낸 뒤 몸을 웅크리고 배를 땅바닥에 붙였다. 옆에서 리드도 납작 엎드렸다. 두 숲 고양이는 고사리 덤불을 향해 조심스럽게 다가갔다.

그들이 그늘진 고사리 덤불에 가까워지자 그레이윙은 숨을 참았다. 리프가 뒤를 힐끗 돌아보고는 덤불 아래로 숨어들었다. 라이트닝테일은 턱을 쳐들고 곧장 앞으로 걸어 나갔다.

"웬 녀석이야?"

라이트닝테일이 고사리 덤불 뒤로 사라지자마자 그곳에서 성난 으르렁거림이 들렸다.

"그냥 먹이를 찾는 외톨이일 뿐이야."

라이트닝테일이 담담하게 대답했다.

"다른 데 가서 사냥해!"

또 다른 목소리가 밤공기를 뚫고 울려 퍼졌다.

라이트닝테일은 콧방귀를 뀌었다.

"이 근처에서 사냥하기 가장 좋은 곳이 어딘데?"

고사리 덤불 뒤에서 위협적으로 으르렁대는 소리가 들렸다.

라이트닝테일이 불안한 듯 귀를 씰룩거리며 뒷걸음치는 걸 보고 그레이윙은 몸이 굳었다. 떠돌이 둘이 목털을 곤두세우고 라이트닝테일을 향해 성큼성큼 다가오고 있었다. 하나는 호박색 눈의 주황색 얼룩무늬 암고양이고, 다른 하나는 어깨가 넓은 회색

얼룩무늬 수고양이었다. 둘 다 공격적으로 꼬리를 씰룩거렸다.

"귀찮게 해서 미안해."

라이트닝테일은 그들을 고사리 덤불에서 먼 곳으로 유인했다.

"난 조용히 떠날게."

그 말을 하는 사이에 리프가 고통스럽게 울부짖었다.

떠돌이들은 털을 곤두세우고 휙 돌아섰다.

"뭐야?"

회색 수고양이가 귀를 머리에 납작 붙이고 소리쳤다.

"나도 몰라."

얼룩무늬 암고양이의 눈에 걱정이 스쳤다.

"가서 무슨 소린지 알아봐. 이 외톨이 녀석은 내가 처리할게."

회색 수고양이는 입을 크게 벌려 이빨을 번쩍이며 다시 라이트닝테일을 향해 돌아섰다.

얼룩무늬 암고양이는 호기심 어린 얼굴로 리프가 숨어 있는 덤불을 향해 성큼성큼 걸어갔다.

리프는 또다시 고통스럽게 울부짖었다.

"거기 누구야? 왜 그러는데?"

얼룩무늬 암고양이가 초조한 목소리로 물었다.

"서두르자!"

그레이윙은 리드의 귀에 대고 쉭쉭거렸다. 보초 둘이 딴 데 정신이 팔린 지금이 기회였다. 그레이윙은 몸을 낮춘 채 고사리 덤불로 살금살금 기어갔다. 리드의 따뜻한 숨결이 꼬리 끝에 닿았다. 울타리처럼 늘어선 뻣뻣한 고사리 덤불을 비집고 들어가자 자그마한 공터가 나왔다.

공터 한쪽 끝에 스타플라워가 누워 있었다. 지저분한 털이 몸에 찰싹 달라붙은 암고양이는 뼈가 앙상한 채 배만 불러 있었다.

'먹이도 안 줬나?'

그레이윙이 놀라서 바라보고 있는데 스타플라워가 멍한 눈으로 고개를 들었다.

"누구야?"

목소리에는 기운이 하나도 없었다.

"그레이윙이야."

서둘러 암고양이에게 다가간 그레이윙은 그 옆에 웅크렸다.

"널 집에 데려가려고 왔어."

고사리 덤불이 부스럭거리고 리드가 뒤따라 공터로 들어왔다.

"좀 어때?"

"많이 약해졌어."

그레이윙은 리드에게 대답했다.

스타플라워는 어리둥절한 얼굴로 그레이윙을 쳐다보았다.

"클리어스카이는 어디 있어요?"

"슬래시의 관심을 딴 데로 돌리고 있어."

그레이윙은 스타플라워의 어깨 밑에 코를 밀어 넣고 일으켜 세웠다.

"여길 빠져나가야 해. 시간이 별로 없어."

그 말을 하는 사이 공터 밖에서 울부짖는 소리가 들렸다.

"싸우고 싶으면 덤벼 보시지!"

라이트닝테일이 으르렁대는 소리가 밤공기를 갈랐다.

"서둘러!"

그레이윙은 암고양이를 재촉했다.

두 번째 비명 소리가 고사리 벽을 뚫고 들려왔다.

'리프!'

그 소리를 들은 스타플라워의 눈에 생기가 도는 것 같았다. 암고양이는 갑자기 몸을 일으켜 세웠다.

"보초가 둘 있어요."

스타플라워가 경고했다.

"알아, 라이트닝테일과 리프가 하나씩 따돌리고 있어."

"아니에요."

스타플라워는 그레이윙을 바라보며 다급히 말을 이었다.

"둘이 더 있어요! 슬래시가 오늘의 만남 때문에 둘을 더 보냈어요."

그레이윙은 가슴이 답답해졌다.

"그들은 어디 있는데?"

"썩은 고기 버리는 곳으로 쥐를 잡으러 갔어요."

스타플라워는 겁먹은 얼굴로 고사리 덤불 사이 틈을 힐끗 쳐다보았다.

"그들이 싸우는 소리를 들었을 거예요!"

"가자."

그레이윙은 자신이 비집고 들어온 뒤틀린 풀 줄기 사이로 암고양이를 떠밀었다.

그러고 나서 리드에게 스타플라워를 뒤따라가라고 고갯짓을 했다.

덤불 밖에서 땅바닥을 쿵쿵 울리는 발소리가 들렸다.

그레이윙은 허둥지둥 고사리 덤불을 비집고 나갔고, 스타플라워와 리드는 소나무 숲을 향해 달리기 시작했다. 라이트닝테일은 회색 수고양이와 서로 붙잡고 몸싸움을 벌이고 있었다. 리프는 뒷다리를 마구 버둥거려 얼룩무늬 암고양이를 걷어찼다.

발소리가 점점 더 커지더니, 커다란 덩치 둘이 썩은 고기 버리는 곳의 그림자 속에서 나타났다. 둘 중 하나는 화가 나서 울부짖으며 스타플라워와 리드를 쫓아갔고, 나머지 하나는 그레이윙을 향해 뛰어올랐다.

힘센 발이 옆구리를 걷어찼다. 그레이윙은 균형을 잃고 바닥으로 쓰러졌다. 발톱이 주둥이를 할퀴고, 이빨이 뒷다리를 꽉 물었다. 황갈색 수고양이의 이빨이 털가죽을 뚫고 들어오자 아픔이 불길처럼 온몸으로 번졌다.

그레이윙은 스타플라워가 달아났는지 확인하려고 눈에 힘을 주고 살폈다.

리드가 삼색얼룩 암고양이를 붙잡고 땅바닥을 데굴데굴 구르고 있었다. 그 너머로 스타플라워가 걸음을 멈추고 돌아보았다.

"도망가!"

그레이윙은 울부짖었다. 그사이에 황갈색 수고양이가 그레이윙을 놓고 스타플라워를 쫓아 달려갔다.

그레이윙도 허둥지둥 일어나 수고양이를 뒤쫓아 갔다. 가슴이 저릿저릿 아파 왔다. 수고양이가 스타플라워를 붙잡는 걸 보자 가슴이 더 욱신거렸다. 스타플라워는 분노로 눈을 번뜩이며 벌떡 일어나 발톱을 세우고 공격에 맞섰지만, 수고양이가 마치 거센 바람 같은 강력한 일격을 날렸다. 스타플라워는 끙끙거리며 뒤로 물러나다가 부른 배를 땅에 쿵 부딪히며 넘어졌다.

"도망칠 수 있을 줄 알았겠지."

황갈색 수고양이가 달빛에 발톱을 번쩍이며 달려들었다. 겁에 질린 스타플라워는 허둥지둥 일어나려고 했지만, 떠돌이가 발톱으로 목을 움켜잡았다.

그레이윙은 털이 곤두섰다.

"저리 꺼져!"

그레이윙은 수고양이의 목털을 이빨로 꽉 물고 뒤로 힘껏 끌어당겼다.

털이 뽑힌 스타플라워가 비명을 내질렀다.

떠돌이 수고양이는 그레이윙한테서 힘겹게 벗어나 다시 스타플라워를 덮쳤다.

"넌 절대 도망 못 가!"

하지만 그레이윙이 뱀처럼 잽싸게 둘 사이로 뛰어들었다.

황갈색 수고양이가 눈을 번들거리며 그레이윙에게 몸을 부딪쳤다. 그리고 한 발을 그레이윙의 어깨 너머로 뻗어 스타플라워를 잡으려고 했지만, 그레이윙이 홱 떠밀자 주춤주춤 뒤로 물러났다.

그레이윙은 절박한 눈빛으로 스타플라워를 재빨리 쳐다보았다. 암고양이는 잔뜩 겁을 먹고 꼼짝도 하지 못했다. 볼에서는 피가 뚝뚝 떨어지고, 털가죽 여기저기 뭉친 털이 삐죽삐죽 곤두서 있었다.

"도망쳐!"

그레이윙은 울부짖었다.

"우리가 이 녀석들을 붙잡아 둘게!"

스타플라워는 잠시 그레이윙을 바라보다가 몸을 돌려 소나무 숲으로 달아났다.

"스타플라워가 다쳤어?"

삼색얼룩 암고양이 밑에 깔려 몸부림치던 리드가 물었다.

"너도 같이 가!"

그레이윙은 명령을 내리고 한 발을 뻗어 삼색얼룩 암고양이의 꼬리를 할퀴었다.

삼색얼룩 암고양이가 그레이윙을 향해 홱 돌아선 사이 리드도 달아났다. 하지만 그레이윙은 암고양이를 제대로 보지 못했다. 황갈색 수고양이가 네발로 벌떡 일어났기 때문이다. 그레이윙을 덮쳐 쓰러뜨린 수고양이는 스타플라워를 쫓아가려고 홱 돌아섰다. 하지만 그레이윙이 한 발로 다리를 붙잡아 발톱을 걸었다. 그러고는 발톱을 세운 다른 발로 삼색얼룩 암고양이의 꼬리를 단단히 붙잡았다.

"라이트닝테일!"

두려움이 온몸을 휩쓸었다. 붙잡힌 떠돌이들은 빠져나가려고 몸부림을 쳤다.

라이트닝테일이 한바탕 요란하게 발길질을 해서 회색 수고양이를 뒤로 밀어붙였다. 그리고 막 돌아서려는데 황갈색 수고양이가 그레이윙에게서 벗어나 스타플라워와 리드를 쫓기 시작했다.

라이트닝테일도 빠르게 황갈색 떠돌이를 뒤쫓아 갔다.

그레이윙은 몸을 홱 비틀어 삼색얼룩 암고양이의 옆구리를 앞발로 후려쳤다. 그러고 나서 발톱을 땅에 박아 넣고 재빨리 일어섰다. 한 발로 암고양이를 땅바닥에 짓누르며 다른 발로 코를 할 퀴자 암고양이의 눈이 공포로 번들거렸다. 그러더니 금세 몸이 축 늘어졌다.

"널 놓아주면 스타플라워를 안 쫓아갈 거야?"

그레이윙은 쉭쉭대며 물었다.

삼색얼룩 암고양이는 애원하듯 눈을 깜박거렸다.

"안 쫓아갈게."

그레이윙은 뒤로 물러나며 암고양이를 놓아주었다. 암고양이는 털이 헝클어진 채 비틀거리며 일어섰다. 그리고 다른 고양이들을 번갈아 쳐다보았다. 라이트닝테일은 황갈색 수고양이를 부둥켜 안고 뒹굴며 몸싸움을 하고 있었다. 리프는 땅에 기댄 채 몸을 웅 크리고 있는 얼룩무늬 수고양이의 주둥이를 마구 때리고 있었다. 삼색얼룩 암고양이는 못 믿겠다는 얼굴로 눈을 끔벅이며 그레이 윙을 쳐다보았다.

"당장 꺼져."

그레이윙은 으르렁거렸다.

암고양이의 시선이 잠시 동안 그레이윙에게 머물렀다. 그러고 는 돌아서서 썩은 고기 버리는 곳을 향해 달아났다.

그레이윙의 눈가로 회색 털이 휙 스쳐 지나갔다. 회색 수고양 이가 덤불 사이로 요리조리 빠져나가 소나무 숲으로 달려가고 있 었다.

그레이윙이 뒤쫓아 가려는데, 갑자기 가슴이 답답해지면서 숨 이 턱 막혔다. 세상이 온몸을 조여 오는 것 같았지만 멈추지 않고 계속 달렸다. 시야가 굴길처럼 좁아지면서 오직 회색 수고양이만 보였다.

소나무 숲에 다다르자 나무 사이로 뱀처럼 구불구불 이어진 가시덤불 때문에 수고양이의 걸음이 느려졌고, 그레이윙은 점점 따라잡기 시작했다. 나무 그늘로 뛰어든 그레이윙은 가시덤불을 쉽게 헤치고 나아갔다. 숲에서 많은 시간을 보낸 덕분에 덤불은 방해가 되지 않았다. 떠돌이도 계속 달렸지만 그레이윙이 더 빨랐다. 나무가 줄어들면서 공터가 나타나자 그레이윙은 앞으로 몸을 내던졌다. 그리고 발톱을 뻗어 수고양이를 움켜쥐고 잡아당겼다. 수고양이는 비명을 지르며 멈춰 섰다. 귓속에서 맥박이 쿵쿵 울리는 소리를 들으며 그레이윙은 회색 수고양이의 털가죽 깊숙이 발톱을 박아 넣었다. 수고양이는 비명을 지르며 벗어나려고 했지만, 그레이윙은 더 단단히 붙잡았다.

발톱에 붙잡힌 수고양이가 몸부림을 쳤지만 그레이윙은 눈을 감고 호흡에 집중했다.

'이 녀석을 놓치면 안 돼.'

그 한 가지 생각만 머릿속을 맴돌았다.

마침내 수고양이가 몸부림을 멈췄다.

그레이윙은 눈을 뜨고 떠돌이를 노려보았다. 수고양이는 마치 죽은 먹잇감처럼 꼼짝 않고 땅바닥에 누워 있었다.

그레이윙은 천천히 떠돌이를 놓아주고 뒤로 물러났다.

수고양이가 끙 소리를 냈다. 그러더니 털을 곤두세우며 비틀비틀 일어나 비난하는 눈초리로 그레이윙을 노려보았다.

"이건 시간 낭비야."

그레이윙은 숨을 헐떡거리며 말했다.

"난 네가 스타플라워를 붙잡게 놔두지 않을 거야."

회색 수고양이는 으르렁거렸지만 꼬리를 질질 끌며 소나무 사이로 절뚝절뚝 달아났다.

그레이윙은 떨리는 숨을 몰아쉬었다. 멀리서 라이트닝테일이 울부짖는 소리가 들렸다.

그리고 또 다른 울음소리가 귀 털을 뚫고 들어왔다.

그레이윙은 몸이 굳었다.

아주 고통스러운 울음소리였다. 격렬한 전투 중에 터져 나오는 성난 고함 소리가 아니라 잔뜩 겁에 질린 울음소리였다.

'스타플라워!'

뭔가가 잘못되었다.

걸음을 내디딜 때마다 가슴이 아팠지만 억지로 힘을 내서 달렸다. 나무숲 밖으로 빠져나가자 천둥길이 나왔다. 괴물 하나가 천둥처럼 포효하며 지나갔고, 그레이윙은 얼굴을 때리는 바람에 귀를 머리에 납작 붙였다.

괴물이 울부짖는 소리가 사라지자 절망적인 울음소리가 다시 들렸다.

앞쪽 풀밭에 리드가 웅크리고 있었고 그 옆에 누군가가 쓰러져 있었다.

'스타플라워가 괴물한테 부딪혔나?'

터틀테일의 죽음이 떠오르면서, 머릿속에 수많은 생각이 휘몰아쳤다. 터틀테일도 괴물한테 당했다. 시신은 보지 못했지만, 멀고 먼 어딘가에 있는 낯선 천둥길 옆에 쓰러져 있는 모습을 몇 번이고 상상하고 또 상상했다. 가슴속에서 심장이 터질 것 같았지만 간신히 힘을 내서 웅크리고 있는 리드에게로 다가갔다.

"어떻게 된 거야?"

가까이 다가간 그레이윙은 떨리는 목소리로 물었다.

리드가 두려움이 가득한 눈으로 돌아보았다.

"새끼들이야!"

리드가 속삭이듯 말했다.

"새끼들이 태어나고 있어!"

6
새 생명의 탄생

그레이윙은 헐떡이는 숨을 가다듬으려고 애썼다.

"정말이야?"

"그렇다니까!"

리드의 눈길이 다시 스타플라워에게로 빠르게 돌아갔다.

암고양이는 목구멍에서 낮은 신음 소리를 흘리며 옆으로 누워 있었다. 옆구리가 파르르 경련을 일으켰다.

"하지만 아직 너무 일러요."

스타플라워가 초록색 눈에 두려움을 가득 담은 채 꺽꺽대며 말했다.

또 다른 괴물이 으르렁거리며 천둥길을 달려갔다. 그레이윙은 고개를 돌렸지만 괴물이 쏘아 대는 빛에 눈이 부셔 앞이 제대로 보이지 않았다. 괴물이 옆을 빠르게 지나쳐 가자 본능적으로 스타플라워를 몸으로 가로막아 보호했다. 주위의 풀이 휘날리며 매캐한 괴물의 악취가 몸을 휘감았다. 가슴속이 타들어 가는 것 같았지만 무시했다. 터져 나오려는 기침을 참으며 어깨 너머를 힐끗 돌아보았다. 라이트닝테일과 리프는 다른 보초들을 잘 따돌렸을까? 스타플라워를 구하러 순찰대가 왔다는 소식이 떠돌이 진영으로 전해졌을까? 혹시 더 많은 떠돌이들이 몰려오는 건 아닐까?

"스타플라워를 데리고 여길 빠져나가야 해."

"어떻게?"

리드가 스타플라워를 보며 말을 이었다.

"얜 지금 걷지도 못하잖아!"

또다시 경련이 이는지 스타플라워가 비명을 내질렀다.

"내가 도움을 청하러 갔다 올게."

그레이윙은 쌕쌕대는 숨소리를 애써 무시했다. 숨을 돌릴 시간이 없었다.

리드가 귀를 움찔거리며 그레이윙을 바라보았다.

"내가 갈게. 넌 숨을 고르고 있어."

은색 얼룩무늬 수고양이가 으르렁거리며 말했다.

하지만 그레이윙은 고개를 저었다.

"약초에 대해서는 네가 잘 알잖아. 아픔을 줄일 수 있는 약초를 좀 찾아다 줘."

"여기서?"

리드는 천둥길 옆 풀밭을 바라보다가, 소나무 숲으로 홱 눈길을 돌렸다.

"난 숲 약초에 대해서는 모르는데."

"추측이라도 해 봐!"

그레이윙은 이미 걸음을 옮기기 시작했다. 천둥길 옆 풀밭을 가로질러 소나무 사이로 달렸다. 톨새도의 진영이 가장 가깝고 지름길도 알고 있었다. 가시덤불을 이리저리 피하고 도랑을 뛰어넘으며 어둠 속을 달려갔다. 숨이 차서 끝까지 갈 수 있을지 의문이 들었다. 마치 물에 빠져 숨이 막히기 전에 물가로 헤엄쳐 가려고 발버둥 치는 것 같았다.

'스타플라워를 죽게 놔둘 순 없어. 새끼들도 살려야 해!'

어떻게든 도움을 청해야만 했다.

숲이 울창해지면서 나뭇가지가 달빛을 가렸다. 나무를 요리조리 피해 가려니 거친 나무껍질이 자꾸만 옆구리를 긁어 댔다. 본능에 의지해 달려가면서 튀어나온 나무뿌리를 가까스로 뛰어넘고, 도랑을 건너뛰고, 구불구불 뻗은 가시나무 덩굴을 피해 방향을 틀었다. 마침내 나무가 차츰 줄어들었다. 이제 진영이 멀지 않았다. 가슴이 터질 것처럼 아팠지만, 꾹 참고 눈에 힘을 주고 앞을 살폈다. 나뭇가지 사이로 흐릿하게 스며든 달빛 속에서 진영의 그늘진 덤불 울타리가 보였다. 그곳을 빙 둘러 걸어가 입구로 비집고 들어가는데 폐가 불타는 것처럼 아팠다.

"재기드피크!"

절뚝거리며 공터를 가로질러 가는 회색 얼룩무늬 고양이가 눈에 들어왔다.

재기드피크가 털가죽을 부풀리며 홱 돌아섰다. 두 눈에 충격이 고스란히 드러났다.

"형!"

"도와줘!"

그레이윙은 숨도 제대로 못 쉬고 배를 땅바닥에 깔고 엎어졌다. 헐떡이며 숨을 들이마시는데 머리가 어지럽고 진영이 빙빙 도는 것 같았다.

"스타플라워는 어디 있어?"

재기드피크가 순식간에 옆으로 다가왔다. 동생은 스타플라워를 구하려는 계획을 미리 알고 있었다.

"구했어? 형은 어디 다쳤어?"

"새끼들……."

그레이윙은 숨을 쌕쌕거리며 말했다.

"새끼들?"

재기드피크는 어리둥절한 표정이었다.

잔가지가 부스럭거리는 소리가 나면서 소나무 숲 고양이들이 하나둘 잠자리에서 일어났다. 거처마다 입구에서 눈들이 반짝거렸다. 선새도는 밖으로 고개를 삐죽 내밀었다. 마우스이어는 달빛 속으로 미끄러져 나왔고, 홀리는 서둘러 공터로 달려 나왔다.

페블하트가 그레이윙에게로 달려왔다.

"톨새도는 무사해요?"

어린 고양이는 허둥지둥 멈춰 섰다.

"괜찮아요?"

그레이윙은 설명하기 위해 힘겹게 숨을 골랐다.

"스타플라워의 새끼들."

그레이윙은 쉰 목소리로 간신히 말했다.

"새끼들이라고요?"

페블하트가 털가죽을 물결처럼 일렁이며 가까이 몸을 숙였다.

"새끼들이 태어나려고 해요?"

그레이윙은 말없이 고개를 끄덕였다.

"아직 너무 이른데!"

페블하트는 두려움이 가득한 눈으로 재기드피크를 바라보았다.

재기드피크는 어린 수고양이를 외면하고 그레이윙만 뚫어져라 보고 있었다.

"지금 어디 있는데? 떠돌이들한테서 구해 내긴 했어?"

"응, 그런데 쓰러졌어. 떠돌이들이…… 쫓아와서."

그레이윙은 재기드피크가 뭘 해야 할지 알기를 바라며 가까스로 말을 내뱉었다.

재기드피크가 고개를 들었다.

"마우스이어! 선새도! 홀리! 가서 스타플라워를 찾아봐. 찾아서 이리로 데려와."

"새끼들이 태어난다면 그럴 시간이 없을 수도 있어요!"

진영 입구를 향해 달려가는 세 고양이에게 페블하트가 꼬리를 홱 튕기며 말했다.

"저도 같이 가요! 도움이 될지도 몰라요."

재기드피크는 어린 수고양이를 힐끗 쳐다보았다. 페블하트는 굳게 결심한 얼굴이었다.

"좋아."

그레이윙도 공기가 천천히 가슴에 차오르자 억지로 몸을 일으켜 세웠다.

"내가 길을 알려 줄게."

그레이윙은 숨을 쌕쌕 몰아쉬며 말했다.

"좀 더 쉬어야 해요."

페블하트가 매섭게 말했다.

"어디 있는지는 내가 알잖아."

그레이윙은 헐떡거리며 말했다. 스타플라워의 절박한 울부짖음이 머릿속을 맴돌았다.

"지금 너무 고통스러워하고 있어. 길을 헤맸다가는 죽을 수도 있어."

마우스이어가 입구에서 걸음을 멈췄다.

"그 말이 맞아."

"우리한테 어디로 가야 하는지 알려 준 다음에 쉬면 되잖아."

홀리도 동의했다.

페블하트는 걱정스러운 얼굴로 그레이윙을 바라보았다.

"그래도 괜찮겠어요?"

"괜찮아야지."

그레이윙은 진지한 얼굴로 대답했다. 그러고는 떨리는 발을 애써 감추며 다른 고양이들을 향해 걸어갔다.

홀리는 그레이윙이 다가오기를 기다렸다가 몸을 꼭 붙였다.

"나한테 기대."

암고양이가 작은 소리로 말했다.

"난 괜찮……."

"기대라면 그냥 좀 기대!"

홀리가 단호하게 말했다.

결국 그레이윙은 홀리에게 몸을 기댔다. 암고양이가 어깨로 떠받쳐 주자 발에 실렸던 무게가 가벼워지면서 움직이기가 한결 편해졌다.

진영을 벗어나자 마우스이어가 서둘러 앞으로 달려갔다.

"어느 쪽이야?"

마우스이어는 그늘진 곳을 훑어보았다.

"도랑 쪽이야."

그레이윙은 힘겹게 숨을 내쉬며 대답했다. 그리고 소나무가 점점 울창해지는 곳을 향해 코를 홱 돌렸다.

"천둥길 옆에 있어."

마우스이어가 서둘러 달려갔고 페블하트가 그 뒤를 바짝 쫓아갔다. 그들의 털가죽은 금세 어둠 속으로 사라졌다.

"어서 가자!"

그레이윙은 홀리가 속도를 맞춰 주는 것에 안도하며 걸음을 재촉했다. 선새도는 반대편 옆구리에 몸을 딱 붙이고 부축해 주었다. 둘이서 함께 무게를 지탱해 주었기 때문에 그레이윙은 걷는 내내 발이 땅을 스치기만 하는 것 같았다.

"이쪽이 맞아요?"

앞쪽 어둠 속에서 페블하트의 목소리가 울려 퍼졌다.

"기다려."

그레이윙이 가쁜 숨을 몰아쉬는 사이, 홀리와 선새도가 어린 수고양이의 목소리가 들리는 쪽으로 그레이윙을 이끌었다. 그들은 쓰러진 나무 옆에서 페블하트를 따라잡았다. 머리 위로 뒤엉킨 나뭇가지 틈으로 스며든 달빛이 물웅덩이처럼 고여 있는 곳이었다. 마우스이어는 페블하트 주위를 맴돌면서 숲을 샅샅이 살피고 있었다. 그레이윙은 앞으로 코를 쭉 뻗으며 지시했다.

"도랑을 건너서 곧장 가. 스타플라워는 이 숲에서 나무가 가장 빽빽한 곳 너머에 있어."

페블하트와 마우스이어가 다시 빠르게 달려갔다.

홀리와 선새도는 그레이윙의 양옆에서 몸을 더 바짝 붙였다. 그레이윙은 뱃속을 할퀴는 좌절감을 느꼈다. 자신이 마치 늙어서 느릿느릿 걷는 오소리가 된 기분이 들었다.

'이런 도움 따윈 필요 없는데. 하필 지금 이렇게 숨쉬기가 힘들게 뭐람?'

그레이윙은 어쩔 수 없이 둘에게 의지해 마우스이어와 페블하트를 쫓아 도랑이 있는 곳에 도착했다.

선새도와 홀리가 옆으로 물러났다.

"여긴 혼자 힘으로 뛰어넘어야 해."

홀리가 말했다.

그레이윙은 몸을 바들바들 떨면서 숨을 들이쉬었다. 숨쉬기가 조금 편해져서 그나마 다행이었다. 첫 번째 도랑을 펄쩍 뛰어넘은 뒤 얼마 안 되는 거리를 걸어 그다음 도랑으로 갔다. 그리고 다시 뛰어넘고, 또 뛰어넘어 여기저기 움푹 파인 공터를 끝까지 가로지른 다음, 처음 자신이 천둥길을 떠나 따라왔던 오솔길로 방향을 틀었다.

그러고는 홀리와 선새도가 따라잡을 때까지 기다렸다. 페블하트나 마우스이어의 냄새는 나지 않았다.

"그들이 길을 잘못 들었어!"

"페블하트! 여기야!"

홀리가 나무 사이로 소리쳤다.

땅 위를 쿵쿵 달리는 발소리가 들리더니 잠시 후 마우스이어가 어둠 속에서 뛰쳐나왔다. 페블하트도 그 옆으로 다가왔다.

"이쪽이야."

그레이윙은 조금 전 자신이 지나온 가시덤불 가득한 길로 몸을 숙이고 들어서며 말했다. 나머지 고양이들을 이끌고 가는 사이 주위에 나무가 점점 많아지고 고약한 천둥길 냄새가 코를 찔렀다. 귀를 쫑긋 세웠지만 멀리서 괴물 하나가 우르릉거리는 소리 말고는 아무 소리도 들리지 않았다. 순간 마음속에서 희망이 싹텄다.

'싸우는 소리가 안 들려.'

떠돌이들이 아직 스타플라워를 찾아내지 못한 게 분명했다. 그런데 왜 스타플라워가 고통스럽게 울부짖는 소리도 들리지 않는 걸까?

'설마……?'

그레이윙은 자신을 집어삼킬 것 같은 두려움을 애써 떨쳐 버리고 나무 사이로 걸음을 재촉했다.

가시덤불 사이로 길이 점점 좁아졌다. 홀리가 바짝 뒤쫓아 오고 있었고, 다른 고양이들도 그 뒤에서 쿵쿵 달려오는 소리가 들렸다. 앞쪽에서 괴물이 포효하는 소리가 점점 커졌다. 나무 밖으로 뛰쳐나가는데, 때마침 괴물이 지나가면서 타오르는 듯한 눈빛으로 쏘아보았다. 그 순간 앞이 보이지 않았다.

놀라서 눈을 깜박거리던 그레이윙은 괴물이 멀어지자 천둥길 주변을 살폈다.

리드는 그레이윙이 떠날 때 있던 자리에 그대로 웅크리고 있었다. 스타플라워는 그 옆 풀밭에 누워 있었다.

"괜찮아?"

그레이윙은 서둘러 그 곁으로 다가갔다. 어미 고양이는 심하게 숨을 헐떡거렸다. 리드의 발이 검게 번들거리는 것을 보고 그레이윙은 몸이 굳었다.

"그거 피야?"

"응."

은색 수고양이의 눈에 두려움이 가득했다.

"충격을 가라앉혀 줄 백리향을 찾아냈어. 이제 통증을 가라앉히기 위해 호흡에 집중하고 있지만 피가 흐르는 건 막을 방법이 없어."

페블하트가 리드 옆으로 조심스럽게 다가갔다.

"새끼들은 나올 기미가 보여요?"

리드가 어린 수고양이와 시선을 맞췄다.

"아직이야. 하지만 빨리 태어나는 게 좋을 거야. 엄마가 피를 너무 많이 흘렸어."

홀리도 그레이윙을 지나쳐 스타플라워에게 다가갔다.

"스타플라워를 진영으로 데리고 가야 해."

홀리는 선새도를 향해 고개를 끄덕였다.

검은 수고양이가 몸을 숙여 스타플라워의 어깨 밑으로 코를 밀어 넣었다. 그리고 위로 들어 올려 자신의 등에 얹자 스타플라워가 끙 소리를 흘렸다.

마우스이어가 얼른 암고양이 아래로 몸을 숙였고, 리드는 옆구리에 찰싹 붙어 떠밀듯 부축했다. 페블하트는 그 반대편으로 달려갔다. 이렇게 스타플라워를 등에 지고 옆에서 부축한 네 고양이는 숲 안쪽으로 움직이기 시작했다.

스타플라워가 신음했다. 그들이 걸어가기 시작하자 암고양이는

마치 개울물에 떠내려가는 나뭇잎처럼 위로 솟았다 아래로 내려
갔다를 반복했다.

"서로 바짝 붙어. 떨어뜨리면 안 되니까."

홀리가 명령했다.

"절대 그럴 일 없어요."

선새도가 끙끙거리며 말했다.

나무 사이로 조심스럽게 걸음을 옮기는 고양이들을 따라가면
서, 그레이윙은 천천히 숨을 가다듬었다.

고양이들은 도랑을 피해 먼 길을 돌아서 갔다. 진영을 둘러싼
가시나무 울타리가 가까워질 즈음 뒤에서 쿵쿵 울리는 발소리가
들렸다. 그레이윙은 심장이 철렁 내려앉아 걸음을 멈추고 그림자
속을 살폈다. 떠돌이들이 흔적을 쫓아온 걸까?

나무 사이에서 눈들이 반짝거렸다.

"그레이윙!"

라이트닝테일의 목소리였다. 달빛을 받아 검은 털가죽에 얼룩
덜룩한 빛 무늬가 드리워진 검은 수고양이가 서둘러 다가왔다.
리프도 그 뒤를 바짝 쫓아왔다.

"떠돌이들은 어디 있어?"

그레이윙은 걱정스러운 얼굴로 두 고양이를 바라보았다.

"우리가 쫓아 버렸어."

리프가 대답했다.

부축을 받으며 진영으로 들어가는 스타플라워를 보며 라이트
닝테일이 눈을 깜박거렸다.

"다쳤어요?"

"새끼들이 태어나려고 해. 태어나려면 아직 한참 남았는데 말이야."

리프가 얼굴을 찡그렸다.

"클리어스카이도 알아?"

그 말을 들은 그레이윙은 몸이 굳었다.

'클리어스카이가 아직 모르는구나!'

스타플라워를 무사히 진영으로 데려오느라 정신이 없어서 형제에 대해선 까맣게 잊고 있었다.

'다른 지도자들이 스타플라워의 구출 계획에 대해 아직 말 안 했을까?'

그레이윙은 달려가면서 어깨 너머로 소리쳤다.

"재기드피크한테 클리어스카이를 찾는 대로 데려오겠다고 전해 줘!"

머릿속에서 생각이 빙빙 소용돌이쳤다. 클리어스카이는 지금 어디 있는 걸까? 나무 네 그루 분지에 있을까? 아니면 스타플라워를 찾으러 가는 길일까?

'그 애를 막아야 해.'

그레이윙은 발걸음을 재촉했다. 지금쯤 슬래시도 스타플라워가 도망쳤다는 소식을 들었을 것이다. 만약 슬래시가 순찰대를 보내면 어떻게 될까? 클리어스카이가 성난 떠돌이 무리 속으로 뛰어들면 큰일이었다. 클리어스카이가 나무를 등지고 선 채, 자신을 에워싸고 점점 다가오는 떠돌이들을 향해 목털을 곤두세우고 이빨을 드러내는 모습을 상상하자 마음속에서 두려움이 소용돌이쳤다.

그레이윙은 나무 네 그루가 있는 분지에서 썩은 고기 버리는 곳까지 가장 빨리 갈 수 있는 지름길을 떠올리려고 애쓰며 나무 숲을 뚫고 달려갔다.

'클리어스카이라면 소나무 숲을 가로질러 갔을 거야.'

힘겹게 쌕쌕거리며, 요리조리 방향을 틀어 가능한 한 넓게 살피고 귀를 쫑긋 세워 발소리에 귀를 기울였다. 가슴이 점점 더 조여 왔지만 계속 달렸다. 클리어스카이의 영역과 톨섀도의 영역 사이 경계로 이어지는 비탈 기슭에 이르렀을 때, 목소리가 들렸다.

"어디 있는지 알아내자마자 구하러 갔어야 했어!"

클리어스카이의 목소리였다.

그레이윙은 걸음을 멈췄다. 클리어스카이는 비탈 꼭대기에 서 있었다. 윈드러너가 그 옆에 있었고, 리버리플과 톨섀도, 썬더가 그 뒤에 모여 있었다.

"클리어스카이!"

그레이윙은 숨을 헐떡이며 불렀다.

클리어스카이가 눈을 휘둥그레 뜨고 비탈을 달려 내려왔다.

"스타플라워를 구했어? 무사해?"

"우리가 떠돌이들한테서 데려왔어."

그레이윙은 형제에게 말했다.

"그런데 새끼들이 나오려고 해."

클리어스카이의 털이 곤두섰다.

"벌써?"

"너무 이르잖아!"

톨섀도가 둘에게로 달려왔다.

"지금 어디 있는데?"

클리어스카이가 다급하게 물었다.

"일단 톨섀도의 진영에 데려다 놨어. 페블하트와 리드가 같이 있어."

톨섀도의 얼굴이 일그러졌다.

"그 둘이 새끼를 받을 수 있어? 새끼 낳는 걸 본 적이나 있을까?"

"홀리도 같이 있어. 홀리는 새끼를 낳아 봤잖아."

그레이윙은 톨섀도를 안심시켰다.

"그건 나도 마찬가지야."

윈드러너가 서둘러 비탈을 내려오며 말했다.

"난 어떻게 해야 하는지 알아."

윈드러너는 그레이윙 옆을 빠르게 지나쳐 소나무 숲 진영으로 향했고, 톨섀도가 그 뒤를 바짝 따라갔다. 클리어스카이는 눈을 깜박이며 그레이윙을 바라보다가 두 암고양이를 따라갔다.

리버리플은 비탈 꼭대기에서 머뭇거렸다.

"새끼를 낳을 때 주위가 너무 북적거리면 방해가 될 거야. 스타플라워와 새끼들이 무사하길 바란다는 인사 전해 줘."

썬더가 그레이윙에게 다가왔다.

"라이트닝테일과 리프는 무사해요?"

그레이윙은 고개를 끄덕였다.

"둘은 스타플라워를 톨섀도의 진영으로 데리고 가는 걸 도왔어. 지금 거기에 있을 거야."

썬더는 안심한 표정으로 꼬리를 홱 튕겼다.

"준비가 되면 집으로 보내 주세요. 전 이만 가 봐야겠어요. 진영 동료들이 걱정하고 있을 거예요."

달빛 속에서 썬더는 진심 어린 얼굴로 그레이윙을 바라보았다.

"스타플라워가 무사했으면 좋겠어요."

그레이윙은 눈을 깜박이며 어린 수고양이를 바라보았다.

"오늘 밤 슬래시를 만나는 자리에 나가 줘서 고마워. 덕분에 스타플라워를 구할 시간을 벌었어."

"좋은 계획이었어요, 그레이윙. 저도 도울 수 있어서 기뻐요."

썬더가 대답했다.

리버리플이 고개를 꾸벅 숙여 인사했다.

"별들이 우리 편이길 바라자."

강 고양이의 목소리는 진지했다.

"일찍 태어나는 새끼들은 살아남기 힘들거든."

그레이윙은 배가 단단히 뭉치는 느낌이 들어서 의미심장한 눈길로 썬더를 바라보았다.

"클리어스카이의 새끼들은 강해. 이번 아이들도 무사할 거야."

그레이윙은 한배 형제의 뒤를 쫓아갔고, 진영이 가까워지자 걸음을 재촉했다. 코로 덤불 입구를 비집고 들어가 공터를 훑어보자 건너편에서 초조하게 서성이는 마우스이어와 머드포스가 보였다. 재기드피크는 등줄기 털을 바짝 곤두세운 채 앉아서 지켜보고 있었다.

진영 가장자리에 둥글게 엮어 놓은 가시덤불 아래에 고양이들이 옹기종기 모여 있었다. 피 냄새에 긴장한 그레이윙은 서둘러 그들을 향해 걸어갔다.

어둠 속에서 눈을 깜박이며 들여다보니, 리드와 톨새도 곁에 있는 페블하트가 보였다. 라이트닝테일은 이 발에서 저 발로 몸무게를 옮겨 가면서, 스타플라워의 주위를 둘러싸고 있는 윈드러너와 홀리를 지켜보고 있었다. 어미 고양이가 힘겹게 숨을 헐떡이는 소리가 들렸다.

클리어스카이는 짝의 머리맡에 웅크리고 있었다.

"괜찮아, 내 사랑. 다 괜찮을 거야."

클리어스카이가 속삭였다.

그레이윙은 서서히 걸음을 늦춰 페블하트 옆에 멈춰 섰다.

"네가 할 수 있는 건 없어?"

페블하트는 언제나 치료 방법을 잘 알고 있었다.

어린 수고양이는 고개를 가로저었다.

"새끼 낳는 법에 대해서는 저보다 이들이 훨씬 더 많이 알아요. 그래도 배울 수 있는 건 다 배울 거예요."

페블하트는 스타플라워의 배를 발로 쓰다듬어 주는 윈드러너와 뺨을 핥아 주는 홀리에게서 눈을 떼지 않았다.

"한 번만 더 힘을 줘 봐."

윈드러너가 속삭였다.

"아주 잘하고 있어."

홀리도 부드럽게 달래듯 말했다.

마치 여우한테 물리기라도 한 것처럼 스타플라워의 몸이 경련을 일으켰다. 그러고는 아파서 눈을 이리저리 굴리며 길고 낮게 울부짖었다.

클리어스카이는 얼굴을 일그러뜨린 채 짝의 머리에 주둥이를 가져다 댔다.

"딸이야!"

기쁨에 찬 윈드러너의 목소리가 허공을 가르고 울려 퍼졌다.

그레이윙이 앞으로 몸을 숙이자 반쯤 투명한 막에 둘러싸인 축축하고 번들거리는 털 뭉치가 보였다. 새끼 고양이는 자그마한 발을 바동거리며 땅 위에서 꼼지락거렸다.

그 모습을 보고 가르랑거리던 톨새도가 머뭇거리며 물었다.

"괜찮은 거야?"

"갓 태어난 여느 새끼 고양이와 똑같아."

윈드러너가 기쁜 목소리로 대답했다.

"조금 작을 뿐이야."

윈드러너는 재빨리 새끼를 물어 스타플라워의 주둥이 옆에 내려놓았다.

"잘 핥아서 닦아 주고 따뜻하게 해 줘."

암고양이가 지시했다.

스타플라워는 이미 주둥이를 쭉 뻗어 갓 태어난 새끼를 혀로 핥아 주고 있었다. 어미 고양이의 눈이 기쁨에 겨워 반짝거렸다. 그러다 다시 경련을 일으키며 몸이 굳었다. 고통스럽게 으르렁거리며 몸을 비틀자 홀리가 어미 고양이의 주둥이 앞에 있던 새끼 고양이를 냉큼 물어 안전하게 자신의 배 밑에 품었다.

"힘줘!"

윈드러너가 큰 소리로 지시했다.

스타플라워는 몸을 떨며 신음했고, 윈드러너는 눈을 반짝이며 뒤로 물러났다.

"또 딸이야!"

스타플라워가 다시 경련을 일으켰다.

"이번에는 아들이야!"

윈드러너가 큰 소리로 가르랑거리며 새끼 둘을 입으로 물어 스타플라워 옆에 내려놓았다. 그리고 발로 스타플라워의 배를 쓸어내렸다.

"이 아이가 마지막인 것 같아. 그리고 피도 멎었어."

페블하트가 급히 다가갔다.

"저도 배를 만져 봐도 돼요?"

스타플라워가 힘겹게 고개를 들어 어린 수고양이를 노려보았다.

"나중에 제 진영 동료들이 새끼를 낳을 때 도울 수 있게 배우고 싶어요."

페블하트가 스타플라워에게 설명했다.

스타플라워의 지친 눈이 기쁨으로 반짝였다.

"만져 봐."

어미 고양이가 안심한 듯 나른하게 가르랑거렸다.

페블하트는 조심스럽게 앞발로 배를 쓰다듬었다. 그리고는 고개를 갸웃거리며 생각에 잠긴 듯 눈이 멍해졌다.

그레이윙은 어린 아들의 그런 표정을 잘 알고 있었다. 페블하트는 늘 나이에 비해 지혜로워서, 한배 형제들이 놀고 싶어 할 때도 마치 딴 세상에 있는 것처럼 먼 곳을 바라보는 눈빛을 하곤 했다. 그레이윙은 문득 모스플라이트가 떠올랐다.

'어쩌면 모든 고양이가 사냥과 싸움을 위해 태어나는 건 아닐지도 몰라.'

"어때요?"

스타플라워의 목소리에 그레이윙은 정신을 차렸다. 꼼지락대는 새끼 고양이 셋을 품에 안은 어미 고양이는 클리어스카이를 바라보고 있었다.

"정말 예뻐."

클리어스카이가 짝의 목덜미에 주둥이를 파묻었다.

페블하트는 뒤로 물러났다. 홀리와 윈드러너도 톨새도 곁으로 물러났다.

그레이윙은 형제를 바라보았다.

클리어스카이는 짝에게서 고개를 들고, 털이 축축하게 젖어 반들거리는 자그마한 새끼 고양이들을 바라보고 있었다. 그레이윙이 지금껏 한 번도 본 적 없는 경이로운 표정이었다. 얼음처럼 파란 눈도 참된 사랑으로 따뜻하게 녹아내렸다. 클리어스카이는 조심스럽게 몸을 숙여 엄마 품에 더 깊이 파고드는 딸 하나를 혀로 핥아 주었다.

그레이윙은 가슴이 따뜻해지는 느낌이 들면서 호흡이 한결 편해졌다. 형제가 너무 부러웠다. 지금 클리어스카이를 휩쓸고 있는 그 사랑을 자신도 느껴 보고 싶었다. 지금까지 터틀테일의 새끼들을 진짜 아버지처럼 돌보며 아끼고 사랑했다. 하지만 지금 형제의 눈에서 빛나는 순수한 기쁨은 놀랍기만 했고, 언젠가 자신도 똑같은 감정을 느낄 수 있기를 바랐다.

윈드러너가 발을 꼼지락거렸다.

"다들 완벽하게 건강해 보이긴 하는데, 너무 작아."

페블하트가 자신의 지도자를 힐끗 쳐다보았다.

"잠시 여기 머물러도 될까요, 톨새도? 좀 더 튼튼해질 때까지만요."

톨새도는 고개를 끄덕였다.

"물론이지."

페블하트는 클리어스카이를 바라보며 눈을 깜박였다.

"당분간 여기 머물러도 괜찮겠어요? 숲을 통과하는 여행을 했다가 괜한 위험에 노출될 수도 있어요."

클리어스카이는 윈드러너를 힐끗 쳐다보았다.

"어떻게 생각해?"

"며칠이면 될 거야."

윈드러너가 대답했다.

홀리가 귀를 움찔거렸다.

"저렇게 작은 아이들은 처음 봤어. 따뜻하게 품어 주고, 너무 많은 고양이들이 보러 오지 못하게 해야 해."

페블하트가 걱정스러운 듯 꼬리를 획 튕겼다.

"적어도 한 달은 아픈 고양이가 가까이 오지 못하게 해야 해요!"

"당연하지!"

클리어스카이가 놀란 얼굴로 대답했다.

"머지않아 새끼들을 데리고 집으로 돌아갈 수 있을 거야. 애들은 빨리 자라거든."

윈드러너가 클리어스카이에게 장담했다.

클리어스카이는 고마움이 가득한 눈으로 두 암고양이를 바라보았다.

"이런 상황에서 스타플라워를 여기까지 무사히 데리고 와 줘서 고마워."

새끼들을 힐끗 쳐다본 뒤 클리어스카이는 잠긴 목소리로 덧붙였다.

"저 아이들도 그렇고."

그레이윙은 형제의 눈길을 좇아 스타플라워를 바라보면서, 암고양이의 강인함과 용기에 감탄했다. 조금 전까지만 해도 이 암고양이는 떠돌이들과 싸우고 있었다! 그런데 지금은 처음 낳은 새끼들을 포근하게 품어 주고 있었다.

"그레이윙?"

그제야 형제가 자신에게 말하고 있다는 것을 알아차렸다.

"왜?"

형제와 눈이 마주친 그레이윙은 따스한 시선에 놀랐다.

"스타플라워를 구해 줘서 고마워."

"옳은 일을 한 것뿐이야."

클리어스카이가 고개를 갸웃했다.

"왜 네 계획을 나한테는 비밀로 했어?"

그레이윙은 눈을 깜박이며 형제를 바라보았다.

"스타플라워가 어디 있는지 네가 알았다면, 누가 말리더라도 넌 당장 구하러 갔을 거야. 하지만 우린 슬래시가 딴 데 정신이 팔릴 때까지 기다려야 했어."

"슬래시가 정신 팔릴 일이 바로 나였지."

클리어스카이가 끙끙거리며 말했다.

"슬래시를 제대로 속여야 했어."

그레이윙은 미안한 마음에 고개를 숙였다.

"이게 스타플라워를 안전하게 구해 올 최선의 방법이라고 생각

131

했거든."

"이 은혜 절대 안 잊을게."

"별일 아니야."

그레이윙은 어깨를 으쓱했다.

"네가 나였어도 똑같이 했을 거야."

달빛을 받은 클리어스카이의 눈빛에 의심이 살짝 스쳤지만 이내 사라졌다. 클리어스카이가 그레이윙에게 가까이 다가와 주둥이를 문질렀다. 뺨에 닿은 형제의 털이 따뜻하고 냄새가 너무나 익숙해서, 그레이윙은 어머니의 품에 나란히 파묻혀 있던 어린 시절이 잠시 떠올랐다.

문득 클리어스카이가 가르랑거리고 있다는 것을 깨달았다.

"축하해."

그레이윙은 작은 소리로 속삭였다.

"고마워, 형제."

클리어스카이가 갈라진 목소리로 중얼거렸다.

"이 순간은 절대 잊지 못할 거야."

7

불안한 평화

하얗게 서리가 내린 낙엽이 썬더의 발밑에서 바스락바스락 부서졌다. 숲 바닥 위로 햇빛이 얼룩덜룩한 그림자를 드리웠다. 가장 추운 계절에도 숲에는 빛이 찾아왔다. 머리 위를 울창하게 뒤덮었던 나뭇가지 지붕이 사라진 지금은 앙상한 가지 사이로 새파란 하늘이 보였다.

썬더는 몸이 오싹해지는 흥분을 느꼈다. 조금 전 페블하트가 한배 형제인 아울아이스를 만나러 진영을 찾아왔다. 페블하트는 클리어스카이와 스타플라워가 새끼들을 데리고 떡갈나무 숲 진영으로 돌아갔다는 소식을 전해 주었다. 며칠 전 떠돌이들에게 붙잡혀 있다 탈출한 스타플라워는 이제 몸이 다 나았고, 새끼들도 여행을 견딜 만큼 튼튼해졌다고 했다.

라이트닝테일이 구조 임무에서 돌아왔을 때, 썬더는 친구의 다친 모습을 보고 충격을 받았다. 옆구리 여기저기에 상처가 났고 귀 끝도 찢어져 있었다. 한쪽 눈 가까이 난 상처는 여태 부기가 가라앉지 않았다. 쉬운 싸움이었다는 라이트닝테일의 말을 썬더는 믿을 수 없었다. 떠돌이들한테 심하게 당한 친구의 모습을 보자 불안감이 밀려왔다.

'슬래시가 허풍을 떤 게 아니었나? 정말로 떠돌이 패거리가 숲 고양이들보다 수도 많고 잔인한 걸까?'

하지만 지금 당장은 그런 걱정을 잊기로 했다. 잎 없는 계절의 상쾌한 아침을 걱정 따위로 망칠 필요는 없었다. 지금 썬더는 새로운 혈육인 타이니브랜치와 듀페탈, 플라워풋을 만나러 가는 길이었다.

클리어스카이의 진영으로 향하는 비탈길을 걸어 내려가면서, 썬더는 새하얀 발로 낙엽을 걷어차고 잎 없는 계절의 폭풍에 부러진 나뭇가지를 팔짝팔짝 뛰어넘었다. 가시덤불이 차츰 줄어들고 고사리 덤불이 그 자리를 차지하기 시작하자 아버지 무리 고양이들의 냄새가 나기 시작했다. 네틀과 버치가 얼마 전 이 길로 지나간 게 분명했다. 썬더는 본능적으로 입을 벌려 먹잇감 냄새를 찾았다.

'이곳 나무숲이 우리 영역보다 먹잇감이 더 많을까?'

하지만 고양이들의 냄새와 퀴퀴한 버섯 냄새만 풍길 뿐 먹잇감 냄새는 나지 않았다. 새잎 돋는 계절이라면 나무뿌리와 덤불마다 들쥐와 생쥐가 돌아다닐 테지만, 지금은 이곳도 골짜기만큼이나 먹잇감을 구경하기 힘든 것 같았다. 다람쥐들도 새잎 돋는 계절까지는 둥지에 처박혀 있을 테니 조심성 없는 새 한두 마리 빼고는 찾기 힘들 것이다.

클리어스카이의 진영에 가까워진 썬더는 신선한 냄새를 맡았다. 블로섬과 버치가 근처에 있는 게 분명했다. 썬더는 걸음을 늦추고 진영 입구를 빽빽하게 채우고 있는 고사리 덤불 주위를 살폈다.

"거기 누구 있어요?"

머뭇거리며 소리쳤다. 아버지에게 자신이 온다는 연락을 미리 하지 않았기 때문이다.

"썬더?"

블로섬이 고사리 덤불에서 미끄러져 나와 다정하게 꼬리를 들어 올렸다.

버치는 길옆으로 가파르게 이어진 둑 위에서 펄쩍 뛰어내렸다.

"무슨 일이라도 있어?"

황갈색 수고양이의 눈이 걱정으로 어두워졌다.

"아니야."

썬더는 귀를 쫑긋 세웠다.

'무슨 일이 있어야 하나?'

"클리어스카이가 우리한테 보초를 서라고 지시했어."

블로섬이 말했다.

"그리고 밤낮으로 순찰대도 내보내고 있어."

썬더는 불안해서 털가죽이 물결처럼 일렁였다.

"슬래시가 앙갚음할까 봐 걱정하는 거야?"

버치는 재빨리 숲을 휙 둘러보았다.

"스타플라워를 이미 한 번 납치했잖아. 그러니 두 번 못 할 것도 없지, 안 그래?"

그 말을 들은 블로섬이 콧방귀를 뀌었다.

"그런 짓은 꿈도 꾸지 않는 게 좋을걸."

암고양이는 으르렁거리며 말을 이었다.

"이번에는 우리가 단단히 대비하고 있으니까 말이야."

버치가 썬더를 향해 주둥이를 내밀었다.

"최근에 슬래시를 따르는 떠돌이를 하나라도 본 적 있어?"

썬더는 어깨를 으쓱했다.

"우리 영역은 요즘 조용해."

"다행이네."

블로섬은 꼬리 서너 개 길이만큼 숲 안쪽으로 걸어 들어가 주위를 살펴보았다. 그리고 다시 썬더를 돌아보았다.

"새끼 고양이들 만나러 왔어?"

썬더는 꼬리를 휘둘렀다.

"응, 그래도 된다면."

블로섬은 버치와 눈길을 주고받았다.

"아직 아무도 새끼 고양이들 근처에 가는 걸 허락하지 않아."

암고양이가 썬더에게 주의를 주듯 말했다.

"그렇지만 네가 온 걸 알면 기뻐할 거야. 클리어스카이는 다른 고양이들이 스타플라워를 구하는 걸 도와줬다고 굉장히 고마워하고 있거든."

암고양이의 눈빛이 잠시 흔들리는 것을 본 썬더는 스타플라워가 돌아온 것을 블로섬이 진심으로 기뻐하는지 궁금해졌다. 아직도 원아이의 딸을 믿지 못하는 고양이들이 많다는 건 썬더도 잘 알고 있었다. 그렇지만 이제 스타플라워는 클리어스카이의 새끼들을 낳았으니, 더 이상 충성심을 의심받진 않길 바랐다.

버치가 진영 입구를 향해 고갯짓을 했다.

"클리어스카이는 거처에 있어. 요즘은 거의 밖에 나오질 않아.

네가 찾아가 보는 편이 나을 거야."

썬더는 고개를 꾸벅 숙였다.

"고마워."

가시로 뒤덮인 굴길을 지나가자 나뭇가지가 주위에서 바스락
거리는 소리를 냈다.

공터로 들어서자 떡갈나무 아래에 있던 쿽워터가 고개를 들고
반가운 얼굴로 썬더를 맞이했다.

"안녕!"

"안녕하세요."

썬더도 인사를 건넸다.

"새끼 고양이들을 만나러 왔어요."

썬더는 쿽워터의 몸에 털가죽이 달라붙어 있는 걸 알아차렸다.
문득 버치와 블로섬도 예전보다 야위어 보였다는 것을 깨달았다.

'나도 이들 눈에 비쩍 말라 보일까?'

썬더는 궁금했다. 지난 반의반 달 동안 배가 고픈 채로 잠자리
에 든 게 한두 번이 아니었기 때문이다.

에이콘퍼와 쏜은 주목나무 옆에서 서로 혀를 나누고 있었다.
에이콘퍼가 썬더를 보고 고개를 들었다.

"안녕, 썬더! 오는 길에 먹잇감 못 봤어?"

"봤다면 좋았을 텐데."

쏜은 귀가 덜 마른 채로 몸을 쭉 펴고는 한숨을 내쉬었다.

"앞으로 날씨가 더 추워질 것 같아. 그러면 먹잇감이 돌아오지
않을 텐데 말이야."

"적어도 비는 안 오잖아요."

썬더는 긍정적으로 생각하기로 마음먹고 대답했다. 잎 없는 계절 내내 먹잇감이 숨어 있을 거라고는 생각하고 싶지 않았다. 며칠만 지나면 생쥐와 들쥐가 먹이를 찾으러 숲을 돌아다닐 거라고 믿고 싶었다.

'그 녀석들도 배가 고플 테니까, 안 그래?'

썬더는 공터를 가로질러 둑 위로 뛰어 올라가, 클리어스카이의 거처를 가려 주는 고사리 덤불을 비집고 들어갔다. 덤불 너머에 있는 작은 공터는 텅 비어 있었지만, 가시덤불의 그늘진 틈으로 자그맣게 야옹거리는 소리가 들렸다.

'새끼들이야!'

심장이 빠르게 뛰기 시작했다. 소리가 너무 작아서 고양이 울음소리라기보다는 생쥐가 찍찍대는 소리에 가까웠다.

"아버지?"

썬더는 낙엽이 흩어진 공터 너머를 향해 소리쳤다.

거처 입구에서 클리어스카이가 얼굴을 내밀었다. 썬더를 본 클리어스카이는 눈을 반짝반짝 빛내며 거처 밖으로 빠져나왔다.

"어서 오렴!"

"잘 지내셨어요?"

썬더는 눈을 깜박이며 인사했다. 아버지의 눈빛이 따뜻하게 빛났다. 아버지가 다정하게 맞이해 주자 썬더는 오히려 어색했다. 스타플라워가 겪은 고통 때문에 아직도 걱정하고 화가 나 있을 줄 알았다. 그런데 난생처음으로 세상에 아무 불만도 없는 것처럼 보였다.

"스타플라워는 좀 어때요?"

클리어스카이는 다정한 얼굴로 거처 안쪽을 힐끗 돌아보았다.

"힘든 일을 겪긴 했지만 이제는 안전한 집으로 돌아왔으니 별일 없을 거야."

"새끼들은요?"

썬더는 아버지 뒤쪽에 있는 거처 안쪽을 들여다보려고 눈에 힘을 주었다.

"만날 수 있어요?"

"아직 너무 작아서 그건 안 돼."

클리어스카이가 미안하다는 듯 말했다.

"좀 더 튼튼해질 때까지는 아무도 만날 수 없어."

'더 튼튼해져야 한다고?'

걱정이 썬더의 가슴을 찔렀다.

"그래도 모두 괜찮은 거죠?"

"그럼, 다들 괜찮아."

클리어스카이가 말했다.

"하지만 몸집이 너무 작아. 좀 더 자랄 때까지는 스타플라워의 품에 있어야 할 거야. 페블하트 말로는 한 달 동안은 다른 고양이들을 멀리해야 한다는구나. 내 아이들이 이렇게 약하다니 정말 믿을 수가 없어."

클리어스카이는 따뜻한 눈빛으로 말을 이었다.

"이 아이들한테는 절대 나쁜 일이 일어나게 두지 않을 거야."

갑작스러운 슬픔이 가슴을 쿡 찌르자 썬더는 깜짝 놀랐다.

'아버지는 왜 내가 태어났을 땐 이렇게 관심을 주지 않았을까?'

클리어스카이는 썬더의 어머니인 스톰이 두발쟁이 영역에서 혼자 새끼를 낳도록 내버려두었다. 스톰은 새끼들을 위해 마련한 거처가 무너지면서 목숨을 잃었다. 그레이윙이 찾으러 온 덕분에 그나마 썬더 하나만 목숨을 건질 수 있었다. 클리어스카이가 스타플라워를 구하려고 애썼던 것처럼, 스톰이 새끼를 낳기 전에 구하러 왔다면, 썬더의 삶은 지금과는 완전히 달라졌을지도 모른다.

썬더는 몸을 부르르 떨었다.

'이제 와서 이런 생각을 해 봤자 무슨 소용이야?'

자신을 가엾게 여기고 싶지 않았다. 지금껏 일어난 그 모든 일 덕분에 지금의 자신이 있는 거라는 생각이 들었다. 무리의 고양이들은 썬더에게 충성을 바치고 있었고, 모든 무리에 친구가 있었다. 그리고 썬더는 이제 아버지만큼 힘 있는 지도자가 되었다.

썬더는 다른 이야기를 꺼냈다.

"블로섬한테 들었는데, 밤낮으로 순찰대를 보내신다면서요. 슬래시 때문에 걱정되세요?"

클리어스카이의 꼬리가 움찔거렸다.

"난 같은 실수를 두 번 반복하진 않을 거야."

클리어스카이가 짜증스럽게 말했다.

"슬래시와 떠돌이들은 절대 내 새끼들 근처에 오지 못하게 할 거다."

"그래야죠."

썬더는 슬래시가 문제를 일으키지 못하게 막을 정도로 순찰대를 충분히 내보낼 수 있는지 궁금했다. 하지만 적어도 아버지가 복수를 말하지 않아서 다행이라는 생각이 들었다. 지난 여러 달 동안 클리어스카이는 언제나 공격할 계획만 세웠다. 어쩌면 말은 하지 않아도 슬래시에 대한 복수를 계획하고 있을지도 모른다는 생각이 문득 들었다.

썬더는 불안한 얼굴로 아버지를 바라보았다.

"설마 그 떠돌이들과 또 문제를 일으킬 생각을 하고 계신 건 아니죠?"

그때 마침 그림자 속에서 크게 칭얼거리는 소리가 들려왔고, 클리어스카이는 거처를 힐끗 돌아보았다.

"굳이 말벌집을 건드릴 필요가 있겠니? 슬래시는 자신이 저지른 짓에 대한 대가를 치르는 게 당연해. 하지만 스타플라워와 내 새끼들을 위험에 빠뜨리는 짓은 안 할 거야. 이제는 그들이 훨씬 더 중요하니까 말이야."

"당연히 그렇죠."

썬더도 이해했다. 썬더 역시 처음에는 무리의 안전을 위해 아버지를 돕지 않으려고 했으니까.

"아끼는 고양이들을 보호하는 것이 싸움을 벌이는 것보다 훨씬 더 중요하죠."

거처에서 또다시 칭얼대는 소리가 들렸다.

"난 이만 가 봐야 할 것 같구나."

클리어스카이는 흔들리는 눈동자로 뒷걸음치기 시작했다.

"스타플라워가 아직도 많이 지쳐 있어. 그러니 오랫동안 혼자 두고 싶지 않구나."

"애들이 좀 더 크면 그때 다시 보러 올게요."

썬더는 큰 소리로 말했다.

하지만 클리어스카이는 이미 거처 안으로 사라진 뒤였다.

"그렇게 하렴."

멀리서 아버지의 목소리만 들렸다.

썬더는 돌아섰다. 이번에는 슬픔이 가슴을 찌르지 않아서 다행이라는 생각이 들었다. 아버지는 생전 처음 진심으로 만족하는 것처럼 보였다. 아버지는 이제 진정한 행복을 찾았다. 행복한 아버지의 모습을 보니, 그리고 사랑만 받고 자랄 새끼 고양이들을 생각하니 썬더도 행복했다.

썬더는 혼자 조용히 가르랑거리며 둑에서 뛰어내려 공터를 가로질러 갔다.

"새끼들은 봤어?"

입구로 다가가는 썬더를 향해 에이콘퍼가 큰 소리로 물었다.

"이번에는 못 봤어."

썬더는 몸을 숙여 진영을 빠져나가며 대답했다.

"나중에 또 올게."

비탈길로 향하던 썬더는 서리를 맞아 시든 쐐기풀 덤불의 냄새를 맡고 있는 버치와 블로섬을 발견했다.

"나중에 봐!"

썬더는 큰 소리로 둘에게 인사했다.

버치가 고개를 들었지만 딴생각에 잠긴 얼굴이었다.

"그래, 그러자."

골짜기로 가면서 썬더는 공기를 맛보았다. 아버지는 진영을 철저히 지킬 수 있다고 생각하겠지만, 블로섬과 버치는 불안해하는 것 같았다. 그리고 그들이 걱정하는 건 당연했다. 슬래시는 쉽게 포기할 고양이가 아니었기 때문이다.

썬더는 털가죽 밑에서 꿈틀거리는 불안감을 느꼈다. 분명 슬래시는 더 큰 말썽을 일으킬 것이다. 과연 그것이 언제일지 썬더는 궁금했다.

숲을 달렸더니 몸이 뜨거워져서 썬더는 골짜기 꼭대기에서 걸음을 멈췄다. 절벽 아래를 내려다보고 있는데 차가운 바람이 털을 휘날렸다. 익숙한 냄새들이 덤불에 가려진 분지에서 솟아올랐다. 썬더는 집으로 돌아왔다는 기쁨에 절벽에서 튀어나온 바위 위로 뛰어내렸다.

이 바위에서 저 바위로 가볍게 건너뛰며 내려가는데, 가시금작화 울타리 너머에서 성난 외침이 들렸다. 썬더는 귀를 쫑긋 세우고 긴장했다. 진영 동료들은 싸우는 일이 드물었다. 반갑지 않은 침입자가 진영으로 쳐들어온 걸까? 하지만 골짜기 바닥에 다다를 때까지도 낯선 냄새는 풍기지 않았다. 썬더는 서둘러 가시금작화 굴길로 달려 들어갔다.

"우리가 그놈들을 어떻게 물리쳐?"

클라우드스파츠가 화난 목소리로 외치고 있었다.

"놈들이 우리보다 많았잖아!"

"생쥐처럼 살금살금 도망가느니 차라리 싸우는 게 낫지!"

리프가 쏘아붙였다.

"기습 공격을 당해서 그런 거잖아요."

라이트닝테일이 이유를 댔다.

썬더는 온몸을 휩쓰는 불안감을 느끼며 몸을 숙여 서둘러 굴길을 빠져나와 진영 안으로 뛰어 들어갔다.

"무슨 일이에요?"

리프와 클라우드스파츠, 라이트닝테일이 고개를 돌려 바라보았다. 셋 다 마치 싸움이라도 한 듯 털이 잔뜩 부풀어 여기저기 뭉치고 삐죽삐죽 솟아 있었다.

클로버가 진영을 가로질러 달려와 썬더를 맞이했다.

"먹이를 빼앗겼대요!"

시슬은 라이트닝테일과 클라우드스파츠 사이를 요리조리 돌아다녔다.

"사냥하러 갔는데 떠돌이들이 공격했대요."

어린 수고양이가 말했다.

라이트닝테일이 꼬리를 휘둘러 시슬을 쫓아냈다.

"떠돌이 다섯이 커다란 단풍나무 옆에서 우리를 덮쳤어."

라이트닝테일이 보고했다.

"우리는 잡은 먹잇감을 챙겨 집으로 돌아오려던 참이었어. 생쥐 세 마리랑 개똥지빠귀 한 마리를 잡았거든. 최선을 다해 싸웠지만, 녀석들 수가 더 많았어. 그래서 먹이를 주고 달아나는 게 낫겠다고 생각했어. 아무도 다친 데는 없어. 자존심은 상했지만."

리프가 콧방귀를 뀌었다.

"제대로 맞서 싸웠다면 자존심도 상하지 않았겠지!"

썬더는 걱정스럽게 귀를 씰룩거렸다.

"몸의 상처보다는 자존심이 더 빨리 회복되는 법이야."

밀크위드가 나무 그루터기 옆에서 서성거리며 말했다.

"그럼 나무숲이 더 이상 안전하지 않다는 뜻이야?"

암고양이는 시슬과 클로버를 힐끗 쳐다보았다.

공터 가장자리에 앉아 있던 핑크아이스가 꼬리를 휙 튕겼다.

"떠돌이는 언제나 있었고, 앞으로도 늘 있을 거야."

"이런 떠돌이들은 아니었어요."

클라우드스파츠가 암울하게 중얼거렸다.

"이 녀석들은 일부러 우리를 찾아왔고, 우리 먹이를 빼앗을 수 있다는 걸 보여 주려고 일부러 그런 짓을 한 거야."

리프가 고개를 끄덕였다.

"놈들은 먹이가 필요해서 우리 걸 빼앗은 게 아니야. 그저 우리가 굶주리는 걸 보고 싶어서 그런 거지."

아울아이스가 핑크아이스 옆에서 땅바닥을 발로 벅벅 긁었다.

"내가 거기 있었어야 했는데. 그랬다면 그 녀석들 귀를 발톱으로 잡아 뜯었을 거야."

썬더는 공터 한가운데로 걸어가 진영 동료들을 둘러보았다.

"놈들이 먹이를 가져가게 둔 건 잘한 일이에요. 준비되지 않은 상태에서는 절대 싸워선 안 돼요."

'그 녀석들이 슬래시의 떠돌이들이 확실한 걸까?'

썬더는 궁금했다.

"놈들이 다른 말은 안 했어, 라이트닝테일?"

라이트닝테일이 심각한 얼굴로 썬더를 마주 보았다.

"그들 중 하나가 먹이를 내놓지 않으면 자기들이 빼앗아 가겠다고 말했어."

"그리고 다음번에는 우리 털가죽까지 가져가겠다고 했지."

리프가 으르렁거리며 말했다.

밀크위드의 등줄기를 따라 털이 물결치듯 움직였다.

아울아이스가 암고양이 옆으로 달려갔다.

"걱정하지 마세요. 시슬과 클로버는 제가 잘 지킬게요."

"클로버는 내가 지킬 수 있어!"

시슬이 가슴을 쑥 내밀고 말했다.

그러자 클로버가 화난 듯 꼬리를 부풀렸다.

"난 누가 지켜 주지 않아도 되거든!"

썬더는 이들의 말이 귀에 들어오지 않았다. 머릿속에서 생각들이 소용돌이치고 있었다.

"이건 시작일 뿐이에요."

썬더는 진영 동료들에게 경고했다.

"슬래시가 우리 먹이를 빼앗겠다고 말했다면, 반드시 그렇게 할 거예요."

라이트닝테일이 얼굴을 찡그렸다.

"스타플라워를 구했을 때처럼 속일 수 있을지도 몰라."

"그 녀석들한테 우리 먹이를 빼앗길 순 없어."

클라우드스파츠가 으르렁거렸다.

리프는 발톱을 세웠다.

"어떻게든 문제를 해결할 방법을 찾아내야 해."

썬더는 기대에 부푼 진영 동료들의 눈을 바라보았다. 이들에게 무슨 말을 해야 할지 알 수 없었다. 아직은 슬래시를 따르는 떠돌이들이 얼마나 많은지도 모르고, 그들의 진영이 어디 있는지도 모른다. 그리고 떠돌이들을 속일 방법도 알지 못했다.

라이트닝테일이 갑자기 눈을 깜박이며 썬더를 바라보았다.

"나한테 좋은 생각이 있어."

썬더는 꼬리를 번쩍 들어 올렸다.

"말해 봐."

라이트닝테일이 나무 그루터기로 걸어가 그 위로 폴짝 뛰어올랐다.

"훈련을 하는 거예요."

라이트닝테일이 큰 소리로 말했다.

"우리가 싸우는 방법만 알았어도 그렇게 쉽게 먹이를 빼앗기지 않았을 거예요. 그러니 우리는 싸움 동작을 연습해야 해요. 새로운 기술을 배워서 항상 대비하고 있어야 해요. 우리는 강하고 영리하니까, 제대로 훈련만 받으면 떠돌이들이 우리보다 수가 많아도 이길 수 있어요. 슬래시의 떠돌이들은 아무도 원하지 않는 애완 고양이일 뿐이에요. 우리가 열심히 훈련해서 강해지고 그들이 한 번도 본 적 없는 싸움 동작을 익힌다면, 언제든 우리 것을 지킬 수 있을 거예요."

리프가 눈을 반짝이며 턱을 쳐들었다.

"아주 좋은 생각이야."

"지금 당장 훈련을 시작해요!"

아울아이스도 끼어들었다.

"내가 아는 싸움 동작이 몇 가지 있으니까 가르쳐 줄게."

클라우드스파츠가 제안했다.

"우리도 훈련할 수 있어요?"

시슬이 애원하는 얼굴로 라이트닝테일을 바라보았다.

"우리 모두 훈련을 해야 해."

라이트닝테일이 새끼 고양이를 보며 말했다.

썬더는 친구를 바라보며 가슴 가득 차오르는 자부심을 느꼈다. 지난 몇 달 사이에 친구가 현명해진 것 같았다.

'내가 없어지면 우리 무리가 어떻게 될지 걱정했는데, 그 답이 바로 곁에 있었구나!'

라이트닝테일이 다음 지도자가 되어야 했다. 안도감이 온몸을 감싸는 걸 느끼며, 썬더는 잔뜩 긴장했던 어깨에 힘을 풀었다. 갑자기 지도자라는 책임의 무게가 가벼워진 것 같았다. 자신이 죽은 뒤에도 무리는 안전할 거라는 확신이 들었다.

그렇지만 아직은 더 오래 살 생각이었다! 썬더는 몸을 힘껏 털며 나무 그루터기를 향해 걸어갔다.

"고마워, 라이트닝테일. 훈련은 너한테 맡길게."

썬더는 다른 고양이들을 빠르게 둘러보았다. 그들의 눈은 흥분으로 빛나고 있었다. 밀크위드도 도전적으로 고개를 쳐들었다.

'이들은 더 이상 화내거나 겁내지 않아.'

썬더는 생각했다.

'이제는 싸울 준비가 되었으니까.'

8

홀로 적진으로

"우리 무리만 떠돌이들한테 먹이를 빼앗긴 게 아니라면 좋겠는데 말이야."

윈드러너의 성난 목소리가 차가운 밤공기를 뚫고 울려 퍼졌다. 꽉 찬 보름달이 황무지를 달빛으로 물들였다.

고스퍼가 윈드러너 옆으로 다가갔다.

"왜 우리를 목표로 삼았을까?"

"그것 때문에 오늘 밤 만나자고 한 거라고 썬더가 귀띔했잖아."

나무 네 그루가 있는 분지로 향하면서 그레이윙이 말했다.

전날 썬더가 황무지 진영을 찾아와서, 윈드러너에게 순찰대를 데리고 나무 네 그루로 와 달라고 요청했다. 주황색 수고양이는 비쩍 마르고 얼굴에는 걱정이 가득했다. 하지만 각 무리의 지도자들이 모두 모이기 전까지는 무슨 일인지 말하고 싶지 않다고 했다.

그레이윙은 윈드러너와 고스퍼를 따라 넓게 펼쳐진 헤더 밭 사이로 걸어갔다. 옆에서 슬레이트가 걸음을 맞춰 걸었다. 몸에 맞닿은 암고양이의 털가죽에서 전해지는 따스함이 기분 좋았다.

맨 뒤에서는 미노가 따라오고 있었다.

"난 스파티드퍼와 리드와 함께 남아 있을 걸 그랬어."

암고양이가 초조하게 말했다.

"만약 떠돌이들이 진영을 공격한다면 모스플라이트와 더스트머즐은 아직 너무 어려서 싸우지 못하잖아."

"떠돌이들이 진영을 공격하는 일은 없을 거야."

고스퍼가 암고양이를 안심시켰다.

"놈들도 그 정도로 쥐 대가리는 아니야."

그레이윙도 고스퍼의 말이 사실이기를 바랐다. 그래도 혹시 몰라 리드에게 스파티드퍼와 새끼 고양이들과 함께 오늘 밤 윈드러너의 거처에 있으라고 했다. 만약 떠돌이들이 쳐들어오더라도 윈드러너의 거처는 입구가 좁고 주위를 둘러싼 울타리가 두꺼워서 쉽게 침입하지 못하기 때문이었다.

윈드러너가 달빛에 눈을 번쩍이며 어깨 너머를 돌아보았다.

"떠돌이들은 대체 왜 우리를 가만두지 않는 거야?"

윈드러너가 화를 내는 것도 당연했다. 지난 반달 동안 떠돌이들은 두 번이나 윈드러너의 영역을 침범했다. 처음에는 황무지 꼭대기에서 토끼 사냥을 했고, 두 번째는 모스플라이트와 더스트머즐이 잡은 먹이를 빼앗아 어린 두 고양이를 벌벌 떨게 만들었다.

슬레이트가 그레이윙을 힐끗 쳐다보았다.

"썬더한테 계획이 있을까?"

암고양이가 속삭여 물었다.

"그러길 바라야지."

그레이윙은 슬레이트의 등줄기를 꼬리 끝으로 휙 쓰다듬으며 말했다.

"이런 식으로 먹이를 계속 빼앗길 순 없잖아."

토끼들이 풀을 뜯으러 굴에서 점점 더 멀리 나오기 시작하면서 사냥은 한결 쉬워졌다. 그렇지만 지금 당장 너무 많은 토끼를 잡으면 잎 없는 계절이 정말 힘들어질 때 잡을 수 있는 토끼가 줄어들 거라는 걸 그레이윙은 잘 알고 있었다. 도요새와 들꿩이 여전히 황무지를 돌아다니는 게 다행이었다. 그 새들이 있는 한 적어도 굶어 죽을 걱정은 하지 않아도 될 테니 말이다. 하지만 떠돌이들이 계속 먹이를 빼앗아 간다면 문제는 달라질 것이다.

앞쪽에 우뚝 솟은 떡갈나무들이 어렴풋이 보이고, 분지 위로 뻗어 나온 가지들이 보였다. 잎이 다 떨어진 나뭇가지는 마치 별이 가득한 밤하늘로 뻗어 나간 발톱 같았다. 공기를 맛보니 소나무와 강물 냄새가 났다.

"톨새도와 리버리플이 와 있어."

그레이윙은 슬레이트에게 나지막이 말했다.

"다른 고양이들은?"

슬레이트가 콧구멍을 씰룩거리며 물었다.

"잘 모르겠어."

썬더와 클리어스카이에게서 나는 퀴퀴한 냄새는 나무숲 너머에서 날아오는 축축한 숲 냄새에 가려져 맡을 수 없었다.

그레이윙은 윈드러너와 고스퍼를 따라 분지 꼭대기로 올라가 눈에 힘을 주고 그늘진 분지 바닥을 살폈다. 나무 사이로 움직이는 형체들이 보였다. 고사리로 뒤덮인 비탈을 내려가다 보니 웅성거리는 목소리도 들렸다. 그리고 차츰 더 많은 냄새가 코를 스쳤다.

"우리가 가장 늦게 도착했네."

그레이윙은 슬레이트에게 말했다.

미노가 뒤에서 으르렁거렸다.

"떠돌이들이 우리를 공격할 생각이 아니라면 말이지. 요즘은 어딜 가든 그 녀석들한테 들키는 것 같단 말이야."

"윈드러너!"

공터로 들어서는 윈드러너를 썬더가 반겼다.

윈드러너를 따라 고사리 덤불 밖으로 나가자 얼음처럼 차가운 공기가 얼굴을 덮쳐 눈이 저절로 깜박거렸다.

썬더는 커다란 바위가 드리운 그림자 속에서 리프와 밀크위드 사이에 서 있었고, 라이트닝테일은 공터 가장자리에서 조심스럽게 덤불 냄새를 맡으며 돌아다니고 있었다. 클리어스카이는 달빛이 웅덩이처럼 고인 곳에서 블로섬과 네틀과 함께 서성이고 있었다. 리버리플은 공터 한가운데에 앉아 있었고, 섀터드아이스가 그 옆에 있었다. 쉴 새 없이 서성거리는 다른 고양이들 옆에서 꼼짝도 하지 않는 강 고양이들이 너무 평온해 보여서 그레이윙은 고개만 꾸벅 숙여 인사했다.

공터 가장자리에 있는 톨섀도와 재기드피크, 마우스이어는 귀를 쫑긋 세운 채 서로를 스치고 다니면서, 비탈의 고사리 덤불에서 조금이라도 바스락대는 소리가 들릴 때마다 그곳으로 눈길을 던졌다. 윈드러너가 다가가자 톨섀도가 꼬리를 들어 올렸다. 썬더는 커다란 바위 그림자에서 나와, 리버리플 옆에 멈춰 서는 고양이들 곁으로 걸어왔다.

152

썬더가 공터에 모인 고양이들을 둘러보았다.

"떠돌이들이 우리 먹이를 훔쳐 가고 있어요."

"우리 것도 훔쳤어!"

어둠 속에서 윈드러너의 눈이 분노로 번뜩였다.

"스타플라워를 구출한 뒤로 우리 먹이의 절반을 빼앗겼어."

톨섀도가 지친 얼굴로 말했다.

클리어스카이는 동정심 어린 눈빛으로 톨섀도를 바라보며 눈을 깜박였다.

"지난 며칠 동안 놈들이 우리 사냥 순찰대 둘을 공격했어. 우리 모두 힘들어하고 있어."

리버리플이 땅 위로 꼬리를 휙 휘둘렀다.

"아직 우리 먹이는 훔치지 않았어. 아무래도 물고기를 싫어하나 봐."

"아니면 발 적시는 걸 싫어하거나."

섀터드아이스가 눈을 반짝이며 말했다.

윈드러너가 회색과 흰색이 섞인 수고양이를 돌아보았다.

"지금 농담할 때가 아니잖아! 잎 없는 계절이 이제 겨우 시작됐는데 다들 굶주리고 있단 말이야!"

섀터드아이스는 그 말을 존중한다는 듯 고개를 숙였다.

"그 말이 맞아. 내가 잘못했어."

리버리플이 성난 윈드러너의 눈을 마주 보았다.

"강에는 물고기가 아주 많아. 우리가 가진 건 얼마든지 나눠 줄 수 있어."

"물고기라니!"

라이트닝테일이 콧방귀를 뀌었다.

"그런 걸 누가 먹고 싶어 하겠어요?"

"배고픈 고양이라면 먹을 수 있는 건 뭐든 먹겠지."

리버리플이 대답했다.

썬더가 꼬리를 획 휘둘렀다.

"리버리플의 제안은 고맙지만, 강에 있는 물고기로 우리 모두를 먹일 수는 없어요."

"그리고 강이 얼어 버리면 그때는 어떡할 건데? 그렇게 되면 물고기도 못 잡게 되잖아."

윈드러너도 끼어들었다.

썬더가 앞으로 걸어 나왔다.

"이건 우리 모두의 문제예요. 해결책을 찾아야 해요."

"이건 떠돌이들이 스타플라워를 납치하면서 시작된 문제야."

클리어스카이가 다른 고양이들을 둘러보며 천천히 말을 이었다.

"너희를 끌어들인 건 정말 미안한데, 나도 다른 방법이 없었어. 너희가 스타플라워를 구해 준 건 옳은 일이었어. 이제 스타플라워는 안전하고, 아이들도 갈수록 튼튼해지고 있어. 너희도 잘 알겠지만, 만약 그때 너희가 스타플라워를 죽게 내버려뒀다면 아마 너희 모두 마음 편히 잠들지 못했을 거야."

그레이윙은 형제의 눈을 들여다보았다. 처음으로 클리어스카이가 다른 고양이들을 완벽하게 제대로 평가했다. 지금 이 자리에서 달빛을 받으며 모여 있는 고양이들 모두 자신의 무관심으로 스타플라워와 새끼들이 해를 입었다면, 마음이 편치 않았을 것이다. 그레이윙은 털가죽 밑에서 끓어오르는 자부심을 느끼며 형제에게 다가갔다.

"슬래시는 우리한테서 먹이를 훔칠 핑계로 스타플라워를 이용한 것뿐이야."

그레이윙은 지도자들을 하나하나 둘러보며 계속 말을 이었다.

"슬래시는 우리와 적이 되기로 마음먹었고, 그걸 정당화할 이유가 필요했던 거야. 원아이가 그랬던 것처럼 뼛속 깊이 우리에 대한 미움을 품고 있어."

썬더가 으르렁거렸다.

"적이 있어야만 자신이 강해진다고 느끼는 고양이들도 있죠."

리버리플이 고개를 끄덕였다.

"그들은 다른 고양이의 먹이를 빼앗아 먹지 않으면 배가 부르다고 느끼지 못해."

윈드러너가 인내심이 바닥난 듯 등줄기 털을 곤두세웠다.

"그래서 이제 어쩔 셈이야?"

톨새도가 귀를 움찔거렸다.

"우리는 예전보다 더 많은 고양이를 순찰대로 내보내고 있어. 하지만 언제나 놈들의 수가 더 많아."

"슬래시를 따르는 떠돌이 수가 얼마나 되는데?"

리프가 꼬리를 휘두르며 그레이윙을 바라보았다.

"펀이 안 가르쳐 줬어?"

"스타플라워를 구한 뒤로는 펀을 보지 못했어."

그레이윙이 대답했다.

"그래도 내가 놈들의 진영을 봤고, 냄새도 맡았어. 떠돌이 패거리가 꽤 큰 것 같긴 한데, 정확히 몇이나 있는지는 잘 모르겠어."

윈드러너가 발톱을 세웠다.

"그걸 알아내야 해."

그곳으로 다시 몰래 숨어 들어가야 한다고 생각하니 공포가 배를 쿡쿡 찔렀다. 그리고 펀을 다시 만난다고 해도, 말을 걸었다가는 펀을 위험에 빠뜨릴지도 모른다는 생각이 들었다.

썬더가 눈을 깜박이며 그레이윙을 바라보았다.

"제가 같이 갈게요. 순찰대를 만들어서 가면 되잖아요."

그레이윙은 슬레이트의 털가죽이 자신의 몸에 닿는 것을 느꼈고, 두려움의 냄새를 맡았다.

"나도 같이 갈게."

그레이윙은 고개를 저었다.

"나 혼자 갈 거야. 순찰대를 보냈다가는 싸움이 날 수도 있어."

윈드러너가 짜증이 난 듯 끙 소리를 냈다.

"차라리 싸워서 한 번에 끝내 버리는 게 나을지도 몰라."

"안 돼."

클리어스카이가 고양이들 사이를 서성거리며 말했다.

"잘 알지도 못하는 적을 상대로 싸움을 벌이는 건 쥐 대가리 같은 짓이야. 우선 슬래시가 거느린 떠돌이들의 수가 얼마나 많은지부터 알아내야 해."

그레이윙은 고개를 끄덕였다. 클리어스카이의 말이 맞았다.

"내가 최대한 알아내 볼게."

"그사이에 우리는 우리 먹이를 지킬 준비를 해야 해요."

썬더가 라이트닝테일을 힐끗 보며 말을 이었다.

"우리 무리는 싸움 훈련을 하고 전투 동작을 연습하고 있어요.

156

저는 모든 무리가 떠돌이들의 공격을 물리칠 수 있도록 전투 훈련을 시작해야 한다고 생각해요. 그들이 수가 많을지는 몰라도 싸움 기술이 아주 뛰어난 건 아니에요. 만약 싸움 기술이 뛰어났다면 그렇게 많은 수가 무리를 지어 다니지는 않을 거예요."

밀크위드의 눈이 빛났다.

"라이트닝테일이 클로버와 시슬에게 스스로를 지키는 법을 가르쳐 주고 있어."

톨섀도가 꼬리 끝을 튕겼다.

"스톰펠트와 듀노즈와 이글페더도 각자 싸움을 가르쳐 줄 스승이 있어. 지금까지는 사냥하는 법만 배웠지만 전투 동작도 배울 수 있을 거야."

톨섀도는 마우스이어를 향해 고개를 끄덕였다.

"그래서 넌 이글페더와 제법 친해졌잖아, 안 그래?"

"그 녀석은 아주 빨리 배워."

마우스이어가 다른 고양이들을 힐끗 둘러보며 말했다.

"그리고 일대일로 가르치면 훨씬 쉬워. 그 애가 가진 강점과 약점을 알 수 있고, 이미 알고 있는 것을 토대로 가르칠 수도 있으니까 말이야."

라이트닝테일이 눈을 깜박거렸다.

"그거 좋은 생각이에요."

라이트닝테일은 썬더를 힐끗 쳐다보았다.

"나도 클로버와 시슬에게 각각 스승을 정해 줘야겠어."

"내가 둘 중 하나를 가르칠게."

리프가 나섰다.

"둘 다 영리하고 배우려는 의지도 강해."

밀크위드가 자랑스러운 듯 털을 잔뜩 부풀렸다.

윈드러너가 고스퍼와 눈짓을 주고받았다.

"모스플라이트도 스승이 생기면 훨씬 빨리 배울 수 있을 거야. 걔는 우리한테서는 제대로 배우지 못하는 것 같아."

"모스플라이트도 잘하고 있어……."

고스퍼가 딸을 두둔하려고 말을 꺼냈지만, 재기드피크가 끼어들었다.

"난 이글페더는 도저히 못 가르치겠어."

재기드피크가 고백했다.

"너무 오냐오냐하거나 아니면 너무 엄하게 다그치고 말아. 그래서 결국엔 늘 싸우게 돼."

마우스이어가 발을 꼼지락거렸다.

"난 이글페더의 발전을 한눈에 알아볼 수 있던데. 아무래도 자기 새끼를 직접 가르치는 건 훨씬 더 어려운 것 같아."

"바로 그거야."

클리어스카이가 고개를 숙였다.

"우리 모두 싸움 훈련을 시작하는 거야. 그리고 새끼 고양이들한테 각자 스승을 정해 주도록 하자."

윈드러너가 고개를 끄덕였다. 톨섀도도 고개를 꾸벅 숙였다. 리버리플도 동의한다는 뜻으로 눈을 깜박였다. 그사이 공터에는 그림자가 드리워졌다.

그레이윙은 보름달을 힐끗 쳐다보았다. 구름이 보름달을 가리며 흘러가기 시작했다. 지평선 너머로는 더 짙은 구름이 도사리고 있었다. 밤이 깊어지고 있었다. 어두워지고 나면 슬래시의 진영에 몰래 침입하는 게 더 쉬워질 것이다.

"지금 가서 편을 찾아볼게."

적의 수가 얼마나 되는지 빨리 알아낼수록 더 빨리 준비할 수 있을 것이다.

'그런데 무슨 준비를 해야 하지?'

그레이윙은 불안해서 귀를 씰룩거렸다.

'정말 전투가 벌어지는 걸까?'

지금 자신들이 서 있는 자리에서 벌어졌던 대전투를 떠올리면서 그레이윙은 몸을 부르르 떨었다. 너무나 많은 고양이들이 그때 목숨을 잃었다.

슬레이트가 바짝 다가와 목소리를 낮추고 물었다.

"정말 내가 같이 안 가도 괜찮겠어?"

"괜찮아."

그레이윙은 슬레이트를 위험에 끌어들이고 싶지 않았다.

암고양이가 어두워진 눈빛으로 바라보았다.

"조심해."

"별일 없을 거야."

그레이윙은 자신의 말이 사실이기를 바라며 약속했다. 아무리 기다려도 사랑하는 이가 돌아오지 않는 것이 어떤 기분인지 잘 알기 때문에, 슬레이트가 그런 일을 겪게 하고 싶지는 않았다. 그레이윙은 온몸에 힘을 주고 새벽까지는 슬레이트 곁으로 돌아오겠다고 다짐했다.

"약속할게."

다른 고양이들에게 고개를 끄덕이고 돌아서서 비탈로 향했다. 그리고 곧장 고사리 덤불로 뛰어들어 소나무 숲으로 향했다.

소나무 숲 끄트머리에 가까워지자 그레이윙은 공기를 맛보았고, 썩어 가는 버섯의 눅눅한 냄새에 얼굴을 찡그렸다. 그 냄새를 따라 그림자 사이로 조용히 걸어가다가 어느 나무 밑에 수북이 자란 시든 독버섯을 발견했다.

코를 찡그린 채로 버섯 위에 눕자 무게에 짓눌린 버섯이 으깨지면서 털 속으로 즙이 스며들었다. 그레이윙은 벌떡 일어나 몸을 털었다.

'이 정도면 썩은 버섯 냄새가 내 냄새를 가려 주겠지.'

소나무 숲 끝으로 향하던 그레이윙은 몸을 숨겨 주던 나무를 벗어나자 몸을 웅크렸다. 달과 별은 구름에 가려져 있었다. 지금쯤 펀은 잠자리에 몸을 웅크리고 곤히 자고 있을 것이다. 지난번처럼 순찰대로 나올 때까지 기다려야 할까? 발밑의 풀밭이 이끼 낀 검은 흙으로 바뀌자 그레이윙은 걸음을 늦췄다. 앞쪽에 솟아 있는 습지 풀밭이 보였다. 떠돌이들의 진영을 둘러싼 울타리는 움푹 파인 땅에 절반쯤 잠겨 있었다. 그레이윙은 방향을 틀어 버드나무 숲 쪽으로 향하다가, 비탈을 기어 올라가 지난번에 몸을 숨겼던 개암나무 덤불 사이에 쪼그리고 앉았다.

어둠 속에서 눈을 깜박이면서 귀를 쫑긋 세우고 주위의 소리에 집중했다. 쭉 뻗은 습지 너머로 올빼미 울음소리가 울려 퍼지자 몸이 굳었다. 머리 위 어딘가에서 날개를 푸드덕거리는 소리가 들리더니, 갑자기 올빼미 한 마리가 습지 위로 날아 내려와 풀밭

위를 미끄러지듯 날아갔다. 그레이윙은 올빼미가 멈출 때까지 가만히 지켜보았다. 올빼미는 방향을 틀어 속도를 늦추면서 발톱을 쭉 뻗었다. 이어서 먹잇감이 내지르는 비명 소리가 허공을 갈랐다. 올빼미는 뭔가를 움켜잡고 날아올라, 밤하늘을 배경으로 길고 느리게 원을 그리다가 다시 나무숲으로 향했다. 그레이윙은 목을 쭉 빼고 눈으로 올빼미를 좇았다. 새의 발톱에 붙잡혀 몸부림치는 자그마한 먹잇감이 눈에 들어오자 뱃속에서 꼬르륵 소리가 났다. 머리 위로 뒤엉킨 나뭇가지 사이로 올빼미가 사라졌을 때 뒤에서 풀이 바스락거리는 소리가 들렸다.

그레이윙은 털을 곤두세우고 고개를 홱 돌렸다. 누군가가 비탈을 올라와 가까이 다가오고 있었다. 재빨리 배를 땅바닥에 붙이고 개암나무 덤불 속으로 뒷걸음쳐 들어가 발톱을 세웠다.

"그레이윙!"

펀의 목소리를 알아듣고 나서야 마음이 탁 놓였다. 심장이 너무 두근거려서 터질 것 같았다. 초록색 눈 한 쌍이 어둠 속에서 반짝거렸다. 그레이윙은 숨어 있던 곳에서 미끄러져 나가려다가 순간 멈칫했다.

'혹시 이거 함정 아니야?'

펀의 뒤를 힐끗거리며 비탈에 다른 고양이는 없는지 살폈다. 공기도 맛보았지만 썩어 가는 독버섯의 고약한 악취만 혀를 적셨다.

펀이 코를 킁킁거렸다.

"너한테서 역겨운 냄새가 나."

암고양이는 개암나무 덤불에서 꼬리 하나 정도 떨어진 곳에 멈춰 서며 쉭쉭거렸다.

161

"그 고약한 냄새 때문에 잠에서 깼잖아. 너일 줄 알았어. 이 근처에는 걸어 다니는 버섯이 없거든."

"너 혼자야?"

그레이윙은 펀을 아직 믿을 수 있기를 바라며 속삭여 물었다.

"당연히 나 혼자지!"

펀은 화난 목소리였다.

"내가 겨우 너 하나 배신하려고 위험을 무릅쓰고 여기 왔다고 생각해?"

암고양이의 눈이 분노로 번뜩였다.

그레이윙은 덤불 밖으로 빠져나와 암고양이 앞에 멈춰 섰다.

"미안해. 그냥 여기 오는 게 내키지 않았거든."

"여기서 사는 고양이도 있거든."

펀이 툴툴댔다.

"여기가 그렇게 싫으면 왜 떠나지 않는 거야?"

그레이윙은 궁금한 얼굴로 펀을 바라보았다.

"어디든 슬래시한테서 벗어날 수 있는 곳이 있다면 나도 떠났을 거야."

펀은 어깨 너머를 힐끗 돌아보고는 그레이윙을 지나쳐 나무숲 깊숙한 곳을 살폈다. 그러더니 그레이윙을 이끌고 개암나무 덤불 너머에 있는 공터로 갔다.

"우리 진영에서 멀리 떨어질수록 좋아."

펀이 속삭였다.

"네 고약한 냄새가 날 깨웠으니 다른 고양이도 깨울지 몰라."

"내 냄새를 숨기려고 그랬어."

그레이윙은 창피해서 털가죽이 화끈거렸다.

"효과는 있네."

펀이 콧방귀를 뀌며 말했다.

"넌 오소리보다 더 고약한 냄새가 나."

"적어도 널 불러내는 데는 성공했잖아."

그레이윙은 콕 집어 말했다.

"더 오래 기다려야 하는 줄 알았어."

"냄새를 숨기는 건 좋은 생각이었어."

펀이 작은 소리로 말했다.

"하지만 다음부턴 냄새를 좀 약하게 묻히는 게 좋겠어."

암고양이는 어둠 속에서 눈을 깜박이며 그레이윙을 바라보았다.

"그런데 여긴 왜 온 거야?"

"알고 싶은 게 있어."

"뭘 알고 싶은데?"

펀이 고개를 갸웃했다.

"스타플라워는 구했잖아, 안 그래?"

암고양이가 더 가까이 다가왔다.

"걔는 괜찮아?"

"응."

"새끼는 아직 안 낳았어?"

힘들게 탈출한 기억을 떠올리자 그레이윙은 꼬리털이 곤두섰다.

"낳았어. 딸 둘과 아들 하나야."

반가운 소식에 펀은 가르랑거렸다.

"주니퍼와 윌로가 이 소식을 들으면 반가워할 거야. 걔들이 스타플라워 걱정을 많이 했거든."

그레이윙은 어리둥절해서 얼굴을 찡그렸다.

"주니퍼와 윌로가 누군데?"

펀은 어깨를 으쓱했다.

"그냥 진영 동료야."

"그런데 걔들이 왜 스타플라워와 새끼들 걱정을 하는데? 걔들도 스타플라워를 납치하는 걸 도운 거 아니야?"

펀은 화난 듯 턱을 쳐들었다.

"우리라고 다 똑같이 여우 심장을 가진 건 아니거든!"

그레이윙은 당황스러워서 발을 꼼지락거렸다.

"그렇다면 왜 슬래시 곁을 떠나지 않는 건데?"

펀은 눈을 가늘게 떴다.

"그러는 너는 왜 네 먹이를 슬래시한테 주는 건데?"

"준 게 아니고 빼앗아 간 거거든!"

"그러면 왜 맞서 싸우지 않는 건데?"

펀이 따지듯 물었다.

"그건……."

그레이윙은 머뭇거렸다. 슬래시의 떠돌이들이 자신들보다 수가 많다는 것을 인정하고 싶지 않아서였다.

"슬래시는 다른 고양이들을 자기 마음대로 부리는 법을 잘 알고 있어."

펀이 으르렁거리며 말을 이었다.

"슬래시한테 반대하려면 엄청난 위험을 감수해야 해. 그러니 차라리 하라는 대로 따르는 게 훨씬 더 쉽긴 하지."

"그래도 넌 떠날 수 있잖아."

"이미 해 봤어, 기억 안 나?"

펀이 화난 눈으로 그레이윙을 노려보았다.

"그랬더니 겁이 나서 밤에 잠도 안 오는 거야. 가시덤불이 바스락대는 소리만 들어도 슬래시가 날 잡으러 온 것 같았단 말이야. 슬래시는 자기 뜻을 거스르는 걸 아주 싫어해."

펀을 바라보던 그레이윙은 이렇게 자신과 대화하는 것이 이 암고양이에게 얼마나 큰 위험인지 깨닫고 마음이 아팠다.

펀이 계속 말을 이었다.

"그리고 계획이 뜻대로 안 되는 것도 아주 싫어해. 너희가 스타플라워를 구출한 뒤로 내내 굉장히 흥분하고 화가 난 상태야. 그래서 너희한테 복수할 방법을 계속 찾고 있어."

"우리도 그럴 거라고 짐작했어."

그레이윙은 침울하게 으르렁거렸다.

"놈이 계속 우리 먹이를 훔치고 있어."

"나도 알아."

펀은 시선을 떨궜다.

"우린 이렇게 잘 먹어 본 적이 없어."

"우리는 굶주리고 있어."

펀이 걱정으로 눈이 휘둥그레진 채 그레이윙을 바라보았다.

"알겠지만 슬래시는 멈추지 않을 거야. 너희를 여기서 쫓아내기 전까지는 말이야."

"누구도 우리를 쫓아낼 수 없어."

그레이윙은 으르렁거렸다.

"슬래시와 맞서 싸울 거야?"

"그렇게 해야 한다면 해야지."

그레이윙은 펀과 눈을 맞췄다.

"하지만 그 전에 먼저 우리가 싸울 상대가 몇이나 되는지 알아야 해."

펀이 눈길을 피했다.

"네가 우리를 돕지 않겠다고 해도 이해해."

그레이윙은 펀이 진영 동료들을 위험에 빠뜨릴 수 있는 말을 하기 두려워한다고 생각했다.

"하지만 우리가 맞서 싸울 상대가 몇인지 알 수만 있다면……."

다시 고개를 들었을 때, 펀의 눈빛은 단호했다.

"만약 너희가 슬래시에게 맞서 싸운다면, 우리 중에도 그에게 맞설 고양이가 있을 거야."

"정말?"

그레이윙은 털가죽이 따끔거릴 정도로 희망이 솟구쳤다.

"네 진영 동료들이 정말로 슬래시와 맞서 싸우는 걸 도와줄 거라고 생각해?"

펀이 뒤로 물러났다.

"확실하진 않아. 슬래시에게 충성스러운 고양이들도 있지만, 새끼를 가진 스타플라워를 붙잡아 두는 건 잔인한 짓이라고 생각하는 고양이들도 꽤 있었어. 아직 태어나지도 않은 새끼들의 목숨을 위험에 빠뜨렸잖아. 그런 짓을 하는 고양이는 다른 무서운 짓도 얼마든지 할 수 있어. 그래서 우리는 여기 사는 것도 무섭지만 여기를 떠나는 건 더 무서워. 만약 도망쳤다가 슬래시가 찾아낸다면 무슨 짓을 할지 어떻게 알아?"

"그래서 넌 우리와 같이 싸울 거야, 말 거야?"

그레이윙은 다그치듯 물었다.

펀은 다시 눈길을 돌렸다.

"난 아무것도 약속할 수 없어. 슬래시는 강해. 그리고 복수를 좋아해. 맞서 싸우려면 목숨을 걸어야 해. 우리 중 누구도 죽고 싶어 하지 않아."

그레이윙은 가슴이 철렁 내려앉았다.

"그렇지. 게다가 한 번도 만난 적 없는 고양이들을 위해 목숨을 걸겠다고 나설 고양이가 있을 리 없지."

펀이 그레이윙을 힐끗 쳐다보았다.

"나도 널 도와주겠다고 약속하고 싶지만 그럴 수가 없어. 그래도 슬래시가 생각만큼 강하지 않을 수도 있다는 걸 네가 알았으면 좋겠어."

"알았어."

그레이윙은 펀이 슬래시를 떠나도록 설득할 수 있기를 바랐다. 안전하게 지켜 줄 수 있다는 확신도 있었다. 하지만 자신의 믿음만으로는 충분하지 않았다. 펀도 그걸 믿어야만 했다.

펀은 겁먹은 눈으로 계속 그레이윙을 보고 있었다.

"다른 무리까지 모두 함께 싸운다면, 너희가 우리보다 수가 더 많을 거야."

암고양이가 털어놓았다.

"하지만 슬래시는 단호하고 잔인해. 그리고 우리가 배신하거나 자기를 따르지 않으면, 우리의 피로 대가를 치르게 만들 거야. 전투가 벌어지면 절대 쉽지 않을 거야. 슬래시는 목숨을 걸고 싸울 거고, 우리도 똑같이 하기를 바랄 테니까."

"우리가 그냥 기다려 보면 어떨까? 그럼 슬래시가 여길 떠나지 않을까?"

그레이윙은 희망을 품고 물었다.

펀이 콧방귀를 뀌었다.

"슬래시는 분노를 즐기는 고양이야. 자신이 강하다고 느낄 수 있고 먹이를 빼앗을 수 있는 한 멈추지 않을 거야."

펀은 목소리를 낮춰 속삭였다.

"내가 보기에 슬래시는 전투를 바라고 있어. 그러니까 계속 너희 먹이를 훔쳐도 너희가 싸움을 걸어 오지 않으면, 아마 싸움을 벌일 다른 방법을 찾아낼 거야."

암고양이는 미안하다는 듯 어깨를 으쓱했다.

"어느 쪽이든 너희가 질 거야."

"네 진영 동료들 몇몇이 우리 편이 되어 싸우면 그렇지 않을 수도 있어."

"그건 장담 못 해. 너희가 이길 수 없는 싸움이라고 생각하면, 우리 중 누구도 너희 편이 되겠다고 나서지 않을 거야."

올빼미가 다시 후우후우 울어 댔다.

펀의 꼬리가 파르르 떨렸다.

"난 이만 돌아가 봐야 해. 누구든 내가 없어진 걸 알게 되면 어디 갔었는지 궁금해할 거야."

그레이윙은 암고양이를 바라보았다.

"나랑 같이 가자."

168

하지만 펀은 고개를 저었다.

"내가 떠나면 여기 있는 내 자매가 괴롭힘을 당할 거야."

그레이윙은 눈을 깜박거렸다.

"왜 네 자매가 괴롭힘을 당하는데?"

"슬래시는 내가 충성하지 않은 게 다 개 탓이라고 할 게 분명하니까."

펀은 떠나려고 돌아섰다.

"조심해, 그레이윙. 슬래시는 너희가 대가를 치르게 하겠다고 벼르고 있어."

"무슨 대가?"

그레이윙은 힘이 쭉 빠지는 느낌이 들었다.

펀이 멍한 얼굴로 그레이윙을 바라보았다.

"너희가 행복하게 사는 데 대한 대가겠지."

그레이윙은 나무 사이로 사라지는 암고양이를 지켜보았다.

'무리 지어 사는 우리가 슬래시 눈에는 행복하게 보이나?'

황무지에 있는 분지와 자신의 잠자리를 떠올려 보았다. 그곳에서 슬레이트는 어둠 속을 바라보며 그가 돌아오길 기다리고 있을 것이다. 그런 생각을 하자 목구멍에서 부드럽게 가르랑거리는 소리가 흘러나왔다. 슬래시가 돌아오길 기다리는 고양이는 좀처럼 상상하기 힘들었다. 슬래시와 함께 사는 동료들은 모두 그를 두려워한다. 그리고 슬래시는 자신이 강하다고 느끼고 싶어서 남의 것을 훔친다. 그렇게 사는 고양이가 행복할 리 없었다.

그레이윙은 걸음을 재촉해 버드나무 숲을 빠져나와 습지를 가로질렀다. 그리고 소나무 숲을 향해 달리기 시작했다. 소나무 그림자 속으로 미끄러져 들어가자 그제야 마음이 놓였다. 톨섀도의 진영을 빙 둘러 황무지로 향했다. 한 걸음 한 걸음 내디딜 때마다 가슴이 조여 왔다. 하지만 집으로 돌아가야 했다. 슬레이트가 걱정하고 있을 테니까. 숨소리가 거칠어졌지만 무시하고 계속 달렸다. 털가죽 밑에서 분노가 치밀었다. 왜 이렇게 숨쉬기가 힘든 걸까?

'차가운 밤공기 때문일 거야.'

나름대로 이유를 찾았다. 문득 숲에서 황무지까지 달려갔다가 되돌아오는 게 조금도 힘들지 않았던 때가 그리워지면서 마음이 아팠다.

분지에 다다랐을 때는 숨을 한 번 쉴 때마다 안간힘을 써야만 했다. 입구 밖 풀밭을 가로지르며 속도를 늦췄다. 진영 안으로 들어가기 전에 숨을 고르고 싶었다. 뒤에 있는 숲을 힐끗 돌아보자, 떠오르는 태양 아래로 나무 꼭대기가 분홍빛으로 물들고 있었다.

"그레이윙!"

슬레이트가 외치는 소리에 그레이윙은 화들짝 놀랐다. 암고양이가 진영에서 달려 나와 큰 소리로 가르랑거리며 주위를 맴돌았다.

"얼마나 걱정했는지 몰라."

"별일 없을 거라고 말했잖아."

그레이윙은 숨을 헐떡이며 말했다.

"이제 좀 쉬어야 해."

슬레이트는 그레이윙을 진영으로 안내했다.

"먼저 윈드러너랑 얘기 좀 하고."

그레이윙은 힘겹게 말했다.

"편은 찾았어?"

"응."

그레이윙은 윈드러너의 거처로 가면서 대답했다.

거처에 거의 다다랐을 즈음 갈색 암고양이가 눈을 반짝이며 밖으로 나왔다.

"편이 뭐래?"

"편이…….."

그레이윙은 멈춰 서서 숨을 헐떡였다.

"숨을 쉴 수 있을 때까지 기다려."

윈드러너가 명령했다.

그레이윙은 그 자리에 주저앉아 가슴의 답답함이 사라지기를 기다렸다.

슬레이트는 걱정으로 어두워진 눈빛으로 그레이윙 옆에 자리를 잡았다. 윈드러너는 목털을 곤두세우고 둘 옆을 서성거렸다.

마침내 말을 할 수 있을 만큼 호흡이 편해졌다.

"편이 그러는데, 모든 무리를 합하면 떠돌이들보다 수가 더 많을 거래. 그리고 슬래시의 진영 동료들은 그를 두려워한다고도 했어. 만약 전투가 벌어지면 그들은 슬래시를 위해 싸우지 않을 수도 있대."

윈드러너의 눈이 반짝거렸다.

"그렇다면 우리가 이길 수 있겠네?"

그레이윙은 고개를 저었다.

"편은 그들이 슬래시를 배신할 거라고 장담할 순 없다고 했어. 그들은 슬래시를 두려워하고 있고, 배신할 수 없는 이유도 있었어. 슬래시는 복수를 좋아하고 아주 위험해. 우리는 경계를 늦춰

선 안 돼."

슬레이트가 그레이윙에게 몸을 바짝 붙였다.

"슬래시가 공격해 올까?"

"펀은 그럴 수도 있다고 했어. 그러니까 우리는 진영을 감시하는 순찰대를 배치해야 해. 어떤 상황에도 대비를 해 둬야 해."

윈드러너가 진영 입구 쪽을 힐끗 쳐다보았다.

"밤낮으로 보초를 세워야겠어."

"내가 먼저 보초를 설게."

슬레이트가 간절하게 눈을 깜박거렸다.

하지만 윈드러너는 고개를 저었다.

"넌 밤새 잠도 못 자고 기다렸잖아."

윈드러너의 눈길이 그레이윙에게로 향했다.

"너희 둘 다 쉬어야 해. 보초는 스파티드퍼에게 맡길게."

윈드러너는 그레이윙의 잠자리를 향해 꼬리를 홱 튕겼다.

"가서 잠 좀 자."

그레이윙은 다행이라 생각하며 힘겹게 몸을 일으켰다. 잠자리로 걸어가는데 슬레이트가 몸을 바짝 붙여 부축했다. 잠자리 안으로 들어가자 싱싱한 헤더 냄새가 풍겼다.

"내가 없는 사이에 잠자리 안에 헤더를 채워 넣었어?"

"집에 돌아오면 많이 피곤할 것 같아서. 편히 쉴 수 있는 잠자리를 만들어 주고 싶었어."

그레이윙은 기뻐서 가르랑거리며 부드러운 헤더 속에 몸을 웅크렸다. 슬레이트도 뒤따라 잠자리로 들어와 몸을 바짝 기댔다.

지칠 대로 지친 그레이윙은 슬레이트의 온기에 마음을 놓으며 눈을 감았다. 잠깐이지만 슬래시가 불쌍하다는 생각이 들었다. 그렇게 잔인한 고양이는 이런 사랑을 느낄 수 없을 것이다. 하지만 불쌍하다는 생각은 금세 분노로 바뀌었다. 대체 왜 슬래시는 다른 고양이들을 괴롭히고 싶어 하는 걸까? 피곤이 잠을 불러오면서 머릿속이 멍해지기 시작했다. 헤더로 밝게 빛나는 황무지 풍경이 머릿속에 번쩍였다. 그러다 생각들이 뒤죽박죽 섞였다. 분홍색 헤더가 피처럼 붉게 물들면서 그레이윙은 괴로운 꿈속으로 빠져들었다.

9
빼앗긴 먹이

클리어스카이는 떡갈나무 뿌리 사이로 날아든 낙엽을 발로 긁다가, 썩은 냄새를 맡고 심장이 철렁 내려앉았다. 싱싱한 먹잇감 냄새는 조금도 나지 않았다. 가시덤불 밑으로 꿈틀거리며 들어가는 스패로퍼를 힐끗 쳐다보며 클리어스카이는 소리쳐 물었다.

"거긴 먹잇감 흔적이 있어?"

스패로퍼가 다시 뒤로 물러나며 가시에 걸린 꼬리를 휘둘러 빼냈다. 그러고는 털썩 주저앉아 클리어스카이를 바라보았다.

"썩은 낙엽 냄새밖에 안 나요."

클리어스카이는 얼굴을 찡그렸다.

"여기도 마찬가지야."

좀 전에 잡은 비쩍 마른 토끼를 숨겨 둔 곳을 힐끗 돌아보았다. 그걸로는 무리 전체를 먹이는 건 물론이고 누구 하나를 먹이기에도 부족했다.

스패로퍼가 몸을 털었다.

"블로섬과 에이콘퍼도 데리고 올 걸 그랬어요."

"진영을 지키는 것도 중요해."

클리어스카이는 어린 암고양이에게 일러 주었다.

"그리고 사냥꾼이 많으면 냄새도 많이 나잖아. 그러면 먹잇감들이 겁을 먹고 도망친단 말이야."

스패로퍼가 콧방귀를 뀌었다.

"도망칠 먹잇감이 있긴 하고요?"

클리어스카이는 아무 대답도 하지 않았다. 스패로퍼 말이 맞았다. 새벽부터 나왔는데 지금은 해가 나무 위 구름 한 점 없는 하늘에서 빛나고 있었다.

'스타플라워가 새끼들이 거처 밖으로 나가는 걸 허락했을까?'

새끼 고양이들은 계속해서 진영을 구경하고 싶다고 애원했지만, 밖에 나가기엔 아직 몸집이 너무 작았다. 그리고 새끼들이 잠자리 밖으로 첫발을 내디딜 때 클리어스카이는 그 자리에 꼭 함께하고 싶었다. 그래서 쏜을 스패로퍼와 함께 사냥에 내보내고 자신은 진영에 남는 일이 많았다. 전날 밤에는 스타플라워와 새끼들만 진영에 두고 나무 네 그루 모임에 참석하는 것이 너무 힘들었다. 지금도 그들 곁에 있고 싶었다. 하지만 무리의 지도자인 자신이 거처에 남아 있으면서 동료들한테만 순찰을 맡길 수는 없는 노릇이었다.

"클리어스카이! 저것 좀 봐요!"

스패로퍼가 작은 소리로 쉭쉭거렸다.

클리어스카이는 어린 암고양이 쪽으로 주둥이를 홱 돌렸다. 삼색얼룩 암고양이는 나무 하나 정도 떨어진 곳에 있는 마른 고사리 덤불을 노려보고 있었다. 그 눈길을 따라가자, 통통한 다람쥐 한 마리가 두 앞발로 고사리 잎을 뒤적이고 있는 게 보였다. 다람쥐는 덤불 안쪽으로 파고들더니 열매 하나를 끌고 나와 살펴보기 시작했다.

클리어스카이는 심장이 쿵쿵 뛰었다. 사냥을 위해 재빨리 몸을 웅크렸을 때 스패로퍼가 나뭇잎을 바스락거리며 발끝으로 살금살금 다가왔다.

"너도밤나무 뒤쪽으로 가."

클리어스카이는 주둥이를 들어 방향을 알려 주며 어린 암고양이에게 지시했다.

"나는 반대쪽을 맡을게. 절대 놓치면 안 돼."

스패로퍼는 고개를 끄덕이고는 배털을 땅바닥에 스치며 천천히 앞으로 기어가기 시작했다.

클리어스카이는 털가죽이 따끔거릴 정도로 흥분했다. 다람쥐의 따뜻한 냄새가 코로 흘러 들어왔다. 앞으로 살금살금 기어가는데 뱃속에서 꼬르륵 소리가 났다. 꼬리를 내리고 등을 낮춘 채 바스락거리는 소리가 나지 않도록 축축해 보이는 낙엽만 골라 밟으며 뱀처럼 조용히 움직였다.

산들바람이 귀 끝을 스쳤다. 자신이 맞바람을 맞으며 가고 있다는 것을 확인하고 마음이 놓였다. 너도밤나무 너머로 사라지는 스패로퍼의 꼬리가 눈가에 언뜻 보였다. 클리어스카이는 크게 방향을 틀어 뿌리 가장자리를 빙 둘러 갔다. 이렇게 하면 다람쥐가 어느 쪽으로 달아나든 잡을 수 있었다.

잔가지가 빠직 부서지는 소리가 나는 바람에 클리어스카이는 긴장했다. 스패로퍼가 나뭇가지를 밟은 게 분명했다. 다람쥐가 몸을 쭉 펴고 한쪽으로 고개를 홱 돌리더니, 다시 반대쪽으로 고개를 돌렸다. 겁에 질려 눈을 번들거리던 다람쥐는 앞으로 쏜살같이 달려 나갔다.

스패로퍼가 재빨리 다람쥐를 쫓아가자 털가죽 밑에서 흥분이 솟구쳤다. 낙엽을 걷어차며 뛰어오른 클리어스카이는 발밑의 땅이 흐릿해 보일 정도로 빠르게 다람쥐를 쫓기 시작했다. 다람쥐는 떡갈나무를 향해 달려가더니, 땅 위로 불쑥 튀어나온 뿌리를 폴짝 뛰어넘어 나무 위로 쪼르르 달려 올라갔다.

클리어스카이는 두 앞발을 쭉 뻗으며 펄쩍 뛰어올랐다. 발톱을 세워 다람쥐 털가죽을 낚아챈 뒤, 달아나기 전에 나무껍질에서 홱 잡아당겨 땅으로 끌고 내려왔다. 그리고 빠르게 몸을 숙여 이빨로 물었다. 이빨 사이에서 등뼈가 으스러졌다. 다람쥐가 축 늘어지면서 따뜻하고 달콤한 피 냄새가 혀를 적셨다.

'고맙습니다.'

클리어스카이는 숲에게 감사했다. 숲 덕분에 스타플라워에게 줄 먹이뿐만 아니라 다른 고양이들에게 줄 먹이까지 얻을 수 있었다.

"멋진 솜씨였어요."

스패로퍼가 숨을 헐떡이며 말했다. 어린 암고양이는 눈을 반짝이며 다람쥐를 바라보았다.

"아까 잡은 토끼를 찾아서 진영으로 돌아가자."

클리어스카이는 결정을 내렸다.

"좋아요."

스패로퍼는 여전히 다람쥐를 보며 입맛을 다셨다.

"이건 네가 가져갈래?"

클리어스카이는 다람쥐를 어린 암고양이에게 툭 던졌다. 스패로퍼는 아침 내내 사냥을 했다. 그러니 진영에 도착하기 전에 피를 살짝 맛볼 자격은 충분했다.

스패로퍼는 가르랑거리며 이빨로 다람쥐를 물었다. 그리고 고개를 번쩍 쳐들고 복슬복슬한 다람쥐 꼬리를 달랑거리며 빠르게 걸어갔다.

클리어스카이는 그 뒤를 따라갔다. 다람쥐는 무리가 함께 나눠 먹을 테고, 스타플라워는 토끼를 먹으면 된다. 작지만 이 정도면 충분할 것이다. 스타플라워가 힘을 내려면 잘 먹어야 했다. 새끼들은 엄마 젖을 먹고 빠르게 자라는 중이었다.

'내가 너희를 잘 돌봐 줄게.'

온몸을 따스하게 적시는 행복감에 클리어스카이는 깜짝 놀랐다. 이렇게 누군가를 보호하고 싶다는 생각이 든 건 처음이었다. 문득 새끼들을 만나러 온 썬더의 눈을 스쳐 간 슬픔이 떠오르면서 죄책감이 들었다. 첫아들에게는 단 한 번도 이런 감정을 느껴 본 적이 없었다. 썬더도 한때는 타이니브랜치처럼 연약했다는 것을, 그리고 자신은 단 한 번도 아버지로서 썬더를 보호해 준 적이 없다는 것을 그제야 깨달았다. 스톰은 혼자서 새끼들을 돌보고 먹이도 사냥해야 했다. 거기까지 생각이 미치자 클리어스카이는 온몸이 싸늘해졌다.

'내가 왜 그렇게 잔인하게 굴었을까?'

문득 스패로퍼의 시선이 느껴졌다. 어린 암고양이가 걸음을 멈추고 다람쥐를 대롱대롱 입에 문 채 자신을 바라보고 있었다.

지금은 과거나 곱씹고 있을 시간이 없었다. 스타플라워는 어제부터 아무것도 못 먹었다. 클리어스카이는 또 다른 사냥 순찰대를 내보내고 싶었다. 다람쥐 한 마리가 나무에서 내려왔다는 건 더 많은 다람쥐가 나타날 수도 있다는 뜻이었다. 클리어스카이는 서둘러 어린 암고양이를 뒤따라갔다.

스패로퍼가 앞장서서 좀 전에 토끼를 묻어 둔 곳으로 갔다. 클리어스카이는 앞질러 가서 낙엽을 파헤쳐 그 아래 감춰 둔 폭신한 몸뚱이를 찾았다. 하지만 맨땅만 만져질 뿐이었다.

'토끼가 어디 갔지?'

걱정스러운 마음으로 바닥에 주저앉았다.

"사라졌어."

"그럴 리 없어요."

스패로퍼가 물고 있던 다람쥐를 떨어뜨리고 낙엽을 파헤쳐 그 아래를 뒤적였다.

"여우가 훔쳐 간 건가?"

클리어스카이는 공기를 맛보았다. 그러고는 목소리를 낮춰 속삭였다.

"스패로퍼, 조심해."

스패로퍼가 토끼를 찾는 걸 그만두고 경계하는 눈빛으로 고개를 휙 돌렸다.

"뭐가 잘못됐어요?"

경고의 눈빛을 알아차린 어린 암고양이의 눈이 걱정으로 반짝였다. 스패로퍼는 공기를 맛보기 위해 입을 벌렸다.

그때 나무 사이에서 느릿느릿한 말소리가 들렸다.

"뭐 잃어버렸어?"

슬래시가 재미있다는 듯 눈을 반짝거리며 느릅나무 뒤에서 어슬렁어슬렁 걸어 나왔다.

클리어스카이는 목털을 곤두세우고 홱 돌아섰다.

"네 짓이야?"

슬래시가 옆을 힐끗 보자 검은색과 갈색이 섞인 떠돌이 하나가 앞으로 걸어 나왔다. 입에는 비쩍 마른 토끼를 대롱대롱 물고 있었다.

"비틀이 네 보잘것없는 먹이를 찾아냈더라고."

슬래시가 비아냥거렸다.

비틀을 뒤따라 또 다른 떠돌이가 검은색과 흰색이 섞인 털가죽을 꿈틀거리며 나무 뒤에서 나왔다.

슬래시가 다시 말을 이었다.

"스플린터는 너희가 고작 한 마리밖에 못 잡았다고 화가 났어."

슬래시는 검은색과 흰색이 섞인 떠돌이를 힐끗 쳐다보았다.

"그렇지, 스플린터?"

스플린터라고 불린 고양이가 꼬리를 홱 튕겼다.

"난 너희가 대단한 사냥꾼인 줄 알았는데 아니었나 봐?"

떠돌이가 조롱하듯 비쩍 마른 토끼를 힐끗 내려다보았다. 그때 네 번째 떠돌이가 걸어 나왔다.

'스네이크잖아!'

클리어스카이는 줄무늬가 있는 고양이를 한눈에 알아보았다. 스네이크는 한때 클리어스카이의 무리였지만 진정으로 충성을 바친 건 원아이였다. 클리어스카이는 눈을 가늘게 뜨고 떠돌이들을 노려보았다. 떠돌이의 수가 더 많다. 앞으로는 순찰대 규모를 더 키워야 할 것 같았다.

슬래시의 눈길이 스패로퍼의 발치에 있는 다람쥐로 옮겨 갔다.

"아무것도 없는 것보다는 낫군."

스패로퍼가 쉭쉭거렸다.

"우리는 너희를 위해 사냥한 게 아니야. 우리 진영 동료를 위해 사냥한 거라고."

슬래시가 앞으로 걸어 나와 클리어스카이와 스패로퍼 주위를 천천히 맴돌았다.

"너희는 우리와 먹이를 나누는 사이잖아, 잊었어?"

"모임에서 내가 분명히 말했잖아, 너희가 먹을 건 너희가 직접 잡으라고."

클리어스카이는 으르렁거렸다.

"정말?"

슬래시가 사악하게 눈을 번뜩였다.

"난 네가 잡은 먹이를 나한테 모두 주겠다고 약속한 걸로 기억하는데."

지저분한 갈색 수고양이가 갑자기 웅크리고 앉아 절박하게 애원하는 시늉을 했다.

"오, 슬래시! 내가 네 대신 사냥할게! 내 먹이를 다 가져가. 제발 스타플라워만 돌려줘!"

모임에서 간절히 빌던 기억을 떠올리며 클리어스카이는 창피해서 털가죽이 타들어 가는 것 같았다. 차마 스패로퍼를 쳐다볼 수가 없어서 대신 슬래시를 노려보았다.

"스타플라워는 돌아왔어. 그건 너한테 아무것도 줄 필요가 없다는 뜻이야."

슬래시는 몸을 일으켜 자신의 동료들 곁으로 돌아갔다.

"너도 네가 원하는 것을 가졌으니 이제 나도 원하는 걸 가져야 지, 안 그래?"

슬래시는 스패로퍼의 발치에 있는 다람쥐를 바라보았다.

"그거 내놔."

슬래시의 이글이글 타오르는 시선이 스패로퍼에게 향했다.

스패로퍼가 턱을 쳐들었다.

"절대 안 돼!"

클리어스카이는 발톱을 땅속에 박아 넣었다. 심장 뛰는 소리가 귓속에서 쿵쿵 울렸다. 온몸의 본능이 슬래시를 덮쳐 털을 잡아 뜯으라고 소리쳤다.

'그러면 스타플라워는 어떻게 되지? 내가 다치면 누가 스타플 라워와 내 새끼들을 지켜 주는데?'

클리어스카이는 화가 나서 심장이 쿵쿵 뛰었지만 꾹 참고 꼼짝 도 하지 않았다.

스패로퍼가 놀란 얼굴로 쳐다보았다.

"설마 저놈들한테 이걸 넘길 생각은 아니죠?"

슬래시가 더 가까이 다가왔다.

"그건 우리 거야."

스패로퍼가 다람쥐를 지키려고 그 위에 발을 얹었다.

"아니, 이건 우리 거야."

슬래시가 클리어스카이의 주둥이 앞까지 다가와 노려보았다.

"그 다람쥐를 내놓으면 조용히 보내 주지."

"지금 당장은 말이지."

뒤에서 스플린터가 나지막이 으르렁거렸다.

스네이크도 재미있다는 듯 가르랑거렸다.

"불쌍한 클리어스카이! 너 같은 게 어떻게 지도자 노릇을 하는지 모르겠단 말이야."

클리어스카이의 뱃속에서 분노가 부글부글 끓어올랐다. 털가죽의 털 한 올 한 올이 당장 이 떠돌이들과 싸우라고 외치고 있었다. 하지만 무턱대고 위험에 뛰어들 수는 없었다. 클리어스카이는 스패로퍼에게 고개를 끄덕이며 뒷걸음쳤다.

"저들에게 줘."

스패로퍼는 믿을 수 없다는 듯 눈을 깜박거렸다.

"진심이에요?"

클리어스카이는 싸늘한 눈빛으로 슬래시를 노려보며 어린 암고양이에게 대답했다.

"저들이 우리보다 수가 많아, 스패로퍼. 이런 싸움은 힘 낭비일 뿐이야. 이건 저 게으른 여우 심장한테 그냥 줘 버려. 놈들이 뚱뚱하고 근육도 물렁물렁해지는 동안 우리는 더 많이 잡을 수 있어."

슬래시는 귀를 머리에 납작 붙였다.

그 꼴을 보며 클리어스카이는 만족감을 느꼈다. 떠돌이를 화나게 했다는 생각에 기분이 좋아졌다.

"자."

클리어스카이는 다람쥐를 슬래시에게 던졌다.

"너희 스스로 사냥하는 법을 배울 때까지 이 다람쥐가 너희 배를 채워 줄 거야."

183

슬래시가 눈을 번뜩이더니 이빨을 드러내며 한 발을 휘둘렀다. 날아오는 발을 본 클리어스카이는 몸을 숙였다. 하지만 스패로퍼가 더 빨랐다. 매처럼 뛰어들어 슬래시의 발을 어깨로 막은 스패로퍼는 힘껏 떠밀어 균형을 잃게 만들고는 발톱으로 떠돌이의 흉터 난 주둥이를 할퀴었다.

슬래시가 화가 나서 울부짖자 스네이크가 앞으로 뛰쳐나와 스패로퍼의 꼬리를 할퀴었다. 어린 암고양이는 노란 눈의 수고양이를 마주 보려고 돌아섰다. 그때 슬래시가 벌떡 일어나 앞발로 스패로퍼의 등줄기를 내려쳤다. 그런 다음 발톱으로 털가죽을 홱 잡아당겨 옆으로 쓰러뜨렸다.

스네이크가 쉭쉭거렸다.

"죽여 버려!"

슬래시가 스패로퍼를 덮쳐 두 앞발로 마구 할퀴기 시작하자, 비틀과 스플린터는 휘둥그레진 눈으로 허둥지둥 흩어졌다.

"저리 꺼져!"

클리어스카이는 진영 동료한테서 떠돌이를 떼어 내려고 몸에 힘을 주면서도 머뭇거렸다. 만약 지금 이 싸움에 끼어들면 다른 떠돌이들도 끼어들 텐데, 그런 싸움만은 피하고 싶었다. 결국 클리어스카이는 다람쥐를 움켜잡아 스네이크에게 던졌다.

"그냥 이거 가지고 가!"

그제야 슬래시가 동작을 멈췄다. 밑에 깔린 스패로퍼가 서툴게 발을 휘두르는 사이 슬래시는 펄쩍 뛰어 스플린터 옆에 내려섰다. 다람쥐는 비틀의 발치에 떨어져 있었다. 슬래시는 다람쥐를 힐끗 보더니 스패로퍼를 쳐다보았다.

어린 암고양이는 목털을 바짝 곤두세우고 끙끙대면서도 재빨리 네발로 일어섰다. 그리고 나지막이 으르렁거리며 슬래시를 노려보았다.

클리어스카이는 재빨리 스패로퍼의 앞을 가로막았다.

"싸울 가치도 없어."

어린 암고양이는 화가 난 게 분명해 보이는 눈빛으로 얼굴을 찡그렸다.

"하지만 저 녀석들이 우리가 잡은 걸 다 빼앗아 갔잖아요."

스패로퍼가 속삭였다.

클리어스카이는 다람쥐를 물어 올리는 스플린터를 절망스러운 얼굴로 노려보았다. 비틀은 비쩍 마른 토끼를 물었다.

"고마워, 클리어스카이."

슬래시가 입을 하악 벌렸다.

"다음부턴 좀 더 예의 바르게 굴어. 안 그러면 다치는 수가 있으니까."

슬래시는 돌아서서 성큼성큼 걸어갔다. 스네이크와 비틀, 스플린터도 그 뒤를 따라갔다.

자신들이 잡은 먹이를 빼앗아 떠나는 떠돌이들을 지켜보면서, 클리어스카이는 분노로 몸이 부들부들 떨렸다.

"이번에는 네놈이 이겼다고 생각하겠지! 하지만 언젠가 그 목을 내 발톱으로 그어 주마."

말은 그렇게 했지만 슬래시가 돌아서서 싸늘한 눈으로 노려보자 몸이 얼어붙었다.

한순간 숲의 모든 소리가 사라졌다. 클리어스카이의 귀에는 심장 뛰는 소리와 자신의 마음의 소리만 들렸다.

'스타플라워와 새끼들만 생각하자. 그들한테는 내가 필요해.'

슬래시가 비틀한테서 비쩍 마른 토끼를 낚아채 다시 클리어스카이에게 다가왔다. 그리고 콧방귀를 뀌면서 클리어스카이의 발치에 휙 던졌다.

"이건 스타플라워에게 가져다줘."

슬래시가 조롱하는 투로 으르렁거렸다.

"내가 주는 선물이라고 전해."

뱃속에서 분노가 꿈틀거렸다. 슬래시가 몸을 돌려 성큼성큼 걸어가자, 클리어스카이는 발톱을 땅속 깊이 박아 넣었다.

'언젠가 꼭 갚아 주마.'

떠돌이들이 나무 사이로 사라지자 스패로퍼가 보잘것없는 토끼를 힐끗 내려다보았다.

"이거라도 가져가요. 많은 고양이를 먹이진 못하겠지만 아무것도 없는 것보다는 낫잖아요."

클리어스카이의 귀에는 그 말이 거의 들리지 않았다. 그런데 막 돌아섰을 때 금방 흘린 피 냄새가 코를 찔렀다. 그제야 어린 암고양이의 뺨이 거무스름하고 축축해졌다는 것을 알아차렸다.

"다쳤구나."

클리어스카이는 몸을 힘껏 털어 복잡한 생각을 떨쳐 냈다.

"진영으로 돌아가서 상처를 깨끗이 닦자."

갑자기 마음속에서 고마움이 소용돌이쳤다.

"날 위해 싸워 줘서 고마워."

이 용감한 어린 암고양이가 자신을 구하기 위해 뛰어든 건 이

186

번이 처음이 아니었다. 원아이 때문에 무리에서 쫓겨났을 때도 스패로퍼는 클리어스카이를 위해 싸웠다.

스패로퍼는 어깨를 으쓱하더니 발로 토끼를 쿡쿡 찔렀다.

"아침부터 사냥한 것치고는 너무 보잘것없네요."

"오후에 순찰대를 한 번 더 내보낼 거야."

"그때도 슬래시가 먹이를 빼앗아 가면 어떻게 해요?"

스패로퍼의 눈이 걱정으로 어두워졌다.

"그건 그때 가서 생각해 보자."

클리어스카이는 목구멍까지 차오른 분노를 억지로 삼키고 토끼를 물어 올렸다.

'감히 내가 잡은 먹이를 선물이랍시고 다시 줘?'

당장 이 토끼를 내버리고 새로 먹이를 잡고 싶었다. 하지만 숲에 돌아다니는 먹잇감이 너무 적어서 그럴 수는 없었다. 구할 수 있는 먹이는 뭐든 구해서 스타플라워에게 가져다줘야만 했다.

클리어스카이는 부드럽게 으르렁거리며 진영으로 향했다.

스타플라워는 오후 사냥을 나간 순찰대가 돌아올 때까지 토끼는 입에도 대지 않았다. 나무 뒤로 해가 천천히 저물 무렵, 클리어스카이는 거처 밖으로 나가 사냥 순찰대가 돌아오는 소리가 나는지 귀를 기울였다.

'지금쯤이면 돌아올 때가 됐는데.'

이번에는 블로섬, 버치, 네틀, 퀵워터 그리고 쏜까지, 규모가 제법 큰 순찰대를 내보냈다. 떠돌이들이 다시 공격하더라도 잡은 걸 빼앗기지 않기 위해서였다.

초조하게 서성거리던 클리어스카이는 걸음을 멈췄다. 그리고 거처 안으로 고개를 들이밀었다.

"제발 한 입만이라도 먹어."

클리어스카이는 토끼를 스타플라워 가까이 밀어 주었다.

하지만 암고양이는 고개를 저었다.

"다른 고양이들은 다 굶주리고 있는데 나만 먹을 수는 없어요."

타이니브랜치가 엄마의 옆구리로 기어 올라왔다.

"우린 배 안 고파요."

듀페탈과 플라워풋은 엄마의 배 옆에서 몸싸움하고 있었다. 듀페탈이 버둥거리며 간신히 자매의 발에서 빠져나와 꼬리를 움켜잡았다.

"내가 이겼다!"

새끼 암고양이가 끽끽 소리쳤다.

스타플라워가 그 모습을 보며 가르랑거렸다.

"봤죠?"

암고양이는 눈을 깜박이며 클리어스카이를 바라보았다.

"아이들은 젖을 잘 먹고 있어요. 오소리처럼 힘도 세고요."

클리어스카이는 얼굴을 찡그렸다. 스타플라워의 털가죽 밑에서 툭툭 튀어나온 뼈가 너무도 잘 보였기 때문이다.

"당신은?"

"난 더 힘든 날도 견뎌 냈어요."

암고양이가 자신 있게 말했다.

클리어스카이는 입도 대지 않은 비쩍 마른 토끼를 힐끗 내려다보았다. 스타플라워가 냄새를 맡을 수 있는 곳에 먹이를 그대로

188

놔두는 건 너무 잔인한 일 같았다. 계속해서 먹으라고 권하고는 있지만, 만약 스타플라워가 끝까지 거부한다면 눈에 보이지 않게 다른 곳으로 치워야 할 것 같았다.

걱정이 애벌레처럼 가슴속에서 꿈틀거렸다. 그때 가시덤불 입구가 부스럭거렸다.

"순찰대가 돌아오고 있어."

털가죽 밑에서 희망이 번쩍였다. 클리어스카이는 거처에서 홱 돌아서서 고사리 덤불을 비집고 가파른 비탈을 달려 내려갔다.

블로섬이 발치에 생쥐 두 마리를 두고 공터 한가운데 서 있었다. 클리어스카이는 희망이 담긴 시선으로 암고양이를 지나쳐 버치와 네틀, 퀵워터, 쏜을 차례로 바라보았다.

'다들 뭔가를 잡아 왔겠지?'

네틀의 입에는 들쥐 한 마리가 매달려 있었다.

'저게 다야?'

클리어스카이는 실망한 표정을 감추려고 애썼다. 순찰대가 적어도 뭔가를 잡아 오긴 했다. 어쩌면 더 많이 잡았는데 슬래시에게 빼앗겼을지도 모른다.

"떠돌이들을 만났어?"

블로섬이 고개를 저었다.

"꼬리 끝도 안 보이던데요."

네틀이 앞으로 걸어 나왔다.

"많이 못 잡았다는 건 알아요. 하지만 우리는 최선을 다했어요."

"알아, 당연히 그랬겠지."

절망이 물결처럼 밀려왔다. 대체 먹잇감이 다 어디로 사라진 걸까?

퀵워터가 몸을 부르르 떨었다.

"잎 없는 계절이잖아. 산에서 이 계절이 어땠는지 잊었어? 부족 전체가 닷새 동안 아무것도 못 먹은 적도 있었잖아."

클리어스카이는 화가 나서 꼬리를 움찔거렸다.

"그래서 우리가 이 숲으로 온 거잖아! 그러니 이제 어느 계절이든 먹이 걱정은 하지 않고 살아야지."

쏜이 공터를 가로질러 너도밤나무 뿌리 사이 가장 좋아하는 곳에 자리를 잡았다.

"첫눈 내리는 시기를 먹잇감들이 버티지 못할 때도 있어."

쏜이 별일 아니라는 듯 말했다.

"우리는 살아남을 거예요."

네틀이 끼어들었다.

"리버리플이 물고기를 나눠 준다고 했잖아요. 아니면 두발쟁이 마을에 가서 찌꺼기라도 뒤져서 먹이를 구하면 돼요. 우리 대부분은 외톨이로 살았다는 걸 잊지 말아요. 그러니 힘든 시절을 견딜 수 있어요."

클리어스카이는 고양이들을 둘러보았다.

"하지만 무리를 지어 살면 그때보단 삶이 좀 더 쉬워져야 하는 거 아니야?"

퀵워터가 이해한다는 듯 눈을 깜박였다.

"진영 동료들과 함께하면 배고픔을 견디기 더 쉬워. 부족이 그 힘든 산에서 그렇게 오래 버틸 수 있었던 이유가 뭐라고 생각해?"

쏜은 앉아서 몸단장을 시작했다.

"우리한테는 따뜻한 잠자리가 있어."

털을 핥는 사이사이에 쏜이 중얼거렸다.

"그리고 내일은 사냥이 잘될 거라는 희망도 있고."

'떠돌이들한테 다 빼앗기지 않는다면 말이지.'

클리어스카이는 암울하게 생각했다.

블로섬이 클리어스카이의 거처를 가린 고사리 덤불 쪽을 힐끗 쳐다보았다.

"스타플라워는 토끼를 먹었어요?"

"너희 모두 먹이를 먹을 때까지는 안 먹겠대."

클리어스카이가 대답했다.

"그렇다면 이걸 갖다줘요."

블로섬이 생쥐 두 마리 중 한 마리를 던져 주었다.

"우리는 스타플라워가 안 먹겠다는 토끼와 우리가 잡은 나머지 먹이를 나눠 먹으면 돼요. 스타플라워에게 우리도 먹을 게 많다고 전해 주세요. 어미 고양이가 굶으면 안 되죠."

클리어스카이는 고마운 마음으로 어린 암고양이를 보며 눈을 깜박였다. 비쩍 마른 토끼 한 마리와 생쥐 한 마리 그리고 들쥐 한 마리로는 모두의 배를 채울 수 없었다. 하지만 스타플라워가 잘 먹어야 새끼들이 젖을 배불리 먹을 수 있다.

클리어스카이는 진영 동료들에게 고개를 숙였다.

"고마워."

퀵워터가 가르랑거렸다.

"진영에 다시 새끼들이 있으니 너무 좋아. 아이들은 희망을 가져오잖아."

클리어스카이는 진영 동료들의 낙천적인 태도에 고개 숙여 고마움을 표시한 뒤 생쥐를 물어 올렸다. 그리고 턱에 생쥐를 대롱대롱 매달고 비탈을 뛰어 올라가 자신의 거처로 향했다.

"블로섬이 이거 꼭 먹으라는데."

스타플라워 옆에 물고 온 생쥐를 내려놓았다.

암고양이는 거처 그림자 속에서 눈을 깜박거렸다.

"먹이를 많이 잡아 왔어요?"

"모두가 먹을 수 있을 만큼 잡아 왔어."

'저마다 한 입씩 먹어야 하겠지만.'

스타플라워는 의심스러운 듯 눈을 가늘게 떴다.

'내가 허풍을 떤다는 걸 알아차렸나?'

"당신이 그 토끼를 주면 그들이 고맙게 생각할 거야."

클리어스카이는 짝의 눈을 피하며 재빨리 말했다.

스타플라워가 토끼를 코로 밀어 주었다.

"그럼 이걸 줘요. 버치와 올더는 꼭 먹게 해요. 그 애들은 토끼를 가장 좋아하거든요."

클리어스카이는 가르랑거리며 암고양이와 잠시 뺨을 맞대고 토끼를 물어 올렸다. 문득 슬래시의 말이 머릿속에 맴돌면서 분노가 배를 콕콕 찔렀다.

'이건 스타플라워에게 가져다줘.'

떠돌이들한테 먹이를 빼앗기지 않으려면 어떻게 해야 할까? 클리어스카이는 턱을 쳐들었다. 내일부터 썬더가 제안한 대로 전투 훈련을 시작할 계획이었다. 하지만 그걸로 충분할까?

클리어스카이는 재빨리 공터로 가서 보잘것없는 먹이 더미 옆에 토끼를 내려놓고, 다시 자신의 거처로 향했다.

"안 먹어요, 클리어스카이?"

뒤에서 버치가 소리쳐 물었다.

클리어스카이는 고개를 저으며 뒤도 안 돌아보고 대답했다.

"난 내일 먹을 거야."

굶주린 배가 쪼그라드는 것 같은 기분이 들었다. 거처에 다다르자 싱싱한 생쥐 냄새가 풍겼다. 스타플라워는 벌써 생쥐를 다 먹어 치운 뒤였다. 배가 많이 고팠다는 뜻이었다.

'내일 다시 사냥을 하러 가야겠어.'

클리어스카이는 거처로 미끄러져 들어가 스타플라워 옆에 자리를 잡았다. 암고양이는 잠자리에 누워 졸고 있었고 새끼들이 엄마의 몸 위로 기어오르고 있었다.

"아빠?"

타이니브랜치가 옆구리로 팔짝 뛰어올랐다.

"내일은 거처 밖으로 나가도 돼요?"

"그럼."

클리어스카이는 주둥이를 쭉 뻗어 어린 아들의 뺨을 꾹 눌렀다.

타이니브랜치가 신이 나서 꼬리를 파르르 떨었다.

"들었어?"

새끼 고양이는 꺅꺅대며 듀페탈과 플라워풋을 덮쳤다.

"우리 내일 밖에 나갈 수 있대!"

"신난다!"

듀페탈은 플라워풋과 타이니브랜치를 잡아당기며 푹신한 이끼 잠자리로 뛰어내렸다.

곁에서 몸싸움을 하며 뒹구는 아이들을 보자 클리어스카이의 텅 빈 뱃속은 행복으로 가득 찼다. 그렇지만 아직 긴장을 늦출 수 없었다. 새끼들이 세상 밖으로 나갈 훈련을 한다고 생각하니 걱정이 앞섰다. 슬래시와 떠돌이들이 숲을 어슬렁거리는 한, 무리의 고양이 중 누구도 안전할 수 없었기 때문이다.

10
아름다운 암고양이

썬더는 나무 네 그루가 있는 분지를 둘러보았다. 다른 무리의 고양이들은 주위를 맴돌며 모임이 시작되기를 기다리고 있었다. 잎이 다 떨어진 떡갈나무 가지 사이로 차갑지만 밝은 햇빛이 스며들어 분지를 뒤덮었다.

라이트닝테일의 숨결이 귀 털을 스쳤다.

"여긴 낮에 보니까 더 커 보이네."

썬더는 부드럽게 가르랑거렸다.

"어두울 때가 그리워?"

라이트닝테일이 그림자 속에 몸을 숨기고 다른 고양이들을 몰래 지켜보는 것을 좋아한다는 건 썬더도 잘 알고 있었다. 친구는 종종 썬더의 하얀 발과 주황색 털가죽을 놀리곤 했다. 하얀 발 때문에 그림자 속에 숨기도 힘들고, 주황색 털가죽 때문에 눈 속에 몸을 숨기기도 힘들었기 때문이다.

라이트닝테일이 가까이 몸을 숙였다.

"지난번 모임 이후로 얼마 지나지도 않았는데 클리어스카이가 왜 또 모임을 소집했는지 모르겠어."

"곧 알게 되겠지."

썬더가 대답했다.

클리어스카이는 공터 가장자리를 서성이고 있었다. 꼬리 서너 개 정도 떨어진 곳에서 스타플라워가 초록색 눈으로 그 모습을 바라보고 있었다. 호기심이 썬더의 털가죽을 찔렀다.

'아버지가 뭐라고 설득했길래 어미 고양이가 새끼들을 두고 여기까지 따라왔을까?'

윈드러너와 고스퍼는 이 발에서 저 발로 몸의 중심을 옮기며 초조하게 기다리고 있었다. 그레이윙도 같이 오고 싶어 했지만 오늘따라 숨쉬기가 힘들어서 오지 못했다고 윈드러너가 알려 주었다. 썬더는 잠자리에 있을 나이 든 회색 수고양이를 머릿속에 그려 보았다. 모임에도 못 올 정도면 많이 아픈 게 분명했다.

'왜 그러지? 사냥하느라 너무 무리했나?'

아니면 숨쉬기가 점점 더 힘들어지는 걸까? 무슨 병인지는 모르지만, 그레이윙은 숨통을 서서히 조여 오는 그 병에서 벗어날 수 없어 보였다. 썬더는 그 생각을 떨쳐 내고 톨새도에게로 눈길을 돌렸다. 숲 고양이는 재기드피크 옆에 바위처럼 꼼짝 않고 앉아 있었고, 리버리플과 섀터드아이스는 클리어스카이를 가만히 바라보고 있었다.

윈드러너가 꼬리를 휙 휘둘렀다.

"그래서?"

암고양이는 질문하는 얼굴로 클리어스카이를 바라보았다.

"왜 모이라고 한 거야?"

서성거리던 클리어스카이가 발을 멈추고 황무지 고양이를 마주 보자, 썬더는 귀를 쫑긋 세웠다.

"내 고양이들이 굶주리고 있어."

클리어스카이의 눈길이 다른 고양이들을 휙 훑었다.

"우리는 먹이를 지키려고 애썼지만, 떠돌이들이 여우처럼 싸우고 있어."

톨새도가 입을 하악 벌렸다.

"그 녀석들은 겁쟁이처럼 싸우고 있어!"

"어쨌든 놈들이 이기잖아."

윈드러너가 으르렁거렸다.

"우리도 지난 며칠 동안 잡은 먹이의 절반을 빼앗겼어."

썬더는 눈을 가늘게 뜨고 생각에 잠겼다.

"그렇다면 우리도 여우처럼 싸우는 법을 배워야겠네요."

"안 돼."

리버리플이 꼬리로 땅을 쓸었다.

"여우는 잔인한 심장을 가졌어. 만약 우리가 여우처럼 싸운다면, 우리도 여우처럼 될 거야."

재기드피크가 콧방귀를 뀌었다.

"그러면 떠돌이들을 무슨 수로 물리칠 건데요?"

리버리플의 눈이 반짝였다.

"여우보다 더 잘 싸우는 법을 배워야겠지."

"어떻게요?"

썬더는 눈을 깜박이며 강 고양이를 바라보았다. 라이트닝테일은 진영 동료들에게 뒷발로 서서 앞발로 적을 후려치는 법을 가르쳐 주고 있었다. 그것 말고 또 할 수 있는 게 뭐가 있을까?

라이트닝테일이 흥분해서 눈을 깜박이며 썬더를 바라보았다.

"지난번에 숲에서 두발쟁이 개를 만났을 때 우리가 썼던 속임수 기억나?"

썬더는 잠시 생각에 잠겼다.

"천둥과 번개 동작?"

라이트닝테일은 열심히 고개를 끄덕거렸다.

"그 동작을 떠돌이들과 싸울 때 써 볼 수 있어."

썬더는 혼란스러워서 얼굴을 찡그렸다.

"어떻게? 그건 도망칠 때 쓰는 방법이잖아."

"하지만 그걸 조금만 바꾸면……."

그제야 이해한 썬더는 신이 나서 친구의 말을 끊고 끼어들었다.

"맞아! 떠돌이 패거리나 개나 다를 게 없잖아. 내가 그 녀석들을 한 방향으로 꾀어내면……."

"내가 뒤에서 공격하는 거지!"

라이트닝테일이 설명을 끝맺었다.

윈드러너가 앞으로 몸을 숙였다.

"우리한테 보여 줘."

썬더는 고스퍼, 리버리플, 섀터드아이스에게 고개를 끄덕였다.

"여러분이 떠돌이라고 쳐요. 제가 이제 막 먹음직스러운 비둘기를 잡았어요."

통통한 새가 발치에 있다고 상상하자 썬더의 뱃속에서 꼬르륵 소리가 흘러나왔다.

리버리플, 섀터드아이스, 고스퍼가 귀를 머리에 납작 붙이고 위협적으로 다가왔다.

썬더는 그들을 향해 눈을 깜박이며 상상 속의 새를 홱 낚아채서 돌아섰다. 공터를 가로질러 달리기 시작하자 뒤에서 빠르게 쫓아오는 발소리가 들렸다. 라이트닝테일이 자리 잡을 시간을 벌 만큼 충분히 달렸다 싶을 때, 발을 미끄러뜨리며 홱 돌아서서 벌떡 일어섰다.

새터드아이스와 리버리플, 고스퍼는 깜짝 놀라 썬더의 앞에서 허겁지겁 멈춰 섰다.

썬더는 으르렁거리며 뒤로 물러났다. 그때 라이트닝테일이 세 고양이 뒤에서 달려왔다. 검은 수고양이는 요란하게 울부짖으며 새터드아이스를 빠르게 지나쳐 회색과 흰색이 섞인 강 고양이의 옆구리를 발로 쓱 훑었다.

새터드아이스는 놀라서 고개를 홱 돌렸지만 라이트닝테일은 이미 고스퍼에게 달려가고 있었다. 황무지 고양이를 향해 펄쩍 뛰어든 라이트닝테일은 등줄기를 뒷발로 밟고 그대로 뛰어넘었다. 썬더가 리버리플에게 달려들자 강 고양이는 당황해서 눈을 깜박거렸다. 다부진 몸집의 수고양이의 균형을 무너뜨려 땅바닥으로 쓰러뜨리는 건 생각보다 훨씬 쉬웠다.

강 고양이한테서 물러난 썬더는 눈을 깜박이며 털이 헝클어진 수고양이 셋을 바라보았다. 그사이 리버리플은 비틀대며 허둥지둥 일어섰다.

라이트닝테일이 썬더 옆으로 달려왔다.

"다들 두발쟁이 개처럼 당황한 얼굴인데."

라이트닝테일이 가르랑거렸다.

고스퍼는 몸을 힘껏 털었다.

새터드아이스는 털을 곤두세운 채 발을 이리저리 움직거리며 외쳤다.

"아주 훌륭해!"

썬더는 신이 나서 꼬리를 홱 튕겼다.

"기습하는 게 가장 좋은 공격이에요."

리버리플도 인정한다는 듯 고개를 끄덕였다.

"우리가 수가 더 많은데도 너희 공격이 통했어."

"그렇다니까요."

라이트닝테일이 으스대듯 턱을 쳐들었다.

고스퍼도 눈을 반짝거렸다.

"우리가 토끼를 사냥할 때 쓰는 방법이랑 좀 비슷한 것 같아."

황무지 고양이는 흥분한 눈빛으로 윈드러너를 바라보았다.

윈드러너가 서둘러 다가왔다.

"맞아!"

클리어스카이가 귀를 쫑긋 세웠다.

"그것도 보여 줘."

"토끼 한 마리를 무리에서 떨어뜨려 놓고 지치게 만들면 사냥하기가 훨씬 쉬워져."

윈드러너가 설명했다. 그리고 썬더, 라이트닝테일, 새터드아이스, 리버리플 주위를 빠르게 맴돌면서 서로 가까이 모여들게 했다.

"너희가 토끼고……."

윈드러너는 멈칫했다.

"아니지, 지금 너희는 떠돌이들이야."

썬더가 슬래시를 흉내 내며 귀를 머리에 납작 붙이자, 윈드러너는 뒤로 물러났다. 섀터드아이스가 옆에서 쉭쉭거리는 소리를 냈고, 리버리플과 라이트닝테일은 위협적으로 목털을 곤두세웠다.

윈드러너가 고스퍼에게 고개를 끄덕였다. 고스퍼는 짝의 생각을 읽은 듯 달리기 시작했다. 수고양이가 자신들 주위를 빠르게 맴돌자, 썬더는 고개를 갸웃거리며 쳐다보았다. 대체 고스퍼가 뭘 하는지 알 수 없었다. 가까이 모여 있는 수고양이들 주위를 빠르게 맴도는 고스퍼의 발밑에서 흙먼지가 날렸다. 그러다 갑자기 고스퍼가 방향을 틀어 썬더와 라이트닝테일 사이로 달려들었다. 문득 자신이 다른 고양이들한테서 떨어져 나왔다는 것을 깨달은 썬더는 눈을 깜박거렸다. 그때 발 하나가 뺨을 때렸다. 놀라서 고개를 홱 돌리자 옆으로 빠르게 지나가는 윈드러너가 보였다.

썬더는 몸이 얼어붙었다.

'이제 어떻게 해야 하지?'

고스퍼는 여전히 라이트닝테일과 섀터드아이스, 리버리플 주위를 맴돌며 그들이 어설프게 발을 휘두를 때마다 요리조리 피했다.

'떠돌이들이라면 이럴 때 어떻게 나올까?'

윈드러너가 다시 옆으로 빠르게 지나가며 두 번째로 발을 휘둘러 썬더의 뺨을 할퀴었다.

'저 암고양이를 잡아야겠지!'

썬더가 윈드러너를 뒤쫓아 달려가자, 윈드러너는 고사리 덤불로 뛰어들었다. 비쩍 마른 암고양이를 뒤따라 덤불로 뛰어든 썬더는 비탈을 쿵쿵 달려 올라갔다. 그때 갑자기 뒤에서 달려오는 소리가 들렸다. 뒤를 힐끗 돌아보니 고스퍼가 바짝 뒤쫓아 오고 있었다.

'지금 내가 쫓는 거야, 아니면 쫓기는 거야?'

혼란스러웠지만 그대로 윈드러너를 쫓아 비탈을 달려 올라가다가 다시 내려왔다. 숨이 턱턱 막혔다. 암고양이는 공터로 불쑥 뛰어들었다. 썬더도 그 뒤를 따라갔고, 고스퍼도 뒤따라왔다. 썬더는 더 힘껏 달려 떡갈나무를 향해 달려가는 윈드러너를 쫓아갔다. 거의 따라잡았을 무렵 윈드러너가 홱 돌아서서 썬더를 마주 보았다. 썬더가 미끄러지듯 멈춰 서자 암고양이가 주둥이를 후려치기 시작했다. 암고양이를 밀어내려고 몸을 일으키던 썬더는 갑자기 너무 숨이 차다는 것을 깨달았다. 뒤에서 쿵쿵거리는 발소리가 들리고, 갑자기 나타난 고스퍼가 뒤에서 덮쳐 숨을 헐떡이는 썬더를 붙잡고 땅바닥에 내동댕이쳤다.

썬더는 숨을 헐떡이며 꼬리를 이리저리 흔들었다.

"항복! 항복!"

윈드러너와 고스퍼가 뒤로 물러나자 썬더는 가까스로 일어나 숨을 고르려고 씩씩거렸다.

"둘 다 너무 빨라요!"

썬더는 숨을 헐떡이며 말했다.

"우린 깨어 있을 때는 늘 황무지를 달리잖아."

윈드러너가 상기시켜 주었다.

고스퍼도 고개를 끄덕이고는 다른 고양이들이 들을 수 있게 목소리를 높였다.

"너희 모두 달리기 훈련을 해야 해. 떠돌이들은 게을러. 내 생각에 우린 이미 그 녀석들보다 훨씬 더 건강해. 그러니까 조금만 훈련하면 그들보다 더 강해질 수 있어."

"그걸로는 충분하지 않아요."

스타플라워의 목소리에 썬더는 깜짝 놀랐다.

암고양이는 재기드피크와 톨섀도 옆을 지나쳐 걸어와 고양이들을 마주 보았다.

"떠돌이들이 어떻게 싸우는지 배워야 해요."

썬더는 얼굴을 찡그렸다.

"하지만 우린 여우처럼 싸우진 않을 거야."

스타플라워가 썬더의 눈을 마주 보았다.

"여우와 싸우려면 여우처럼 생각할 줄 알아야 해."

"어떻게?"

재기드피크가 고개를 갸웃했다.

"우리가 놈들 생각을 들여다볼 수 있는 것도 아니잖아."

스타플라워의 눈길이 재기드피크에게로 홱 옮겨 갔다.

"난 원아이의 딸이에요, 기억하죠? 난 그들이 어떻게 싸우는지 알아요. 거짓말과 속임수를 이용해서 말이에요. 그들이 쓰는 동작도 가르쳐 줄 수 있어요. 어떤 일이 일어날지도 알려 줄 수 있고요."

클리어스카이가 서둘러 짝 곁으로 다가갔다.

"당신은 아직 전투 동작을 가르칠 몸 상태가 아니야."

스타플라워가 초록색 눈으로 짝을 바라보며 말을 가로막았다.

"난 여기 있는 다른 고양이들처럼 건강해요. 새끼를 셋이나 낳을 힘이 있다면 전투 동작도 문제없이 가르칠 수 있다고요."

스타플라워는 썬더를 향해 고개를 끄덕였다.

"날 공격해 봐."

썬더는 눈을 깜박이며 암고양이를 바라보다가, 아버지에게로 불안한 시선을 옮겼다.

클리어스카이는 걱정스러운 듯 꼬리를 움찔거렸다.

"조심해."

클리어스카이가 주의를 주었다.

그러자 스타플라워가 짝을 노려보았다.

"난 꽃이 아니거든요."

암고양이가 쏘아붙이고는 썬더를 향해 돌아섰다. 그리고 눈을 똑바로 들여다보며 뒷걸음치다가 공터 한가운데에서 걸음을 멈췄다.

"어서 날 공격해!"

썬더는 불안해서 발을 꼼지락거렸다. 아무래도 살살 상대해야 할 것 같았다. 그동안 고생해서 몸도 약해졌을 테고 싸움에도 익숙하지 않을 테니까. 썬더는 천천히 다가갔다.

스타플라워는 안달이 난 듯 노려보았지만 아무 말도 하지 않았다.

가까이 다가간 썬더는 주둥이나 살짝 때리자는 마음으로 앞발을 들어 올렸다.

그때 암고양이가 달려들었다. 먼저 한쪽 앞발로 썬더의 어깨를 세게 때린 뒤, 다른 앞발로 옆구리를 때렸다. 깜짝 놀라 다리에 힘이 풀린 썬더는 비틀거리다가 가슴을 땅에 부딪히며 엎어졌다. 스타플라워에게 얻어맞은 어깨가 감각을 잃어 앞다리가 축 늘어졌고, 발의 감각도 사라졌다.

뒤로 물러나면서 다른 고양이들을 둘러보는 스타플라워를 썬더는 멍하니 바라보았다.

"떠돌이들은 우선 적을 걷지 못하게 만들고 나서 그 뒤에 공격해요. 교활한 수법이지만 아주 효과적이죠. 만약 내가 지금 썬더를 다시 공격하면, 세 발로만 막아야 해요. 그리고 무슨 일이 일어났는지 몰라 꽤 혼란스러울 거예요. 그러면 훨씬 더 심각한 피해를 입힐 시간을 벌 수 있죠."

스타플라워가 썬더를 내려다보았다.

"괜찮아?"

그제야 다리에 감각이 돌아온 썬더는 살짝 비틀거리면서 간신히 몸을 일으켰다. 어깨는 아직 힘이 돌아오지 않았다. 썬더는 감탄하는 얼굴로 스타플라워를 보며 눈을 깜박거렸다. 라이트닝테일과 싸움 놀이를 할 때도 이렇게까지 빠르게 제압당한 적은 없었다.

"걱정하지 마, 금방 괜찮아질 거야."

스타플라워가 안심하라는 듯 말했다.

다시 힘이 돌아오는 느낌에 마음이 놓인 썬더는 발을 흔들었다. 그리고 인정한다는 뜻으로 고개를 꾸벅 숙이고 뒤로 물러났다.

클리어스카이의 목에서 가르랑거리는 소리가 크게 울려 퍼졌다.

"미안해, 스타플라워. 내가 당신을 너무 과소평가했어."

윈드러너가 흥미롭다는 듯 눈을 반짝이며 황금색 암고양이에게 다가갔다.

"정확히 어디를 때렸는지 가르쳐 줄 수 있어?"

윈드러너가 물었다.

"정말 굉장한 동작이었어."

스타플라워가 한 발을 윈드러너의 어깨에 올려놓고 다른 발은 옆구리에 가져다 댔다. 그사이 재기드피크와 라이트닝테일, 리버리플도 가까이 모여들었다.

"위쪽을 먼저 때리는 거예요."

스타플라워가 말했다.

"짧고 강하게 때려야 해요. 그런 다음 옆구리를 세게 후려쳐요. 정확한 지점을 잘 때려야 해요. 그래야 순식간에 다리를 못 쓰게 만들 수 있거든요."

썬더는 라이트닝테일에게 걸어갔다.

"너한테 해 봐도 될까?"

라이트닝테일은 고개를 끄덕이고, 썬더가 한 발을 들어 올리자 몸에 힘을 주고 대비했다. 썬더는 온 정신을 집중해서 한쪽 앞발로 라이트닝테일의 어깨를 내려친 다음, 다른 발로 옆구리를 때렸다.

라이트닝테일의 다리가 휘청하는 순간 만족감이 밀려왔지만, 금세 미안한 마음이 뒤따랐다.

"많이 아파?"

"너 때문에 다리를 못 쓰게 됐잖아."

라이트닝테일이 원망하는 눈빛으로 힐끗 쳐다보았다. 그러더니 금세 감탄하는 눈빛으로 변했다.

"하지만 정말 멋진 동작이야."

스타플라워는 눈을 깜박이며 라이트닝테일을 바라보았다.

"내키지 않으면 이 동작은 안 해도 돼. 하지만 적이 어떻게 싸우는지는 알아 두는 게 좋을 거야."

스타플라워는 썬더의 주위를 맴돌았다.

"나한테 한번 해 봐."

썬더는 암고양이를 바라보았다.

"그건 안 돼."

스타플라워가 눈을 부라렸다.

"해 보라니까!"

썬더는 한쪽 발을 들어 올렸다.

'정말로 다치게 하지는 않을 거야.'

어깨를 향해 발을 휘두르는데, 스타플라워가 몸을 홱 돌리며 머리로 썬더의 옆구리를 늘이받았다. 썬더는 비틀거렸다. 한쪽 앞발은 들고 있었고, 다른 앞발도 두 번째 공격을 준비하느라 균형을 잡을 수가 없었다. 넘어지지 않으려고 안간힘을 쓰는데, 스타플라워가 발로 주둥이를 살짝 할퀴었다.

썬더는 간신히 균형을 잡으며 눈을 깜박였다.

"똑똑하네."

스타플라워는 꼬리를 휙 휘둘렀다.

"만약 떠돌이가 네 어깨를 노리고 공격하려고 하면 이렇게 반격하면 돼."

리버리플이 앞으로 걸어 나왔다.

"나도 도움이 될 만한 물고기 낚는 동작을 하나 알고 있어."

톨섀도가 귀를 쫑긋 세우며 앞으로 나섰다.

"나한테 한번 해 봐."

리버리플은 검은 암고양이를 마주 보고 섰다.

"스타플라워가 가르쳐 준 동작을 나한테 해 봐."

리버리플이 톨새도에게 말했다.

톨새도가 한쪽 앞발을 들어 올렸다. 그런데 미처 건드리기도 전에 리버리플이 톨새도의 배 밑으로 뛰어들었다. 그리고 둥글게 만 등줄기로 암고양이의 가슴을 탁 쳐올렸다. 톨새도는 놀라서 눈이 휘둥그레진 채 휘청거리며 뒤로 밀려났다.

"너 굉장히 빠르구나!"

톨새도가 숨을 헐떡거리며 말했다.

"하마터면 숨이 막힐 뻔했어!"

"물고기를 기절시킬 수 있는 방법이야. 그러면 쉽게 잡을 수 있 거든."

리버리플이 설명했다.

재기드피크가 신이 난 듯 눈을 반짝거렸다.

"좋은 생각이 났어요."

재기드피크는 약한 뒷다리를 절뚝거리며 다른 고양이들 사이 로 걸어 들어갔다.

썬더는 눈을 가늘게 떴다. 재기드피크는 다리가 아픈 것치고는 싸움을 잘했다. 하지만 그렇다고 해도 네 다리가 모두 튼튼한 고 양이들에게 가르쳐 줄 만한 동작이 있을까?

재기드피크가 썬더와 눈을 맞췄다.

"네가 무슨 생각을 하는지 알아."

썬더는 속으로 뜨끔했다.

"아니, 전 그냥……."

재기드피크가 썬더의 말을 끊었다.

"네가 모르는 게 한 가지 있는데, 난 다리 저는 걸 유리하게 이

용할 수 있어. 전투에서 날 맞닥뜨린 고양이가 가장 먼저 보는 건 내가 다리를 절뚝거리는 모습이야. 그러면 내가 네 개의 발이 아니라 세 개의 발로 싸운다고 생각하겠지. 그래서 싸워 보지도 않고 자기들이 이겼다고 생각할 거야. 하지만 놈들이 모르는 게 하나 있어. 그건 내가 아주 오래전부터 세 발로 싸워 왔다는 거고, 심지어 세 발로도 아주 잘 싸울 수 있다는 거야."

클리어스카이가 얼굴을 찡그렸다.

"그게 우리한테 무슨 도움이 된다는 거야? 우리는 다리를 절지 않잖아."

"지금은 안 절지. 하지만 전투 중에 다친다면?"

재기드피크가 말했다.

섀터드아이스가 끼어들었다.

"다쳤다는 걸 상대에게 절대 들키지 말아야지. 안 그러면 내가 약하다는 걸 알게 되잖아."

재기드피크는 고개를 저었다.

"내가 다친 걸 적이 알게 해야 해요. 적이 우릴 얕보게 만드는 거죠."

재기드피크는 스타플라워를 힐끗 쳐다보았다.

"우린 이미 상대가 우리를 얕보면 얼마나 물리치기 쉬운지 봤잖아요."

썬더는 털가죽이 화끈거리는 걸 느꼈다.

'스타플라워가 너무 쉽게 나를 쓰러뜨린 걸 말하는 건가?'

재기드피크는 계속 말을 이었다.

"모두 세 발로 싸우는 법을 훈련해야 해요. 그러면 세 개의 발

209

만 가지고도 네발로 싸울 때처럼 싸울 수 있어요. 전투에서 다치면 적은 우리가 약해졌다고 생각할 거예요. 그 생각을 이용해서 놀라게 만드는 거죠."

썬더는 네발이 든든하게 몸을 지탱해 주지 못하는 채로 싸우면 어떤 느낌일지 상상하며 뒷발 하나를 들어 올렸다. 훈련이 기대되었다. 재기드피크 말대로 이건 분명 쓸모 있는 기술이 될 것이다.

클리어스카이가 한가운데로 걸어 들어왔다.

"우린 오늘 서로에게 많은 걸 가르쳐 줬어."

숱 많은 털가죽이 매끈해 보였다. 그리고 모임을 시작할 때보다 걱정이 줄어든 것처럼 보였다.

"집으로 돌아가서 각자 배운 것을 진영 동료들에게 가르쳐 주자. 훈련을 받는 고양이들은 더 어린 고양이들에게 자기가 배운 동작들을 다 가르쳐 주는 게 좋겠어. 떠돌이들은 자기들이 이길 거라고 자신하고 있겠지만, 그들은 아직 우리가 싸우는 걸 보지 못했어."

클리어스카이는 턱을 쳐들고 말을 이었다.

"막상 싸워 보면 우리가 생각처럼 쉬운 먹잇감은 아니라는 걸 깨닫게 될 거야."

"가자!"

썬더는 클리어스카이의 숲으로 이어지는 길로 방향을 틀었다.

"어디 가는데?"

라이트닝테일이 뒤에서 달려오며 물었다.

"떠돌이들 진영을 찾으러 갈 거야."

"왜?"

라이트닝테일은 놀란 목소리였다.

"우리 진영으로 돌아가서 동료들한테 새로 배운 전투 동작들을 가르쳐 주는 줄 알았는데."

"그건 나중에 해도 돼."

썬더는 이끼 덮인 나무껍질을 발로 살짝 스치며 쓰러진 나뭇가지를 뛰어넘었다.

"난 떠돌이들의 진영을 내 눈으로 직접 확인하고 싶어. 우리가 싸울 상대가 누구인지 알아야 하잖아."

"하지만 그 진영이 어디 있는지 우린 모르잖아."

라이트닝테일도 나뭇가지를 뛰어넘어 뒤에 쿵 내려섰다.

"그레이윙 말로는 소나무 숲 너머 습지에 있다고 했어."

썬더는 친구에게 말했다.

"버드나무 숲 근처래. 찾기 어렵지 않을 거야."

"그러다 떠돌이들하고 맞닥뜨리면 어쩌려고?"

썬더는 서서히 걸음을 늦추다가 멈춰 섰다. 친구가 정확한 사실을 지적했기 때문이다. 습지에는 떠돌이들이 돌아다니고 있을지도 모른다. 혹시 누가 보고 있을지도 모른다는 생각에 썬더는 귀를 움찔거렸다. 그 생각을 먼저 했어야 했다.

"먹이를 잡아서 가지고 가자."

썬더는 서둘러 제안했다.

"만약 들키면 슬래시한테 먹이를 주러 왔다고 말하는 거야."

라이트닝테일이 얼굴을 찡그렸다.

"우리 말을 안 믿으면? 우린 지금까지 먹이를 스스로 갖다준

211

적이 한 번도 없잖아. 놈들이 늘 빼앗아 갔지."

"우리 말을 믿게 만들어야지."

썬더는 고집스럽게 말했다. 이 계획을 반드시 성공시켜야겠다고 굳게 마음먹었다.

"우리가 굽실거리면 슬래시는 우리를 무시하는 재미에 사실을 말하는지 아닌지는 크게 상관하지 않을 거야."

라이트닝테일이 끙 소리를 냈다.

"슬래시한테 굽실거릴 생각까지 하다니, 너 진짜로 떠돌이 진영을 네 눈으로 확인하고 싶구나."

썬더는 주둥이를 쳐들고 먹잇감 냄새를 찾았다.

"운이 좋다면 들키지 않을 수도 있고. 그러면 누구한테도 굽실거릴 필요 없어."

생쥐 냄새가 코를 스치자 썬더는 동작을 멈췄다. 아무래도 별들이 그들 편인 것 같았다. 반의반 달이라는 긴 시간 동안 굶주린 탓에 선조들이 더 이상 자신들을 지켜보지 않는다고 생각할 뻔했다. 썬더는 귀를 쫑긋 세웠고, 라이트닝테일도 썬더를 따라 시선을 돌렸다.

"이 정도 냄새라면 저 가시덤불 아래에 생쥐 둥지가 있는 것 같아."

라이트닝테일은 웅크린 채로 뒤엉킨 가시덤불을 향해 살금살금 다가갔다.

썬더도 낙엽 쌓인 숲 바닥에 배가 스칠 정도로 몸을 숙이고 가시덤불을 크게 빙 둘러 접근했다.

"네가 생쥐들을 밖으로 몰아내. 네가 놓친 건 내가 잡을게."

썬더는 덤불 뒤에 멈춰 서서 라이트닝테일이 움직이기를 기다렸다.

가시덤불이 바스락거렸다. 오후의 햇살을 받으며 눈을 찡그리고 보니, 나뭇가지 아래로 꿈틀꿈틀 움직이는 라이트닝테일의 검은 털가죽이 보였다. 생쥐 냄새가 따뜻하고 진하게 풍겨 와서 썬더는 입맛을 다셨다. 나뭇잎을 바스락거리며 라이트닝테일은 덤불 속으로 더 깊숙이 들어갔다.

겁에 질려 찍찍대는 소리가 썬더의 귀 털을 뚫고 들어왔다. 움직이는 것이 있는지 땅바닥을 샅샅이 살피는데, 갈색 털이 한쪽으로 홱 달려가는 게 보였다. 가시에 털가죽이 걸렸지만 아랑곳하지 않고 뛰쳐나가, 달아나는 생쥐의 말랑말랑한 몸통을 덮쳤다. 그리고 발톱으로 감싼 뒤 가까이 끌어당겨 물어 죽였다.

먹음직스러운 생쥐 냄새에 입에 침이 흥건히 고였다.

'이걸 진영으로 가지고 갈까?'

썬더는 잠시 고민했다. 시슬과 클로버도 몸이 야위어 보이기 시작했다.

'아니야, 난 떠돌이들의 진영을 확인해야 해. 먼저 진영을 보고 난 다음에 다시 사냥해서 먹이를 가지고 돌아가면 돼.'

썬더가 몸을 일으키는 사이 라이트닝테일이 다가왔다. 친구도 죽은 생쥐를 입에 대롱대롱 물고 있었다.

썬더는 가르랑거렸다.

"그럼 이제 소나무 숲 쪽으로 가자."

썬더는 잡은 생쥐를 입에 물고 출발했다.

천둥길을 건너가는 건 어렵지 않았다. 괴물들의 흔적은 없었다.

그 너머의 소나무 숲은 음침하게 느껴졌다. 이곳의 나무들은 여전히 두껍고 뾰족한 껍질에 싸여 있었고, 지붕처럼 빽빽하게 뒤엉킨 나뭇가지 사이로 햇빛이 거의 스며들지 못했다. 톨새도와 소나무 숲 고양이들은 이렇게 어둡고 음침한 곳에서 어떻게 사는지 알 수 없었다. 송진 냄새가 코로 밀려들면서 따뜻한 생쥐 냄새를 덮어 버렸다. 나무가 점점 줄어들고 저 앞에 습지가 보이자 그제야 마음이 편해졌다. 썬더는 숲 끄트머리에서 걸음을 멈췄다. 뒤에서 해가 빠르게 저물면서 군데군데 자란 풀 위로 길게 그림자를 드리웠다.

라이트닝테일이 뒤에서 걸음을 멈추고 생쥐를 내려놓았다. 그리고 습지 한쪽 끄트머리의 비탈을 가득 메운 나무를 향해 고갯짓을 했다.

"저게 네가 말한 버드나무 숲이야?"

잎이 모두 떨어진 나뭇가지는 버드나무 가지처럼 보였고, 그 나무 말고는 소나무 숲 너머에 다른 나무는 보이지 않았다. 여기가 틀림없었다. 썬더는 고개를 끄덕이며 생쥐를 다시 물어 올렸다. 그런 다음 질척거리는 오솔길을 따라 걷기 시작했다. 뒤따라오는 라이트닝테일의 발소리도 질퍽거리는 소리로 변했다. 습지를 훑어보던 썬더의 눈에 풀과 갈대가 빼곡히 자란 덤불이 보였다.

썬더는 생쥐를 내려놓았다.

"저기야."

그레이윙이 진영의 모습을 설명해 주었다. 버드나무 숲 근처에 풀이 둥글게 나 있는 곳이라고 했다.

"어떻게 해야 떠돌이들한테 안 들키고 몰래 엿볼 수 있을까?"

라이트닝테일은 썬더 옆에 걸음을 멈추고 눈을 깜박이며 풀 더미를 바라보았다.

썬더는 진영을 향해 고갯짓을 했다.

"몸을 숨길 수 있는 갈대가 많아."

생쥐를 다시 물어 들고 귀를 쫑긋 세운 채 앞으로 살금살금 움직였다.

라이트닝테일도 뒤에서 조용히 따라왔다.

떠돌이들의 진영에 가까워지자 썬더는 숨을 죽였다. 축축한 밤 공기에 섞여 떠돌이들 냄새가 풍겼다. 소나무 너머로 해가 지고 그림자가 습지를 삼키자 마음은 놓였지만 몸이 오싹해졌다. 썬더는 자세를 더 낮추고 뱀처럼 땅 위를 미끄러져 갈대 덤불에 다다랐다. 그리고 그 옆을 지나쳐 두 개의 풀 더미 사이로 조용히 비집고 들어갔다.

갑자기 덤불 너머의 풀밭에서 목소리들이 들려오자 썬더는 그대로 몸이 굳었다. 그들은 떠돌이들의 진영 울타리 바로 밖에 있었다!

물고 있던 생쥐를 땅바닥에 내려놓고 주둥이로 라이트닝테일에게 똑같이 하라고 신호를 보냈다.

라이트닝테일도 생쥐를 썬더의 생쥐 위에 내려놓고 눈을 깜박거렸다.

"이제 어떻게 해?"

라이트닝테일이 속삭여 물었다.

"기다려야지."

썬더는 땅바닥에 엎드려 귀를 머리에 납작 붙였다. 뻣뻣한 습지 풀이 주위를 둘러싸고 있었다. 라이트닝테일이 꿈틀대며 옆으로 다가오자 따뜻한 옆구리가 느껴졌다.

"저길 봐!"

라이트닝테일이 진영을 둘러싼 풀 울타리를 노려보며 속삭였다. 해가 지고 달빛이 습지를 비추자, 풀뿌리 근처에 뚫린 좁은 틈 사이로 반짝이는 떠돌이들의 공터가 들여다보였다. 썬더는 쿵쿵 뛰는 심장을 안고 진영 한가운데 넓게 펼쳐진 땅이 보일 때까지 꿈틀꿈틀 기어갔다. 고양이들은 공터 가장자리에서 나지막이 속삭이고 있었다. 근처에서 발을 질질 끄는 소리가 들리더니 매끄럽고 짙은 회색 털이 시야를 가로막았다. 향긋한 암고양이 냄새가 풍겨 오자 썬더는 자세히 보려고 눈에 힘을 주었다.

"받아!"

진영을 가로질러 수고양이의 목소리가 울려 퍼지고, 암고양이 옆으로 뭔가가 쿵 떨어졌다. 암고양이는 팔짝 뛰어 옆으로 피했다. 썬더는 땅에 떨어진 비쩍 마른 찌르레기를 볼 수 있었다. 암고양이가 찌르레기 냄새를 맡느라 몸을 숙이자, 섬세하게 생긴 주둥이가 썬더의 눈에 들어왔다. 암고양이는 당황한 듯 호박색 눈으로 찌르레기를 잠시 살피더니, 공터 한가운데 있는 수고양이에게로 고개를 홱 돌렸다.

'슬래시!'

썬더는 지저분한 갈색 떠돌이의 두 앞다리를 가로지르는 하얀 흉터를 알아보았다.

암고양이가 이를 드러냈다.

"우린 이것보다 더 많은 먹이를 먹을 자격이 있어."

암고양이가 화가 나서 쉭쉭거렸다.

슬래시는 싸늘한 눈으로 암고양이를 노려보았다.

"뭐든 먹을 수 있는 걸 다행으로 여겨, 바이올렛. 넌 무리에서 가장 형편없는 사냥꾼이잖아."

"그렇지 않아!"

바이올렛이 쏘아붙였다.

"그리고 적어도 난 사냥을 해. 넌 남의 것을 훔치지만."

슬래시의 귀가 움찔거렸다.

"난 내 것을 찾아오는 것뿐이야."

"레인이 아직 살아 있었다면 네가 이러지 못했을 텐데!"

썬더는 암고양이의 목소리에 가득한 슬픔을 느낄 수 있었다.

슬래시는 콧방귀를 뀌었다.

"레인이 있다고 해서 뭐가 달라지는데? 천둥길에서 죽은 그런 멍청이가 말이야."

바이올렛이 움찔했다.

"레인은 멍청이가 아니야!"

"너와 짝이 된 것 말고 그 녀석이 똑똑하게 군 일은 아무것도 없어."

슬래시의 목소리가 이상할 정도로 부드러워졌다. 썬더는 눈을 가늘게 떴다. 떠돌이들의 지도자는 굶주린 눈빛으로 암고양이를 바라보았다.

"너도 정신 차려, 바이올렛. 그리고 내가 그 녀석 자리를 대신하게 해 주는 게 어때? 지도자의 짝이 되면 굶는 일은 없을 텐데 말이야."

"꿈도 꾸지 마!"

바이올렛은 땅에 떨어진 찌르레기를 물고 성큼성큼 걸어갔다.

썬더는 발톱이 근질거렸다. 감히 슬래시 같은 고양이가 저런 아름다운 암고양이한테 자기 짝이 되라고 협박하다니! 옆에서 라이트닝테일의 움직임이 느껴졌다.

"저 고양이들은 왜 저런 못된 녀석한테 충성을 바치는 걸까?"

썬더는 아무 말도 하지 않고 바이올렛을 지켜보았다. 암고양이의 털은 먹구름처럼 짙은 검은색이었고, 긴 꼬리는 털이 풍성하고 매끈했다. 크고 부드러운 귀는 예쁜 얼굴에 완벽하게 어울렸다. 바이올렛은 공터 반대편 그늘 속에 웅크리고 있는 고양이들에게 걸어갔다.

그때 또 다른 움직임이 눈에 들어왔다. 슬래시가 풍성한 먹이 더미로 가고 있었다. 토끼 위에 쌓인 비둘기들을 보자 썬더는 굶주림이 뱃속을 할퀴는 느낌이 들었다. 먹이 더미 가장자리에는 생쥐와 들쥐가 흩어져 있었다. 슬래시는 먹이 더미 바닥에서 비쩍 마른 개구리 한 마리를 뽑아 바이올렛 옆에 있는 다른 고양이에게 획 던졌다. 그런 다음 말라비틀어진 뾰족뒤쥐 한 마리를 또 다른 고양이에게 던져 주었다. 그렇게 한 번에 하나씩 비쩍 마른 먹이를 진영 동료들에게 획획 던지더니, 공터 앞쪽에서 말없이 지켜보고 있던 수고양이 둘을 향해 꼬리를 획 튕겼다.

"스플린터! 이리 와서 네 몫을 골라."

검은색과 흰색이 섞인 수고양이가 입맛을 다시며 허겁지겁 먹이 더미로 다가왔다.

"얼른 골라, 스플린터."

슬래시가 너그러운 목소리로 말했다.

"넌 오늘 아주 잘했어. 그러니 맛있는 걸 먹을 자격이 있어."

스플린터가 통통한 비둘기 한 마리를 먹이 더미에서 끌어내자 슬래시는 두 번째 수고양이에게 고갯짓을 했다.

"얼른 와, 비틀. 이건 아직도 따뜻해."

슬래시가 먹이 더미에 있는 무거운 토끼를 발로 끄집어내자 검은색과 갈색이 섞인 수고양이가 서둘러 와서 가져갔다.

썬더는 다시 한 번 진영을 둘러보았다. 웅크린 채로 보잘것없는 먹이를 먹는 다른 고양이들은 눈을 가늘게 뜨고 슬래시를 노려보고 있었다.

"왜 저들은 대들지 않지?"

썬더는 라이트닝테일에게 숨죽여 말했다.

"가장 좋은 먹이는 모두 자기 친구한테만 주는데 말이야."

라이트닝테일이 귀를 움찔거렸다.

"나도 모르겠어. 나라면 저 녀석 털가죽을 벌써 잡아 뜯었을 텐데 말이야."

"프로그!"

슬래시가 공터 반대편을 향해 소리치자 얼룩덜룩한 회색 수고양이가 벌떡 일어섰다.

"응?"

회색 얼룩 고양이의 눈은 두려움과 기대가 뒤섞여 반짝반짝 빛났다.

슬래시는 먹이 더미에서 통통한 개똥지빠귀를 끌어내 밀어 주었다.

프로그는 열심히 공터를 가로질러 달려오다가, 슬래시 가까이에서 속도를 늦췄다. 야윈 몸에 축 늘어진 털가죽이 썬더의 눈에 들어왔다. 그러고 보니 떠돌이들 대부분이 비쩍 말랐고, 슬래시와 비틀 그리고 스플린터만 잘 먹는 것처럼 보였다.

'하지만 저 녀석은 모두를 배불리 먹일 만큼 우리한테서 먹이를 훔쳐 가고 있잖아!'

프로그가 슬래시 앞에 멈춰 서더니 개똥지빠귀를 힐끗 쳐다보았다.

슬래시의 눈이 사악하게 빛났다.

"배고파?"

프로그는 고개를 끄덕였다.

슬래시가 발톱으로 개똥지빠귀를 낚아챘다.

"이걸 먹고 싶을 만큼 배고파?"

프로그는 다시 고개를 끄덕였다.

"아쉽네."

슬래시는 개똥지빠귀를 다시 먹이 더미로 휙 던졌다.

"네가 오늘 황무지에서 먹이를 더 많이 가져왔더라면 저걸 너한테 줬을 텐데. 하지만 게으른 고양이한테는 상을 줄 수 없어."

"난 게으르지 않아!"

프로그가 발끈했다.

슬래시가 고개를 갸웃했다.

"게으른 게 아니면 뭔데? 멍청한 건가?"

슬래시의 목소리는 으르렁대는 소리로 변했다.

"왜냐하면 난 멍청한 건 못 참거든. 새끼 고양이도 너만큼은 먹이를 찾아올걸."

"말도 안 되는……."

그 순간 슬래시가 앞발을 휘둘러 프로그의 코를 할퀴었다.

프로그는 털을 곤두세우며 뒷걸음쳤다. 주둥이에서 피가 뚝뚝 흘러내렸다.

슬래시는 먹이 더미 밑에서 짓눌린 굴뚝새를 낚아챘다. 겨우 뾰족뒤쥐만 한 크기였다. 슬래시는 그 새를 프로그의 발치로 휙 던졌다.

"이거라도 주는 걸 고맙게 여겨."

프로그는 잠시 슬래시와 눈을 맞췄다.

썬더는 긴장했다.

'저 비쩍 마른 수고양이가 맞서 싸울까?'

썬더는 그러기를 바랐지만 프로그는 굴뚝새를 물고 축 늘어진 갈대 밑에 웅크리고 있는 진영 동료에게로 천천히 걸어갔다. 그 모습을 지켜보던 썬더는 심장이 철렁 내려앉았다.

'편이잖아.'

썬더는 밤처럼 새까만 암고양이를 알아보았다. 프로그가 옆에 자리를 잡자 편은 몸을 꿈지락거려 얼룩덜룩한 회색 수고양이에게 바짝 다가가 주둥이에 흐른 피를 핥아 주었다.

슬래시는 이번에는 먹이 더미에서 통통한 들쥐를 골라 공터를 가로질렀다.

썬더는 재빨리 주둥이를 뒤로 빼냈다.

"이리로 오고 있어!"

떠돌이들의 지도자가 점점 가까이 다가오자 썬더는 라이트닝테일에게 경고했다. 각자의 먹이를 물고 슬래시를 뒤따라오던 스플린터와 비틀은 슬래시가 먹이를 먹으려고 웅크리고 앉자 그 옆에 자리를 잡았다.

들쥐, 토끼, 비둘기 냄새가 진영 울타리를 뚫고 퍼지자 썬더는 배가 으르렁거리는 걸 느꼈다.

'저 먹잇감이 우리 냄새를 가려 주면 좋겠는데.'

썬더는 심장이 쿵쿵 뛰었다.

"가자."

라이트닝테일이 귓가에 속삭였다.

"아직 아니야."

썬더는 친구의 등줄기에 꼬리를 얹으며 진정시켰다.

"좀 더 들어 보자."

지금 당장은 떠날 수 없었다. 슬래시가 무슨 말을 하는지 들어야만 했다.

슬래시는 들쥐을 한 입 뜯어 먹더니 진영을 둘러보았다.

"저 녀석들을 계속 굶겨야 해. 그래야 시키는 대로 따르게 되어 있어."

슬래시는 먹이를 씹으며 스플린터에게 말했다.

비틀이 콧방귀를 뀌었다.

"생각 없는 겁쟁이 녀석들."

스플린터는 비둘기를 한 입 물어뜯었다.

"왜 저런 녀석들한테까지 먹이를 주는지 모르겠어."

"저 녀석들도 다 쓸모가 있어."

슬래시가 중얼거렸다.

"여기 남아 있을 만큼은 먹이를 줘야 해. 우리끼리는 황무지 고양이들을 공격할 수 없으니까."

썬더는 숨이 턱 막히는 것 같았지만 간신히 참았다.

'슬래시가 공격을 계획하고 있다고?'

얼른 그레이윙과 윈드러너에게 알려야 했다. 당장 황무지로 달려가고 싶은 충동과 싸우느라 온몸의 근육이 움찔거렸다. 여기 남아서 좀 더 많은 것을 알아내야 했다. 썬더는 라이트닝테일과 시선을 교환했다. 달빛을 받은 친구의 눈에 두려움이 가득했다.

"저들이 잠드는 대로 떠나자."

라이트닝테일은 고개를 끄덕였다.

축축하고 싸늘한 공기가 그들을 감쌌다. 달이 더 높이 떠올라 습지를 은빛으로 물들였다. 슬래시가 욕심껏 먹는 먹이 냄새에 썬더는 배가 고파서 머리가 어지러울 지경이었다. 발치에 내려놓은 생쥐가 아직 따뜻했지만 감히 먹을 엄두가 나지 않았다. 조금이라도 움직였다가는 풀이 바스락거릴 수도 있었기 때문이다. 참을성 있게 기다리는데 마침내 슬래시가 꾸벅꾸벅 졸기 시작했다. 스플린터와 비틀은 잔뜩 먹고 옆구리가 불룩 튀어나온 채 이미 잠들어 있었다. 슬래시는 코가 땅에 닿자 만족스럽게 트림을 내뱉고는 몸을 굴려 옆으로 누웠다. 잠시 뒤 코 고는 소리가 들렸다. 썬더는 혐오감을 느끼며 몸을 부르르 떨었다.

"가자."

작은 소리로 친구에게 속삭인 뒤 생쥐 꼬리를 이빨로 물고 살금살금 기어가기 시작했다. 너무 오래 쪼그리고 있어서 발이 아팠다. 썬더는 조심스럽게 진영 울타리를 따라 걸었고, 뒤에서 라이트닝테일이 풀을 스치며 따라오는 소리가 들렸다.

그때 갑자기 앞쪽 어둠 속에서 속삭이는 목소리가 들렸다.

"왜 우리가 이런 걸 참아야 하는데?"

썬더는 몸이 얼어붙었다.

눈을 가늘게 뜨고 어둠 속을 들여다보자 고양이 넷이 보였다. 그들은 진영 울타리 밖 달그림자 속에 쪼그리고 앉아 있었다.

무슨 이야기를 하는지 들어 보려고 귀를 쫑긋 세웠지만, 너무 작게 속삭여서 알아들을 수가 없었다. 라이트닝테일이 옆에 와서 멈춰 서며 썬더를 힐끗 쳐다보았다.

옹기종기 모인 고양이들은 갈대가 바스락거리는 소리보다도 작게 속삭였다. 자신들이 하는 이야기를 다른 고양이가 들으면 안 된다고 생각하는 게 분명했다. 슬래시가 잠이 들기를 기다렸다가 몰래 이야기하는 걸까? 혹시 지도자에게 대항하려는 음모를 꾸미는 걸까?

썬더는 소나무 숲 쪽으로 주둥이를 홱 돌렸다. 그러자 물고 있던 생쥐가 턱 밑에서 대롱대롱 흔들렸다. 라이트닝테일이 고개를 끄덕였다. 둘은 함께 떠돌이들의 진영을 조용히 빠져나갔다.

소나무 숲에 이르러 뒤를 힐끗 돌아보니 어둠 속에서 반짝이는 눈 한 쌍이 보였다. 썬더는 바이올렛의 호박색 눈을 단번에 알아보았다. 진영 밖에서 속삭이던 고양이들 중 하나가 분명했다.

'저 암고양이가 나를 보고 있는 걸까?'

그 시선에 썬더는 몸이 얼어붙는 것 같았다. 심장이 쿵쾅쿵쾅 뛰었다.

'정말 아름다워.'

"가자!"

라이트닝테일이 쉭쉭거리는 소리에 썬더는 퍼뜩 정신을 차리고 친구를 따라 소나무 그림자 속으로 서둘러 달려 들어갔다. 하지만 바이올렛의 눈빛이 마음속에서 여전히 불타올랐다. 그러다 슬래시의 말이 떠올랐다.

'너도 정신 차려, 바이올렛. 그리고 내가 그 녀석 자리를 대신하게 해 주는 게 어때? 지도자의 짝이 되면 굶는 일은 없을 텐데 말이야.'

털가죽 밑에서 분노가 치솟았다. 그 암고양이를 못된 떠돌이한테서 떼어 놓아야만 했다. 그곳은 안전하지 않았다. 썬더는 물고 있던 생쥐를 떨어뜨리고 라이트닝테일에게 말했다.

"이걸 가지고 진영으로 돌아가자. 그런 다음 내일 새벽에 윈드러너한테 떠돌이들의 공격 계획에 대해 경고하러 갈 거야."

'그리고 난 어떻게든 바이올렛을 여기서 탈출시킬 방법을 찾아내야만 해.'

225

11
떠돌이들의 공격

그레이윙은 부슬비에 눈을 가늘게 뜬 채로 황무지 꼭대기를 유심히 살폈다.

슬레이트가 옆구리에 바짝 몸을 붙였다.

"이런 날씨에 나와 있어도 정말 괜찮겠어?"

"괜찮아."

숨이 차다는 이유로 잠자리에 삼 일이나 처박혀 있던 걸로 충분했다. 오늘 아침 잠에서 깼을 때 드디어 답답하던 가슴이 편해졌다는 것을 깨닫자마자, 서둘러 거처를 나와 윈드러너에게 사냥 순찰대에 넣어 달라고 애원했다.

윈드러너는 허락했다. 하지만 고스퍼한테서 나무 네 그루 분지에서 배운 전투 동작을 배우기 전까지는 밖으로 나갈 수가 없었다. 무리의 모든 고양이가 열심히 훈련했다. 썬더가 찾아와 떠돌이들이 공격을 계획하고 있다는 경고를 전해 준 뒤에는 더더욱 열심이었다. 그 소식을 듣기 전날, 리드와 미노가 오후 내내 모스플라이트와 더스트머즐에게 새로운 전투 기술을 가르쳐 주었다. 새끼 고양이들은 진심으로 훈련에 집중했고, 지평선 너머로 해가 넘어간 뒤에도 훈련은 끝나지 않았다. 어린 고양이들이 그렇게 열심히 하는 모습을 보자 그레이윙은 마음이 뭉클해졌다. 가르칠 고양이와 배울 고양이를 짝지어 훈련한 것이 최고의 성과를 이끌어 낸 것 같았다.

'모두가 널 과소평가했던 거야, 모스플라이트.'

이제 그레이윙은 황무지 꼭대기에 서서, 나머지 순찰대원들을 지켜보고 있었다. 윈드러너, 고스퍼, 더스트머즐은 풀밭 여기저기 흩어져 있는 굴의 냄새를 맡고 다녔다. 고개를 들자 상쾌한 바람과 비가 수염을 때렸다. 황무지를 짓눌렀던 추위는 구름이 몰려오면서 사라졌다. 그레이윙은 궂은 날씨가 떠돌이들을 진영에 붙들어 놓기를 바랐다.

그레이윙은 경계하는 눈빛으로 비탈을 내려다보며 풀밭에서 낯선 털가죽들이 보이진 않는지 살폈다.

슬레이트 역시 비탈을 훑어보고 있었다.

"난 차라리 떠돌이들이 얼른 공격했으면 좋겠어."

슬레이트가 으르렁거리며 말했다.

"기다리는 게 오히려 더 불안하잖아."

그레이윙은 꼬리를 홱 튕겼다.

"난 한동안 그들이 우리 먹이를 훔치지 않아서 좋은데."

지난 며칠 동안은 진영 동료들이 잡은 토끼와 생쥐, 새를 고스란히 진영으로 가져왔다. 여전히 먹이가 부족했지만, 적어도 막무가내인 떠돌이들과 먹이를 나눌 필요가 없어서 다행이었다.

그레이윙은 털가죽을 찌르는 불안감을 느끼며 비탈을 내려다보았다.

'떠돌이들이 지켜보고 있는 건 아닐까?'

소름 끼치는 두려움을 애써 무시하려 했다. 슬레이트 말이 맞았다. 공격을 기다리는 게 싸우는 것보다 더 불안했다.

어떤 움직임이 눈길을 사로잡았다. 황무지 꼭대기에 있는 토끼굴 쪽으로 시선을 돌리는 순간, 더스트머즐이 굴속으로 사라졌다. 잠시 뒤 비탈을 따라 조금 내려간 곳에 있는 구멍에서 토끼 한 마리가 뛰쳐나왔다. 윈드러너가 신이 나서 눈을 반짝이며 달려갔지만, 고스퍼가 앞을 가로막았다. 고스퍼의 눈은 방금 토끼가 뛰쳐나온 구멍에 고정되어 있었다. 그곳에서 더스트머즐이 쏜살같이 뛰쳐나오자 고스퍼는 꼬리를 처들었다. 어린 수고양이는 바람처럼 빠르게 풀밭을 달리며 먹잇감과의 거리를 점점 좁혔다. 마침내 높이 뛰어오른 새끼 고양이가 토끼의 등을 정확히 덮쳤다. 그리고 두 앞발로 붙잡아 뒹굴며 목을 깨물었다.

그레이윙은 큰 소리로 가르랑거렸다.

"더스트머즐은 훌륭한 사냥꾼이야."

슬레이트가 꼬리를 휙 휘둘렀다.

"쟤가 태어난 지 겨우 여섯 달밖에 안 됐다는 게 믿기지 않아. 쟤는 다른 동료들만큼 사냥을 잘한다니까."

윈드러너와 고스퍼가 더스트머즐을 앞세우고 달려왔다. 그들이 점점 가까워지고 있을 때, 비탈 아래쪽에 있는 헤더 덤불 너머에서 들꿩 떼의 울음소리가 들렸다.

고스퍼도 그 소리를 들었는지 귀를 쫑긋 세우고 소리가 나는 쪽으로 고개를 휙 돌렸다.

더스트머즐은 그레이윙 앞에서 미끄러지듯 멈춰 섰다. 입에 토끼를 대롱대롱 물고 있는 어린 수고양이의 눈이 자랑스럽게 빛났다.

따뜻한 토끼 냄새가 그레이윙의 코를 적셨다.

"잘했어."

그레이윙은 가르랑거리며 칭찬했다.

윈드러너가 달려와 더스트머즐을 향해 고개를 끄덕였다.

"가서 저기 풀 사이에 숨겨 두렴."

윈드러너는 꼬리 서너 개 정도 떨어진 곳에 뒤엉켜 있는 풀 더미를 가리켰다.

"진영으로 돌아가는 길에 가지고 가면 돼."

고스퍼는 아직도 헤더 덤불 너머를 노려보고 있었다.

"들꿩 소리 들었어?"

"물론이지."

더스트머즐이 뒤엉킨 풀 사이에 토끼를 밀어 넣는 동안 윈드러너는 비탈 아래쪽의 헤더 덤불로 향했다. 덤불에 도착하자마자 암고양이는 두 앞발을 땅에서 든 채 서리를 맞아 누렇게 시든 덤불 너머를 들여다보았다.

그러더니 고개를 돌려 꼬리를 홱 흔들어 나머지 고양이들에게 가까이 오라는 신호를 보냈다. 그레이윙은 서둘러 암고양이에게로 달려갔다. 통통한 먹이를 두 마리나 잡아서 돌아가면 모스플라이트와 미노, 리드, 스파티드퍼가 무척 기뻐할 것이다.

"이 헤더 덤불 너머 풀밭에 있어."

윈드러너가 속삭였다. 그러고는 그레이윙을 향해 고개를 끄덕였다.

"네가 덤불을 빙 둘러 기어가서 들꿩을 헤더 덤불 쪽으로 몰고 와. 우리는 덤불 속에서 기다리고 있을게. 넌 그냥 우리 쪽으로 몰아 주기만 하면 우리가 죽일 수 있어."

그레이윙은 짜증이 치밀었다.

'내가 새도 못 죽일 거라고 생각하나?'

그 생각을 읽기라도 한 듯 윈드러너가 다시 말했다.

"만일의 경우에 대비하려는 거야. 누군가는 반드시 헤더 덤불 쪽으로 몰고 가야 해."

'그런데 그게 왜 하필 난데?'

그레이윙은 따지고 싶었지만 윈드러너가 내키지 않더라도 어떤 대답을 할지 잘 알고 있었다.

'왜냐하면 넌 사냥을 하기엔 너무 허약해진 상태잖아.'

길지 않은 내리막을 달려 내려가는데도 숨이 찼다. 이런 몸으로 먹잇감을 어떻게 잡을 수 있을까? 그레이윙은 끙 소리를 내며 헤더 덤불을 멀찍이 돌아 그 너머에 있는 풀밭에 다다랐다. 들꿩은 헤더 덤불에서 꼬리 서너 개 정도 떨어진 곳에서 땅바닥을 콕콕 쪼아 대고 있었다. 그레이윙은 몸을 낮추고 천천히 목표물의 뒤로 기어갔다. 그런데 갑자기 들꿩이 경계하듯 고개를 쳐들었다. 그레이윙은 몸이 얼어붙었다. 심장도 빨리 뛰었다. 하지만 들꿩은 다시 땅바닥을 쪼아 대기 시작했다. 그레이윙은 처음보다 더 조심스럽게 움직이며 헤더 덤불을 살펴보았다. 윈드러너와 다른 고양이들은 이제 덤불 속에 자리를 잡았을 것이다. 들꿩에게서 눈을 떼지 않은 채 살금살금 기어가다가 점점 속도를 높였다. 비에 젖은 풀 위에서 발소리는 거의 나지 않았다. 들꿩은 사냥꾼이 다가오는 것도 모른 채 땅바닥만 쪼아 댔다. 어쩌면 직접 죽일 수도 있겠다는 생각이 들었다. 제대로 덮치기만 하면 해치울 수 있을 것 같았다. 땅바닥에 고정시키고 목을 물면 끝날 일이었다.

'지금이야!'

그레이윙은 흥분해서 털을 바짝 곤두세우고 펄쩍 뛰어올랐다.

그때 갑자기 뒤에서 울부짖는 소리가 들렸고, 그레이윙은 깜짝 놀라 어설프게 착지했다. 성난 울음소리가 공기를 갈랐다. 들꿩은 깃털을 흩날리며 하늘로 푸드덕 날아올랐다.

그레이윙은 홱 돌아섰다.

떠돌이 여덟이 이빨을 드러낸 채 언덕을 가로질러 달려오고 있었다. 맞바람을 뚫고 달려오느라 귀와 털이 몸에 납작 달라붙고 수염도 뒤로 휘날렸다. 냄새마저 뒤로 날아가 버려, 떠돌이들이 다가오는 것을 알아차리지 못했던 것이다.

그레이윙은 너무 놀라서 털가죽이 화르르 타오르는 것 같았다.

"윈드러너!"

덤불이 바스락거리고, 사방에서 풀을 스치는 발소리가 들렸다. 그레이윙은 놀라서 몸이 굳은 채 점점 가까워지는 떠돌이들을 그저 멍하니 바라보았다. 윈드러너와 고스퍼, 슬레이트가 헤더 덤불에서 뛰쳐나왔다. 주황색 암고양이가 자신을 향해 뛰어들자 그레이윙은 몸을 일으켰다. 하지만 암고양이의 무게를 이기지 못하고 뒤로 비틀비틀 밀려났다. 등을 바닥에 대고 쿵 넘어지는데 발 하나가 목을 짓눌렀다.

'숨을 못 쉬겠어!'

점점 더 세게 짓누르는 떠돌이의 사악한 눈과 마주쳤다. 공포에 질린 그레이윙은 뒷다리를 굽혀 암고양이의 배 아래로 밀어 넣었다. 목이 졸려 숨이 막히고 머리가 쿵쿵 울렸다. 끙끙거리며 뒷발로 암고양이를 힘껏 밀었지만, 주황색 얼룩무늬 암고양이는 발톱으로 그레이윙을 붙잡았다. 털가죽을 찌르는 공포를 느끼며 힘껏 밀쳐 내자 털이 뜯겨 나가는 느낌이 들었다. 자세히 보니 허공에서 몸을 뒤집어 민첩하게 풀밭으로 내려서는 암고양이의 발톱에 털 뭉치가 매달려 있었다.

그레이윙은 펄쩍 뛰어 일어섰다. 떠돌이 암고양이가 다시 달려들자 두려움은 힘으로 변했다. 암고양이가 다시 덮쳤다. 그레이윙은 상대가 자신의 어깨로 시선을 돌리는 것을 보았다. 그 순간 스타플라워가 가르쳐 준 동작이 머릿속에 번쩍 떠올랐다. 고스퍼가 보여 준 바로 그 동작이었다.

'내 다리를 못 쓰게 만들 작정이구나!'

암고양이가 앞발을 쳐들기 전에 그레이윙은 재빨리 앞발로 상대의 어깨를 후려쳤다.

암고양이의 호박색 눈이 충격으로 번들거렸다. 암고양이는 다리가 푹 꺾이면서 그대로 땅바닥에 고꾸라졌다.

사방에서 비명과 울부짖는 소리가 터져 나왔다. 슬레이트는 주황색 수고양이와 삼색얼룩 암고양이가 머리를 노리고 발을 휘두르자 벌떡 일어섰다. 더스트머즐은 검은색 수고양이와 풀밭에서 뒹굴며 싸우고 있었다. 윈드러너는 수고양이 셋을 피해 천천히 뒤로 물러나고 있었다.

그중 하나가 슬래시였다. 진영 동료들이 옆으로 움직여 윈드러너를 에워싸며 탈출로를 차단하자 떠돌이들의 지도자는 의기양

232

양하게 눈을 반짝였다.

"이 녀석을 죽이면 다른 고양이들은 포기할 거야."

슬래시가 으르렁거리며 말했다. 윈드러너는 공포에 질린 눈으로 이리저리 몸을 움직이며 두 앞발을 마구 휘둘렀다.

"저 암고양이의 목을 노려, 스플린터."

슬래시가 검은색과 흰색이 섞인 수고양이에게 고개를 끄덕이며 지시했다.

그레이윙이 도와주러 달려갔지만, 거의 다가갔을 즈음 고스퍼가 앞을 가로막았다. 고스퍼는 수고양이들 사이의 빈틈을 노려보다가, 스플린터를 옆으로 밀어내며 그 사이로 달려 들어갔다. 그레이윙은 고스퍼가 윈드러너와 눈을 맞추는 것을 볼 수 있었다. 마치 서로 소리 없는 말을 주고받은 것처럼, 윈드러너는 짝을 보며 눈을 깜박이고는 몸을 숙여 슬래시에게서 물러나 발톱으로 스플린터의 옆구리를 할퀴었다. 그리고 재빨리 물러나며 어깨 너머를 힐끗 돌아보았다. 스플린터가 쉭쉭거리며 윈드러너를 뒤쫓아갔다. 그러자 고스퍼가 스플린터를 쫓아 달리기 시작했다. 그레이윙이 놀라서 지켜보는 사이에 황무지 고양이 둘은 떠돌이를 가운데 두고 황무지를 가로질러 빠르게 달려갔다.

'지금 누가 누구를 쫓아가는 거야?'

그레이윙은 슬래시를 돌아보았다. 떠돌이들의 지도자는 당황한 듯 어두워진 눈으로 잠시 고스퍼를 노려보았다. 그러더니 돌아서며 눈을 가늘게 떴다.

슬래시는 진영 동료에게 고개를 끄덕여 신호를 보낸 뒤 슬레이트를 향해 돌진했다. 떠돌이 넷이 쉭쉭대고 침을 튀기며 동시에

슬레이트를 덮치자 그레이윙은 공포에 사로잡혔다. 발들이 버둥
거리고 꼬리가 획획 움직였다. 미친 듯이 꿈틀대는 몸뚱이들 밑
에 깔린 슬레이트가 겁에 질려 울부짖었다.

그레이윙은 발톱을 세우고 싸움에 뛰어들었다. 떠돌이들을 밀
치고 안으로 파고든 뒤, 홱 돌아서서 발을 마구 휘두르기 시작했
다. 발밑에서 부드러운 몸뚱이가 느껴지고 공포에 질린 냄새가
났다.

'슬레이트!'

그레이윙은 더 힘껏 싸웠다. 발톱이 털가죽을 뚫고 뺨을 할퀴
자 저절로 얼굴이 찡그려졌다. 두려워서 눈을 질끈 감고 발을 마
구 휘둘렀다. 밑에서 슬레이트가 꿈틀대는 것이 느껴졌다. 그러
더니 갑자기 슬레이트가 그레이윙의 옆구리에 몸을 바짝 붙였다.
떠돌이들이 으르렁거리며 주위를 에워쌌다.

"꼬리를 맞대!"

슬레이트가 쉭쉭거렸다.

그레이윙은 슬레이트가 무슨 생각을 하는지 알 것 같았다. 그
레이윙이 뒷발로 일어서자 슬레이트도 일어섰고, 둘은 등을 맞댔
다. 서로 등진 채로, 미친 듯이 발을 휘둘러 공격하는 적들을 후
려쳤다. 얼굴을 두드리는 빗방울을 맞으며 그레이윙은 슬레이트
에게 몸을 밀착시킨 채 힘차게 발을 휘두르고 또 휘둘렀다. 시간
이 지나면서 흐릿하게 보이던 발톱들과 얼굴들이 점점 또렷이 눈
에 들어왔다. 슬래시가 그레이윙을 향해 발을 한 번 휘두르더니,
검은색과 갈색이 섞인 수고양이에게로 돌아섰다.

"네가 다리를 맡아, 비틀!"

슬래시가 쉭쉭대며 명령했다.

떠돌이가 뒷다리를 향해 돌진하는 순간 그레이윙은 한 발로 균형을 잡으면서 다른 한 발로 떠돌이의 뺨을 할퀴었다. 수고양이는 아파서 비명을 지르며 몸을 숙였다가, 화가 나서 눈을 번들거리며 벌떡 일어섰다.

그 순간 그레이윙은 숨이 조여 오는 것을 느꼈다.

'안 돼!'

두려움이 밀려왔다.

'지금은 안 돼!'

지금은 계속 싸워야 했다. 뒤에서 슬레이트가 다른 떠돌이 둘의 공격을 막아 내고 있었다. 주황색 암고양이한테 뒷다리를 물려 고통스럽게 비명을 지르는 더스트머즐을 검은 수고양이가 덮치고 있었다.

'더스트머즐은 배운 대로 잘 싸우고 있지만 다 자란 고양이 둘을 상대하기엔 아직 너무 어려.'

공포로 뱃속이 뻥 뚫리는 것 같았다. 그레이윙은 쌕쌕거리며 힘들게 숨을 내쉬었다.

"윈드러너!"

슬레이트의 외침엔 희망이 서려 있었다.

지도자가 헤더 덤불에서 뛰쳐나왔고, 고스퍼가 그 뒤를 바짝 쫓아왔다. 윈드러너는 더스트머즐을 향해 뛰어올라, 발톱으로 떠돌이 하나의 어깨를 낚아챘다. 그런 다음 끙끙거리며 적을 끌어당겨 땅바닥에 내동댕이쳤다.

더스트머즐은 검은 수고양이 아래에서 힘겹게 빠져나와 앞발을 휘두르며 그를 향해 돌아섰다.

고스퍼는 슬래시와 다른 떠돌이들 사이로 뛰어들었다. 그리고 슬레이트와 그레이윙 사이를 오가며 떠돌이들을 향해 발을 휘두르기 시작했다.

"우리가 스플린터를 쫓아 보냈어!"

전투의 함성보다 크게 들리도록 고스퍼가 고함을 질렀다.

"그 녀석은 돌아오지 않을 거야."

'하나는 처리했어.'

그레이윙은 암울하게 생각했다.

'이제 일곱 남았어.'

슬래시가 뺨을 향해 발을 휘두르자 그레이윙은 한 발을 쳐들어 막은 뒤 고스퍼와 슬레이트에게 더 바짝 기댔다. 숨쉬기가 힘들어지면서 뒷발로 서 있기도 힘들어졌다.

'숨을 못 쉬겠어!'

잠깐 집중력이 흐트러진 틈에 발톱이 코를 할퀴었다. 이 상태로 얼마나 버틸 수 있을까? 고스퍼가 비틀을 향해 발을 휘두르는 사이 슬레이트는 주황색 수고양이를 막아 냈다. 그레이윙은 자신의 뒷다리로 뛰어드는 삼색얼룩 암고양이를 힐끗 내려다보았다. 재빨리 피하려고 했지만 너무 늦었다. 암고양이의 이빨이 살갗을 깊숙이 파고들었다. 고통이 번개처럼 다리를 뚫고 지나갔다. 결국 그레이윙은 끙끙거리며 풀밭에 쓰러졌다. 앞발이 옆구리를 걷어차고, 고약한 냄새가 나는 숨결이 뺨을 스쳤다. 슬래시가 덮친 것이다.

'도와줘!'

필사적으로 발버둥을 치는데, 귀에 익은 울부짖음이 허공에 울려 퍼졌다.

'리드!'

정신없이 휘두르는 발들 사이로 헤더 덤불에서 뛰쳐나오는 진영 동료의 은색 털이 얼핏 보였다. 미노, 스파티드퍼, 모스플라이트도 뒤따라 덤불에서 뛰쳐나왔다. 그들이 떠돌이들을 덮치면서 공기가 폭발하는 것처럼 시끄러워졌다.

그레이윙은 슬래시의 배를 뒷발로 힘껏 밀었다. 하지만 슬래시는 가시처럼 날카로운 발톱으로 단단히 붙잡고 매달렸다. 슬래시가 귀에 대고 으르렁거리며 이빨로 목을 물고 풀밭 위로 굴렸다. 그레이윙은 두려움에 허우적거렸다. 숨을 쉬려고 헐떡였지만 가슴이 꽉 막혀서 공기를 들이마실 수가 없었다. 눈앞이 깜깜해지면서 세상이 쪼그라드는 것 같았다.

'숨 쉬어! 숨을 쉬어야 해!'

정신을 차리려고 애썼지만 슬래시도, 고통도 점점 흐릿해졌다.

그때 갑자기 몸을 짓누르던 떠돌이의 무게가 사라졌다. 그레이윙은 강에서 낚아 올린 물고기처럼 기운 없이 축 늘어졌다. 숨을 쉬려고 헐떡거리는데 머릿속이 빙빙 돌았다.

'이대로 공기를 들이마시지 못하면 어떻게 되는 거지?'

요란하던 전투의 함성도 들리지 않았다. 비가 털가죽을 적시며 어둠이 눈앞을 가렸다.

'나 이대로 죽는 건가?'

그때 바위 같은 턱에 물린 것처럼 답답하던 가슴이 편해지기 시작했다. 얕은 숨을 들이마시다가 차츰 숨이 깊어졌다. 아픔도 사라지면서 다시 세상이 열리는 느낌이 들었다. 뺨 아래 풀이 눈에 보이기 시작했다. 옆으로 축 늘어져 있는데, 슬레이트가 느껴졌다.

"그레이윙?"

몸을 기대고 있는 슬레이트의 따뜻한 숨결이 그레이윙의 주둥이에 닿았다.

"그레이윙!"

암고양이는 겁먹은 목소리였다.

어떻게든 슬레이트를 안심시키고 싶어서 그레이윙은 끙끙거렸다.

옆에서 미끄러지듯 멈춰 서는 발소리가 들렸다.

"우리가 놈들을 쫓아냈어."

윈드러너는 신이 난 목소리로 말을 이었다.

"그 녀석들 당분간은 돌아오지 않을 거야."

"그레이윙은 괜찮아요?"

옆에서 모스플라이트의 목소리가 들렸다.

"나도 몰라!"

슬레이트가 떨리는 목소리로 말했다.

그레이윙은 바들바들 떨며 숨을 들이마시고는 암고양이를 보며 눈을 깜박거렸다.

"난 괜찮아."

그레이윙은 쉰 목소리로 속삭였다.

모스플라이트가 다가와 냄새를 맡았다.

"슬래시가 심하게 물어뜯긴 했지만 이건 나을 거예요."

"네가 슬래시를 떼어 낸 건 정말 잘한 일이야, 슬레이트."

윈드러너가 걱정이 가득한 눈빛으로 그레이윙을 내려다보며 말했다.

온몸의 감각이 마비된 그레이윙은 일어서려다 다리 힘이 풀려 그대로 고꾸라지면서 풀밭에 배를 대고 웅크리고 있었다. 일어서고 싶었지만 도저히 힘이 들어가지 않았다.

"그냥 여기서 쉬어."

슬레이트가 달래듯 말했다.

"고마워…… 날 구해 줘서."

그레이윙은 쌕쌕거리며 말했다.

"당연히 그래야지."

슬레이트가 가르랑거렸다.

"내 새끼들의 아버지한테 무슨 일이 생기게 놔둘 순 없잖아."

그레이윙은 몸이 굳었다.

"새끼들이라고?"

당황한 그레이윙은 암고양이를 바라보았다.

'내 새끼들의 엄마는 터틀테일인데. 하지만 그 애들은 진짜 내 새끼들이 아니지.'

머리가 멍해져서 제대로 생각을 할 수가 없었다.

"내가 네 새끼들을 낳을 거란 뜻이야."

슬레이트가 부드러운 목소리로 설명했다.

그레이윙은 너무 놀라 털가죽이 후끈 달아올랐다.

"그렇게 놀라워?"

슬레이트가 가르랑거렸다.

그레이윙은 턱을 쳐들고 놀란 눈으로 슬레이트를 바라보았다.

"내 새끼들이라니."

그레이윙은 작은 소리로 속삭였다. 하늘을 가득 채우는 햇살처럼 가슴속에 기쁨이 넘쳐흘렀다.

'내가 정말로 아빠가 되는구나.'

그레이윙은 힘겹게 숨을 내쉬며 어설프게 가르랑거렸다.

"내 사랑."

작은 소리로 속삭이며 슬레이트의 풍성하고 따뜻한 털에 코를 파묻었다.

"고마워."

12
진영으로 뛰어든 개들

"어두워질 때까지 기다리면 안전할 거야."

라이트닝테일이 중얼거렸다.

썬더는 소나무 사이로 걸어가며 친구를 힐끗 쳐다보았다. 라이트닝테일의 말이 옳다는 건 알지만, 당장이라도 슬래시의 진영으로 돌아가고 싶어 발이 근질거렸다.

"어두워질 때까지 기다렸다가는 뭔가를 놓칠지도 몰라."

"거기에 놓칠 게 뭐가 있는데?"

가느다란 햇빛 줄기들이 라이트닝테일의 털가죽에 얼룩덜룩한 그림자를 드리웠다.

"슬래시가 우리 먹이를 훔치고 우리를 숲에서 쫓아낼 계획을 꾸미고 있다는 건 이미 다 알고 있잖아."

'하지만 난 바이올렛을 다시 봐야 한단 말이야!'

떠돌이들이 황무지 고양이들을 공격했다는 소식을 들은 뒤로 썬더는 며칠 동안 잠을 이루지 못했다. 머릿속에는 온통 바이올렛 생각뿐이었다.

'바이올렛이 싸우다가 다쳤으면 어쩌지?'

소식을 전하려고 진영을 찾아온 그레이윙은 주둥이가 온통 상처투성이였다. 그레이윙은 썬더에게 경고해 줘서 고맙다고 말했다. 그 덕에 대비를 했고 떠돌이들을 막을 수 있었지만 그래도 아주 격렬한 싸움이었던 게 분명했다.

썬더는 라이트닝테일의 시선을 피했다.

"같이 가기 싫으면 넌 안 가도 괜찮아."

굳이 친구를 위험으로 끌고 들어갈 필요는 없었다.

"절대 너 혼자 보내진 않을 거야. 위험하단 말이야."

라이트닝테일은 코를 킁킁대며 말을 이었다.

"난 그저 네가 거길 가고 싶어 하는 진짜 이유가 뭔지 솔직하게 말해 주길 바라는 것뿐이야."

썬더는 걸음을 멈추고 멋쩍게 귀를 움찔거렸다.

라이트닝테일이 고개를 돌려 썬더를 바라보았다.

"그 암고양이를 다시 보고 싶어서 그러는 거잖아."

라이트닝테일이 수염을 씰룩거렸다.

썬더는 털가죽이 화끈거렸다.

"난 괜찮아."

라이트닝테일은 어깨를 으쓱하고는 습지 쪽으로 계속 걸음을 옮겼다.

"네가 기회가 있을 때마다 바이올렛 얘기를 하는 걸 내가 눈치 못 챘을 줄 알아? 넌 그 암고양이가 걱정되는 거잖아, 맞지?"

"맞아."

썬더는 서둘러 친구를 뒤따라갔다.

라이트닝테일은 걸음을 재촉했다.

"그럼 그 암고양이가 어떤지 보러 가자."

친구에게 고마운 마음을 안고, 썬더는 라이트닝테일을 뒤따라 좁은 가시덤불 틈으로 비집고 들어갔다. 머리 위에서 빛이 스며들어 나무둥치 사이로 길을 보여 주었다. 이제 습지에 가까워지고 있었다.

라이트닝테일이 목소리를 낮췄다.

"들키지 않기만을 바라자."

"그레이윙은 썩은 버섯 위에서 뒹굴어서 냄새를 숨겼다고 했는데……."

썬더는 썩은 버섯을 찾아 나무뿌리 주위를 꼼꼼히 살폈다.

라이트닝테일이 코를 찡그렸다.

"그냥 맞바람 부는 쪽에 있자."

소나무 숲 끄트머리에 다다르자 라이트닝테일은 걸음을 늦췄다.

썬더는 나무 사이로 밖을 내다보았다.

"들키면 바로 달아나면 돼. 떠돌이들 대부분은 나무숲에서 잘 달리지 못해. 숲까지 올 수만 있다면 안전하게……."

"쉿!"

라이트닝테일이 말을 끊었다.

친구의 경계하는 눈길을 따라 시선을 돌리자, 습지 풀 더미 사이로 줄지어 서서 나무숲으로 걸어오고 있는 떠돌이 넷이 보였다. 그들 중 바이올렛을 발견한 썬더는 심장이 철렁 내려앉았다.

"숨어!"

썬더는 주목나무 아래로 뛰어들어 땅바닥에 납작 엎드렸다.

라이트닝테일도 옆으로 뛰어들었다.

"이쪽으로 오고 있어!"

썬더는 몸부림을 쳐서 덤불 아래로 더 깊이 파고들었다. 그사이 떠돌이 순찰대는 점점 더 가까이 다가왔다. 빠른 걸음으로 옆을 지나쳐 가던 떠돌이들 중 하나가 입을 열었다. 나뭇가지 사이로 보니 검은 수고양이였다.

"우리가 떠나는 걸 슬래시가 봤을까?"

떠돌이가 걱정스러운 얼굴로 물었다.

"걱정하지 마, 레이븐."

바이올렛이 옆에서 걸으며 말했다.

"전투 동작을 가르치느라 정신없었잖아."

바이올렛의 뒤에서는 윤기 나는 적갈색 어린 수고양이가 따라오고 있었다.

"우리 어디로 사냥하러 가요?"

그 뒤로 삼색얼룩 암고양이가 서둘러 일행을 따라잡았다.

"벌써 세 번째 묻는 거야, 레드."

"얘는 불안해서 묻는 거야, 주니퍼."

바이올렛이 암고양이에게 말했다.

"슬래시가 우리끼리 사냥하러 가는 걸 어떻게 생각하는지 잘 알잖아."

"나 하나도 불안하지 않거든요."

어린 수고양이 레드가 화난 듯 말했다.

하지만 바이올렛은 들은 척도 하지 않았다.

"두발쟁이 마을 근처에서 사냥하자."

"개들은 어쩌고요?"

레드가 놀란 듯 숨을 헐떡이며 물었다.

"우리는 개보다 더 빨리 달릴 수 있어."

바이올렛이 말했다.

주니퍼가 끙 소리를 냈다.

"진영에 먹이가 썩어나는데 우리가 왜 사냥을 하러 가야 하는지 모르겠어."

"왜 슬래시는 그 먹이를 나눠 주지 않는 거야?"

레이븐도 화가 나서 으르렁거렸다.

"가장 좋은 먹이는 스플린터와 비틀에게만 주고 나머지는 썩든 말든 내버려두면서 우리한테는 겨우 찌꺼기만 주잖아."

썬더는 털가죽을 뚫고 솟구치는 분노를 느꼈다. 이들은 슬래시 때문에 굶주리는데, 슬래시는 먹이가 썩어 가도록 내버려두고 있었다!

"슬래시는 심술궂어."

바이올렛이 주목나무 가지를 향해 꼬리를 획 튕기며 말했다.

"스타플라워가 도망친 뒤로 더 못되게 굴고 있어."

"스타플라워가 무사히 도망쳐서 다행이야."

주니퍼가 말했다.

"새끼들은 잘 지내는지 궁금해."

바이올렛이 작은 소리로 중얼거렸다.

"펀 말로는 새끼를 셋 낳았다던데."

떠돌이들은 숲 안쪽으로 더 깊숙이 걸어 들어갔다. 그들의 목소리가 소나무 사이에 묻혀 잘 들리지 않자 썬더는 귀를 쫑긋 세웠다. 심장이 쿵쿵 뛰고, 화가 나서 털이 곤두섰다.

'먹이가 썩어 가도록 내버려두다니, 이게 말이 돼?'

썬더는 주목나무 아래에서 기어 나왔다.

"가서 떠돌이들의 진영을 살펴보자."

"왜?"

뒤따라 기어 나온 라이트닝테일이 물었다.

"바이올렛이 무사한 건 확인했잖아."

썬더는 눈을 깜박이며 친구를 바라보았다.

"방금 못 들었어? 슬래시가 진영 동료들한테 전투 동작을 가르친다잖아. 어떤 새로운 동작을 배우는지 우리도 알아야지."

라이트닝테일의 털가죽이 물결치듯 일렁거렸다.

"너 지금 운을 너무 믿는 거 같아."

라이트닝테일이 경고했다.

"우린 하마터면 들킬 뻔했어. 바이올렛이 우리를 봤으면 어떻게 됐을 것 같아?"

썬더는 바이올렛이 자신을 봤으면 좋았을 거라고 생각했다. 그 날렵한 회색 암고양이는 절대 자신을 배신할 것 같지 않았고, 어떻게든 꼭 만나 보고 싶었다.

"썬더?"

라이트닝테일이 뚫어져라 보고 있었다.

썬더는 얼른 바이올렛 생각에서 빠져나왔다.

"사냥 순찰대가 진영을 떠난 것도 모를 정도로 슬래시가 바쁘다면, 우리를 눈치채지 못할 거야."

썬더는 몸을 숙여 나무 사이에서 빠져나와 습지로 향했다.

라이트닝테일도 어쩔 수 없이 뒤따라왔다.

썬더는 몸을 낮춘 채 떠돌이들의 진영을 둘러싼 풀밭으로 향했다. 진영에 다다르자 걸음을 늦추고 공기를 맛보았다. 털을 헝클어뜨리는 바람에 마음이 놓였다. 이 바람이 떠돌이들 냄새와 함께 썬더의 냄새를 소나무 숲으로 날려 버릴 것이다.

뭉쳐 있는 풀 더미 사이로 요리조리 빠져나가 지난번 숨었던 자리까지 갔다. 몸을 낮게 웅크리는 사이 라이트닝테일도 옆으로 비집고 들어왔다. 썬더는 풀 줄기 사이로 진영을 들여다보았다.

슬래시는 공터 가장자리를 서성거리고 있었다. 그리고 공터 한가운데에서 스플린터가 얼룩덜룩한 갈색 암고양이를 마주 보고 있었다. 암고양이는 겁에 질려 눈이 번들거리고 주둥이에서 피를 흘리고 있었다.

슬래시가 암고양이에게 가까이 다가갔다.

"이번에는 스플린터의 첫 번째 공격을 막는 걸 잊지 마."

얼룩덜룩한 암고양이는 스플린터한테서 눈을 떼지 않은 채 긴장한 얼굴로 고개를 끄덕였다.

스플린터가 이빨을 드러냈다.

"이번에는 좀 살살 공격할까, 슬래시?"

스플린터가 비꼬듯 물었다.

"아니!"

슬래시가 수고양이를 홱 쳐다보며 대답했다. 그리고 재미있다는 듯 반짝이는 스플린터의 눈을 보고는 능글맞게 웃다가 가르랑거렸다.

"굼뜨면 다친다는 걸 비치도 배워야지."

흐릿한 색의 얼룩무늬 암고양이가 공터 가장자리로 다가왔다.

"내가 비치 대신 할게."

"저리 꺼져, 윌로."

슬래시가 경고하는 눈빛으로 암고양이를 노려보았다.

"네 친구도 배워야지."

윌로가 머뭇거리며 물러나고 비치가 스플린터의 공격에 맞설 준비를 하는 걸 보면서 썬더는 안타까운 마음이 들었다.

스플린터는 눈을 가늘게 뜨고 몸을 웅크렸다. 비치는 귀를 머리에 납작 붙였다.

슬래시가 조롱하는 눈빛으로 비치를 노려보았다.

"굉장히 겁먹은 얼굴인데, 괜찮아?"

비치는 온몸의 털을 부풀리고 이빨을 드러냈다.

"훨씬 낫네."

슬래시가 꼬리를 홱 튕겼다.

스플린터가 그 즉시 달려들면서 발을 쭉 뻗어 비치를 덮쳤다. 암고양이는 상대가 휘두르는 발을 피하려고 옆으로 몸을 숙였다. 하지만 스플린터의 발톱이 귀 끝을 스쳤고, 비치는 고통스러운 표정으로 데굴데굴 굴렀다.

스플린터가 벌떡 일어나 발로 쿵 내려쳤지만 한발 늦었다. 비치가 펄쩍 뛰어올라 스플린터의 뒤로 몸을 피했다. 썬더는 심장이 두근거렸다. 자기도 모르는 사이에 이 갈색 암고양이가 못된 수고양이를 이기길 바라고 있었다. 스플린터는 쏟아지는 공격에 대비해 몸을 돌렸다. 썬더는 숨을 죽이고 그 모습을 지켜보았다. 비치가 계속해서 주둥이를 후려치자 스플린터가 얼굴을 찡그리며 뒷걸음쳤다.

그때 갑자기 암고양이가 발을 멈추더니 놀라서 뒤를 힐끗 돌아보았다. 슬래시가 비치의 꼬리를 한 발로 밟아 그 자리에 꼼짝 못하게 붙잡아 두고 있었다. 비치가 눈을 깜박이며 지도자를 바라보는 사이 스플린터가 비치를 덮쳤다. 그리고 발톱으로 털가죽을 붙들고 밑에서 암고양이의 발을 걷어차 땅바닥으로 넘어뜨렸다.

윌로가 겁에 질려 눈이 휘둥그레진 채 앞으로 나섰지만 슬래시가 쉭쉭거렸다.

"가만있어."

스플린터는 무자비하게 발을 휘둘러 비치를 두들겨 팼고, 윌로는 괴로움이 가득 담긴 눈으로 그 모습을 지켜보았다.

썬더는 분노로 몸이 부들부들 떨렸다. 당장이라도 풀을 헤치고 달려 나가 암고양이를 지켜 주고 싶었다.

"됐어."

마침내 슬래시가 꼬리로 신호를 보내자 스플린터가 비치에게서 물러났다.

암고양이는 비틀거리며 네발로 일어섰다. 목에는 털이 뭉쳐 있었고, 털가죽 여기저기 피가 엉겨 붙어 있었다.

윌로가 서둘러 달려가 진영 동료를 부축해 공터 가장자리로 데리고 갔다.

"비치는 괜찮아요?"

갈대 사이에서 새끼 고양이 둘이 튀어나와 다친 암고양이에게 달려갔다. 썬더는 눈을 깜박이며 그들을 바라보았다.

검은색 새끼 수고양이가 먼저 비치 옆으로 다가갔다.

"다쳤나 봐."

회색과 흰색이 섞인 새끼 암고양이도 서둘러 달려가 그 옆에 멈춰 섰다.

"정말 잘 싸웠어요, 비치!"

주황색과 흰색이 섞인 암고양이가 새끼 고양이들 뒤로 서둘러 달려왔다. 암고양이의 초록색 눈이 비치를 보며 걱정스럽게 번들거렸다.

"이건 훈련이 아니야."

암고양이가 작은 소리로 쉭쉭거렸다.

"너무 잔인하잖아."

"돈!"

윌로가 제발 입 다물라는 듯 애원하는 얼굴로 암고양이를 바라보았다.

"아이들을 겁주지 마."

주황색과 흰색이 섞인 암고양이가 대답하는 소리를 들으려고 썬더는 귀를 쫑긋 세웠다.

"나는 내 아이들에게 진실을 숨기지 않을 거야."

돈은 슬래시를 노려보았다.

"파인과 드리즐도 자신들이 어떤 무리에 속해 있는지 알 필요가 있어."

슬래시가 어미 고양이의 눈을 똑바로 보자 썬더는 긴장했다.

"내 무리가 마음에 안 들면 언제든 떠나. 네 새끼들을 데리고 말이야."

돈은 눈을 가늘게 뜨고 슬래시를 노려보았다.

"나도 그럴 생각이야."

그림자 속에서 암갈색 수고양이가 조용히 걸어 나왔다.

"입 다물어, 돈."

수고양이가 걱정스럽게 속삭였다.

"무리에 있어야 안전해."

돈이 수고양이를 돌아보았다.

"이게 안전한 거야?"

암고양이는 비치를 힐끗 쳐다보았다. 엉망으로 두들겨 맞은 암고양이는 뻣뻣한 몸짓으로 상처를 핥고 있었다.

슬래시의 눈이 번들거렸다.

"다음 훈련은 네가 하는 게 어때, 돈?"

암갈색 수고양이가 어미 고양이 앞을 막아섰다.

"돈은 아직 젖을 먹이고 있잖아."

수고양이가 으르렁거렸다.

슬래시의 귀가 움찔거렸다.

"그렇다면 모스 네가 대신 와서 제대로 보여 주는 게 어때?"

검은색 새끼 수고양이가 깜짝 놀라 눈을 크게 떴다.

새끼 암고양이가 모스에게 몸을 기댔다.

"가지 마세요, 아빠. 저 고양이가 아프게 할 거예요."

모스는 새끼 암고양이의 머리를 코로 톡 쳤다.

"아무도 날 아프게 하지 못해, 드리즐."

모스는 공터 가운데로 걸어가 슬래시를 마주했다. 그리고 스플린터를 쏘아보다가, 공터 가장자리에 웅크리고 있는 비틀에게로 눈길을 돌렸다.

"내가 훈련할 상대가 누군데?"

이 수고양이는 전혀 두려워하지 않는 것 같았다. 썬더는 그 용기에 감탄하며 털가죽이 따스해지는 느낌이 들었다.

라이트닝테일은 옆에서 안절부절못했다.

"내가 저 여우 심장 중 하나를 '훈련'시킬 수 있으면 좋겠어."

라이트닝테일이 작은 소리로 으르렁거렸다.

슬래시가 주둥이를 휙 움직여 비틀에게 앞으로 나오라고 지시했다.

비틀은 벌떡 일어나 공터를 가로질렀다. 모스를 바라보는 수고양이의 눈에는 경멸이 가득했다.

모스는 단호한 태도로 시선을 맞췄다.

두 떠돌이가 서로를 마주 보고 서자 썬더는 긴장했다.

모스가 슬래시를 힐끗 쳐다보았다.

"어떤 동작을 보여 주면 되는데?"

"아무거나 네 마음에 드는 걸로 골라."

슬래시가 비아냥대듯 말했다.

"뭐든 비틀이 상대할 수 있을 테니까."

모스는 눈을 가늘게 떴다. 그리고 발을 이리저리 움직이며 어깨를 쫙 폈다.

돈은 걱정스럽게 그 모습을 지켜보았고, 파인과 드리즐은 엄마 곁으로 옹기종기 모여들었다. 비치는 주둥이의 피를 닦았다.

"조심……."

돈의 경고는 날카로운 비명 소리에 막혔다. 습지 너머에서 올빼미 울음소리 같은 절박한 울부짖음이 울려 퍼졌다.

썬더는 고개를 휙 쳐들었다. 날카로운 울음소리가 다시 한 번

252

들리더니, 개 짖는 소리가 뒤이어 들렸다.

별안간 레드가 매처럼 빠르게 소나무 사이에서 뛰쳐나왔다. 레드는 겁에 질려 털을 부풀린 채로 습지를 빠르게 질주했다. 진영을 향해 달려가는 수고양이의 뒤를 개 세 마리가 빠르게 쫓고 있었다. 개들은 흥분해서 눈을 번뜩이며 풀 더미 사이로 달려갔다.

썬더는 몸이 뻣뻣하게 굳었다. 털가죽 밑에서 공포가 밀려왔다.

"레드가 개들을 진영으로 곧장 끌고 가고 있어!"

"새끼 고양이들이 위험해!"

썬더가 미처 막기도 전에 라이트닝테일이 진영 울타리를 뚫고 들어갔다. 그리고 공터를 가로질러 달려가, 파인과 드리즐을 그늘진 갈대 더미 쪽으로 몰고 갔다.

돈의 눈이 충격으로 휘둥그레졌다.

"개들이야!"

라이트닝테일이 울부짖었다.

"개들이 이쪽으로 오고 있어."

그사이 레드가 진영으로 달려 들어왔다.

진영 밖에서 개들의 묵직한 발소리가 땅을 쿵쿵 울렸다. 무시무시하게 짖어 대는 소리에 공기가 찢어질 것 같았다.

썬더는 귀에서 쿵쿵 울리는 심장 소리를 들으며, 라이트닝테일이 뚫어 놓은 틈으로 뛰어들어 친구 곁으로 달려갔다.

라이트닝테일은 드리즐의 목덜미를 물어 갈대 줄기 사이로 밀어 넣고 있었다.

돈은 파인을 코로 밀어 드리즐 옆으로 보냈다.

"숨어!"

어미 고양이가 쉭쉭거리며 속삭였다.

"무슨 일이 있어도 절대 나오면 안 돼."

"내가 얘들을 지켜 줄게."

라이트닝테일은 새끼 고양이들이 숨어 있는 곳을 등진 채 공터를 바라보고 섰다.

돈이 싸울 자세를 취하고 그 옆에 섰다.

"넌 누구야?"

"난 라이트닝테일이야."

라이트닝테일이 털을 부풀리며 대답했다.

"나는 썬더."

썬더는 진영을 샅샅이 둘러보았다.

"우리는 숲 고양이들이야."

모스는 공터 가장자리로 물러나고 있었고, 비틀과 스플린터는 슬래시 앞으로 뛰어들었다. 주황색 수고양이 하나가 어둠 속에서 달려 나왔다. 얼룩덜룩한 줄무늬 고양이가 그 뒤를 따랐다.

개들이 풀 울타리를 뚫고 진영으로 뛰어들자 고양이들이 잠자리에서 뛰쳐나왔다. 그들의 눈에서 공포가 타올랐다. 개들은 눈앞의 행운이 믿기지 않는 듯 미친 듯이 꼬리를 흔들며 공터를 펄쩍펄쩍 뛰어다녔다. 그리고 거대한 앞발 사이로 쏜살같이 달아나는 고양이들을 향해 입을 딱딱 다물었다.

테리어 한 마리가 줄무늬 암고양이를 향해 뾰족한 주둥이를 들이밀자, 썬더는 앞으로 달려 나갔다. 그리고 벌떡 일어나 개의 뺨을 후려쳤다. 갑작스러운 공격을 받은 개가 화가 나서 으르렁거리며 썬더를 향해 휙 돌아섰다. 악취 나는 뜨거운 숨결이 밀려오자 공포가 썬더의 온몸을 휩쓸었다. 두 발을 마구 휘둘렀지만, 개는 울부짖으면서도 더 가까이 달려들었다.

누군가의 털이 옆구리를 스치는가 싶더니, 어느새 모스가 옆에 서 있었다. 그리고 펀이 진영 가장자리에서 달려와 테리어의 턱 밑으로 몸을 숙였다. 암고양이는 울부짖는 소리와 함께 땅바닥에 등을 대고 구르며 개의 배 밑에서 발버둥을 쳤다. 그리고 뒷다리로 마구 발길질을 했다. 개는 밑에서 발버둥 치는 암고양이를 물려고 고개를 숙였다. 썬더는 강렬한 피 냄새를 맡으며 개의 귀를 발톱으로 할퀴었다.

공터 반대편에서는 슬래시와 스플린터, 비틀이 노란 눈의 얼룩무늬 고양이와 함께 적갈색 잡종견을 진영 입구 쪽으로 몰아가고 있었다. 고양이들은 번갈아 가며 개를 향해 무자비하게 발을 휘둘렀고, 결국 잔뜩 흥분해 있던 개는 당황하기 시작했다.

썬더 옆으로 프로그가 균형을 잃고 비틀거리며 달아났다. 개는 탐욕스러운 시선을 회색 얼룩무늬 수고양이에게 고정한 채, 침을 질질 흘리며 썬더를 지나쳐 달려갔다. 덩치 큰 갈색 수고양이가 갈대 덤불에서 불쑥 뛰쳐나와 개에게 달려들어 주둥이를 할퀴었다. 개는 분노에 차서 울부짖으며 허둥지둥 멈춰 섰다. 갈색 수고양이가 균형을 잡는 사이, 프로그는 벌떡 일어나 개의 주둥이를 향해 힘껏 발을 휘둘렀다. 스플린터와의 싸움으로 여전히 코에서 피를 흘리고 있는 비치가 도와주러 달려왔다. 암고양이는 개 아래로 몸을 숙여 프로그 옆에 엎드렸다. 갈색 수고양이도 그들과 합류했고, 셋은 물려고 덤벼 드는 개의 주둥이를 향해 함께 발을 휘둘렀다.

"썬더! 조심해!"

라이트닝테일이 외치는 소리와 동시에 누군가의 발이 썬더를 옆으로 밀쳤다. 뺨 옆에서 이빨이 탁 닫혔다. 썬더는 깜짝 놀라 돌아보았다. 달려드는 테리어에게서 펀이 썬더를 밀어낸 것이다. 온몸으로 밀려드는 공포를 느끼며, 썬더는 개의 얼굴에 연달아 발을 휘둘렀다. 모스가 진드기처럼 개의 등에 달라붙어 있었다. 진영을 가득 메운 전투의 함성에 썬더는 귀를 머리에 납작 붙였다.

진영 건너편에서 슬래시, 비틀, 스플린터, 그리고 얼룩무늬 수고양이한테 쫓기던 잡종견이 고통스럽게 울부짖었다. 슬래시는 증오로 눈을 이글거리며 앞발로 개의 코를 할퀴었다. 주둥이가 크게 찢어지면서 피가 사방으로 튀었다.

잡종견은 고통스럽게 울부짖으며 몸을 돌려 소나무 숲으로 달아났다.

썬더는 가슴속에 타오르는 희망을 느끼며, 눈을 가늘게 뜬 채로 앞에 있는 테리어를 할퀴었다. 펀이 썬더에게 몸을 기대고 벌떡 일어나 발톱으로 개의 뺨을 찍었다. 테리어는 펀을 물려고 했지만, 입을 벌리는 순간 펀이 발톱으로 살을 홱 잡아당겼다. 개는 고통스럽게 울부짖으며 몸을 낮게 숙이고 등에 매달린 모스를 털어 내려고 했다. 눈에서 공포가 번뜩였다. 테리어는 겁먹은 눈으로 고양이들을 노려보며 슬금슬금 뒷걸음치더니, 홱 돌아서서 풀 울타리를 뛰어넘었다. 개가 습지를 가로질러 달아나자 모스가 등에서 뛰어내려 진영으로 달려왔다.

'우리가 이기고 있어!'

256

썬더는 검은 개를 향해 돌아섰다.

그리고 그대로 굳어 버렸다.

등줄기를 따라 몸이 싸늘하게 식는 기분이 들었다. 덩치 큰 수고양이가 공터 가장자리에 꼼짝도 하지 않고 누워 있었다. 주위의 바닥은 피로 젖어 있었고 몸에서는 아직도 피가 흘러나와 땅을 붉게 물들이고 있었다.

프로그가 필사적으로 개의 주둥이를 후려쳤다. 개는 으르렁거리며 거품을 물고 입을 딱딱 닫았다. 회색 수고양이는 세 발로 절뚝거리며, 발을 휘두를 때마다 휘청거렸다. 비치도 털가죽이 뜯기고 헝클어진 채 그 옆에서 비틀거렸다. 고통으로 눈을 번들거리면서도 암고양이는 개를 향해 발을 휘두르고 또 휘둘렀다.

개가 프로그의 옆구리를 덥석 물었다. 뼈가 으스러지는 소리가 썬더의 귀에 들렸다. 비치가 개의 코를 후려쳤다. 개는 화가 나서 눈을 이글거리며 물었던 옆구리를 놓았다. 프로그를 땅바닥으로 내동댕이친 개는 비치를 향해 돌아섰다.

"프로그!"

윌로가 공터를 가로질러 달려갔다. 암고양이는 프로그의 목덜미를 물어 육중한 개의 앞발이 닿지 않는 곳으로 끌고 갔다.

비치는 혼자서 개를 상대하고 있었다.

썬더와 라이트닝테일이 도와주려고 달려가는데, 회색 털이 썬더의 앞을 가로막았다. 슬래시였다.

"뭐 하는 짓이야?"

썬더는 슬래시를 노려보았다.

"저 암고양이를 도와야 한단 말이야!"

라이트닝테일을 힐끗 쳐다보자, 스플린터와 비틀이 땅바닥에 찍어 누르고 있었다.

슬래시가 썬더를 향해 으르렁거렸다.

"움직이지 마, 안 그러면 죽여 버릴 테다."

썬더는 혼란스러웠다.

"대체 왜?"

슬래시는 입을 하악 벌리고 비치를 바라보았다.

"지금이야말로 저 녀석이 짐이 아니라는 걸 스스로 증명해야 할 때니까."

"안 돼!"

썬더는 슬래시를 밀쳐 내려 했지만, 떠돌이가 몸을 일으켜 발톱으로 썬더의 어깨 털을 깊이 움켜잡았다. 분노로 반쯤 눈이 먼 썬더는 땅바닥을 벅벅 긁었지만, 슬래시한테 붙잡혀 앞으로 갈 수가 없었다.

비치는 비틀거리며 슬래시를 바라보았다. 검은 개의 커다란 턱에 옆구리를 물린 암고양이는 믿을 수 없다는 듯 눈을 번뜩였다. 개가 허공으로 들어 올려 먹잇감처럼 흔들자 비치는 울부짖었다. 공포에 질려 날카롭게 비명을 지르며 비치는 필사적으로 발버둥 쳤다. 두 눈은 고통스럽게 번뜩이고 있었다. 그때 겁에 질려 울부 짖는 소리와 함께 펀이 달려갔다. 뱀처럼 쉭쉭거리며 펀이 개의 어깨 위로 펄쩍 뛰어올라 발톱으로 눈을 찍었다.

개는 깨갱거리며 비치를 떨어뜨리고는 펀을 등에서 내동댕이 치려고 몸을 마구 흔들었다.

썬더도 슬래시의 발톱에서 간신히 빠져나와 개를 향해 몸을 던졌다. 하지만 개는 이미 눈 주위에서 피를 흘리며 달아나고 있었다. 길게 울부짖으며 진영을 뛰쳐나간 개는 동료들을 따라 소나무 숲으로 달아났다.

"비치?"

펀이 땅바닥에 축 늘어진 암고양이에게로 몸을 숙였다.

프로그도 뒷다리를 땅바닥에 질질 끌며 힘겹게 다가왔다.

"숨을 쉬고 있어?"

프로그가 비치를 보며 작은 소리로 물었다.

썬더는 서둘러 다가가 암고양이의 주둥이에 코를 대고 냄새를 맡아 보았다. 코에서 호흡이 느껴지지 않았다. 옆구리도 들썩이지 않았다.

"죽었어."

썬더는 작은 소리로 말했다.

펀의 목에서 나지막한 신음이 흘러나왔다.

라이트닝테일이 간신히 몸을 일으켜 성난 눈으로 스플린터와 비틀을 노려보았다.

"우리가 구할 수도 있었어!"

"뭐 하러?"

슬래시가 공터 한가운데에서 으르렁거리며 물었다.

떠돌이들은 충격에 휩싸인 눈으로 슬래시를 노려보았다.

비틀이 털가죽을 부르르 떨었다.

"그 녀석은 싸움도, 사냥도 못 했어."

스플린터가 슬래시 옆으로 걸어갔다.

"먹이만 축낼 뿐이었지."

펀이 등줄기 털을 곤두세운 채 슬래시를 노려보았다. 두 눈에는 증오심이 가득했다.

"넌 얘를 죽게 내버려뒀어."

슬래시가 콧방귀를 뀌었다.

"내 탓 하지 마. 개들을 이리로 끌고 온 건 내가 아니잖아."

펀의 몸이 굳었다.

"레드!"

암고양이가 주둥이를 홱홱 돌리며 공터를 샅샅이 훑었다.

"레드 어디 갔어?"

"달아났어."

스플린터가 조롱하는 목소리로 말했다.

"생쥐 심장을 가진 녀석."

비틀이 으르렁거렸다.

"쥐 대가리지."

슬래시가 정정했다.

"자기 진영으로 개들을 끌고 오는 바보가 세상에 어디 있어?"

스플린터가 눈을 가늘게 떴다.

"어쩌면 일부러 그랬을지도 몰라."

비틀의 눈이 재미있다는 듯 반짝였다.

"하긴, 그 녀석 내내 불평했잖아. 어쩌면 개들이 널 죽이길 바랐을지도 몰라."

비틀이 눈을 깜박이며 슬래시를 바라보았다.

"우리 무리를 없애려는 음모였을지도 몰라."

"아니야! 레드는 절대 남을 해칠 고양이가 아니야!"

펀이 앞으로 나서며 말했다.

윌로가 눈을 가늘게 떴다.

"그렇다면 왜 개들을 곧장 진영으로 끌고 왔을까?"

스플린터가 귀를 씰룩거렸다.

"만약 내가 개들한테 쫓기고 있었다면, 난 진영에서 최대한 멀리 데리고 갔을 거야."

썬더는 진영을 둘러보았다. 땅바닥과 풀 울타리에 피가 흩뿌려져 있었다. 고양이들은 충격에 휩싸여 눈을 동그랗게 뜨고 있었다. 프로그는 고통으로 흐릿해진 눈으로 쓰러져 있었고, 모스의 눈 위에서는 피가 흘러내렸다. 펀은 옆구리가 피투성이였고, 윌로의 털가죽은 여기저기 털이 뭉쳐 삐죽삐죽 튀어나와 있었다. 이 고양이들은 서로는 물론이고 자기 자신조차 돌볼 상태가 아니었다.

주황색 암고양이가 덩치 큰 갈색 수고양이의 냄새를 킁킁 맡았다.

"스톤이 죽었어."

암고양이는 수고양이의 헝클어진 털가죽을 절망적인 눈으로 바라보았다.

슬래시의 눈이 번뜩였다.

"이건 다 레드 탓이야."

썬더는 슬래시를 노려보았다.

"남 탓은 그만해. 여기 다친 고양이들이 한둘이 아니잖아. 죽은 고양이도 둘이나 있어. 왜 이런 일이 일어났는지는 지금 중요한 게 아니야. 지금은 동료들을 돌봐야 할 때라고."

슬래시가 목털을 곤두세웠다.

"네가 뭔데 나한테 무리를 어떻게 이끌어야 하는지 명령하는 거야? 게다가 넌 지금 왜 여기 있는 건데?"

슬래시가 이빨을 드러내고 물었다.

스플린터가 가까이 다가오자 썬더는 불안한 마음에 발을 이리저리 움직였다.

"이 녀석, 아무래도 첩자 같은데."

13
남겨진 떠돌이들

비틀이 발톱을 세웠다.

"저 녀석은 지금 문제를 일으키려는 거야."

슬래시가 귀를 머리에 납작 붙였다.

"내 땅에 함부로 들어왔으니 네 귀를 잘라 버릴 테다."

떠돌이들의 지도자를 마주 보면서, 썬더는 뱃속에서 단단히 뭉치는 분노를 느꼈다. 머리 위로 구름이 밀려와 하늘이 어두워졌다.

"네 동료들한테는 지금 도움이 필요해, 또 다른 싸움이 아니라."

"이 녀석들은 위험을 자초한 거야."

공터 여기저기에 다친 고양이들이 쓰러져 있었지만 슬래시는 거들떠보지도 않았다.

"어쨌든, 이 녀석들도 너희 같은 겁쟁이들의 도움 따위는 필요 없어."

썬더는 어이없다는 얼굴로 슬래시를 노려보았다.

"너희가 개들과 싸울 때 우리가 도와줬잖아!"

라이트닝테일이 썬더 옆으로 다가왔다.

"네 무리의 고양이들은 너무 굶주려서 자신을 제대로 방어하지도 못했어."

라이트닝테일은 비치에게로 고개를 홱 돌렸다.

"그리고 넌 그들이 죽든 말든 신경도 안 썼잖아."

"내가 왜 신경 써야 하는데?"

슬래시의 등줄기를 따라 털가죽이 물결처럼 꿈틀거렸다.

"이 녀석들은 죄다 겁쟁이들이야. 싸울 때도 새끼 고양이처럼 싸운다고."

썬더는 화가 치밀어 발이 부들부들 떨렸다.

"이들은 여우처럼 싸웠어!"

어떻게 슬래시는 자신이 보호해야 할 고양이들을 경멸할 수 있을까? 그들에 대해 아무런 책임감도 못 느끼는 걸까?

펀이 눈을 휘둥그레 뜬 채 공터로 걸어 들어왔다. 그리고 분노로 이글거리는 눈으로 슬래시를 노려보았다.

"넌 우리한테 전혀 관심이 없어. 한 번도 관심을 가진 적 없지!"

갈대 사이에 숨어 있던 파인과 드리즐을 꺼내 주던 돈이 침울한 얼굴로 펀을 힐끗 쳐다보았다.

그 옆에서 모스가 털을 곤두세운 채 슬래시를 노려보았다.

"펀 말이 맞아. 넌 우리한테 먹이를 훔쳐 오라고 명령하고, 그 먹이를 너와 네 친구들끼리만 나눠 먹었어."

모스는 스플린터와 비틀을 힐끗 쳐다보았다. 두 수고양이는 심술궂은 표정으로 모스를 노려보며 슬래시에게 더 가까이 다가갔다.

"너는 오랫동안 우리를 끔찍하게 괴롭혔어! 우리가 쫄쫄 굶는데도 넌 먹이를 나눠 주는 대신 썩어나도록 내버려뒀지."

돈이 펀 옆으로 한 걸음 다가갔다.

"그 말이 맞아."

암고양이는 불안한 눈으로 검은 암고양이와 슬래시를 번갈아 보며 말을 이었다.

"넌 우리한테 싸우는 법을 훈련시키는 거라고 했지만, 사실 우리를 괴롭히고 있었어."

펀은 돈에게 고개를 끄덕이고는 눈을 가늘게 뜨고 다시 슬래시를 돌아보았다.

"우리는 너무 오랫동안 참아 왔어."

펀은 쉭쉭대며 말을 이었다.

"너는 무리 고양이들이 약하다고 말하지만, 누가 우리와 함께 싸웠는지 봐. 어쩌면 우리는 저 무리에 들어가는 게 더 나을지도 몰라! 네가 없는 게 우리에겐 훨씬 나을 거야."

'무리에 들어가는 게 더 나을 것 같다고?'

썬더의 털가죽이 걱정으로 따끔거렸다. 무리에서 이 떠돌이들을 모두 받아들일 수 있을까? 아니, 받아들이려고 하기는 할까?

얼룩무늬 수고양이 하나가 공터를 가로질러 슬래시 옆에 멈춰 섰다.

"그냥 우리가 떠나면 안 돼?"

수고양이가 슬래시에게 물었다.

"이 생쥐 심장 녀석들은 널 고맙게 여기지 않아, 슬래시. 이런 녀석들은 제힘으로 살게 내버려둬!"

슬래시는 눈을 가늘게 떴다.

"그거 아주 좋은 생각이야, 스네이크. 난 여기서 시간 낭비를 하고 있었어."

슬래시는 스플린터와 비틀을 향해 꼬리를 확 튕겼다.

"나랑 같이 갈래?"

"우리가 여기 남아 있을 이유가 뭐가 있겠어?"

스플린터가 턱을 쳐들고 말했다.

비틀은 몸을 힘껏 털었다.

"이런 벌레 같은 것들은 죽든 말든 신경 쓰지 마."

썬더는 슬래시를 노려보았다.

'나라면 내 무리의 고양이들을 이렇게 실망시키지 않을 거야!'

"이들은 네 동료들이잖아! 게다가 다쳤고……. 이들 말이 맞아,
넌 이들을 실망시켰어! 어떻게 이렇게 매정할 수 있어?"

슬래시는 어깨를 으쓱했다.

"그렇게 걱정된다면 네가 돌봐 주지 그래?"

썬더는 몸이 굳었다. 지금까지 마음속으로 곱씹어 보던 질문을
슬래시에게서 직접 듣자, 그 말이 머릿속에서 계속 맴돌았다. 하
지만 선뜻 대답할 수가 없었다.

'내가 이 고양이들을 돌볼 수 있을까?'

지금 사는 숲에는 자신의 무리가 먹을 것도 부족했다. 그렇지
만 이렇게 다친 고양이들을 여기 이대로 내버려둘 수는 없었다.
이들에게는 도움이 필요했다.

모스의 눈이 분노로 이글거렸다.

"아무도 우릴 돌봐 주지 않아도 돼!"

모스가 으르렁거렸다.

"우린 스스로를 잘 돌볼 수 있다고!"

펀도 어깨를 펴고 말했다.

돈은 복슬복슬한 털을 곤두세운 채 바들바들 떠는 파인과 드리즐을 꼬리로 감쌌다.

"이렇게 오랫동안 네 밑에서 참고 견디지 말았어야 했어."

썬더는 슬래시에게 반항하는 떠돌이들의 용기에 감탄했다. 그렇지만 어떻게 해야 이들이 지금 상황에서 벗어날 수 있을까? 일단 이들은 굶주렸다. 게다가 다치기까지 했다. 누구의 도움도 받지 않고 살아갈 수 있다고 말하고 있지만, 정말 그렇게 할 수 있을까?

무슨 일이 있든, 일단은 슬래시한테서 벗어나야 했다. 썬더는 슬래시의 눈을 똑바로 바라보았다.

"아무도 널 그리워하진 않을 것 같네."

슬래시는 스플린터를 힐끗 쳐다보았다.

"여긴 버리자. 겁쟁이들 냄새가 너무 고약해."

슬래시는 다시 한 번 떠돌이들을 힐끗 둘러보고는 입구로 향했다.

스플린터와 비틀, 스네이크도 그 뒤를 따랐다.

주황색 암고양이가 서둘러 그들을 쫓아갔다.

"나도 같이 가도 돼?"

슬래시가 몸을 돌려 눈을 가늘게 뜨고 암고양이를 바라보았다.

"왜, 이 약골들 옆에 있기 싫어, 스왈로?"

슬래시가 비꼬듯 물었다.

스왈로는 귀를 머리에 납작 붙였다.

"난 먹잇감처럼 살기 싫어. 난 사냥꾼이야."

암고양이가 으르렁거리며 말했다.

슬래시는 마음에 든다는 듯 눈을 깜박였다.

"그럼 너도 우리와 같이 가자."

슬래시는 갈대 사이로 향했다. 스플린터와 비틀, 스네이크, 그리고 스왈로까지 줄지어 슬래시를 따라갔다. 썬더는 당장이라도 비겁한 겁쟁이들을 뒤쫓아 가서 귀를 할퀴어 주고 싶어서 발톱이 근질거렸다. 하지만 이미 너무 큰 싸움을 치렀다. 그리고 너무 많은 고양이들이 다쳤다. 이들을 또다시 싸움에 끌어들일 수는 없었다.

갑자기 들려온 편의 목소리에 썬더는 화들짝 놀랐다.

"페블하트를 데려와야 해."

썬더는 눈을 깜박이며 암고양이를 바라보았다.

"톨섀도의 무리에 있을 때, 페블하트가 진영 동료들을 치료해 주는 걸 봤어."

암고양이는 계속 말을 이었다.

"그리고 콰이어트레인이 죽어 갈 때도 돌봐 줬고. 페블하트라면 우릴 도와줄 수 있을 거야."

"맞아."

썬더는 고개를 끄덕였다.

"여기 있는 고양이들 전부를 도울 수 있을지는 모르겠지만, 최선을 다할 거라는 건 확실해."

"내가 가서 데려올게."

라이트닝테일이 곧장 진영 입구로 향했다.

모스가 뒤쫓아 달려갔다.

"나도 같이 갈까?"

라이트닝테일은 발을 멈추지 않고 대답했다.

"숲은 내가 잘 알아. 그러니 나 혼자 다녀오는 게 더 빨라."

썬더는 진영을 달려 나가는 친구를 지켜보며, 결단력에 감탄했다. 개들과 치열하게 싸우고도 검은 수고양이는 여전히 용기와 투지로 불타오르고 있었다.

'저렇게 든든한 친구가 우리 무리에 있어서 정말 다행이야.'

썬더는 스톤에게 걸어가 냄새를 맡아 보다가, 죽음의 냄새를 맡고 털이 곤두선 채 뒷걸음쳤다. 비치의 시신을 힐끗 보고 썬더는 몸을 부르르 떨었다. 슬래시가 잘 먹이고 친구로서 함께 싸웠다면, 이 고양이들은 아직 살아 있었을 것이다. 개들은 위험하긴 했지만 오소리보다는 멍청했다. 서로를 믿고 힘을 합치기만 했어도 개들쯤은 쉽게 이길 수 있었을 것이다.

"썬더?"

드리즐의 가냘픈 목소리에 썬더는 몸을 돌렸다. 새끼 고양이가 올려다보고 있었다.

"슬래시가 다시 돌아올까요?"

썬더는 선뜻 대답할 수가 없었다. 새끼 암고양이는 겁에 질린 얼굴이었다. 이제는 안전하다고 안심시켜 주고 싶었지만 그럴 수 없었다. 슬래시가 앞으로 무슨 짓을 할지 누가 알겠는가?

돈이 몸을 숙여 딸의 머리를 핥아 주었다.

"그건 아무도 모른단다, 아가."

어미 고양이는 새끼를 핥으며 계속 말을 이었다.

"그렇지만 무슨 일이 일어나든 엄마가 널 지켜 줄게."

썬더는 무거운 책임감이 돌덩이처럼 배를 짓누르는 걸 느꼈다. 이 고양이들을 도와야만 했다. 하지만 어떻게? 어찌할 바 모르고 고민하고 있는데, 갈대 입구가 바스락거렸다.

'라이트닝테일이 벌써 돌아왔나?'

고개를 들던 썬더는 진영으로 뛰어 들어오는 바이올렛을 보고 심장이 쿵쿵 뛰었다. 비둘기 한 마리를 입에 대롱대롱 물고 오던 암고양이는 겁에 질려 눈이 휘둥그레졌다.

바이올렛은 잡아 온 먹이를 떨어뜨렸다.

"피 냄새가 나잖아!"

진영을 둘러보던 암고양이는 다친 동료들을 발견하고 귀를 머리에 납작 붙였다. 그리고 울타리 벽 그늘 속에 쓰러져 있는 프로그에게 달려갔다. 프로그 주변의 땅은 피로 물들어 있었다.

"어떻게 된 거야?"

누가 대답하기도 전에 주니퍼와 레이븐이 바이올렛을 뒤따라 진영으로 들어왔다. 둘 다 생쥐를 한 마리씩 물고 있었다. 그들도 잡아 온 먹이를 떨어뜨렸고, 엉망이 된 진영을 보고는 털이 부풀었다.

레이븐이 코를 씰룩거렸다.

"개 냄새잖아!"

주니퍼의 몸이 굳었다.

"레드 못 봤어? 우리와 같이 두발쟁이 마을에서 사냥하고 있었는데, 골목을 탐험하고 싶다고 했어. 나중에 다시 만나기로 했는데 돌아오지 않았어."

그 말을 들은 윌로가 눈을 가늘게 떴다.

270

"레드가 여기로 개들을 끌고 왔어."

"여기로?"

주니퍼는 겁에 질려 꼬리를 움찔거렸다.

"그래서 레드는 다쳤어?"

펀이 걱정스러운 눈빛으로 윌로를 힐끗 쳐다보고는 작은 목소리로 대답했다.

"도망쳤어."

주니퍼와 바이올렛은 서로를 쳐다보았다.

"생쥐 심장."

윌로가 쉭쉭거렸다.

바이올렛의 시선이 윌로를 지나쳐 비치의 시신에 닿았다. 바이올렛이 귀를 움찔거렸다.

"죽었어?"

바이올렛은 황급히 달려가 비치의 헝클어진 털 냄새를 맡았다.

"스톤도 죽었어."

모스가 절뚝거리며 건장한 수고양이의 시신을 향해 다가갔다.

주니퍼의 눈이 휘둥그레졌다.

"새끼들은 무사해?"

암고양이는 미친 듯이 진영을 살펴보다가, 돈 옆에 옹기종기 모여 있는 파인과 드리즐을 발견했다.

돈이 꼬리로 새끼들을 가까이 끌어당겼다.

"썬더와 라이트닝테일 덕분에 안전하게 숨어 있었어."

"누구?"

주니퍼가 눈을 깜박이며 썬더를 바라보았지만, 썬더는 삼색얼룩 암고양이의 초록색 눈이 자신을 향하고 있다는 것도 알아차리지 못했다. 바이올렛에게 온통 시선을 빼앗겼기 때문이다.

아름다운 암고양이가 고마움이 가득 담긴 호박색 눈으로 썬더를 바라보았다.

"네가 새끼 고양이들을 지켜 준 거야? 넌 썬더야, 아니면 라이트닝테일이야?"

썬더는 갑자기 털가죽이 후끈해져서 발을 이리저리 꼼지락거렸다.

"난 썬더야. 그런데 어…… 라이트닝테일도 도와줬어."

썬더는 시선을 떨궜다. 바이올렛을 보고 있으려니 심장이 너무 빨리 뛰었다.

펀이 앞으로 걸어 나왔다.

"얘들이 도와줘서 개들을 쫓아낼 수 있었어."

썬더는 고개를 들지 않고 웅얼거렸다.

"난 그저 모두를 도와주고 싶었을 뿐이야."

눈길을 들어 바이올렛을 마주 본 순간, 갑자기 수줍음이 밀려왔다.

암고양이는 부드러운 눈빛으로 바라보고 있었다.

"고마워."

바이올렛이 작은 소리로 말했다.

노란 줄무늬 암고양이가 절뚝거리며 앞으로 나왔다. 어깨 털이 피에 젖어 있었다.

"슬래시가 우리를 버렸어."

주황색 수고양이도 공터 가장자리에서 힘겹게 일어섰다.

"우리를 생쥐 심장이라고 불렀어."

수고양이는 상처받은 목소리였다.

바이올렛이 꼬리를 휘둘렀다.

"그 멍청이한테서 뭘 기대한 거야? 우리는 생쥐 심장이 아니야, 엠버."

줄무늬 암고양이가 잘 모르겠다는 듯한 얼굴로 눈을 깜박이며 바이올렛을 바라보았다.

"우리가 개들에 맞서 좀 더 열심히 싸웠어야 했는데, 그러질 못했어."

"비!"

바이올렛은 줄무늬 암고양이에게 다가가 피가 흐르는 어깨의 냄새를 맡았다.

"지금 네 모습을 봐. 다른 고양이들도 보라고! 너희는 독수리처럼 용감하게 싸웠을 거야!"

비는 걱정스러운 얼굴로 바이올렛을 바라보았다.

"하지만 슬래시가 가 버렸어. 이제 우린 어떡하지?"

바이올렛이 턱을 쳐들었다.

"이제 상처를 치료하고 이걸 나눠 먹어야지."

바이올렛은 자신이 잡아 온 비둘기를 앞발로 쿡 찔렀다.

"오늘 밤은 아무도 주린 배로 잠들지 않을 거야."

그때 진영 밖에서 발소리가 들렸다. 라이트닝테일이 진영으로 달려 들어오고, 페블하트가 커다란 거미줄 뭉치를 이빨로 물고 뒤따라 들어왔다. 어린 수고양이는 걸음을 멈추고 걱정으로 눈을 반짝이며 고양이들을 둘러보았다. 그러더니 서둘러 프로그에게로 달려갔다. 일어서려고 버둥거리지 않는 건 이 얼룩덜룩한 회색 수고양이뿐이었기 때문이다. 다친 떠돌이 옆에 거미줄을 내려 놓은 페블하트는 털가죽 냄새를 맡기 시작했다. 그리고 나서 앞발로 프로그의 등줄기부터 다리까지 쭉 훑어 내려갔다. 페블하트의 눈빛이 어두워졌다.

썬더는 서둘러 페블하트 옆으로 다가갔다.

"많이 안 좋아?"

피 냄새가 코를 찔렀다.

"상처를 깨끗이 닦고 피를 멈추게 할 수는 있어."

회색 수고양이는 목소리를 낮췄다.

"그런데 등줄기에 울퉁불퉁한 덩어리가 있어."

썬더는 털을 뚫고 들어오는 서늘한 기운을 느꼈다. 개들과 싸운 이후 처음으로, 습지에 찬 바람이 분다는 것을 깨달았다.

"뼈가 부러졌어?"

"그게 아니길 바라야지."

페블하트가 속삭였다.

"그냥 부어 오른 걸 수도 있어. 시간이 지나야 알 수 있을 거야."

바이올렛이 곁으로 다가왔다.

"내가 도와줄 건 없어?"

암고양이는 눈을 깜박이며 페블하트를 바라보았다.

페블하트는 가지고 온 거미줄 뭉치에서 발로 잡을 수 있을 만큼을 찢어 내 바이올렛의 발 위에 얹었다.

"피가 멎기 전에 모든 상처를 깨끗이 닦아야 해. 확실히……."

바이올렛은 말이 끝날 때까지 기다리지 않았다.

“알아들었어.”

바이올렛은 거미줄을 입과 한쪽 발 사이에 걸고 곧장 펀에게 걸어갔다.

“넌 어딜 다쳤어?”

펀의 털가죽 냄새를 맡으며 바이올렛이 물었다.

페블하트가 목소리를 높여 다시 말했다.

“다친 고양이는 반드시 상처를 꼼꼼히 닦아야 해. 자기가 직접 닦을 수 없는 곳에 상처가 났다면 동료한테 대신 닦아 달라고 해.”

돈이 서둘러 비에게 다가갔다. 파인과 드리즐도 그 뒤를 쫓아 갔다.

모스는 엠버의 털가죽에 코를 대고 킁킁 냄새를 맡기 시작했다.

“너 턱 밑에 상처가 있어.”

모스가 수고양이에게 말했다.

“네 상처나 신경 써.”

엠버가 모스의 눈 위로 흐르는 피를 고갯짓으로 가리켰다.

바이올렛이 썬더를 향해 돌아섰다.

“너도 다쳤어?”

“아니…….”

갑자기 앞발이 욱신거리면서 숨이 턱 막혔다. 발을 들어 보니 찔린 상처가 곳곳에 나 있었다.

‘개한테 물렸나?’

하지만 기억이 나질 않았다.

바이올렛이 서둘러 다가왔다.

“개한테 물린 상처는 덧날 수도 있어.”

암고양이는 주저앉아 두 앞발로 썬더의 앞발을 들어 올린 뒤 부드럽게 혀로 핥기 시작했다.

썬더는 털가죽에 불이라도 붙은 것처럼 화끈거려서 발을 홱 뺐다.

바이올렛이 놀라서 썬더를 쳐다보았다.

"미안해. 난 그저 도와주려던 것뿐이야."

바이올렛은 걱정스러운 듯 귀를 움찔거렸다.

썬더는 혀가 묶이기라도 한 것처럼 말이 제대로 나오지 않았다.

"내가 할 수 있어."

썬더는 간신히 중얼거렸다.

바이올렛이 어깨를 으쓱했다.

"네 마음대로 해."

바이올렛은 라이트닝테일에게로 돌아섰다.

"너도 다쳤어?"

라이트닝테일은 고개를 저었다.

"긁힌 자국도 없어. 난 늘 운이 좋거든."

라이트닝테일이 암고양이에게 말했다.

파인과 드리즐은 비의 귀 뒤에 난 상처를 핥고 있는 엄마 옆으로 모여들었다. 파인은 진영 입구에서 시선을 떼지 않았고, 드리즐은 엄마의 털 밑에 파묻힐 듯 찰싹 붙어 있었다.

잔뜩 찌푸려 있던 잿빛 하늘에서 비가 내리기 시작했다.

새끼 고양이들의 겁먹은 눈을 보면서 썬더는 심장이 뒤틀리는 것 같았다.

'만약 슬래시가 다시 오면 어떡하지? 그 개들은?'

이곳에 떠돌이들의 진영이 있다는 것을 알았으니, 개들은 분명 다시 올 것이다. 혹시 그 개들이 더 큰 무리에 속해 있으면 어떻게 해야 할까? 썬더는 다치고 제대로 먹지도 못한 고양이들을 둘러보았다. 또 다른 공격이 이어지면 이들은 버티지 못할 것이다.

"여기 있으면 안 돼."

썬더는 작은 소리로 중얼거렸다.

바이올렛이 고개를 홱 돌려 썬더를 바라보았다.

"뭐라고?"

"이 진영은 더 이상 안전하지 않아."

썬더는 심각한 눈빛으로 암고양이를 마주 보았다.

"너희는 새 보금자리를 찾아야 해."

점점 굵어지는 빗속에서 바이올렛은 눈을 깜박였다.

"정확히 어디로 가야 하는데?"

14
황무지로

그레이윙은 서둘러 라이트닝테일의 뒤를 쫓아갔다. 얼굴로 세찬 빗줄기가 쏟아졌다.

검은 수고양이는 조금 전 털이 피부에 찰싹 달라붙을 정도로 비에 흠뻑 젖은 채 숨을 헐떡거리며 황무지 진영으로 달려 들어왔다. 그레이윙은 몸이 마를 때까지만이라도 비를 피하라고 설득했지만, 라이트닝테일은 몸을 힘껏 흔들어 빗방울을 털어 내고는 윈드러너를 만나게 해 달라고 애원했다.

"고스퍼와 사냥하러 나갔는데."

"그럼 그레이윙이 같이 가요."

라이트닝테일이 숨을 헐떡이며 말했다.

"떠돌이들한테 도움이 필요해요."

"떠돌이들이라고?"

그레이윙은 못 믿겠다는 얼굴로 검은 수고양이를 바라보았다.

라이트닝테일을 따라 소나무 숲으로 뛰어들면서도 그레이윙은 머릿속이 복잡했다. 라이트닝테일은 이미 천둥길로 이어지는 내리막을 달려 내려가고 있었다. 그레이윙은 가슴이 조여 와서 걸음을 늦췄다가, 라이트닝테일이 걱정스러운 얼굴로 돌아보자 고개를 끄덕여 안심시켰다.

'나한테 맞는 속도로 가야 해. 여기서 쓰러질 수는 없어. 썬더한테는 지금 내가 필요해.'

떠돌이들한테 왜 도움이 필요하다는 걸까? 며칠 전만 해도 그들은 황무지 고양이들을 공격했다. 라이트닝테일은 개와 슬래시에 대해 말하며, 떠돌이들의 진영이 안전하지 않다고도 했다.

'슬래시가 진영 동료들을 버리고 습지를 떠난 걸까?'

그레이윙의 털가죽 밑에서 희망이 타올랐다. 정말로 슬래시가 떠났다면 황무지에서의 생활도 예전처럼 돌아갈 수 있을지도 모른다. 추가로 보초를 설 필요도 없고, 사냥 순찰대도 지금보다 자주 나가지 않아도 된다. 예전처럼 잠자리에서 마음 놓고 잠도 잘 수 있을 것이다.

라이트닝테일이 천둥길 옆에서 걸음을 멈추고 기다렸다. 그레이윙이 그 옆의 젖은 풀밭에 미끄러지듯 멈춰 섰을 때, 괴물 하나가 그들을 향해 요란한 소리를 내며 달려왔다. 괴물이 쏜살같이 지나갈 때 라이트닝테일이 앞으로 나서서 괴물이 흩뿌린 물보라를 막아 주었다. 순간 그레이윙은 온몸이 따끔거릴 정도로 짜증이 치밀었다.

'날 그렇게 보호해 줄 필요 없거든!'

그레이윙은 라이트닝테일 옆으로 돌아 나가, 미끄러운 돌길을 전속력으로 달려갔다. 그리고 건너편 소나무 숲으로 달려 들어갔다.

일단 비를 피할 수 있게 되자 마음이 놓였다. 여러 겹의 솔잎과 나뭇가지 덕에 빗방울만 조금 떨어질 뿐이었다. 라이트닝테일도 옆으로 달려와 몸을 힘껏 털었다.

그레이윙은 수염에 묻은 빗방울을 털어 내다가 갑자기 한 가지 생각이 떠올라 몸이 굳었다.

"펀은 무사해?"

"다쳤어요. 하지만 심각한 정도는 아니에요."

라이트닝테일은 소나무 숲 안쪽으로 걸음을 옮겼다.

"페블하트가 거기 있어요. 걔가 돌봐 줄 거예요."

그레이윙은 앞에 나타난 도랑을 뛰어넘었다.

"다친 고양이가 얼마나 되는데?"

"거의 다요. 죽은 고양이도 둘이나 있어요."

'죽다니!'

아주 치열한 전투가 벌어진 게 틀림없었다.

"슬래시는 어디로 갔는데?"

라이트닝테일이 어깨를 으쓱했다.

"저도 몰라요."

"왜 떠났는데? 걔들이 쫓아냈어?"

"아뇨. 걔들이 물러나고 나서 슬래시가 그냥 진영 동료들을 버리고 떠났어요."

그레이윙은 너무 놀라서 털이 삐죽 곤두섰다.

"동료들을 버렸다고?"

"다들 슬래시가 떠나서 기뻐하던데요."

'드디어!'

만족감이 그레이윙의 마음을 따뜻하게 채웠다. 그럼 이제 펀도

자유로워질 것이다.

"슬래시 혼자 떠났어?"

라이트닝테일이 고개를 저었다.

"비틀, 스플린터, 스네이크, 스왈로가 따라갔어요."

그레이윙은 가슴이 철렁했다. 슬래시가 외톨이가 되길 바랐는데, 그 생각대로 되지 않았다. 만약 슬래시가 다시 돌아와서 옛 진영 동료들을 위협하면 어떻게 해야 할까?

"되도록 빨리 나머지 고양이들을 그 습지에서 빼내야 해."

하지만 그들을 어디로 데려가야 할까?

습지 진영에 다다랐을 즈음에는 비가 거의 그쳤다. 어둡고 축축한 오후는 금세 저녁이 되었다. 라이트닝테일을 따라 진영 입구로 들어선 그레이윙은 우울한 분위기의 공터를 바라보았다. 너무 놀라서 발이 저릿저릿할 지경이었다. 진영 울타리에 난 구멍들은 개들이 뚫고 들어온 흔적이 분명했다. 비에 젖은 땅에서는 피 냄새가 났다. 고양이들은 비를 피하려고 공터를 둘러싼 풀 속에 옹기종기 모여 있었다. 그레이윙이 들어서자 그들은 경계하는 눈빛으로 바라보았다.

그레이윙은 얼른 고개를 숙였다.

"나는 그레이윙이라고 해. 너희를 도와주려고 왔어."

펀이 축 늘어진 갈대 사이로 걸어 나왔다.

"그레이윙."

암고양이는 지쳐서 눈이 푹 꺼진 것처럼 보였다.

"라이트닝테일한테 얘기 들었지? 슬래시가 떠났어."

"들었어."

그레이윙은 펀이 무사한 것을 보자 마음이 놓여서 코로 암고양이의 머리를 톡 쳤다.

"넌 어때?"

펀은 뒤로 물러섰다.

"내 자매가 죽었어."

암고양이는 공터 가장자리에 누워 있는 얼룩덜룩한 암고양이를 보며 눈을 깜박거렸다.

"네 자매야?"

"응. 그래서 돌아올 수밖에 없었어."

라이트닝테일은 공터를 살살이 살폈다.

"썬더는 어디 갔어?"

"주니퍼와 레이븐과 함께 무덤을 파고 있어."

펀은 진영 울타리에 뚫린 구멍을 향해 고갯짓을 했다.

"저 밖이야."

예쁜 회색 암고양이가 공터를 가로질러 걸어와 그레이윙을 맞이했다. 검은 털이 귀와 발을 감싸고 있고, 호박색 눈이 다정해 보이는 암고양이였다.

"그레이윙, 맞죠?"

그레이윙은 고개를 꾸벅 숙여 암고양이에게 인사했다.

"맞아."

"와 줘서 고마워요."

암고양이는 그레이윙 앞에 멈춰 섰다.

"나는 바이올렛이라고 해요. 썬더 말로는 우리가 어디서 지내면 좋을지 그레이윙이 찾아 줄 수 있을 거라던데."

암고양이는 엉망이 된 진영을 둘러보았다.

"여긴 이제 안전하지 않아요."

그레이윙은 귀를 불안하게 씰룩거렸다. 주황색 수고양이 하나가 삼색얼룩 암고양이 옆에 딱 붙어 있었다. 그레이윙은 황무지를 공격한 그 둘을 알아보았다. 불과 며칠 전에 그레이윙과 진영 동료들은 바로 저 고양이들과 싸웠다. 바이올렛은 여전히 기대에 찬 얼굴로 바라보고 있었지만 그레이윙은 선뜻 말이 나오지 않았다.

"내가 할 수 있는 건 할게."

그레이윙은 작은 소리로 중얼거렸다. 그리고 고개를 돌려 진영 울타리에 난 구멍을 바라보았다.

"우선 썬더와 얘기를 좀 나눠 봐야겠어."

"그래야죠."

바이올렛은 얼룩무늬 암고양이에게 걸어가 그 옆에 웅크리고 앉았다. 슬픔으로 눈이 반짝이는 얼룩무늬 암고양이는 바이올렛이 가까이 몸을 숙여 뺨을 부드럽게 핥아 주자 몸을 바들바들 떨었다.

무덤으로 가던 그레이윙은 축 늘어진 습지 풀 더미 아래에 있는 회색 털가죽을 발견했다.

"페블하트!"

다른 고양이를 돌보고 있던 어린 수고양이가 자신을 부르는 소리를 듣고 홱 돌아보았다. 입에 거미줄 뭉치를 물고 있던 페블하트는 그레이윙을 보자 반가워서 눈을 깜박거렸지만, 곧바로 다친 수고양이에게로 다시 고개를 돌렸다.

"다친 고양이들을 치료해 주고 있어."

펀이 설명했다.

"여기 온 뒤로 내내 바빴어. 베이고 물린 상처를 깨끗이 닦아 주고 거미줄을 구해 와서 피를 멎게 해 줬어."

"페블하트가 잘 돌봐 줄 거야."

그레이윙은 가르랑거렸다. 페블하트는 떠돌이들이라도 전혀 망설이지 않고 최선을 다해서 도와줄 것이다. 그레이윙은 울타리에 난 구멍으로 다가가 진영 밖으로 뛰어나갔다.

"넌 다른 고양이들이랑 같이 있어."

그레이윙은 라이트닝테일에게 큰 소리로 지시했다.

검은 수고양이는 고개를 끄덕였다.

"입구를 지키고 있을게요."

짓밟힌 풀과 진흙 발자국을 따라가다 보니, 어두워지는 저녁 하늘을 배경으로 밝게 빛나는 주황색 털가죽이 보였다. 두 개의 풀 더미 사이에서 썬더는 구덩이로 몸을 숙여 발로 흙을 파내고 있었다. 그 옆에서 또 다른 수고양이도 함께 구멍을 파고 있었다. 무덤에 가까워진 그레이윙은 삼색얼룩 암고양이가 무덤가로 걸어가, 진흙탕에 발을 담그며 구덩이 안으로 내려가는 것을 보았다. 암고양이는 그곳에서 두 발 가득 진흙을 퍼서 구덩이 가장자리에 쌓았다.

썬더는 그 진흙을 멀리 치웠다. 썬더 옆에 있는 검은 수고양이는 구덩이 벽에서 검은 흙을 긁어 냈다.

그레이윙은 근처에 누워 있는 두 구의 시신을 슬픈 눈으로 바라보았다. 후줄근한 털 밑으로 뼈만 앙상한 몸이 고스란히 드러났다. 그들의 수염을 따라 빗방울이 줄줄 흘러내렸지만, 그 수염은 다시는 씰룩거리지 못할 것이다.

그레이윙이 다가가자 썬더가 고개를 들었다.

"와 줘서 고마워요."

썬더는 몸을 일으켜 진흙 묻은 앞발을 배털에 문질러 닦았다.

"슬래시가 정말 떠났어?"

"일단은요."

썬더가 대답했다.

"그래도 죽은 고양이들을 묻고 남은 고양이들은 여기서 데리고 떠나야 해요. 슬래시가 다시 돌아올지 아닐지 누가 알겠어요?"

썬더 옆에 있던 떠돌이가 일어나 앉았다.

"아니면 개들이 다시 올지도 모르고."

썬더는 검은 수고양이를 향해 고갯짓을 했다.

"이쪽은 레이븐이에요."

썬더는 그레이윙에게 수고양이를 소개하고 나서 무덤 속에 서 있는 암고양이를 힐끗 쳐다보았다.

"저쪽은 주니퍼고요."

"안녕."

레이븐이 고개를 숙여 인사했다.

"안녕."

주니퍼도 그레이윙과 시선을 맞춘 뒤 썬더를 향해 눈을 깜박거렸다.

"이 정도 깊이면 될까?"

"여우가 파내지 못하게 하려면 좀 더 깊어야 해."

썬더가 일어섰다. 네발이 진흙투성이였다.

"난 그레이윙과 얘기를 좀 해야 하는데, 둘이서 마무리할 수 있겠어?"

"그럴게."

주니퍼가 다시 젖은 흙을 가득 퍼내며 대답했다.

썬더는 꼬리를 휙 튕겨 그레이윙에게 신호를 보내고는 풀 더미 사이로 요리조리 빠져나갔다.

그레이윙은 다른 고양이들에게 대화가 들리지 않는 곳까지 썬더를 따라갔다.

"저들을 어떻게 하죠?"

썬더가 속삭여 물었다.

"여기 머물러서는 안 되겠지."

그레이윙은 텅 빈 습지 너머를 바라보았다.

"이 진영은 더 이상 안전하지 않아."

"톨섀도의 진영으로 데려가는 게 어때요?"

썬더가 제안했다.

"여기서 별로 멀지 않잖아요."

그레이윙은 얼굴을 찌푸렸다.

"오히려 너무 가까워서 안 좋을 것 같아. 톨섀도의 진영으로 데려가면 저들의 냄새를 아는 개들이 그 냄새를 쫓아서 추적해 올지도 몰라."

"그럼 강은 어때요?"

"다친 고양이들이 가기엔 너무 멀어."

썬더는 엉망이 되어 버린 진영을 힐끗 돌아보았다.

"프로그가 심하게 다쳤어요. 걸을 수 있는지조차 모르겠어요.

286

프로그를 데리고 어떻게 천둥길을 건너야 할지 막막해요."

"그건 그때 가서 생각해 보자."

그레이윙은 발을 이리저리 움직이며 자세를 바꿨다. 아마도 황무지가 떠돌이들에게 가장 안전할 것이다. 분지 주위를 풀이 벽처럼 둘러싸고 있어서 공격을 막아 내기 쉽다. 그리고 황무지 고양이라면 누구나 개를 진영에서 멀리 유인하는 법을 알고 있다. 개들이 지치고 혼란스러워할 때까지 헤더 밭과 가시금작화 덤불 사이로 끌고 다니다가 토끼 굴에 숨으면 된다. 하지만 윈드러너에게 떠돌이들을 받아들이라고 설득할 수 있을까? 진영 동료들을 공격하고 먹이를 훔쳐 간 고양이들을 윈드러너가 반길 이유가 없지 않을까? 그레이윙은 얼굴을 찡그렸다. 그래도 어떻게든 윈드러너를 설득해야만 했다. 떠돌이들이 상처를 치료하고 새로운 보금자리를 찾을 때까지만 함께 살면 된다고 말해 볼 생각이었다.

"황무지는 어때?"

그레이윙은 과감히 제안했다.

"윈드러너의 진영 말이에요?"

썬더의 눈이 반짝반짝 빛났다.

"거기라면 안전할 거예요. 황무지 고양이들이 개들을 어떻게 상대하는지 본 적 있어요."

그레이윙은 고개를 끄덕였다.

"일단 지금은 거기로 데려가자. 그다음에 어디로 갈지는 나중에 다시 결정하면 돼."

뒤에서 풀이 바스락거리는 소리가 들렸다. 그레이윙이 고개를 홱 돌리자 바이올렛이 바로 뒤에 서 있었다.

암고양이는 희망에 찬 얼굴로 눈을 깜박였다.

"우리가 당신의 무리에 들어갈 수 있을까요?"

그레이윙은 몸이 굳었다. 윈드러너가 절대 허락할 리 없었다!

바이올렛도 그레이윙이 망설이는 것을 눈치챈 것 같았다.

"우리 모두가 같은 무리에 들어가지 않아도 돼요. 몇몇은 황무지 무리에 들어가고, 몇몇은 소나무 숲에 살고, 또 몇몇은 떡갈나무 숲에 살아도 괜찮아요. 강가에도 고양이들이 살고 있죠? 몇몇은 그곳에 가서 살 수도 있어요."

암고양이의 눈길이 썬더에게로 옮겨 갔다.

"그리고 난 네 무리에 들어가도 될까?"

그레이윙은 귀를 씰룩거렸다. 기대에 찬 얼굴로 눈을 깜박이는 바이올렛을 보면서 썬더의 눈이 휘둥그레졌다. 둘은 서로의 눈 속에 푹 빠진 것 같았다.

썬더가 입을 열었다.

"내 진영 동료들하고 먼저 이야기해 봐야 해."

썬더는 쑥스러운 듯 털을 씰룩거렸다.

"하지만 난 네가 우리 무리에 들어왔으면 좋겠어."

바이올렛의 얼굴에 행복감이 번지더니, 수줍게 고개를 숙였다.

"고마워."

"썬더!"

풀 더미 너머에서 주니퍼가 큰 소리로 외쳤다.

"우리 다 끝났어."

"갈게!"

썬더도 큰 소리로 대답하고는 눈을 깜박이며 그레이윙을 바라보았다.

"결정된 거죠? 오늘 밤엔 일단 황무지로 데려가요. 그리고 내일 어느 무리에서 누굴 데려갈지 정해요."

"그래."

그레이윙은 고개를 끄덕였다. 그 방법밖에 없는 것 같았다. 하지만 윈드러너가 떠돌이들한테 오늘 밤 쉴 곳을 내줄까? 그레이윙은 걱정을 애써 떨쳐 냈다. 지금 당장 중요한 건 이 떠돌이들을 데리고 여길 떠나는 것이었다.

"다른 고양이들을 데리고 올게요."

바이올렛의 목소리에 그레이윙은 퍼뜩 정신을 차렸다.

"다들 죽은 동료한테 작별 인사를 하고 싶어 할 거예요."

암고양이는 잠시 머뭇거리다 그 자리를 떠나며 생각에 잠긴 목소리로 말했다.

"슬래시는 누가 죽으면 썩은 고기 버리는 곳에 버리게 했어요. 까마귀와 쥐 먹이가 되도록 말이죠."

그레이윙은 몸이 떨렸다. 죽은 동료를 까마귀 밥 취급하던 떠돌이들이 황무지와 숲 고양이들 사이에서 과연 평화롭게 살아갈 수 있을까?

떠돌이들이 비치와 스톤에게 작별 인사를 하고 여우 먹이가 되지 않도록 묻고 나자, 밤이 습지를 집어삼켰다. 비는 그쳤지만 구름은 여전히 달을 가리고 있었다. 라이트닝테일은 어서 떠나고 싶은 듯 어둠 속에서 초조하게 서성거렸다. 그레이윙은 진영에 남은 떠돌이들을 불러 모았다.

"황무지까지 걸어갈 수 있겠어?"

기대에 찬 얼굴들을 둘러보며 물었다.

월로가 공터 가장자리에 아직 누워 있는 프로그를 바라보았다.

"프로그는 혼자서 못 갈 거예요."

다친 수고양이 옆에 웅크리고 있던 페블하트가 말했다.

다친 고양이를 짊어지고 갈 만큼 튼튼한 고양이가 있을까? 그레이윙은 떠돌이들을 훑어보았다. 모스는 거의 다치지 않았고, 레이븐도 건강해 보였다. 주니퍼는 무덤을 파느라 지쳤을 텐데도 열정 넘치는 눈으로 그레이윙을 바라보고 있었다. 라이트닝테일이 도와준다면 떠돌이들과 함께 다친 고양이를 짊어지고 옮길 수 있을 것 같았다.

"모스, 레이븐, 주니퍼, 라이트닝테일, 너희가 프로그를 데려갈 수 있겠어?"

"당연하지."

그 즉시 모스는 다친 동료에게로 걸어갔고, 주니퍼와 레이븐도 서둘러 따라갔다. 라이트닝테일이 뒤를 따르자 모스가 프로그의 어깨 밑으로 코를 들이밀었다. 레이븐이 목덜미를 물어 올리자 다친 고양이가 끙끙거렸다.

"조심해."

페블하트가 걱정으로 눈을 번들거리며 주의를 주었다.

"척추를 다쳤어. 너무 많이 움직이면 더 나빠질 수도 있어."

레이븐이 프로그를 모스의 어깨 위로 끌어 올리자, 프로그가 고통스러운 비명을 질렀다.

페블하트의 털이 곤두섰다.

"멈춰!"

모스는 천천히 물러났고, 레이븐은 프로그를 다시 땅바닥에 내려놓았다.

썬더가 페블하트를 보며 눈을 깜박거렸다.

"어떻게 해야 하지? 여기 두고 갈 수는 없어."

페블하트는 어두운 눈빛으로 먼 곳을 바라보았다. 그레이윙이 잘 아는 표정이었다. 어린 수고양이는 지금 생각에 잠겨 있었다.

"프로그."

윌로가 한배 형제 옆에 웅크리고 앉았다.

"넌 괜찮을 거야. 우린 절대 널 두고 가지 않아."

"옮기는 동안 몸을 계속 쭉 펴고 있어야 하는데…….''

페블하트가 중얼거렸다.

그레이윙은 얼굴을 찌푸렸다.

"그건 불가능해."

페블하트가 어둠 속에서 눈을 반짝이며 그레이윙을 바라보았다.

"아니에요, 가능해요!"

어린 수고양이는 진영 입구로 달려갔다.

"적당한 크기의 나무껍질 조각을 찾아야 해요. 소나무 숲에서 많이 봤어요. 몸을 감싸긴 할 테지만 평평하게 지탱해 줄 거예요. 그걸 이용하면 황무지까지 끌고 갈 수 있어요."

라이트닝테일의 귀가 쫑긋 섰다.

"내가 찾아볼게."

"나도 같이 가!"

모스가 서둘러 공터를 가로질러 달려갔다.

"아빠 어디 가요?"

진영을 떠나려는 모스를 보며 파인이 걱정스럽게 눈을 깜박거렸다.

"아빠는 멀리 안 가. 금방 돌아올 거야."

돈이 어린 아들을 달래 주었다.

파인은 턱을 쳐들었다.

"나도 아빠랑 같이 갈래요."

새끼 수고양이는 모스의 발자국을 따라 공터를 가로지르기 시작했다.

바이올렛이 쏜살같이 달려가 새끼 고양이의 꼬리 끝을 이빨로 물었다.

"넌 여기 있어야 해."

암고양이는 꽉 다문 이빨 사이로 말하고 새끼 고양이를 엄마에게로 끌고 갔다.

"너희 엄마는 네가 멋대로 돌아다니지 않아도 오늘 걱정할 게 너무 많아."

파인은 몸부림을 쳐서 빠져나와 짙은 회색 암고양이를 노려보았지만, 대들지는 않았다. 대신 꼬리를 높이 쳐들고 엄마 옆으로 성큼성큼 걸어가 뻣뻣하게 주저앉았다.

그레이윙은 구름 낀 밤하늘에 드리워진 그림자처럼 보이는 소나무들을 올려다보았다.

페블하트와 모스, 라이트닝테일이 돌아오길 기다리면서 아무도 입을 열지 않았다.

마침내 진영 밖에서 발소리가 들리자 그레이윙은 긴장했다. 서둘러 입구로 달려가는데 라이트닝테일의 꼬리가 먼저 공터로 들어왔다. 그레이윙은 놀라서 펄쩍 뛰어 물러났다. 라이트닝테일은 나무껍질 조각을 이빨로 끌어당기고 있었고, 모스와 페블하트가 반대쪽 끝을 발로 밀고 있었다. 라이트닝테일이 나무껍질을 프로그 옆에 내려놓자 그레이윙은 냄새를 맡았다. 송진 냄새가 여전히 신선했다. 숲 바닥에 떨어진 지 얼마 안 된 게 분명했다. 그렇다면 아주 튼튼할 것이다.

페블하트가 프로그 옆에 웅크리고 앉았다.

"이제부터 나무껍질 위로 옮길 거야."

페블하트가 말했다.

"아프겠지만 오래 걸리진 않을 거야."

"참을 수 있어."

프로그가 끙끙거리며 말했다.

월로가 다친 형제 옆을 서성거리며 걱정스러운 눈으로 페블하트를 바라보았다.

"조심히 옮길 거지?"

"당연하지."

페블하트는 프로그의 목덜미에 주둥이를 파묻고 이빨로 살짝 물었다. 라이트닝테일과 모스를 보며 눈을 깜박이자 그들은 서둘러 도와주러 달려왔다. 둘은 프로그의 엉덩이를 코로 밀어 나무껍질 위로 올렸고, 페블하트는 머리를 조심스럽게 옮겼다.

아파서 눈을 번들거리며 끙끙 앓던 프로그는 나무껍질 위로 옮겨지자 그대로 축 늘어졌다.

바이올렛이 걱정스러운 얼굴로 그 주위를 맴돌았다.

"우리가 끌고 갈 수 있을까?"

썬더가 가슴을 부풀렸다.

"그걸 알아보는 방법은 하나뿐이야."

썬더는 몸을 숙여 나무껍질 한 귀퉁이를 이빨로 물고 잡아당겼다. 나무껍질이 땅바닥 위에서 조금 움직였다. 주니퍼가 서둘러 다가와 다른 귀퉁이를 이빨로 물었다. 둘은 프로그를 공터 가운데로 끌어당기기 시작했다.

그레이윙은 그들이 프로그를 입구로 끌고 가는 모습을 지켜보았다. 다치고 지친 고양이들이 비틀거리며 그 뒤를 따라갔다. 그레이윙은 불안해서 털이 곤두섰다. 정말로 프로그를 황무지까지 끌고 갈 수 있을까? 그리고 거기 도착해서 윈드러너에게는 뭐라고 설명해야 할까?

"프로그?"

앞쪽에서 윌로의 불안한 목소리가 들렸다. 그레이윙은 서둘러 떠돌이들 옆을 지나쳐 암고양이 옆에 멈춰 섰다. 머리 위에서는 구름이 점점 옅어지고 있었고, 구름 사이로 별들이 반짝거렸다. 마침내 고양이들은 황무지에 도착했다. 흐릿한 별빛 속에서 언덕 중턱에 드리워진 그림자 같은 분지가 보였다.

윌로가 나무껍질 위로 몸을 숙였다. 프로그의 몸은 휘어진 나무껍질 위에 축 늘어져 있었다.

"움직이질 않아."

윌로는 뭔가를 기대하는 눈빛으로 페블하트를 바라보았다.

어린 수고양이가 프로그의 냄새를 맡았다.

"아직 숨은 쉬고 있는데 숨소리가 너무 약해."

페블하트가 중얼거렸다.

"살릴 수 있는 건 뭐든 해 봐!"

윌로의 꼬리가 파르르 떨렸다.

겁에 질린 암고양이의 목소리를 듣자 그레이윙은 심장이 뒤틀리는 것 같았다.

페블하트가 윌로와 눈을 맞췄다.

"상처를 깨끗이 닦고 피를 멎게 할 수는 있지만 프로그는 몸속에 상처를 입었어. 그건 내가 어떻게 할 수 없어."

윌로의 눈이 분노로 이글거렸다.

"하지만 네가 애를 여기까지 데리고 왔잖아!"

암고양이는 분지가 있는 쪽을 쳐다보았다.

"우린 이제 거의 다 왔어. 그러니까 프로그도 저기까지 가야 한단 말이야."

프로그가 작은 소리로 끙끙 앓았다.

윌로는 그 옆에 쪼그려 앉았다.

"프로그, 힘내. 이제 거의 다 왔어. 넌 곧 괜찮아질 거야."

그레이윙은 프로그의 꼬리가 땅바닥으로 축 늘어지는 것을 보았다.

윌로가 나무껍질을 뛰어넘어 프로그의 꼬리를 몸 옆에 가지런히 올려 주었다.

"우리가 널 돌봐 줄게, 프로그."

하지만 프로그는 아무 대답도 하지 않았다.

"프로그?"

윌로가 나무껍질 위로 몸을 숙여 수고양이의 어깨를 다급히 핥았다.

"말 좀 해 봐. 자지 마, 정신 차려! 잠은 안전한 곳에 가서 자도 되잖아."

페블하트가 프로그의 옆구리에 앞발을 얹었다.

어린 수고양이의 눈빛이 어두워지자 그레이윙은 심장이 철렁 내려앉았다. 프로그의 옆구리에 얹은 페블하트의 발이 전혀 움직이지 않았다. 프로그는 숨을 쉬지 않았다.

"프로그!"

윌로의 목소리가 공포에 휩싸여 날카로워졌다.

"미안해."

페블하트가 쉰 목소리로 말했다.

"죽었어."

"안 돼!"

윌로는 눈이 휘둥그레진 채 뒷걸음쳤다.

바이올렛이 서둘러 윌로 곁으로 다가가, 바들바들 떨기 시작하는 암고양이를 진정시켰다.

"너무 많이 죽었어!"

썬더가 앞으로 걸어 나왔다.

"이게 마지막이 될 거야."

썬더는 그레이윙과 시선을 맞췄다. 별빛이 빛나는 썬더의 눈에 가득한 건…… 의심일까?

그레이윙은 고개를 떨궜다.

"이제 프로그를 분지로 데리고 갈 이유가 없어졌어."

그레이윙은 작은 소리로 말했다.

"여기 묻어 주고 잊히지 않도록 무덤을 표시하자."

그때 언덕을 가로질러 달려오는 발소리가 들렸다. 그레이윙이 고개를 돌려 보니 달빛 속에서 윈드러너와 고스퍼가 달려오고 있었다. 그레이윙은 서둘러 그들을 맞이하러 갔다. 윈드러너가 아무것도 모른 채 떠돌이들을 맞닥뜨리게 하고 싶지는 않았기 때문이다.

"여기 있었구나, 그레이윙!"

가까이 오던 윈드러너는 그레이윙 뒤에 서 있는 떠돌이들을 보고 불안한 듯 털가죽을 씰룩거리며 멈춰 섰다.

"저 녀석들이 왜 여기 있는 거야?"

윈드러너가 굳은 목소리로 물었다.

고스퍼도 눈을 가늘게 뜨고 후줄근한 떠돌이들을 살폈다.

그레이윙은 당황해서 발을 꼼지락거렸다.

"떠돌이들의 진영이 개들의 공격을 받았어. 슬래시는 친구 몇몇만 데리고 이들을 버리고 떠났고. 떠돌이 셋이 죽었고, 대부분 다쳤어. 내가 오늘 밤 쉴 곳을 마련해 주겠다고 했어."

그레이윙은 주눅 들지 않고 지도자의 눈을 똑바로 마주 보며 말을 이었다.

"이들의 진영은 더 이상 안전하지 않아. 우리가 도와줘야 해."

윈드러너는 귀를 머리에 납작 붙인 채 주니퍼와 레이븐, 엠버를 빠르게 훑어보았다.

"며칠 전에 우리 순찰대를 습격할 때는 도움이 전혀 필요해 보이지 않던데."

그레이윙은 꿋꿋이 버텼다.

"그땐 어쩔 수 없었을 거야. 슬래시의 명령을 거역하면 목숨을 내놓아야 했을 테니까."

그레이윙은 펀을 힐끗 쳐다보았다. 그리고 펀이 그 잔인한 수고양이를 얼마나 두려워했는지 떠올리며 말을 이었다.

"하지만 슬래시는 이제 떠났어. 이 고양이들은 우리와 다를 게 없어."

그레이윙은 자신의 말이 사실이기를 바랐다.

"정말?"

윈드러너는 그레이윙을 지나쳐 주니퍼와 레이븐 주위를 맴돌았다. 그리고 성난 눈으로 그들을 노려보았다.

"이제는 너희를 믿을 수 있다는 거야?"

"우린 너희를 해치지 않을 거야."

레이븐이 재빨리 말했다.

윈드러너는 입을 하악 벌렸다.

"지난번에 만났을 때 그렇게 생각했어야지!"

고스퍼가 짝에게 다가갔다.

"이들은 누구를 해칠 수 있는 상태가 아닌 것 같아."

윈드러너가 짝을 노려보았다.

"그래서 우리 진영으로 데려가자는 거야?"

"내일까지만이야."

그레이윙은 애원했다. 바람이 차가워지면서 축축하게 젖은 털가죽 속으로 매섭게 파고들었다. 그레이윙은 부르르 떨었다.

"바람을 피할 곳이 필요해."

돈이 머뭇거리며 걸어 나와 코로 드리즐과 파인을 앞으로 밀었다.

"이 아이들만이라도 안 될까?"

"싫어요!"

드리즐은 풀밭을 발톱으로 움켜잡았다.

"우린 엄마랑 같이 있을 거예요!"

파인이 간절한 눈으로 엄마를 바라보며 애원했다.

모스가 짝 옆으로 다가갔다.

"괜찮아, 돈. 우리 힘으로도 이 애들을 안전하게 지킬 수 있어."

돈은 그 말을 무시하고 윈드러너만 바라보았다.

"이 애들은 아직 너무 작아. 황무지에 있으면 얼어 죽을 거야. 제발 부탁이야! 이 아이들이 바람을 피할 수 있게 해 줘. 이 애들은 너희를 해칠 수 없잖아."

새끼 고양이들을 본 윈드러너는 어떻게 해야 할지 모르겠다는 듯 눈빛이 흔들렸다.

그레이윙은 얼른 윈드러너 곁으로 다가갔다.

"아이들을 엄마와 떼어 놓을 수는 없어. 우린 이들 모두를 받아들여야 해. 지금은 우리한테 위협이 되지 않아. 우리의 보호가 필요하다고. 개들이 냄새를 쫓아오면 어떻게 해? 아니면 슬래시가 다시 돌아올 수도 있잖아."

윈드러너의 털이 곤두섰다.

"만약 개들이 쫓아온다면 더더욱 우리 진영에 들일 수 없어."

"개는 우리가 쫓아 버릴 수 있잖아."

고스퍼의 단호한 목소리에 그레이윙은 깜짝 놀랐다.

"그리고 필요하다면 슬래시도 우리가 쫓아 버릴 수 있고."

고스퍼는 새끼 고양이들을 힐끗 쳐다보고 다시 말을 이었다.

"이들을 외면해서는 안 돼."

썬더가 앞으로 걸어 나왔다.

"허락해 준다면 라이트닝테일과 제가 여기 남을게요. 그러면 무슨 문제가 생기더라도 우리가 도울 수 있어요."

그레이윙은 희망을 품고 눈을 깜박이며 윈드러너를 바라보았다.

"우리가 슬래시보다 나은 고양이들이라는 걸 증명하자."

그레이윙은 애원했다.

"슬래시는 이들을 버렸지만 우리는 그럴 수 없어."

윈드러너의 눈이 번쩍였다.

"우리는 아무것도 증명할 필요 없어."

윌로가 고개를 숙인 채 앞으로 걸어 나왔다.

"왜 우리를 받아들이기 싫어하는지 잘 알아. 하지만 떠나기 전에 내 형제를 여기 묻을 수 있게 해 줘. 그 애는 평화롭게 잠들 자격이 있어."

윈드러너는 윌로의 시선을 따라 나무껍질 위에 웅크리고 있는 젖은 털 뭉치를 바라보았다.

"여기까지 끌고 온 거야?"

"우린 살릴 수 있을 줄 알았어."

윌로가 절망적인 목소리로 말했다.

눈앞에 펼쳐진 비극적인 광경에 압도된 듯 윈드러너의 눈빛이 흐려졌다.

"알았어. 오늘 밤은 너희 모두 우리 진영에서 머물러도 돼."

암고양이가 쉰 목소리로 말했다.

"우린 보초를 더 세울 거야. 그리고 앞으로 어떻게 할지는 내일 아침에 결정하자."

머리 위에서 구름이 달을 벗어나 멀리 흘러갔다. 그러자 환한 달빛이 떠돌이들을 비췄다.

그레이윙은 고개를 꾸벅 숙였다.

"고마워, 윈드러너."

가슴 깊이 안도감이 밀려왔다. 떠돌이들은 오늘 밤을 무사히 보낼 수 있게 되었다.

하지만 내일 아침에는 어떤 일이 일어날까? 그레이윙은 걱정을 애써 떨쳐 내고 윌로를 돌아보았다.

"프로그를 묻을 수 있는 안전한 곳을 찾아보자."

15

진실을 숨긴 떠돌이

클리어스카이는 달을 올려다보았다. 쪽빛 하늘에 뜬 달은 아직 완전한 보름달이 아니었다. 어두운 숲속을 걸어가는데 나뭇가지에서 서리가 반짝거렸다.

나무 네 그루가 있는 분지로 함께 걸어가는 블로섬의 발밑에서 낙엽이 바스락거렸다.

"윈드러너가 또 떠돌이들을 받아들이라고 할까요?"

암고양이의 입에서 나온 입김이 싸늘한 밤공기 속으로 뭉게뭉게 피어올랐다.

"그러지 않길 바라야지."

클리어스카이는 털가죽을 부풀렸다. 원아이를 생각하면 지금도 죄책감이 느껴졌다. 그런 떠돌이를 믿다니, 얼마나 어리석었는지 모른다. 아무리 그가 스타플라워의 아버지였다고 해도 후회가 되는 건 마찬가지였다. 이제는 그때보다 더 확실히 자신의 무리를 보호해야겠다고 다짐했다.

블로섬이 콧방귀를 뀌었다.

"그게 아니라면 윈드러너가 왜 이번 모임을 소집했겠어요?"

"각각의 무리가 새로운 동료들과 잘 지내는지 확인하고 싶어서 겠지."

윈드러너가 찾아와서 슬래시를 따르던 떠돌이 몇몇을 받아들여 달라고 부탁한 지 반의반 달이 지났다. 클리어스카이가 거절하자 윈드러너는 몹시 화가 난 것 같았다. 하지만 클리어스카이는 전날 밤 자신이 외톨이 하나를 받아들였다고 거절 이유를 설명했다. 털이 잔뜩 헝클어지고 겁에 질린 채로 경계에 나타난 이 외톨이는 레드라는 이름의 어린 수고양이로, 두발쟁이 마을에서 개들의 공격을 받았다고 했다. 클리어스카이는 그 개들이 떠돌이들의 진영을 공격한 바로 그 개들일 거라고 짐작했다. 레드를 다시 두발쟁이 마을로 돌려보내려고 했지만, 스타플라워가 이 비쩍 마른 수고양이를 진영에 받아들이자고 주장했다. 퀵워터와 네틀은 믿을 수 없다며 반대했지만, 투표에서 나머지 고양이들이 레드의 상태를 보고는 진영에 받아들여야 한다고 결정내렸다. 이 외톨이는 제대로 먹지 못한 게 분명해 보였고, 개들한테 물어뜯겼는지 털도 여기저기 빠져 있었다.

그래서 윈드러너가 떠돌이들을 받아들여 달라고 부탁하러 왔을 때, 클리어스카이는 '이미 먹일 입이 많다'며 거절했다. 어쨌든 그건 사실이었으니까. 퀵워터가 여전히 스타플라워와 다른 떠돌이들에 대한 의심을 완전히 버리지 못했다는 걸 잘 알기 때문에, 그 의심이 무리 전체에 퍼지지 않게 막으려면 떠돌이들을 더 이상 받아들이지 않는 게 최선이라는 결론을 내렸다.

땅에 떨어져 길을 막고 있는 나뭇가지를 블로섬이 먼저 뛰어넘었다. 뒤따라 뛰어넘은 클리어스카이는 나뭇가지 건너편의 얼어

붉은 낙엽 위를 미끄러지듯 달렸다.

'어쩌면 떠돌이 하나 정도는 받아들여야 할지도 몰라.'

더 이상 슬래시가 먹이를 훔쳐 가지 않기 때문에, 무리의 고양이들 모두를 먹일 만큼 먹이가 풍족했다. 레드도 사냥 솜씨가 좋아서 자기 몫 이상으로 사냥을 했다.

나무 네 그루가 있는 분지의 퀴퀴한 냄새가 코를 찔렀다. 분지 가장자리에 다다르자 걸음을 멈추고 아래를 내려다보았다.

윈드러너는 이미 와서 공터를 서성이고 있었고 그레이윙은 공터 가장자리에 앉아서 기다리고 있었다. 리버리플은 대플드펠트를 데리고 왔다. 톨새도는 그들 옆에 앉아 있었고, 페블하트는 비탈을 둘러싸고 있는 서리 맞아 시든 풀을 호기심 어린 얼굴로 냄새 맡고 있었다. 달빛에 흐릿하게 보이는 썬더의 주황색 털가죽을 발견한 클리어스카이는 어리게만 보았던 아들의 어깨가 듬직해진 것을 보고 다시 한 번 놀랐다. 지금까지도 아들을 까칠하고 따지기 좋아하는 어린 고양이로만 생각했는데, 지금 보니 어른이 다 된 것 같았다.

클리어스카이는 미안한 마음에 발을 꼼지락거렸다. 지난 한 달 동안, 스타플라워가 낳은 새끼들은 아버지와 자식들이 얼마나 가까워질 수 있는지 보여 주었다. 클리어스카이는 첫째 아들을 더 많이 사랑해 줬어야 한다는 걸 그제야 깨달았다. 썬더가 뭔가 하려고 할 때마다 조언을 해 주는 대신 무조건 부정적으로만 봤고, 잘 가르치고 이끌어야 할 때 비난하고 야단치기만 했다.

'난 왜 저 아이의 아버지 노릇을 할 수 있는 기회를 허무하게 날려 버렸을까?'

그래도 리프를 이끌고 공터를 가로질러 가서 윈드러너와 대화를 나누는 썬더를 보고 있자니 뿌듯한 마음이 들었다. 썬더는 아버지가 이끌어 주지 않았는데도 훌륭한 지도자로 성장했다.

'과거를 걱정해서 뭐 해?'

바꿀 수 있는 건 미래뿐이었다.

클리어스카이는 블로섬을 거느리고 비탈을 내려가 고사리 덤불을 헤치고 공터로 들어섰다. 달빛 아래로 달려 나가자 다른 지도자들이 돌아보았다.

"오랜만이야!"

클리어스카이는 그들에게 다정하게 인사를 건넸다. 한 달 만에 처음으로 낙관적인 기분이 들었다. 슬래시는 사라졌다. 각각의 무리는 성장하고 있었다. 먹잇감도 굴에서 기어 나오기 시작해서 다시 배불리 먹을 수 있게 되었다.

윈드러너가 어두운 눈빛으로 클리어스카이를 바라보았다.

"아주 만족스러워 보이네."

리프가 콧방귀를 뀌었다.

"슬래시가 남긴 떠돌이들을 하나도 받아들이지 않았으니까 그렇겠지."

클리어스카이는 놀라서 눈을 깜박거렸다. 이들이 왜 이렇게 화가 나 있는지 알 수 없었다. 떠돌이들이 문제라도 일으킨 걸까?

"뭐가 잘못됐어?"

톨섀도가 꼬리를 휘둘렀다.

"다들 불안해하고 있어. 반달 전까지만 해도 우리 먹이를 훔쳐 가던 고양이가 옆에서 잠을 잔다고 생각해 봐."

305

"힘들겠네."

클리어스카이는 톨섀도의 말에 공감할 수 있었다.

"하지만 이제 그들도 너희를 위해서 사냥하잖아, 훔치는 게 아니라."

리버리플의 눈이 달빛을 받아 반짝거렸다.

"사실 돈과 모스는 아주 뛰어난 사냥꾼들이야."

강 고양이가 말했다.

"아직 헤엄을 칠 줄은 모르지만 노력하고 있어. 다음 달이면 물고기도 잡을 수 있을 거야."

그레이윙이 귀를 쫑긋 세웠다.

"파인과 드리즐은 어때? 잘 적응하고 있어?"

그레이윙이 걱정스러운 듯 물었다.

대플드펠트가 가르랑거렸다.

"그 애들은 꼭 새끼 오리들 같다니까. 헤엄치는 법을 배우고 싶어서 안달이 났어."

썬더가 눈을 깜박거렸다.

"헤엄치는 걸 배우기엔 아직 너무 어리지 않아요?"

리버리플의 수염이 씰룩거렸다.

"아직은 얕은 곳에서 물장구치는 것만 허락하고 있어. 그리고 곁에서 항상 지켜보는 고양이도 있고. 물살을 버틸 수 있을 만큼 힘이 세지면 곧장 헤엄을 가르칠 거야."

윈드러너가 초조하게 꼬리를 움찔거렸다.

"돈과 모스와 새끼 고양이들이 무리 생활에 잘 적응하고 있다니 다행이네."

암고양이가 중얼거리듯 말했다.

"나도 펀과 윌로와 비에 대해 그렇게 말할 수 있으면 좋겠어."

클리어스카이는 그레이윙의 털가죽이 짜증스럽게 씰룩거린다는 것을 알아차렸다.

'윈드러너한테 화가 났나?'

"그들도 최선을 다하고 있어."

그레이윙이 날 선 목소리로 말했다.

윈드러너가 그레이윙을 홱 돌아보았다.

"슬레이트가 그러는데, 펀이 토끼 굴에 들어가기 싫다고 했대."

"미노도 마찬가지잖아."

그레이윙이 윈드러너에게 상기시켜 주었다.

"모든 고양이가 땅속 사냥을 좋아하는 건 아니야."

윈드러너는 그 말을 못 들은 척했다.

"그리고 미노가 그러는데, 윌로가 자꾸만 헤더 덤불 속에서 길을 잃는데. 윌로가 사라질 때마다 우리는 사냥을 멈추고 개를 찾기 위해 누군가를 보내야 해."

"다른 고양이들이 가르치려고 애쓰고 있잖아. 윌로도 머지않아 길을 익히게 되면……."

윈드러너가 말을 끊었다.

"비가 가장 문제야."

암고양이는 쏘아붙이듯 말했다.

"적어도 펀과 윌로는 노력이라도 하지. 리드는 상냥하게 대하려고 애쓰는데, 비는 너무 게을러. 걔는 무리에 들어오면 먹이가 저절로 발 앞에 뚝 떨어진다고 생각하나 봐. 무리 전체가 함께 일해야만 살아갈 수 있다는 걸 이해 못 하는 것 같아."

톨섀도가 고개를 끄덕였다.

"주니퍼와 레이븐은 사냥을 할 때 꼭 둘이서만 같이 가려고 해. 그들을 가르쳐야 하는 재기드피크와 홀리하고는 함께하려고 하질 않아. 다른 고양이들과 함께 순찰대로 내보내도 꼭 둘만 따로 떨어져 나온단 말이야."

클리어스카이는 얼굴을 찡그렸다.

"그래도 사냥한 건 나눠 먹지?"

털가죽 밑에서 걱정이 꿈틀거렸다. 이러다 떠돌이들 때문에 힘들게 쌓아 온 무리의 단합력이 깨지는 건 아닐지 걱정스러웠다.

"잡아 온 먹이를 먹이 더미에 쌓아 두긴 해."

톨섀도가 인정했다.

"하지만 먹이를 먹을 때는 꼭 둘이서만 따로 먹고, 다른 고양이들한테서 최대한 멀리 떨어진 곳에 둘만의 잠자리를 만들었어."

"놀랄 일도 아니에요."

썬더가 꼬리를 홱 휘두르며 말했다.

"전 슬래시의 진영이 어떤지 직접 봤어요. 슬래시는 진영 동료들을 굶기고, 서로를 괴롭히라고 명령했어요. 떠돌이들이 우리가 좋은 고양이라는 걸 믿게 되려면 시간이 좀 더 걸릴 거예요."

리프가 눈을 가늘게 떴다.

"그래서 엠버가 혼자 사냥하는 거야?"

썬더는 진영 동료를 바라보았다.

"아직 다른 고양이들과 함께 사냥을 나가거나 순찰을 하는 걸 불편하게 생각해서 그래요. 그래서 클라우드스파츠와 함께 하는 훈련도 하지 않으려는 거예요."

썬더가 변명하듯 말했다.

"그 녀석은 무리 생활을 배우기를 거부하고 있어."

리프가 투덜거렸다.

"게다가 자기가 잡은 걸 늘 진영 밖에서 혼자 먹어. 난 그 녀석이 먹이 더미에 먹이를 가져다 놓는 걸 한 번도 못 봤어."

윈드러너가 발을 꼼지락거렸다.

"이 떠돌이들은 우리와 생각이 맞지 않아. 절대 우리 방식대로 사는 법을 배우지 않을 거야. 우리는 잡은 먹이를 서로 나눠 먹고 서로를 돌봐 주잖아. 그런데 이들은 무리에 충성하고 먹이를 나누는 것이 우리를 더 강하게 만든다는 걸 이해하지 못하는 것 같아."

그레이윙은 별이 가득한 밤하늘을 올려다보았다.

"인내심을 가지고 기다려야 해."

그레이윙이 중얼거렸다.

"우리가 함께 일하는 법을 배우기까지 얼마나 오래 걸렸는지 생각해 봐. 떠돌이들이 무리에 들어온 건 이제 겨우 반의반 달밖에 안 됐어. 그들에게 시간을 줘야 해."

클리어스카이의 털가죽 밑으로 따뜻한 기운이 솟아올랐다. 형제의 말이 옳았다. 그레이윙은 정말로 친절하고 인내심도 많았다.

그레이윙이 계속 말을 이었다.

"잊지 마, 우리는 예전에도 새로운 고양이들을 받아들인 적이 있어. 윈드러너, 너도 한때 외톨이였잖아."

그레이윙은 황무지 고양이를 향해 공손하게 고개를 숙였다.

"그리고 블로섬 너도."

클리어스카이의 눈길이 삼색얼룩 암고양이에게로 향했다. 분명 이들은 무리 생활에 적응하는 것이 얼마나 힘든지 기억하고 있을 것이다.

리프의 눈빛이 초조하게 반짝였다.

"우리 모두 한때는 외톨이였는지는 모르지만, 슬래시 같은 고양이와 어울리지는 않았어. 그런 고양이를 지도자로 선택한 고양이들을 믿긴 힘들지."

그 말을 들은 톨새도가 단호한 눈빛으로 리프를 바라보았다.

"게다가 한 달 전까지 우리 먹이를 훔쳐 가던 고양이들이라면 더더욱 믿기 힘들지."

"누구든 변할 수 있어."

클리어스카이는 턱을 쳐들고 말했다. 스타플라워와 새끼들을 사랑하게 되면서, 그는 완전히 다른 고양이가 되었다. 스타플라워는 원아이의 딸이지만 그 어떤 고양이보다 훌륭하고 충성심도 뛰어났다. 어디서 왔는지가 그들이 지금 어떤 고양이인지를 결정하는 것은 아니다. 친절을 베풀면 떠돌이들도 변하지 않을까?

"그들이 예전에 무얼 했는지를 놓고 판단해서는 안 돼. 지금 어떻게 하는지를 보고 판단해야지."

윈드러너가 콧방귀를 뀌었다.

"너야 그렇게 쉽게 말하겠지, 클리어스카이. 넌 슬래시의 고양이들을 하나도 안 데려갔잖아."

"내가 말했잖아. 우린 이미 먹여야 할 입이 너무 많다고. 게다가 내가 떠돌이들을 한 번도 받아들인 적이 없는 것도 아니잖아."

리프가 한쪽 귀를 머리에 납작 붙였다.

"원아이 말이지?"

리프는 무덤덤하게 중얼거렸다.

클리어스카이는 발끈했지만 꾹 참았다.

'대체 언제까지 내 잘못을 들먹일 작정이지? 원아이가 그렇게 잔인하고 욕심이 많을 줄 누가 알았겠어?'

"대부분의 경우는 아무 일도 없었어!"

클리어스카이는 블로섬을 향해 고갯짓을 하며 말을 이었다.

"블로섬은 훌륭한 진영 동료야. 쏜, 네틀, 버치, 올더도 진영에서 태어난 고양이들과 다름없이 충성스럽고 말이야."

블로섬이 가슴을 부풀렸다.

"우리의 새로운 동료인 레드는 솜씨 좋은 사냥꾼이에요. 자신이 먹는 양보다 더 많이 사냥하죠. 전 다른 어떤 고양이보다도 그를 믿어요."

그레이윙이 놀란 듯 눈을 깜박거렸다.

썬더는 귀를 쫑긋 세웠다.

"방금 레드라고 했어?"

클리어스카이의 등줄기를 따라 털이 곤두섰다.

"그래. 왜?"

그레이윙이 눈을 깜박거렸다.

"레드도 슬래시의 패거리 중 하나였어."

클리어스카이의 털가죽에 충격이 불꽃처럼 튀었다. 클리어스카이는 블로섬을 홱 노려보았다.

"넌 알고 있었어?"

어린 암고양이가 고개를 저었다.

"레드는 개한테 쫓겼다면서 안전하게 머물 곳이 필요하다고만 말했어요. 전 걔가 두발쟁이 마을에서 온 줄 알았단 말이에요."

윈드러너가 재미있다는 듯 눈을 반짝거렸다.

"걔가 너희한테 거짓말을 했네."

"거짓말한 게 아니야."

클리어스카이의 목털이 곤두섰다.

"걔는 자기가 두발쟁이 마을에서 왔다고 말한 적 없어. 그저 거기서 개한테 쫓겼다고만 말했지. 그래서 우리는 레드가 두발쟁이 마을에서 왔다고 짐작했던 거야."

"하지만 그 생각이 틀렸다고 바로잡아 주지 않았잖아."

윈드러너가 더 가까이 다가왔다.

"지금도 그 녀석을 믿을 수 있겠어?"

암고양이가 눈을 똑바로 들여다보며 물었다.

클리어스카이는 시선을 피했다. 불안감에 발이 따끔거렸다. 레드가 왜 자신이 오해하도록 내버려뒀는지는 알 것 같았다. 슬래시의 동료였다는 사실을 고백하면 쫓겨날 거라고 생각한 게 분명했다. 그래도 오해를 바로잡지 않은 건 사실이었다. 그런 행동을 했는데도 레드를 믿어도 되는 걸까?

리버리플이 벌떡 일어섰다.

"우리가 새 진영 동료들을 경계하는 건 놀랄 일이 아니야."

강 고양이는 말을 이었다.

"그들은 예전에 우리를 해치려고 했던 고양이들이잖아. 하지만 실수는 누구나 할 수 있어. 슬래시가 얼마나 무자비한 놈인지는 우리 모두 잘 알잖아. 슬래시는 펀의 자매를 죽게 내버려뒀어. 과

연 너희라면 그런 잔인한 놈 앞에서 후회할 일은 하지 않을 거라
고 당당히 말할 수 있어?"

윈드러너가 입을 하악 벌렸다.

"난 절대 다른 고양이의 먹이를 훔치지 않았을 거야!"

"절대 안 했을 거라고? 네 새끼들을 보호하기 위해서도 그렇게
안 했을 것 같아?"

톨섀도가 눈을 가늘게 뜨고 물었다.

클리어스카이는 그레이윙의 눈길이 자신을 향하고 있다는 것
을 알아차렸다.

"리버리플 말이 맞아."

클리어스카이가 나섰다.

"우리는 두렵거나 화가 나면 실수를 할 수 있어. 하지만 좋은
친구들과 함께 있으면 다시 옳은 길로 돌아갈 수 있어. 그러니까
떠돌이들도 무리 안에 있으면 달라질 거야. 난 그렇게 믿어."

하지만 그렇게 말하면서도 클리어스카이는 레드가 마음에 걸
렸다. 그 떠돌이를 진영에 두고 왔다는 생각이 들자, 두려움이 털
을 찔렀다. 새끼들이 있는 진영에 떠돌이를 놔두고 오다니! 당장
이라도 집으로 달려가고 싶었지만 꾹 참았다. 그리고 자신이 한
말을 되새겼다.

'쏜, 네틀, 버치, 올더도 진영에서 태어난 고양이들과 다름없이
충성스러워.'

하지만 마음속에서 끓어오르는 공포를 어찌할 수가 없었다.

'레드가 원아이 같은 녀석이면 어떻게 하지? 무리를 나한테서
뺏어 간다면? 나를 내쫓으려 하면 어쩌지? 타이니브랜치, 플라워

풋, 듀페탈을 해친다면?'

"클리어스카이?"

그레이윙이 걱정스러운 얼굴로 바라보고 있었다.

"괜찮아?"

클리어스카이가 미처 대답하기도 전에 윈드러너가 끼어들었다.

"적이랑 같이 사는 기분이 어떤지 갑자기 깨달았나 보네."

그레이윙의 눈에서 분노가 타올랐다.

"이 고양이들은 우리한테 도와 달라고 애원했어!"

그레이윙은 윈드러너를 노려보며 말을 이었다.

"토끼 굴을 싫어하거나 헤더 밭에서 길을 좀 잃으면 어때?"

그레이윙의 눈길이 리프에게로 홱 옮겨 갔다.

"그리고 순찰대와 함께 사냥하거나 잘 알지도 못하는 고양이들 옆에 잠자리를 만드는 데 익숙해질 때까지 시간이 좀 걸릴 수도 있어."

그레이윙의 눈길이 이번엔 톨섀도에게로 옮겨 갔다.

"그들은 우리한테 도와 달라고 했어. 우리가 그들보다 훨씬 나은 고양이라고 생각한다면, 그들에게 모범을 보이고 그들을 돕는 게 당연하잖아!"

리버리플이 턱을 쳐들었다.

"우리가 그들을 믿어 주면 그들의 믿음을 얻을 수 있어. 그들은 안전하게 살고 싶어서 우리를 찾아왔어. 그리고 우리는 그들에게 안전한 삶을 줬어. 그러니 그들도 우리의 친절을 자신들의 친절로 보답하지 않겠어?"

리프가 콧방귀를 뀌었다.

"그럼 우리가 여우를 믿어 주면 여우도 우리를 해치지 않겠네?"

"지금 여우 이야기를 하는 게 아니잖아."

클리어스카이가 쏘아붙였다.

"우리는 고양이 이야기를 하는 거라고."

말은 그렇게 했지만, 공터에서 놀고 있는 자신의 새끼들을 노려보는 레드의 모습이 자꾸만 떠올랐다. 진실을 숨긴 떠돌이를 믿어도 되는 걸까?

리버리플이 공터 한가운데로 걸어 들어왔다.

"클리어스카이 말이 맞아. 떠돌이들이 우리 식대로 살길 바란다면, 우리 식대로 살아야 더 잘 살 수 있다는 걸 보여 줘야 해. 평화와 나눔과 명예가 무리에게 도움이 되고, 무리에게 좋은 것이 각자를 위해서도 좋다는 걸 그들이 직접 보고 경험해야 해. 그들을 믿어 줘야 그들의 믿음을 얻을 수 있고, 그들에게 친절을 베풀어야 그들도 친절을 배울 수 있어."

클리어스카이는 숨을 가다듬었다.

'믿어 줘야 믿음을 얻을 수 있어.'

레드도 블로섬과 쏜과 네틀처럼 좋은 진영 동료가 될 것이다.

'내가 먼저 믿어야 해.'

썬더가 꼬리를 홱 튕겼다.

"저는 바이올렛을 믿어요. 바이올렛은 우리 무리에 들어온 것을 만족스러워하고 고마워하고 있어요. 그리고 엠버도 머지않아 무리의 일원이라고 느끼게 될 거예요."

윈드러너가 얼굴을 찡그렸다.

"네 생각이 옳기를 바란다."

315

페블하트가 꼬리를 쳐들었다.

"변화를 좋아하는 고양이는 없어요. 하지만 변화는 오기 마련이죠. 이 고양이들은 우리에게 큰 선물이 될 수도 있어요."

페블하트는 말을 마치고 마치 어떤 신호를 기다리는 듯 하늘을 힐끗 쳐다보았다.

클리어스카이는 어린 수고양이의 눈길을 따라갔다. 선조들과 이야기를 나눈 지 한참이 지났다. 문득 스톰이나 브라이트스트림이 떠돌이들에 대해 어떻게 생각하는지 궁금해졌다. 언젠가 꿈에 찾아온 스톰은 그가 스타플라워와 짝이 되어 기쁘다고 말했다. 그 말이 클리어스카이에게는 위로가 되었다. 만약 지금 다시 스톰을 만난다면, 레드를 믿어도 되는지 알려 줄지도 모른다. 하지만 별들은 조용히 반짝일 뿐이었고, 공터 그림자 속에서 영혼 고양이들은 나타나지 않았다.

"집으로 돌아가자."

클리어스카이가 제안했다. 서리가 얼고 있다는 걸 털가죽으로 느낄 수 있었다.

"우리가 해야 할 얘기는 다 했어."

그레이윙이 조심스러운 시선으로 윈드러너를 바라보며 말했다. 암고양이는 털을 잔뜩 부풀렸다.

"그래, 잠자리로 돌아가는 게 좋겠어. 여기 더 있으면 꽁꽁 얼어붙을 거야."

리버리플은 입맛을 다셨다.

"진영에 돌아가면 송어 한 마리가 날 기다리고 있을 거야."

대플드펠트가 가르랑거렸다.

"새끼 고양이들이 다 먹어 치우지 않았나 모르겠네. 이제 그 애들도 생쥐보다 물고기를 더 좋아하거든."

고양이들은 비탈로 걸음을 옮기기 시작했다. 클리어스카이도 블로섬을 뒤따라 공터 가장자리로 향했다.

"아버지?"

썬더가 큰 소리로 불렀다.

클리어스카이는 멈춰 서서 어리둥절한 얼굴로 뒤를 돌아보았다.

다른 고양이들은 모두 고사리 덤불로 비집고 들어가 공터에는 아무도 없었고, 썬더 혼자 기대에 찬 눈빛으로 클리어스카이를 바라보며 서 있었다.

"먼저 가."

클리어스카이는 블로섬에게 고개를 끄덕이며 말했다.

"스타플라워와 새끼들이 잘 있는지 살펴보고, 내가 곧 간다고 전해 줘."

블로섬이 고개를 끄덕이고 달려가자, 클리어스카이는 털가죽을 찌르는 호기심을 느끼며 썬더에게로 걸어갔다.

"무슨 일이야?"

썬더의 눈빛이 어두워졌다.

"아버지한테 경고해야 할 것 같아서요."

클리어스카이는 몸이 굳었다.

"레드가 떠돌이들 진영으로 개들을 끌고 갔어요."

썬더가 눈을 깜박이며 말했다.

클리어스카이의 심장이 빠르게 뛰었다.

'쿽워터와 네틀의 말이 맞았던 걸까?'

"일부러?"

"아뇨. 하지만 아주 위험한 실수였어요."

썬더는 비탈 꼭대기에 있는 숲을 불안한 눈빛으로 살폈다.

"그냥 레드를 잘 지켜보라고 드리는 말씀이에요."

클리어스카이는 몸이 떨렸다.

"알려 줘서 고맙구나."

썬더는 주위를 둘러보았다.

"괜히 문제를 일으키려는 건 아니에요."

"내가 왜 그렇게 생각하겠니?"

클리어스카이는 놀라서 눈을 깜박거렸다.

"우리가 늘 같은 고양이를 믿었던 건 아니니까요."

썬더가 눈길을 피하며 대답했다.

순간 죄책감이 가시처럼 날카롭게 배를 찔렀다. 썬더는 언젠가 스타플라워를 믿지 말라고 경고한 적이 있었지만, 그때는 그럴 만한 이유가 있었다. 스타플라워가 어린 썬더를 배신했기 때문이었다. 하지만 그때 클리어스카이는 썬더를 비난했다.

"우리 사이에 생각의 차이가 있었던 건 사실이야."

클리어스카이는 솔직하게 인정했다.

"하지만 그건 내 잘못이었어. 내가 아버지 역할을 제대로 하지 못했기 때문이야."

클리어스카이는 썬더가 시선을 마주치기를 기다렸다가 다시 말을 이었다.

"새끼들이 새로 태어나고 나서야 내가 얼마나 널 실망시켰는지 깨닫게 되었단다."

"아버지는 절 실망시키지 않으셨어요."

썬더가 웅얼웅얼 말했다.

"제가 아버지가 바라는 아들이 아니었던 것 같아요."

"그렇지 않아!"

클리어스카이는 목이 메었다. 문제는 썬더가 아니었다. 그 사실을 지금은 분명히 알고 있었다.

'문제는 바로 나였어.'

"내가 어리석어서 네가 얼마나 특별한 존재인지 깨닫지 못했던 거야. 네가 이렇게 훌륭하게 자라서 얼마나 자랑스러운지 모른다. 네가 내 아들인 게 자랑스러워. 그리고 제대로 된 아버지 노릇을 할 수 있는 기회를 놓쳐서 정말 후회하고 있어."

"그러면 새로운 가족에게 더 잘하시면 돼요."

썬더의 목소리에는 쓸쓸함이 담겨 있었다.

"물론 난 새로운 가족을 사랑해."

클리어스카이는 솔직하게 말했다.

"하지만 그들 덕분에 내가 널 얼마나 사랑하는지 깨닫게 되었어. 과거에 그 사랑을 너에게 보여 주지 못해서 정말 미안하다."

클리어스카이는 썬더에게 가까이 다가갔다.

"도움이 필요할 땐 언제든 나를 찾아오렴. 네 기쁨과 걱정을 나와 함께 나눴으면 좋겠구나. 그게 무엇이든 말이다. 내가 너무 늦게 아버지 노릇을 하겠다고 나서서 미안하구나. 그렇지만 언젠가는 나도 그레이윙만큼 네게 중요한 존재가 되고 싶어."

순간 썬더의 눈빛에서 경계심이 희미하게 빛났다. 클리어스카이는 아들이 뭔가 중요한 말을 할지도 모른다고 생각했다. 하지만 썬더는 그저 어깨를 으쓱할 뿐이었다.

"고마워요, 아버지."

썬더는 작은 소리로 중얼거리고는 돌아섰다.

클리어스카이는 비탈로 가서 고사리 덤불 속으로 비집고 들어가는 아들을 지켜보았다. 썬더가 아직 속마음을 털어놓을 준비가 되지 않았다는 생각이 들었다. 어쩌면 그런 기회는 영원히 오지 않을지도 모른다.

'썬더가 이제 와서 나를 의지할 이유가 없잖아, 안 그래?'

슬픔이 클리어스카이의 심장을 잡아당겼다. 첫아들을 실망시킨 건 자신이었고, 이제 와서 아무리 애를 써도 그동안 허비한 소중한 시간들을 만회할 순 없을 것이다. 클리어스카이는 조용히 숲으로 향했다. 비록 썬더는 실망시켰지만, 새로 얻은 가족은 절대 실망시킬 수 없었다. 그들만큼은 자신이 목숨보다 더 사랑한다는 것을 알게 만들겠다고 클리어스카이는 다짐했다.

16
힘겨워지는 호흡

그레이윙은 꿈을 꿨다. 발밑에서 가시처럼 뾰족한 솔잎이 바스락거렸다. 매끈하고 곧은 나무들이 주위에 어렴풋이 보이더니, 사방으로 뻗친 그림자 속으로 사라졌다. 그리고 곧 톡 쏘는 수액 냄새가 코를 메웠다. 위를 힐끗 쳐다보니 나무 꼭대기는 어둠에 감춰져 있었다. 가슴이 답답하게 조여 왔다.

'내가 여기서 뭘 하고 있는 거지?'

어둠이 점점 가까이 밀려왔다.

'황무지는 어디 있지?'

공기를 맛보는데 뱃속에서 걱정이 불꽃처럼 터졌다.

'집에 가야 하는데.'

슬레이트가 언제 새끼를 낳을지 알 수 없었다. 어둠이 몸을 감싸면서 숨이 가빠지기 시작했다. 주위를 자세히 보려고 눈을 깜박이면서 힘겹게 숨을 쉬었다.

'슬레이트는 어디 있지? 진영 동료들은? 왜 나 혼자 여기 있는 거지?'

갑자기 빛이 어둠을 뚫고 들어왔다. 나무 사이로 별빛을 뿜어

내며 이리저리 돌아다니는 고양이들이 눈가에 얼핏 보였다. 숨을 쉬려고 애쓰면서, 그레이윙은 움직이는 고양이들을 제대로 보려고 몸을 돌렸다.

'영혼 고양이들이 여기 왔나? 나에게 할 얘기가 있어서 온 걸까?'

"터틀테일?"

어둠 속 저 멀리서 별처럼 흐릿하게 빛나는 형체를 보고 소리쳐 불렀다. 하지만 그 형체는 시야에서 휙 사라져 버렸다.

"잭도스크라이? 너야?"

저 멀리서 반짝이는 수고양이의 모습이 보였다가 사라졌다.

"지금 숨어 있는 거야?"

털가죽 밑에서 좌절감이 밀려왔다. 중얼거리는 목소리가 들리거나 반짝이는 별빛을 발견할 때마다 고개를 휙 돌렸지만, 그때마다 늦어서 누군지 알아볼 수가 없었다.

"원하는 게 뭐야?"

숨을 들이마실 때마다 심장이 쿵쾅거렸다. 중얼거리는 목소리가 잦아들고, 어둠도 사라졌다. 머리 위로 빛이 나타났다. 새벽녘의 옅은 장밋빛이었다.

"그레이윙!"

슬레이트의 고통에 찬 울부짖음이 나무 사이로 울려 퍼졌다.

"도와줘."

"어디 있어?"

그레이윙은 빛을 향해 달리기 시작했다. 숨을 쌕쌕거리며 나무 사이를 요리조리 빠져나갔다.

"내가 갈게, 슬레이트!"

322

숲에서 벗어날 수만 있다면 슬레이트를 찾을 수 있을 것이다.

'숨만 제대로 쉴 수 있으면 좋을 텐데!'

"그레이윙!"

잠에서 퍼뜩 깨어난 그레이윙은 몸을 벌떡 일으켰다. 눈을 깜박이자 이른 아침의 회색빛으로 물든 거처 벽이 보였다. 답답하던 가슴이 편해지고 깊은 숨을 들이마실 수 있게 되자 온몸으로 안도감이 밀려왔다.

슬레이트가 옆에서 몸을 뒤척였다.

"그레이윙."

암고양이의 목소리는 아파서 힘이 잔뜩 들어가 있었다.

"새끼들이 나오려나 봐."

그레이윙은 아래를 내려다보았다. 곁에 누운 슬레이트가 부풀어 오른 배를 그의 옆구리에 기댄 채 숨을 헐떡거리고 있었다. 그레이윙은 뭘 해야 할지 몰라서 짝을 빤히 바라보았다.

"리드를 데려와!"

슬레이트가 으르렁거렸다.

"얼른!"

그레이윙은 입구로 쏜살같이 달려가 공터를 성큼성큼 가로질렀다.

"리드?"

수고양이의 거처로 고개를 쓱 들이밀었다.

리드는 눈을 감고 미노를 감싼 채 자고 있었다.

"리드!"

그레이윙은 더 큰 소리로 불렀다.

리드가 고개를 들고 빛 때문에 눈을 깜박거렸다.

"왜 그래?"

"새끼들이 나오려고 해!"

미노가 벌떡 일어나 앉았다.

"윈드러너를 데려올게. 경험이 더 많으니까."

그레이윙은 눈을 깜박거리며 암고양이를 바라보다가, 자신들의 지도자가 스타플라워의 출산을 돕던 것이 떠올랐다. 미노가 거처를 빠져나가자 그레이윙은 리드를 바라보았다.

"넌 전에 새끼 낳는 걸 도운 적 없어?"

"떠돌이였을 때 해 봤어."

리드의 눈빛이 불길하게 어두워졌다.

그레이윙은 몸이 굳었다.

"어떻게 됐는데?"

"새끼들은 무사했어."

리드는 그레이윙의 눈길을 피해 옆으로 조심스럽게 지나갔다.

"그런데 어미 고양이는 죽었어."

서둘러 은색 얼룩무늬 수고양이를 쫓아가던 그레이윙은 심장이 철렁 내려앉았다.

"왜? 어쩌다가?"

"그 암고양이는 새끼를 갖기 전부터 몸이 아팠어."

리드는 돌아서서 그레이윙의 눈을 마주 보았다.

"슬레이트는 매처럼 건강하잖아. 그러니까 아무 일 없을 거야."

리드는 공터를 가로질러 달려갔다.

그레이윙은 빠르게 뛰는 심장을 진정시키려 애쓰며, 터틀테일이 새끼를 낳던 날을 떠올렸다. 그때는 새끼들이 다 태어난 다음에 도착했는데, 얼마나 겁이 났던지 마치 어제 일처럼 생생하게 기억났다. 그레이윙은 털이 곤두서지 않도록 억지로 마음을 가라앉혔다. 불안해지면 숨쉬기가 힘들어진다. 하지만 아무리 노력해도 빠르게 뛰는 심장을 진정시키기가 힘들었다.

'난 슬레이트가 필요해. 만약 잘못되면 어떻게 하지? 새끼들이 잘못되면?'

문득 스타플라워가 떠돌이들에게 잡혀갔을 때 클리어스카이가 느꼈을 절망감을 이해할 수 있을 것 같았다.

공터를 가로질러 달려오는 발소리가 들렸다. 윈드러너가 옆을 휙 스쳐 지나가, 리드를 뒤따라 거처로 들어갔다.

그레이윙도 거처 안으로 고개를 들이밀었다. 두 고양이는 불룩한 옆구리를 들썩이며 옆으로 누워 있는 슬레이트 옆에 웅크리고 앉았다.

"다 괜찮을 거야."

윈드러너가 슬레이트를 안심시켰다.

"우리 둘 다 예전에 새끼를 받아 본 적 있어."

리드가 덧붙였다.

"세상에서 가장 간단한 일이야."

윈드러너가 가르랑거렸다.

"수없이 많은 어미 고양이들이 수없이 많은 달 동안 새끼를 낳았어."

고통으로 흐릿해진 슬레이트의 눈을 보고 그레이윙은 긴장했다.

"아파하고 있잖아!"

그레이윙은 숨을 헐떡이며 말했다.

윈드러너가 고개를 돌려 그레이윙을 보면서 천천히 눈을 깜박거렸다.

"그레이윙, 넌 밖에서 기다려."

"하지만……."

"넌 지금 여기서 아무 도움도 안 돼."

윈드러너가 단호하게 말했다.

"그래도 슬레이트 곁에 있고 싶어."

그레이윙은 고집스럽게 지도자를 바라보았다.

"밖에 나가서 공터나 서성거려."

리드가 말했다.

"가능한 한 신선한 공기를 많이 들이마시도록 해. 새로 태어난 새끼들을 만나면 숨을 제대로 쉬기 힘들 테니까."

슬레이트가 앞발을 파르르 떨며 신음했다.

"첫째가 나오고 있어."

윈드러너가 그레이윙에게로 코를 홱 돌렸다.

"밖에서 기다려!"

그레이윙은 순순히 거처 밖으로 물러났다. 온몸의 본능이 다시 안으로 들어가 슬레이트 옆을 지키고 있으라고 소리쳤다. 하지만 리드 말이 맞았다. 지금은 신선한 공기를 마시며 마음을 진정시켜야 할 때였다. 가만히 서 있기가 힘들어서 풀 더미 사이를 걸어 다녔다. 상쾌한 황무지 바람이 털 사이로 스며들었다. 바람이 서늘하게 느껴져서 지평선 쪽을 바라보았다. 창백한 파란 하늘이 분홍빛으로 물들면서, 나무 위로 해가 솟아오르고 있었다. 추운 날씨가 한동안 계속 이어질 것이다.

"그레이윙?"

펀이 성큼성큼 달려왔다.

"미노 말로는 새끼들이 태어난다고 하던데."

암고양이는 그레이윙의 거처를 힐끗 쳐다보았다.

그레이윙은 고개를 끄덕였다. 이제 진영 안에는 고양이들이 여기저기 돌아다니고 있었다. 고스퍼는 거처에서 눈을 깜박였고, 더스트머즐과 모스플라이트는 높은 바위 옆을 비추는 가느다란 햇살 속에서 기지개를 켜고 있었다. 스파티드퍼는 먹이 더미에 남은 먹이를 발로 뒤적이고 있었고, 비는 눈을 가늘게 뜨고 그 모습을 지켜보고 있었다. 떠돌이 암고양이의 시선에 왠지 경멸이 담겨 있는 것 같았다.

혼자 생각에 잠긴 그레이윙에게 펀이 말을 걸었다.

"아들이 좋아, 딸이 좋아?"

암고양이의 눈이 흥분으로 반짝거렸다.

그레이윙은 멍한 눈으로 펀을 바라보았다.

"그런 건 생각 안 해 봤어."

딸이든 아들이든 정말 사랑스러울 것 같았다.

"윌로가 그러는데, 잎 없는 계절에 태어나는 새끼들이 제일 강하대."

펀이 꼬리를 들어 올리며 다시 말을 이었다.

"나도 잎 없는 계절에 태어났어."

그레이윙은 암고양이의 수다에 좀처럼 집중할 수 없었지만, 신이 난 펀의 모습을 보니 덩달아 기분이 좋아졌다. 이 암고양이는

327

자매인 비치가 죽은 뒤로 내내 슬퍼했고, 맡은 임무를 열심히 수행하고는 있지만 걸음도 느리고 눈은 늘 슬퍼 보였다. 그런데 오늘 아침은 그레이윙이 펀을 알게 된 뒤 처음으로 정말 행복해 보였다. 털가죽에는 윤기가 흐르고 몸에는 야윈 근육이 붙어, 한때 앙상하게 튀어나와 있던 뼈를 감춰 주었다.

"황무지 생활이 너한테 잘 맞나 봐."

그레이윙의 말에 펀은 가르랑거렸다.

"난 여기서 사는 게 정말 좋아. 슬래시의 진영에서 살던 것과는 완전히 달라. 다들 친절하고, 윈드러너는 정말 지혜로워."

암고양이는 잠시 멈췄다가 다시 말을 이었다.

"하지만 윈드러너는 가끔 날 믿지 않는 것처럼 보일 때가 있어."

펀의 눈빛이 어두워졌다.

"내가 뭐 잘못한 거라도 있어?"

그레이윙은 펀이 안쓰러웠다.

"넌 아무것도 잘못한 거 없어. 윈드러너가 널 믿기까지 시간이 좀 걸릴 뿐이야. 하지만 일단 널 믿고 나면 엄마처럼 널 아껴 줄 거야."

펀은 눈길을 돌렸다.

"우리 엄마는 나와 비치를 버리고 떠났어."

"그래서 슬래시와 함께 지내게 된 거야?"

펀은 꼬리를 축 늘어뜨린 채 대답하지 않았다.

괜히 나쁜 기억을 떠올리게 한 것 같아 죄책감을 느끼며, 그레이윙은 다른 이야기를 꺼냈다.

"어쨌든 넌 이제 여기 있잖아. 우리가 네 새로운 가족이야."

"윌로에게도 새 가족이 생긴 거 맞지?"

펀이 졸린 얼굴로 거처를 나오는 옅은 색 얼룩무늬 암고양이를 보며 물었다.

"그리고 비도 그렇고?"

"당연하지."

그레이윙은 노란색과 검은색 줄무늬 암고양이를 보며 목소리를 낮춰 대답했다. 이 암고양이는 비쩍 마른 뾰족뒤쥐를 씹고 있는 스파티드퍼를 여전히 경멸하는 눈으로 쳐다보고 있었다.

"하지만 맡은 임무에 좀 더 적극적으로 나서라고 비를 설득해 줘. 우리는 모두 순찰과 사냥을 도와야 해."

펀은 마음이 편치 않은 듯 발을 이리저리 꼼지락거렸다.

"노력해 볼게."

암고양이가 약속했다.

"그런데 비는 하기 싫……."

"그레이윙!"

윈드러너의 목소리가 펀의 말을 가로막았다.

"와서 네 아이들을 만나 봐."

"벌써?"

흥분이 털가죽 사이사이로 흘러들었다. 그레이윙은 서둘러 공터를 가로질러 거처로 뛰어들었다.

슬레이트는 잠자리에 누운 채 옅은 빛에 눈을 깜박이며 그레이윙을 바라보았다. 두 눈이 기쁨으로 빛나고 있었다. 암고양이와 눈을 마주친 그레이윙은 가슴 가득 부풀어 오르는 사랑을 느꼈다. 그러다 짝의 옆구리를 내려다보았다. 자그마한 새끼 셋이 엄마의 젖을 빨고 있었다. 그레이윙은 좀 더 가까이 다가가 하나하나 냄새를 맡았다. 진회색 새끼 수고양이가 연회색 얼룩무늬 누이를 몸으로 밀었다. 그 옆에서는 또 다른 수고양이가 큰 소리로 가르랑거리고 있었다. 어린 수고양이의 검은색과 흰색이 섞인 털은 마르면서 차츰 부풀어 올랐다.

"정말 아름다워."

그레이윙의 목구멍에서 가르랑거리는 소리가 쉴 새 없이 터져 나왔다. 사랑이 마음속을 가득 채웠다. 그 감정이 너무나 익숙하게 느껴져서 깜짝 놀랐다.

'진짜 새끼들한테는 뭔가 다른 느낌이 들 줄 알았는데.'

자신이 터틀테일이 낳은 아이들을 진심으로 사랑했다는 걸 깨닫고, 그레이윙의 마음 가득 기쁨이 흘러넘쳤다.

'난 정말 많은 사랑을 했구나!'

그레이윙은 애정 어린 눈길로 슬레이트를 바라보았다.

"이 아이들이 엄마처럼 강하고 용감해질 때까지 내가 사냥하는 법과 자신을 안전하게 지키는 법을 가르쳐 줄 거야."

슬레이트가 눈을 반짝이며 그레이윙과 시선을 맞췄다.

"당신을 아버지로 둔 건 이 아이들에게 정말 행운이야. 당신은 많은 고양이들을 키워 냈고, 모두 훌륭하게 자랐잖아."

윈드러너가 고개를 숙였다.

"새로운 가족과 함께할 수 있도록 우리는 이만 물러날게."

암고양이는 몸을 숙여 슬레이트의 뺨을 핥았다.

"정말 수고했어."

리드는 그레이윙에게 고개를 끄덕였다.

"내가 사냥 순찰대를 이끌고 나갈게. 슬레이트는 금방 배가 고파질 거야."

은색 얼룩무늬 수고양이가 거처에서 나가자 윈드러너도 곧바로 뒤따라 나갔다.

그레이윙은 슬레이트 뒤에 자리를 잡고 앉아 새끼들에게 젖을 먹이는 짝을 감쌌다. 어미 고양이와 새끼 고양이들이 가르랑거리는 소리가 거처 안을 가득 메웠다. 그레이윙도 따라서 가르랑거리자 마치 굴 전체에 기쁨이 울려 퍼지는 것 같았다.

"그레이윙?"

부드러운 목소리에 그레이윙은 잠에서 깨어났다. 눈을 깜박이며 떠 보니 고스퍼가 거처 입구에 서 있었다.

"재기드피크와 톨섀도가 새끼들을 보러 왔어."

그레이윙은 몸을 일으켜, 잠자리에 깔린 이끼를 슬레이트의 몸 주위로 밀어 넣어 따뜻하게 해 주었다. 슬레이트는 작게 코를 골고 있었고, 새끼들은 엄마 품에 웅크리고 자고 있었다. 그레이윙은 살금살금 이들 곁을 지나쳐 고스퍼를 따라 거처 밖으로 나갔다.

자그마한 눈송이가 눈앞에서 휙휙 날아다녔다. 너무 작아서 떨어져도 금방 녹아 버렸다. 톨섀도와 재기드피크가 솔잎을 털에 매단 채 거처 밖에 서 있었다. 발치에는 통통한 비둘기가 한 마리 놓여 있었다.

"선물을 가져왔어."

재기드피크가 고개를 꾸벅 숙이며 말했다.

그레이윙은 추위에 맞서 털을 부풀렸다. 얼음처럼 차가운 공기에 코가 시큰거렸다.

"고마워."

"축하해!"

톨새도가 큰 소리로 가르랑거렸다. 그리고 그레이윙의 뒤를 힐 끗 쳐다보았다.

"지금 볼 수 있어?"

"지금은 자고 있어. 하지만 슬레이트가 애들을 자랑하고 싶어 할 거야."

"새끼들을 깨우지 않게 조심할게."

톨새도가 약속했다. 그리고 조용히 거처 안으로 들어갔다.

재기드피크는 비둘기 옆에 남아 있었다.

"경계에서 리드를 만나서 슬레이트가 새끼를 낳았다는 소식을 들었어. 톨새도는 새끼들이 태어난 게 좋은 징조래. 그래서 직접 보고 싶어 했어."

그레이윙은 가슴을 부풀렸다.

"셋이나 태어났어."

"이제부터 아주 바빠질 거야."

재기드피크가 다 안다는 듯 경고했다.

그레이윙은 꼬리를 홱 튕겼다.

"내가 페블하트랑 아울아이스랑 스패로퍼를 키우는 걸 도왔다 는 거 잊지 마. 그리고 썬더도 있고."

"그러네."

재기드피크의 수염이 씰룩거렸다.

"형이 기른 아이들이 거의 모든 무리에 다 있네."

그레이윙의 털가죽으로 자부심이 번졌다. 추억에 잠긴 채 행복한 마음으로 동생을 바라보았다.

"내가 산을 떠나고 싶어 하지 않았다는 게 믿기지 않아."

그레이윙은 얼음처럼 푸르스름한 하늘 아래 있는 가시금작화 울타리와, 그 너머로 완만하게 굴곡을 이룬 황량한 황무지를 바라보았다.

"이제 여기 말고 다른 곳은 집이라고 부를 수 없을 것 같아."

"여기 와서 좋지?"

재기드피크의 목소리에는 걱정이 담겨 있었다.

"당연하지!"

그레이윙은 다시 동생에게로 눈을 돌렸다.

재기드피크는 자신의 발을 내려다보았다.

"내가 도망쳐서 어머니가 날 찾으라고 형을 보냈다는 사실 때문에 늘 미안했어. 형은 부족과 함께 산에 남고 싶어 했잖아. 그런데 나 때문에 다른 고양이들을 따라올 수밖에 없었고."

그레이윙은 동생을 보며 눈을 깜박거렸다.

"네가 그때 도망쳐서 얼마나 다행인지 몰라."

그레이윙은 진심을 담아 말했다.

"네가 도망치지 않았다면 나는 여기 오지 못했을 거고, 터틀테일을 얼마나 사랑하는지도 깨닫지 못했을 거야……. 그리고 슬레이트도 만나지 못했겠지."

갑자기 후회가 심장을 찔렀다.

"부족이 잘 지내고 있으면 좋겠는데……."

"어머니와 선셰도가 말했잖아, 아직도 살아남을 수 있을 만큼의 먹이는 찾을 수 있다고."

그레이윙은 고개를 갸웃했다.

"그저 살아남기만 해서 되는 게 아니잖아."

바람이 불어와 털을 휩쓸었다.

"최근엔 먹이가 부족해졌지만, 새잎 돋는 계절이 되면 산에 살던 그 어느 때보다 먹이가 많아질 거라는 걸 우린 잘 알아. 그리고 황무지와 숲은 다시 무성해지고, 태양이 등을 따뜻하게 비춰 줄 거야."

"따뜻한 건 참 좋은 거야."

재기드피크가 동의했다.

"새끼들이 굶주릴 일 없다는 것도 좋고."

그레이윙은 자신의 새끼들이 헤더 밭을 뛰어다니며 털 속으로 스며드는 따뜻한 바람을 느끼고, 처음으로 토끼를 한 입 맛보는 모습을 상상하며 가르랑거렸다.

"넌 어렸을 때부터 정말 용감했어."

그레이윙은 동생에게 말했다.

"날 여기로 이끈 건 네 자신감 덕분이었어. 그 점에 대해서는 평생 고맙게 생각할 거야."

"정말?"

재기드피크의 눈이 부드럽게 반짝거렸다.

"형을 이렇게 위험한 여행에 끌어들였다고 나한테 화가 난 적은 한 번도 없어?"

"처음으로 토끼를 사냥한 뒤로는 한 번도 없었어."

그레이윙은 자신 있게 말했다.

"그리고 들꿩을 처음 맛본 뒤로도 그렇고."

입맛을 다시다가, 문득 가슴 깊이 파고드는 아픔을 느꼈다. 터틀테일과 들꿩을 나눠 먹던 기억이 떠올라서였다. 갑자기 가슴이 조여 오면서 기침이 터져 나왔다. 어쩔 줄 몰라 하며 몸을 웅크리고 온몸이 흔들릴 정도로 기침을 하다가, 급기야 숨을 헐떡거렸다.

"형?"

재기드피크가 옆에 웅크렸다.

기침이 좀 잦아들자 그레이윙은 몸을 떨며 힘겹게 숨을 내쉬었다. 떨리는 숨을 몰아쉬며 턱을 쳐들었다.

'왜 이렇게 숨이 가쁘지? 뛰지도 않았는데. 혹시 점점 더 나빠지고 있는 걸까?'

걱정이 가슴을 짓눌렀지만 애써 떨쳐 내고 일어나 앉았다.

"정말 신나는 하루였어."

그레이윙은 잠긴 목소리로 말했다.

재기드피크가 걱정스러운 얼굴로 바라보았다.

"맞아."

가슴이 편안해지자 안도하며 몸을 쭉 폈다.

'난 아프지 않아. 한두 달 정도 푹 쉬면 돼.'

그레이윙은 스스로에게 말했다.

"윈드러너!"

황무지에서 깜짝 놀라 울부짖는 소리가 들렸다. 그레이윙은 몸을 쭉 펴고 일어섰다. 겁에 질린 리드의 목소리라는 걸 알아차리자, 털가죽으로 두려움이 불길처럼 번졌다.

"도와줘! 어서! 펀이 다쳤어!"

17
공격받은 편

'편!'

그레이윙은 가슴이 철렁 내려앉았다.

'진영이 습격당한 건가?'

"새끼들을 지켜!"

그레이윙은 재기드피크에게 지시했다. 두려움이 배를 움켜쥐었다. 다행히 숨 쉬는 건 힘들지 않았다.

공터를 가로질러 달려가다가 자신의 거처를 힐끗 돌아보았다.

'새끼들을 안전하게 지켜야 해.'

미노와 스파티드퍼가 이미 털을 잔뜩 부풀린 채 진영 입구를 향해 달려가고 있었다. 모스플라이트도 입에 거미줄을 물고 그 둘을 쫓아갔다. 어린 암고양이는 벌써 편의 상처를 어떻게 치료할지 계획하고 있었다!

그레이윙은 미노와 스파티드퍼를 뒤따라 진영을 뛰쳐나갔다.

윈드러너가 비탈을 달려 올라와 그들을 맞이했다.

그레이윙은 미끄러지듯 윈드러너 앞에 멈춰 서며 물었다.

"진영이 위험해?"

윈드러너가 고개를 저었다.

"무언가가 펀을 공격했는데, 지금은 사라졌어. 리드가 함께 있어. 피를 멈추게 하려고 애쓰는 중이야."

스파티드퍼가 지도자 주위를 맴도는 사이 미노는 앞뒤로 서성거리며 헤더 밭을 훑어보았다.

"펀은 어디 있어?"

"피 냄새를 쫓아가요!"

모스플라이트가 물고 있는 거미줄 때문에 웅얼웅얼 말하며 옆으로 빠르게 지나갔다.

스파티드퍼와 미노를 이끌고 가면서 그레이윙은 윈드러너와 시선을 맞췄다.

"여우야?"

"펀이 아직 아무 말도 안 했어."

윈드러너는 가시금작화 덤불 주위를 빙 돌아 다른 고양이들을 뒤쫓아 달려갔다. 그리고 옆에서 함께 달리는 그레이윙에게 계속 말했다.

"리드는 나와 고스퍼와 함께 사냥을 하고 있었어. 우린 피 냄새를 쫓던 중이었는데, 다친 토끼일 거라고 생각했어. 그런데 갑자기 리드가 펀의 이름을 부르는 거야. 우리가 도착했을 땐 펀이 풀밭에 쓰러져 있었어. 심하게 다친 채로 말이야."

그레이윙은 두려운 마음을 애써 억눌렀다. 대체 무슨 일이 있었던 걸까? 개들이 황무지를 돌아다니는 걸까?

'내 새끼들!'

걱정으로 가슴이 조여 왔다. 억지로 털을 눕히고 숨을 가다듬은 뒤 윈드러너를 따라 가시금작화 덤불 너머 구덩이로 향했다.

펀은 풀밭에 누워 있었다. 검은 털가죽에 엉겨 붙은 피가 오후의 햇살을 받아 반짝거리고, 찢어진 주둥이에도 피가 고여 있었다. 귀 끝에서도 피가 흘렀다. 고통과 충격으로 흐릿해진 눈은 자신을 둘러싼 고양이들을 멍하니 바라보고 있었다.

스타플라워를 구하기 위해 위험을 무릅썼던 용감한 고양이를 생각하자 그레이윙은 마음이 아팠다.

스파티드퍼는 눈이 휘둥그레진 채 선뜻 다가가지 못하고 뒤에서 머뭇거렸다.

그레이윙은 미노와 고스퍼 사이로 비집고 들어가, 펀에게 몸을 숙이고 있는 리드 옆으로 다가갔다.

"괜찮을까?"

"우선 피부터 멈춰야 해."

리드가 말했다.

모스플라이트가 조심스럽게 그레이윙의 옆으로 비집고 들어와, 파르르 떨리는 펀의 옆구리에 벌어진 상처를 하얀 발로 힘껏 눌렀다. 암고양이의 눈처럼 하얀 털 사이로 피가 스며들었다.

윈드러너가 화가 난 듯 꼬리를 획획 휘둘렀다.

"방해하지 마."

윈드러너는 코로 딸을 밀어내려고 했다.

하지만 모스플라이트는 상처를 누른 발을 떼지 않은 채 몸에 힘을 주고 버텼다.

"못 들었어요? 피를 멈춰야 한다잖아요."

"그럼 가서 거미줄이나 더 찾아와."

윈드러너가 명령했다.

리드가 꼬리를 홱 튕겼다.

"얘가 도울 수 있게 놔둬."

리드가 윈드러너에게 쏘아붙였다.

"모스플라이트는 자기가 뭘 하는지 잘 알고 있어. 거미줄은 미노가 찾으러 가면 돼."

그레이윙은 윈드러너의 눈에 놀라움이 번쩍이는 것을 볼 수 있었다. 윈드러너는 미노를 향해 주둥이를 홱 돌렸다.

"들었지?"

회색과 흰색이 섞인 암고양이는 이미 비탈을 달려 내려가고 있었다. 헤더 밭으로 뛰어든 암고양이는 곧 사라졌다.

고스퍼가 불안한 듯 발을 이리저리 움직였다.

"대체 왜 이렇게 된 거야? 개라도 돌아다니는 거야?"

"이건 고양이가 할퀸 상처야."

리드가 암울하게 말했다.

그레이윙은 누가 숨어 있지는 않은지, 황무지를 샅샅이 훑어보았다.

'슬래시인가? 그 떠돌이 패거리가 복수를 하려고 돌아왔나?'

윈드러너가 꼬리를 들어 올렸다.

"고스퍼, 스파티드퍼를 데리고 가서 침입자가 있는지 살펴봐."

"아니야."

편이 숨소리보다도 작은 목소리로 말렸다.

"침입자는 없어."

그레이윙은 몸이 굳었다. 편이 말을 할 수 있었다! 그레이윙은 암고양이 옆에 웅크렸다. 펀의 입에서 피가 뿜어져 나왔다. 그레이윙은 암고양이와 눈을 맞추려고 애썼다.

"누가 너한테 이런 짓을 했는지 말해 줄 수 있어?"

집중하려고 애쓰는 듯 펀의 눈동자가 그레이윙을 향해 홱 움직였다.

그레이윙은 좀 더 가까이 몸을 숙였다.

"넌 괜찮을 거야."

'제발 그래야 해.'

"리드가 돌봐 줄 거야. 하지만 우리는 무슨 일이 있었는지 알아야만 해."

진영의 다른 고양이들도 위험에 처한 걸까?

펀이 고개를 움직였다. 암고양이는 바들바들 떨면서 억지로 눈에 힘을 주고 그레이윙과 시선을 맞췄다.

"비가 그랬어."

"비!"

윈드러너가 숨을 헐떡였다.

그레이윙은 머릿속이 빙빙 도는 것 같아서 더 가까이 몸을 숙였다.

"대체 왜?"

펀이 신음했다.

"내가 황무지 고양이로 사는 걸 좋아한다고, 나더러 배신자라고 했어. 슬래시가 봤다면 날 생쥐 심장이라고 불렀을 거라면서, 자기는 슬래시한테 돌아가겠대."

윈드러너의 목에서 나지막이 으르렁거리는 소리가 흘러나왔다.

"떠돌이들은 믿을 수 없다고 했잖아!"

펀이 움찔했다.

"난 믿어도 돼."

암고양이가 쉰 목소리로 간신히 말했다.

그레이윙은 펀의 뺨에 주둥이를 갖다 댔다. 시큼한 피 냄새가 코로 밀려들었다.

"윈드러너도 넌 믿어도 된다는 거 알아."

뒤에서 끙끙대는 윈드러너의 소리는 무시하고 그레이윙은 말을 이었다.

"넌 우리 무리에 들어오기 전부터 우리 친구였어. 리드가 널 치료해 줄 동안 넌 그냥 푹 쉬면 돼."

"거미줄은 언제 오는 거야?"

어깨 너머를 초조하게 돌아본 리드는 서둘러 달려오는 미노를 보고 안심한 표정을 지었다.

미노는 미끄러지듯 멈춰 서서 리드의 발치에 거미줄 뭉치를 떨어뜨렸다.

그 즉시 리드가 거미줄 뭉치를 물어 일부를 모스플라이트에게 건넸다.

"이걸 상처에 대고 눌러. 최대한 살살 눌러야 해."

모스플라이트는 고개를 끄덕이고, 펀의 옆구리에 난 상처를 거미줄 뭉치로 살살 누르기 시작했다. 그사이 리드는 자신이 가지고 있던 거미줄 뭉치를 어깨에 난 상처에 대고 눌렀다.

"더 필요해?"

미노가 물었다.

"눈에 띄는 건 다 찾아와."

리드가 대답했다.

미노가 다시 달려가자 윈드러너는 풀밭에서 이리저리 서성거렸다. 그러다 스파티드퍼와 고스퍼를 향해 꼬리를 홱 튕겼다.

"비를 잡아서 진영으로 다시 데려와."

그레이윙은 몸을 곧게 폈다.

"그게 좋은 생각일까?"

그레이윙은 황무지를 훑어보았다.

"이미 슬래시를 만났으면 어떻게 해? 둘만 보내는 건 너무 위험해."

윈드러너가 눈을 가늘게 떴다.

"이대로 가만있을 수는 없잖아!"

스파티드퍼가 초조하게 발을 꼼지락거렸다.

"어쩌면 월로가 이 일에 대해 뭔가 알지도 몰라요."

고스퍼가 얼굴을 찡그렸다.

"월로는 더스트머즐과 함께 사냥하러 갔어."

윈드러너의 등줄기를 따라 털이 곤두섰다.

"그렇다면 더더욱 찾아야지. 만약 월로와 비가 이 일을 함께 꾸몄으면 어떡해?"

"아니야!"

펀이 으르렁거렸다.

"월로는 비와 달라. 걔는 이 무리를 좋아한단 말이야."

그레이윙도 고개를 끄덕였다.

"월로는 항상 열심히 사냥하고, 잠자리를 만들 이끼를 찾고, 진영을 지키는 걸 도왔잖아. 윌로가 우리를 해치려고 할 리 없어."

고스퍼는 걱정스럽게 귀를 씰룩거렸다.

"어쨌든 더스트머즐을 찾아보자."

그때 아래쪽 풀밭에서 누군가가 보였다.

"그들이 돌아오고 있어!"

고스퍼의 목소리에서 안도감을 느낄 수 있었다. 고스퍼는 그들을 맞이하러 달려갔다.

걸음을 멈추고 고스퍼에게 인사하는 옅은 얼룩무늬 암고양이를 윈드러너는 미심쩍은 눈으로 바라보았다.

"이제 떠돌이들을 어떻게 믿을 수 있겠어?"

그레이윙은 펀을 힐끗 쳐다보았다.

'펀은 믿어도 돼.'

하지만 윈드러너의 두려움을 이해할 수 있었다. 다른 떠돌이들도 비와 같을까? 다른 무리에도 경고해야 할까? 만약 슬래시를 따르던 고양이들이 문제를 일으키기 위해 일부러 무리에 들어온 거라면 어떻게 해야 할까? 생각이 빠르게 흘러갔다. 그때 윌로가 그레이윙을 향해 달려왔다.

걸음을 멈춘 윌로는 화가 나서 이글거리는 눈으로 펀을 바라보았다.

"정말 비가 이런 짓을 한 거야?"

그레이윙은 눈길을 떨궜다.

"맞아."

윌로는 털가죽을 부풀렸다. 그러고는 귀를 쫑긋 세우고 황무지를 훑어보았다.

"내가 찾아낼 거야."

암고양이가 으르렁거렸다.

"어떻게 편을 해칠 수 있지? 어떻게 자신을 받아 준 고양이들을 배신할 수 있느냔 말이야!"

윈드러너는 옅은 색 얼룩무늬 암고양이를 미심쩍은 눈으로 바라보았다.

"너 정말 몰랐어?"

윈드러너가 날카롭게 물었다.

"너도 걔랑 똑같은 떠돌이잖아."

윌로가 지도자를 노려보았다.

"비가 이런 짓을 벌일 줄 알면서도 내가 입을 다물고 있었을 거라고 생각해?"

윌로는 편을 향해 주둥이를 홱 돌렸다.

"두고 봐, 비가 태어난 걸 후회하게 만들어 줄 테니까."

윌로는 비탈을 달려 내려가기 시작했다.

그러자 고스퍼가 재빨리 달려가 앞을 가로막았고, 더스트머즐도 곧장 뒤쫓아 갔다.

"너무 위험해. 우리는 결정을 내렸어. 비가 이미 슬래시를 만났을지도 모르고, 그래서 우리한테 앙갚음하려고 기다리고 있을지도 몰라. 이건 함정일 수도 있어."

고스퍼가 말했다.

하지만 윈드러너는 눈을 가늘게 뜨고 말했다.

"가고 싶다면 그냥 가라고 해. 어쩌면 슬래시도 쟤가 다시 돌아오길 기다리고 있을지도 모르잖아."

윌로는 분노로 눈을 번뜩이며 황무지 고양이들의 지도자를 홱 돌아보았다.

"내가 너한테 충성한다는 걸 어떻게 증명하면 될까? 내가 여기 남아도 넌 날 믿지 않겠지. 내가 떠나면 넌 내가 배신했다고 생각할 테고……."

"이런 일이 있었는데도 널 믿을 거라고 생각하는 거야?"

윈드러너가 윌로를 노려보며 말했다.

윌로의 목털이 곤두섰다.

그레이윙은 화가 치밀었다. 윈드러너가 왜 이렇게 못되게 구는 걸까? 윌로는 누구 못지않게 충실하게 사냥하고 순찰도 했다.

"당연히 믿을 수 있……."

고스퍼가 그레이윙의 말을 막으며 두 암고양이 사이로 걸어 들어갔다.

"일단 펀을 진영으로 데리고 가는 게 급해."

고스퍼가 단호하게 말했다.

"이게 위험의 시작이라면, 펀은 안전한 곳에 있어야 해. 그리고 보초도 세워야 하고, 공격에 대비도 해야 해. 윌로와 스파티드퍼가 가장 먼저 보초를 서 주면 좋겠어."

윈드러너가 뭔가 말을 하려고 입을 벌렸다. 그레이윙은 윌로에게 보초 임무를 맡기는 것에 대해 불만이 있다고 짐작했다. 하지만 고스퍼는 눈빛으로 윈드러너의 입을 다물게 했다.

"윌로는 아무 잘못도 하지 않았어. 우리는 윌로를 믿어야 해. 믿음이 없으면 무리도 없어."

"알았어."

윈드러너는 짧게 대답하고 리드를 힐끗 쳐다보았다.

"펀을 옮겨도 될까?"

리드는 모스플라이트가 치료한 상처를 살펴보고는 고개를 끄덕였다. 미노와 고스퍼, 윌로, 스파티드퍼가 함께 펀을 어깨에 메고 들어 올리자 그레이윙은 그들 뒤에 섰다. 고양이들은 다친 암고양이를 조심스럽게 진영으로 옮기기 시작했다.

모스플라이트는 그레이윙과 더스트머즐 옆에서 함께 걸었다. 어린 암고양이의 새하얀 털가죽은 펀의 피로 얼룩져 있었다.

윈드러너가 다른 고양이들을 따라 멀어지자 그레이윙은 모스플라이트를 힐끗 쳐다보았다.

"괜찮니?"

모스플라이트는 고개를 끄덕였다.

더스트머즐이 누이의 냄새를 조심스럽게 맡았다.

"너 꼭 싸움이라도 한 것 같아."

모스플라이트는 몸을 털었다.

"가엾은 펀."

어린 암고양이는 걱정이 가득 담긴 동그란 눈으로 다친 고양이를 바라보았다.

"펀이 무사하면 좋겠어요."

그레이윙은 어린 암고양이를 자랑스럽게 바라보며 눈을 깜박였다.

"넌 정말 용감했어."

더스트머즐이 몸을 부르르 떨었다.

"펀의 상처를 만질 때 구역질 나지 않았어?"

346

"아니."

모스플라이트가 어깨를 으쓱했다.

"세상에서 가장 자연스러운 일인 것 같았어. 도와주지 않고 가만있었다면 더 기분 나빴을 거야."

"가자."

그레이윙은 꼬리를 부드럽게 튕겨 어린 두 고양이를 비탈 위로 올려 보냈다.

"슬래시가 무슨 짓을 꾸밀지 모르니까, 황무지에서 맞닥뜨리면 안 돼."

"난 이제 슬래시가 우리한테 관심이 없는 줄 알았어."

슬레이트가 속삭이듯 말했다. 화이트테일과 실버스트라이프, 블랙이어는 엄마 품에서 꾸벅꾸벅 졸고 있었다. 거처는 따뜻했지만 저녁이 되자 밖에는 서리가 심하게 내렸다.

그레이윙은 윌로와 스파티드퍼 다음으로 보초를 서게 된 고스퍼와 미노가 가엾다는 생각이 들었다. 그들은 헤더 입구 옆에서 밤을 지새워야 했다. 그레이윙은 슬레이트와 새끼들에게 더 바짝 다가갔다.

"별다른 계획이 없을 수도 있어. 비가 떠돌이 무리로 돌아갔다고 해서 반드시 슬래시가 우리를 다시 공격하리라는 법은 없으니까."

어둠 속에서 슬레이트의 눈이 반짝거렸다.

"슬래시에게는 이제 동료가 다섯이 있어."

슬레이트는 졸고 있는 새끼들을 꼬리로 감쌌다.

"아니지, 어쩌면 동료들을 더 모았을지도 몰라."

"여기는 안전해."

그레이윙은 짝에게 말했다.

"고스퍼와 미노가 진영을 지키고 있어."

'내가 그 일을 했어야 하는데.'

하지만 윈드러너는 도와주겠다는 그레이윙의 제안을 거절했다. 그레이윙이 따지려고 하자, 리드까지 윈드러너의 편을 들고 나섰다.

"나도 진영을 지키고 싶단 말이야."

그레이윙은 고집을 부렸다.

"넌 새끼들 곁에 있어야 해."

윈드러너가 딱 잘라 말했다.

리드도 고개를 끄덕였다.

"차가운 밤공기보다는 따뜻한 거처가 숨쉬기에 더 좋아."

그레이윙은 화가 나서 은색 수고양이를 노려보았다. 하지만 더이상 따지지 않았다. 그 말이 사실이라는 걸 잘 알고 있었기 때문이다. 따뜻한 잠자리에서 슬레이트와 새끼들 옆에 있는데도, 마치 보이지 않는 괴물의 턱이 가슴을 꽉 물고 있는 것처럼 숨쉬기가 힘들었다.

'곧 끝날 거야.'

털가죽 아래로 두려움이 스멀스멀 밀려들자 그레이윙은 스스로에게 말했다. 그리고 앞으로 몸을 숙여 화이트테일의 부드러운 털 냄새를 맡았다. 진회색 새끼 고양이는 잠결에 야옹거리며 옆으로 몸을 굴렸다. 실버스트라이프는 꼬리를 내밀고 몸을 꼼지락거렸다.

블랙이어가 고개를 들더니 그레이윙을 보며 졸린 눈을 깜박거렸다.

"일어날 시간이에요?"

그레이윙은 검은색과 흰색이 섞인 새끼 수고양이의 뺨을 혀로 부드럽게 핥아 주었다.

"아니야, 더 자도 돼."

블랙이어는 누이의 등에 주둥이를 얹고 다시 눈을 감았다.

슬레이트와 그레이윙의 시선이 마주쳤다.

"이 아이들이 과연 안전할 수 있을까?"

슬레이트가 걱정스럽게 물었다.

그레이윙은 짝의 뺨에 자신의 뺨을 맞댔다.

"우리 아이들한테는 나쁜 일이 일어나지 않을 거야."

그레이윙은 부드럽게 약속했다.

"내가 살아 있는 한 말이야."

18
클리어스카이의 시험

클리어스카이는 진영 위로 뻗은 구부러진 나뭇가지 위에 자리를 잡았다. 서리가 내린 나무껍질이 배에 닿는 느낌이 차가웠다. 밤사이 얼음장 같은 추위가 숲을 꽁꽁 얼렸고, 지금까지도 그 추위는 계속되고 있었다. 아래를 내려다보며, 공터를 돌아다니는 타이니브랜치와 듀페탈과 플라워풋을 지켜보았다. 새끼 고양이들은 주목나무 덤불을 지나칠 때마다 재미있으면서도 겁이 나는 듯 눈을 동그랗게 뜨고 그림자 속을 들여다보았다.

클리어스카이의 수염이 즐거움으로 씰룩거렸다. 새끼 고양이들은 해가 가장 높이 떴을 때부터 이 놀이를 계속하고 있었다. 블로섬이 덤불 깊숙이 웅크리고 있었다.

듀페탈이 쏜살같이 지나가다가, 무언가에 끌린 듯 덤불 가까이 다가갔다. 그러자 주목나무 덤불이 부르르 떨리더니, 블로섬이 뛰쳐나와 새끼 고양이를 붙잡아 덤불 속으로 밀어 넣었다.

듀페탈이 신나게 비명을 지르자, 플라워풋과 타이니브랜치가 구하러 달려왔다. 새끼 고양이들은 복슬복슬한 꼬리를 삐죽 세운 채 나뭇가지 아래로 뛰어들었다.

"놔줘!"

클리어스카이의 귀에 타이니브랜치의 자신만만한 목소리가 들렸다.

"넌 개를 못 데려가!"

플라워풋도 쉭쉭거렸다.

블로섬이 무시무시하게 으르렁거리는 소리가 그림자 속에서 흘러나왔다.

"내가 이 녀석을 홀라당 잡아먹을 테다!"

"안 돼!"

듀페탈이 가르랑거리는 것 같기도 하고 울부짖는 것 같기도 한 목소리로 외쳤다.

주목나무가 다시 흔들리더니, 타이니브랜치가 듀페탈을 데리고 뒷걸음쳐 나왔다. 블로섬이 나뭇가지 밑에서 코를 쓱 내밀자 플라워풋은 허둥지둥 물러나며 발을 휘둘렀다.

"다음번엔 꼭 잡을 테다!"

재빨리 달아나 공터 반대편에 미끄러지듯 멈춰 선 새끼 고양이들을 향해 블로섬이 장난스럽게 위협했다.

옹기종기 모여 앉아 주목나무를 살피는 새끼들을 보자, 클리어스카이는 뿌듯한 마음이 들었다. 아마 새끼 고양이들은 어떻게 갚아 줄지 궁리하고 있을 것이다.

공터 가장자리에 있는 먹이 더미에서 먹이를 고르던 스패로퍼와 쏜이 새끼 고양이들을 힐끗 쳐다보았다. 슬래시가 먹이를 훔쳐 가는 걸 멈춘 이후로 굶주리는 고양이는 없었다. 먹잇감이 여전히 부족하긴 했지만, 다행히 진영 동료들의 사냥 솜씨가 점점 좋아지고 있었다. 레드는 어제 비둘기를 잡아 왔다. 이 떠돌이는 비둘기를 잡으려고 나무 위로 기어 올라갔고, 다른 고양이들에게 구부러진 나뭇가지에 숨어서 새가 날아오길 기다리는 법을 가르쳐 주겠다고 약속했다.

클리어스카이는 당연히 레드에게 슬래시에 대해 물었다. 레드는 자신이 사실은 슬래시의 진영에 있었다고 털어놓았다. 수치스러운 듯 고개를 푹 숙이고, 떠돌이였던 사실을 숨긴 것은 클리어스카이의 무리에 꼭 들어오고 싶어서였다고 말했다. 클리어스카이는 레드를 믿고 싶었지만, 레드가 거짓말을 했다는 사실은 변함이 없었다. 그리고 레드가 슬래시의 진영으로 개들을 끌고 갔다는 것도 마음에 걸렸다. 그건 정말 어리석은 실수였다. 그리고 아주 위험한 실수였다. 만약 이곳으로도 개들을 끌고 오면 어떻게 될까?

진영 가장자리에서 퀵워터가 살얼음이 덮인 웅덩이를 발로 깨고 물을 핥아 먹었다.

"목마르지 않니?"

암고양이가 새끼 고양이들에게 큰 소리로 말했다.

"아침 내내 뛰어다녔잖아."

새끼 고양이들은 눈을 반짝이더니 암고양이 옆으로 쪼르르 달려가 웅덩이 물을 열심히 핥아 먹었다. 그사이 퀵워터는 웅덩이에서 깨진 커다란 얼음 조각을 이빨로 조심스럽게 물고 공터를 가로질렀다. 그리고 클리어스카이의 거처로 이어지는 짧은 비탈 밑에서 서로 혀를 나누고 있는 버치와 올더 옆을 지나쳐 갔다.

퀵워터가 물고 있는 얼음에서 물방울이 꼬리로 똑 떨어지자 버치가 몸을 떨었다.

"스타플라워한테 물 마시라고 가져다주는 거예요?"

퀵워터는 고개를 끄덕이고 둑으로 뛰어 올라갔다.

네틀과 레드가 앞발에 서리가 묻은 채 진영으로 들어섰다. 레드의 입에는 생쥐 한 마리가 대롱대롱 매달려 있었다.

네틀이 클리어스카이를 큰 소리로 불렀다.

"고스퍼가 이쪽으로 오고 있어요. 방금 경계를 넘어오는 걸 봤어요."

클리어스카이는 몸을 일으켜 나뭇가지에서 뛰어내렸다. 레드 옆에 가볍게 내려서서 진영 입구를 바라보고 있는데 듀페탈과 타이니브랜치, 플라워풋이 서둘러 곁으로 달려왔다.

"우리도 만나러 갈 수 있어요?"

타이니브랜치가 신이 나서 물었다.

클리어스카이는 꼬리를 홱 튕겼다.

"너희는 진영 밖으로 나가기에는 아직 어려."

듀페탈이 눈을 굴렸다.

"맨날 그렇게 말하잖아요!"

"우린 매일 나이를 먹고 있단 말이에요."

플라워풋이 주장했다.

"얼마나 나이를 먹어야 되는 건데요?"

네틀이 주둥이로 플라워풋의 뺨을 꾹 눌렀다.

"여우를 잡을 수 있을 만큼 나이를 먹으면."

"아니면 떠돌이를 잡든지."

레드도 거들었다.

타이니브랜치가 레드 앞에 딱 버티고 섰다.

"그럼 나랑 같이 훈련해요!"

새끼 고양이가 애원했다.

"레드도 예전에 떠돌이였잖아요."

타이니브랜치는 벌떡 일어나 레드의 주둥이를 향해 앞발을 휘둘렀다. 레드는 비틀거리는 척하다가 땅바닥으로 픽 쓰러졌다. 듀페탈이 신이 나서 깍깍거리며 레드의 옆구리로 뛰어올랐다. 플라워풋은 두 앞발로 수고양이의 꼬리를 잡고 뒷발로 마구 걷어찼다. 타이니브랜치까지 팔짝 뛰어 덮치자 새끼 고양이들한테 뒤덮인 레드는 가르랑거리며 데구루루 몸을 굴렸다.

클리어스카이는 불안한 마음으로 발을 꼼지락거렸다.

'정말 레드를 믿어도 되는 걸까?'

레드를 계속 때리는 새끼들을 보자 몸이 떨렸다. 장난스럽게 살려 달라고 비는 레드를 보며 새끼 고양이들은 신이 나서 깍깍거리고 있었다.

"안 돼! 제발 날 놔줘!"

새끼 고양이들은 여전히 너무 작아서, 적갈색 수고양이가 마음만 먹으면 얼마든지 몸을 흔들어 떨쳐 낼 수 있었다. 개한테 한번 물리기만 해도 몸이 부서질 것이다.

네틀의 목소리에 클리어스카이는 퍼뜩 정신을 차렸다.

"제가 나무숲으로 고스퍼를 데리러 갈까요?"

"뭐라고?"

클리어스카이는 듣는 둥 마는 둥 하며 회색 고양이를 향해 눈을 깜박거렸다.

"데리러 올 필요 없어."

고스퍼가 입구로 걸어 들어오며 말했다. 그리고 클리어스카이를 향해 고개 숙여 인사했다.

"내가 방해가 되진 않았는지 모르겠네."

"무슨 소리야! 환영해."

클리어스카이는 서둘러 황무지 고양이를 맞이하러 달려갔다. 하지만 어두운 눈빛을 보자 걱정이 발을 찔렀다.

"무슨 일이라도 있어?"

고스퍼는 새끼 고양이들을 힐끗 쳐다보고는 공터 가장자리로 걸어갔다. 그리고 뒤따라온 클리어스카이에게 목소리를 낮춰 말을 꺼냈다.

"우리가 받아들인 떠돌이들 중 하나가 슬래시에게 돌아갔어."

고스퍼가 속삭였다.

온몸으로 번지는 불안감을 느끼며 클리어스카이는 몸을 가까이 기울였다.

"그게 누군데?"

"비."

'그러니까, 이 떠돌이들을 믿을 수 없다는 건가?'

두려움이 얼음 발톱이 되어 배를 움켜쥐는 것 같았다.

"다른 떠돌이들은 아직 충성스러워?"

"말은 그렇게 해. 펀이 심하게 다쳤어. 비가 도망치기 전에 펀을 공격했거든."

고스퍼는 꼬리로 앞발을 감싸고 앉았다.

"윈드러너는 다른 떠돌이들도 똑같을까 봐 걱정하고 있어. 나는

355

다른 지도자들에게 경고하려고 진영을 찾아다니는 중이야."

"비가 왜 슬래시에게 돌아갔는지 그 이유는 알아?"

"우리가 생쥐 심장이라서 차라리 슬래시 같은 진짜 고양이와 사는 게 낫다고 말했대."

클리어스카이는 레드를 힐끗 쳐다보았다.

고스퍼도 그 시선을 따라갔다.

"넌 저 고양이를 믿어?"

클리어스카이는 머릿속이 복잡해졌다.

"레드는 아무 잘못도 하지 않았어."

"맡은 일은 잘하고?"

고스퍼가 나지막이 물었다.

"그럼."

레드는 아침 순찰대를 뽑을 때면 언제나 가장 먼저 나섰다. 그리고 자신이 먹는 양보다 더 많은 먹이를 잡아 왔다.

고스퍼가 클리어스카이를 보며 눈을 깜박거렸다.

"윈드러너는 떠돌이들이 문제를 일으키려고 일부러 무리에 들어온 게 아닐까 의심하고 있어. 하지만 난 그건 아닐 거라고 생각해. 윌로는 비한테 복수하겠다고 난리야. 그리고 만약 그 둘이 짜고 속임수를 쓰는 거라면 펀을 그렇게 심하게 해칠 필요는 없지 않겠어?"

비쩍 말랐지만 다부진 수고양이가 잠시 말을 멈췄다.

"그렇지만 떠돌이들의 속마음이 어떤지 알아내기 전까지 조심하는 게 나쁠 건 없겠지."

클리어스카이는 고개를 끄덕이고 다시 공터로 돌아갔다.

"타이니브랜치! 듀페탈! 플라워풋! 하루 종일 놀았으니 이제 피곤할 거야. 엄마한테 가서 쉬렴."

레드에게 매달려 장난치던 새끼 고양이들이 어리둥절한 얼굴로 아빠를 바라보았다.

"하지만 아직 해가 지지도 않았는데요."

타이니브랜치가 투덜거렸다.

"곧 질 거야."

클리어스카이는 단호하게 말했다.

"그리고 또 서리가 내릴 거야. 잠자리에 가야 따뜻하지."

"하지만 지금 재미있게 놀고 있단 말이에요."

플라워풋이 씩씩대며 말했다.

듀페탈은 뭉툭한 꼬리를 휙휙 휘둘렀다.

"불공평해요!"

클리어스카이는 얼굴을 찡그렸다.

"얼른 잠자리로 돌아가."

세 아이가 천천히 레드에게서 내려와 비탈로 걸어가자 죄책감이 배를 콕콕 찔렀다.

타이니브랜치가 성난 얼굴로 어깨 너머를 흘끗 돌아보았다.

"우린 아무것도 잘못한 게 없는데."

"나도 알아."

클리어스카이는 심장이 뒤틀리는 것 같았다.

"얼른 엄마한테 가. 아빠가 금방 먹을 걸 가져다줄게."

새끼 고양이들이 비탈을 허둥지둥 기어 올라가는 동안 네틀이 클리어스카이를 향해 달려왔다.

357

"무슨 일 있어요?"

네틀이 고사리 덤불 사이로 사라지는 새끼 고양이들을 코로 가리키며 물었다.

"왜 노는 걸 그만두게 했어요?"

레드가 벌떡 일어서서 몸을 털고 먹이 더미로 갔다.

클리어스카이는 자리를 떠나는 떠돌이를 지켜보며 네틀에게 속삭였다.

"고스퍼가 그러는데, 황무지 무리의 떠돌이들 중 하나가 슬래시한테 돌아갔대."

네틀의 시선이 레드에게로 홱 옮겨 갔다.

"레드도 그럴 거라고 생각하는 거예요?"

클리어스카이는 귀를 씰룩거렸다. 한 가지 생각이 머릿속에 번쩍 떠올랐다.

"모르겠어. 하지만 알아봐야지."

고스퍼가 일어서서 고개를 숙였다.

"난 이만 가 볼게. 해가 지기 전에 썬더와 리버리플한테도 경고해야 해서 말이야."

황무지 고양이가 입구로 걸어가자 클리어스카이는 뒤에서 큰 소리로 불렀다.

"펀은 괜찮아?"

"강한 고양이야. 빠르게 회복되고 있어."

고스퍼가 걸음을 멈추지 않고 대답했다.

"빨리 회복하길 바란다고 전해 줘."

클리어스카이는 가시덤불 장벽 사이로 비집고 들어가는 고스퍼를 지켜보았다.

"와 줘서 고마워."

네틀의 등줄기를 따라 털가죽이 물결치듯 꿈틀거렸다.

"레드를 믿을 수 있는지 아닌지 어떻게 알아볼 생각이에요?"

클리어스카이는 눈을 가늘게 떴다.

"나한테 계획이 있는데…… 네가 도와줘야 해."

앙상한 나뭇가지 사이로 붉은 새벽빛이 스며들었다. 클리어스카이는 떡갈나무의 구부러진 뿌리 아래에 몸을 웅크리고 있었다. 달이 아직 빛나고 있을 때 진영을 떠난 클리어스카이는 네틀과 레드의 냄새를 쫓아 여기까지 왔다. 둘은 밤새 사냥을 하고 있었다.

"왜 그래야 하는데요?"

전날 밤 클리어스카이가 따로 불러내 밤새 사냥을 하라고 명령하자, 레드가 물었다.

"네 실력을 시험해 보려는 거야."

클리어스카이는 그렇게 대답했다.

"그리고 네 용기도. 네틀이 너와 같이 갈 거야. 사냥은 하지만 먹어서는 안 돼. 네가 잡는 먹이는 모두 진영 동료들을 위한 거야."

레드는 이해가 가지 않는다는 듯 머뭇거렸지만, 이내 고개를 끄덕였다.

"알았어요."

이제 얼음처럼 차가운 공기 속에서 잔뜩 부풀린 레드의 털가죽이 보였다. 클리어스카이는 맞바람을 맞으며 나무뿌리에 숨어 있었다. 두 고양이 모두 그를 보지 못할 것이다.

클리어스카이는 네틀이 적갈색 떠돌이 주위를 맴도는 모습을 지켜보았다.

"딱 하나만 먹자."

네틀이 애원하듯 말했다.

"너무 배고프단 말이야. 클리어스카이한테 절대 안 들킬 거야."

"내가 잡은 먹이를 모두 진영으로 가지고 돌아가겠다고 약속했단 말이야."

레드가 말했다.

"먹고 싶으면 너나 먹어. 난 안 먹을 거야."

네틀이 눈을 굴렸다.

"너 쥐 대가리구나."

네틀은 낙엽 더미 아래에서 죽은 생쥐 한 마리를 끌어내 한 입 물었다.

"진짜 맛있어."

먹이를 씹으며 네틀은 레드를 바라보았다.

"정말 안 먹을 거야?"

클리어스카이는 몸을 앞으로 기울였다. 싱싱한 피 냄새를 맡자 입에 침이 고였다. 레드는 배가 고플 테고 뼛속까지 몸이 얼어붙었을 것이다.

레드가 진영 동료에게서 물러났다.

"난 클리어스카이와 약속했어. 그 약속은 꼭 지킬 거야."

클리어스카이는 얼굴을 찡그렸다.

'레드가 너무 영리한 걸까? 그래서 자신이 감시당하고 있다는 걸 알아차렸나?'

그렇다면 좀 더 강하게 밀어붙여야 할 것 같았다. 클리어스카이는 뿌리 아래에서 조심스럽게 미끄러져 나와 수고양이들을 향해 다가갔다.

가까이 다가간 클리어스카이는 네틀과 눈짓을 주고받았다. 레드는 먹잇감을 더 찾기 위해 나무 사이를 살피느라 클리어스카이가 다가온 것을 알아차리지 못했다. 그때 네틀이 재빨리 입안에 든 먹이를 꿀꺽 삼키고, 먹다 남은 생쥐를 떠돌이 옆으로 걷어찼다.

클리어스카이는 목털을 곤두세우고 그들을 향해 성큼성큼 걸어갔다.

"잡은 먹이는 먹지 말라고 분명히 말했을 텐데?"

레드가 깜짝 놀라 털가죽을 꿈틀거리며 홱 돌아섰다. 죄책감에 휩싸인 시선이 먹다 남은 생쥐에게로 향하더니, 이내 네틀에게로 옮겨 갔다.

네틀은 레드를 보며 태연하게 눈을 깜박거렸다.

"거봐, 내가 먹으면 안 된다고 했잖아."

레드는 기가 막힌다는 얼굴로 네틀을 노려보았다.

"하지만……."

레드는 말을 멈추고 클리어스카이를 마주 보았다.

"죄송해요. 배가 너무 고팠어요. 그래서 생쥐 한 마리 정도는 먹어도 될 거라고 생각했어요."

클리어스카이는 놀라서 고개를 갸웃했다. 레드는 진영 동료의 잘못을 자신이 덮어쓰려 하고 있었다. 클리어스카이는 억지로 얼굴을 찡그렸다.

"이러면 너를 믿을 수 없잖아."

클리어스카이는 으르렁거리며 말했다.

"약속해요, 앞으로 다시는 이런 일이 없도록 할게요."

레드는 낙엽 더미에서 나뭇잎을 치우고 그 아래 쌓아 둔 먹이를 꺼냈다. 뾰족뒤쥐 여러 마리와 생쥐 한 마리, 그리고 토끼 한 마리가 있었다. 개똥지빠귀 두 마리와 찌르레기 한 마리도 그 위에 있었다.

"이렇게 많이 잡았어요. 아무도 굶지 않아도 돼요. 그리고 혹시 먹이가 모자라면 전 안 먹을게요."

'이렇게 착한 고양이가 있다니, 말이 안 되잖아!'

클리어스카이의 마음에 오히려 의심이 싹텄다. 어째서 레드는 이토록 성격이 좋은 걸까? 클리어스카이는 눈을 가늘게 떴다.

"그걸로는 충분하지 않아!"

클리어스카이는 냅다 쏘아붙였다.

"더 많이 사냥해서 진영으로 돌아와."

그렇게 말하고 홱 돌아서서 성큼성큼 그 자리를 벗어났다. 고사리 덤불 옆을 지나치자마자 몸을 낮게 숙여 다시 레드를 감시하기 시작했다.

네틀이 먹이 더미 위에 다시 나뭇잎을 덮었다.

"왜 네가 나 대신 덮어쓴 거야?"

레드는 어깨를 으쓱했다.

"그게 옳은 일인 것 같아서."

네틀은 눈을 가늘게 뜨고 레드를 바라보았다.

"클리어스카이는 절대 너 대신 잘못을 덮어쓰려고 하지 않을 거야."

"정말 그럴까?"

레드가 놀란 듯 네틀을 보며 눈을 깜박거렸다.

"너도 알겠지만, 클리어스카이는 모든 무리에서 가장 못된 고양이야."

네틀은 대답을 기다리지 않고 계속 말을 이었다.

"지금도 우리를 몰래 감시하고 있었다고! 우리한테 밤새 사냥을 하라고 해 놓고, 우릴 믿지도 않잖아. 그는 아무도 안 믿어. 심지어 나도 안 믿지. 그래서 난 절대 클리어스카이에게 충성을 바치지 않아."

네틀은 콧방귀를 뀌었다.

"클리어스카이에게 충성을 바치는 건 시간 낭비야. 슬래시보다 더 나을 것도 없는 고양이거든. 클리어스카이가 예전에 다른 고양이를 죽인 적 있는 거 알아? 그것도 하나가 아니야. 진영 동료들이 그의 지시를 따르는 건 다들 두려워하기 때문이야."

"하지만 클리어스카이도 스타플라워와 새끼들한테는 아주 친절하잖아."

"그거야 당연하지."

네틀이 으르렁거리며 말을 이었다.

"자기 혈육이고 짝이니까. 하지만 첫 번째 새끼들한테는 전혀 친절하지 않았어. 그 애들의 엄마는 클리어스카이한테서 도망쳤다니까."

클리어스카이는 움찔했다. 자신이 네틀에게 레드의 충성심을 시험해 보라고 했지만, 이런 가혹한 진실까지 듣게 될 줄은 몰랐다.

"그 애들 중 하나만 살아남았어."

363

네틀이 계속 말을 이었다.

"썬더 말이지?"

이제 레드는 불안한 듯 털을 곤두세우고 있었다.

"한배 형제들은 어떻게 됐는데?"

네틀은 떠돌이 주위를 천천히 맴돌았다.

"아무도 몰라."

네틀이 어두운 목소리로 중얼거렸다.

레드는 불안한 듯 발을 꼼지락거렸다.

"왜 나한테 이런 얘기를 하는 건데?"

"네가 한때 떠돌이였으니까 그렇지."

네틀이 대답했다.

"나처럼 말이야. 우리 무리의 고양이들 대부분이 그래. 우리는 너도 이해할 거라고 생각했어."

"우리?"

레드는 혼란스러운 얼굴이었다.

"우리 중 많은 수가 클리어스카이가 지도자라는 사실에 불만을 품고 있어."

네틀이 비밀리에 속마음을 털어놓듯 말했다.

"네가 슬래시를 쫓아낸 고양이들 중 하나라는 걸 알고 우리는 희망을 품기 시작했어."

"무슨 희망?"

"우리가 클리어스카이를 쫓아낼 때 우리를 도와줄 거라는 희망 말이야."

네틀이 말을 멈추고 레드를 빤히 바라보았다.

레드는 목털을 곤두세우며 뒷걸음쳤다.

"나더러 클리어스카이를 쫓아내라는 거야?"

"넌 우리를 도와야 해."

네틀이 부추기듯 말했다.

"클리어스카이가 사라지면 더 이상 명령 같은 건 받지 않아도 돼. 밤에 사냥하러 나올 필요도 없고. 진영 동료를 먹이려고 내가 굶지 않아도 된단 말이야."

"아니야."

레드가 이빨을 드러내고 으르렁거렸다.

"클리어스카이는 좋은 지도자야. 그런 지도자가 있는 건 행운이라고. 그가 나쁘다고 생각하는 건, 네가 슬래시 같은 고양이를 만나지 못했기 때문이야."

레드는 네틀을 향해 주둥이를 들이밀며 위협하듯 꼬리를 홱 휘둘렀다.

"내가 클리어스카이를 배신할 거라고 생각했다니, 정말 믿을 수가 없어!"

네틀은 눈을 가늘게 떴다.

"만약 우리가 너를 지도자로 삼는다면 어떨 것 같아?"

그 순간 레드가 쉭쉭 소리를 내며 회색 수고양이를 후려쳤다.

떠돌이한테 코를 베인 네틀이 울부짖었다. 그리고 뒤로 펄쩍 뛰어 물러나며 방어하려고 앞발을 들어 올렸다.

"알았어! 내가 한 말은 다 잊어버려."

레드의 목구멍에서 으르렁대는 소리가 흘러나왔다. 그리고 공격 자세로 몸을 웅크렸다.

"넌 배신자야."

네틀이 뒷걸음쳤다.

"사실 이건 그냥……."

레드가 으르렁거리며 네틀을 향해 뛰어들었다.

심장이 철렁 내려앉은 클리어스카이는 숨어 있던 곳에서 뛰쳐나와 두 고양이를 향해 달려갔다. 그리고 레드의 목덜미에 발톱을 걸어 네틀에게서 떼어 놓았다.

레드는 화가 나서 눈을 이글거리며 몸부림쳐서 빠져나왔다.

"왜 날 막은 거예요?"

레드는 클리어스카이를 노려보았다.

"이 녀석은 배신자예요! 나더러 당신을 쫓아내는 걸 도우라고 했단 말이에요! 이 녀석은……."

클리어스카이는 재빨리 끼어들었다.

"내가 시켰어."

레드의 눈이 휘둥그레졌다.

"시켰다고요?"

혼란스러운 듯 레드의 눈빛이 흐려졌다.

"왜요?"

클리어스카이가 설명하기도 전에 레드의 꼬리가 축 늘어졌다.

"날 시험한 거군요!"

실망감이 잔뜩 묻어나는 목소리였다.

클리어스카이는 죄책감에 휩싸였다.

"어제 고스퍼가 찾아와서 소식을 전해 줬는데, 비가 슬래시한테 돌아갔대. 떠나기 전에 펀을 공격하기까지 했어. 그래서 너도 같은 짓을 하지 않으리라는 걸 확인해야만 했어."

자신의 행동을 합리화하려고 애쓰며 머뭇머뭇 말을 내뱉었다.

눈을 깜박거리는 레드를 보면서, 클리어스카이는 뭔가 말을 하기를 기다렸다.

'내가 너무 심하게 밀어붙였나? 레드가 떠나는 건 아닐까?'

클리어스카이는 뱃속이 뒤틀리는 것 같았다. 이렇게 충성스럽고 정직한 동료를 잃고 싶지 않았다.

"새끼 고양이들."

마침내 입을 연 레드의 목소리는 잔뜩 쉬어 있었다.

"내가 그 아이들과 같이 노는 걸 보고 날 믿을 수 있을지 확인하고 싶었던 거군요."

레드의 눈에는 이해심이 가득했다.

클리어스카이는 시선을 떨궜다.

"아이들에 관한 한, 어떤 위험도 감수하고 싶지 않아."

레드는 마음이 놓이는 것 같았다.

"그 애들은 내 목숨을 바쳐서 지킬 거예요."

레드가 약속했다.

고개를 든 클리어스카이는 떠돌이의 눈에서 빛나는 정직함을 보았다.

"그럴 거라고 믿어."

클리어스카이는 네틀을 보며 고개를 끄덕였다.

"이제 레드는 정식으로 우리 무리가 됐어."

19
새로운 사랑

썬더는 뒷다리를 쭉 뻗었다. 그리고 앞발을 높이 들어 나뭇가지 사이에 고사리 줄기를 엮었다. 개암나무 덤불의 가지가 배를 콕콕 찔렀다.

"이건 꽤 질기네."

바이올렛이 고사리 줄기 하나를 또 건네자 썬더는 발톱으로 받아서 첫 번째 줄기 옆에 꽂았다.

힘을 쓰느라 다리가 아팠지만 꼭 해야 할 일이었다. 곧 눈이 내릴 것이다. 숲에 두껍게 내린 서리에서 눈 냄새를 맡을 수 있었다. 이렇게 고사리 줄기를 엮어 놓으면 개암나무 덤불 안에 만들어 놓은 거처에 찬 바람이 들어오는 것을 막을 수 있었다. 그러면 아무리 추운 밤에도 밀크위드와 클로버와 시슬이 가시덤불 보육실에서 나와 무리의 다른 고양이들 곁에서 따뜻하게 지낼 수 있을 것이다. 클로버와 시슬도 이제 개암나무 거처에 각자의 잠자리를 만들어도 될 만큼 충분히 자랐다.

썬더는 들고 있던 앞발을 내려 네발로 땅을 딛고 서며 잠시 쉬기로 했다. 그런데 바이올렛 옆에 쌓여 있는 고사리 더미가 그새

더 높아진 것 같았다. 썬더는 놀라서 눈을 깜박거렸다.

"클라우드스파츠가 더 가져다줬어."

바이올렛이 설명했다. 그리고 쓰러진 나무 옆 고사리 덤불을 비집고 들어가는 검은 수고양이의 꼬리를 향해 고갯짓을 했다.

"고사리 줄기가 떨어지지 않도록 신경 써 주고 있어."

썬더는 개암나무 덤불을 힐끗 쳐다보았다.

"더 필요하긴 해."

아직도 나뭇가지 사이사이에 틈이 벌어져 있었다. 벌써 해가 뉘엿뉘엿 넘어가고 있었다. 저녁이 될 때까지는 벌어진 틈을 다 메우고 싶었다. 그러면 오늘 밤 동료들은 따뜻한 잠자리에서 잘 수 있을 것이다. 썬더는 밀크위드에게 시선을 돌렸다.

"이끼는 많이 찾았어요?"

이끼를 잠자리에 충분히 깔면 추위를 막을 수 있었다.

쓰러진 나무 위에서 이끼를 벗겨 내던 밀크위드가 팔짝 뛰어 내려 지금까지 쌓아 둔 이끼 더미 위에 이끼 한 조각을 더 내려 놓았다.

"나무줄기에 있는 이끼는 다 벗겨 냈어. 골짜기 위로 가서 더 찾아봐야 할 것 같아."

썬더는 분지 꼭대기를 올려다보았다.

"혼자 갈 때는 조심해요."

고스퍼가 비의 배신 소식을 전해 준 뒤로 또 다른 공격이 시작될까 봐 내내 경계하고 있었다. 라이트닝테일과 리프는 높은 바위 아래 공터에서 클로버와 시슬을 가르치는 중이었다. 그들은 사냥 동작은 포기하고 전투 동작을 다시 한 번 연습하고 있었다.

쓰러진 나무에서 튀어나온 나뭇가지 사이에서 아울아이스가 걸어 나왔다.

"밀크위드는 내가 지켜볼게."

아울아이스가 약속했다.

"안 그래도 핑크아이스한테 절벽 위쪽에서 새로 찾아낸 길을 가르쳐 주기로 했거든."

핑크아이스도 아울아이스를 따라 잎 없는 계절의 햇빛 속으로 걸어 나왔다.

"난 여전히 예전 길로도 다닐 수 있거든."

"눈이 점점 나빠지고 있잖아요, 핑크아이스."

아울아이스가 늙은 수고양이에게 말했다.

"자칫 잘못 뛰었다가 절벽 아래로 곤두박질칠 수도 있다고요. 제가 새로 알려 드리는 길이 더 안전해요. 튀어나온 바위들이 서로 더 가까이 붙어 있거든요."

핑크아이스는 콧방귀를 뀌면서도 아울아이스를 따라 가시금작화 장벽을 비집고 들어갔다.

"튀어나온 바위 몇 개 정도는 그냥 건너뛸 수 있을 만큼 아직 눈이 잘 보인대도 그러네."

밀크위드도 서둘러 그들을 뒤따라갔다.

"난 골짜기 꼭대기 근처에 있을 테니까, 그 녀석이 나타나면 소리칠게. 슬……."

밀크위드는 바이올렛과 눈이 마주치자 하던 말을 멈췄다.

"슬래시 말이죠."

바이올렛은 암고양이가 하려던 말을 짐작했다.

"이름을 말해도 돼요. 나도 누구 못지않게 그가 싫으니까."

바이올렛은 고사리 줄기를 발톱으로 홱 낚아챘다.

"언제쯤이면 내가 더 이상 떠돌이가 아니라고 생각해 줄래요?"

밀크위드가 고개를 숙였다.

"당연히 아니지."

암고양이는 가르랑거리며 말을 이었다.

"그리고 난 네가 우리와 함께여서 좋아."

밀크위드가 진영을 나가자 썬더는 바이올렛을 쳐다보았다. 진영 동료들이 바이올렛을 받아 줘서 기쁘긴 하지만, 그건 놀랄 일이 아니었다. 바이올렛은 모두에게 친절했다. 매일 아침 핑크아이스의 잠자리에서 오래된 이끼를 걷어 내고, 사냥 순찰대에 빠지지 않고 합류했다. 그리고 클로버와 시슬이 먹이 더미에서 가장 맛있는 먹이를 고를 수 있도록 도와주기도 했다.

엠버만 무리에 잘 적응하면 될 텐데, 이 주황색 수고양이는 여전히 혼자 사냥하겠다고 고집을 부렸다. 매일 새벽 진영을 나가서 혼자 사냥을 하고 혼자 먹고 돌아와서는 먹이 더미에 아무것도 가져다 두지 않았다. 지난밤에는 아예 돌아오지도 않았다.

"그래서?"

바이올렛의 목소리에 썬더는 흠칫 놀라며 혼자만의 생각에서 빠져나왔다.

"이거 끝낼 거야, 아니면 그렇게 하루 종일 나만 쳐다보고 있을 거야?"

암고양이가 가르랑거리며 물었다.

털가죽이 화끈거리는 걸 느끼며 썬더는 얼른 눈길을 돌렸다.

바이올렛의 예쁜 얼굴을 바라보고 있다는 사실을 잊고 있었다.

바이올렛이 옆에서 몸을 쭉 뻗어 개암나무 가지 사이로 고사리 줄기를 엮기 시작했다.

"괜찮아."

암고양이가 작은 소리로 속삭였다.

"나도 널 보는 게 좋아."

바이올렛은 썬더와 시선을 마주치지 않고 고사리 줄기를 덤불 속에 더 깊이 밀어 넣었다.

썬더는 뭔가 말을 하고 싶었지만 말이 나오지 않았다. 흥분이 털 사이로 보글보글 끓어오르는 것 같았다. 자신이 바이올렛에게 느끼는 감정을 바이올렛도 똑같이 느끼는지 궁금해서 밤에도 잠을 못 이루곤 했다. 썬더는 첫눈에 바이올렛의 아름다움에 반했다. 그리고 같은 진영에 살게 되면서, 바이올렛이 세상에서 가장 따뜻하고, 친절하고, 남을 돕는 데 열심인 고양이라는 사실을 알게 되었다. 하지만 어쩐지 고백할 용기가 나지 않았다. 아무래도 지금이 기회인 것 같았다.

"바이올렛?"

썬더는 다른 고사리 줄기를 잡으려고 몸을 숙인 바이올렛을 힐끗 쳐다보며 불렀다.

암고양이가 동작을 멈추고 썬더의 눈을 들여다보았다.

"응?"

호박색 눈에서 호기심이 반짝거렸다.

"저기, 혹시 우리가……."

썬더는 초조해서 털가죽이 따끔거렸다.

'이 다음에 뭐라고 말하지?'

입속의 혀가 마치 죽은 먹잇감처럼 축 늘어져 있는 것 같았다.

"만약에 우리가……."

다시 말을 꺼냈지만, 겁이 나서 배가 꼬이는 느낌이 들어 바이올렛을 멍하니 바라보기만 했다.

"썬더! 이것 좀 봐요!"

갑작스러운 클로버의 외침에 썬더는 화들짝 놀랐다.

홱 돌아보니 어린 암고양이가 한배 형제 옆에 웅크리고 있었다. 라이트닝테일이 목털을 곤두세운 채 새끼 고양이들을 마주보고 있었고, 리프는 그들 뒤에서 서성거렸다.

시슬이 썬더를 보며 눈을 깜박거렸다.

"라이트닝테일이 우리한테 함께 싸우는 법을 가르쳐 줬어요."

"준비됐어?"

리프가 눈을 가늘게 뜨고 새끼 고양이들에게 물었다.

클로버가 고개를 끄덕였다. 시슬은 꼬리를 홱 퉁겼다.

리프와 라이트닝테일이 눈짓을 주고받았다. 그러더니 둘이서 함께 새끼 고양이들을 향해 달려들었다.

그 순간 클로버와 시슬이 벌떡 일어섰다. 뒷다리로 서서 서로 등을 맞댄 채 라이트닝테일과 리프를 향해 앞발을 휘둘렀다. 라이트닝테일과 리프는 새끼 고양이들 주위를 맴돌았지만, 그들이 움직일 때마다 클로버와 시슬이 몸을 돌려, 딱딱 다무는 입을 정확히 겨냥해 발을 휘둘렀다. 한배 형제인 새끼 고양이들은 마치 노련한 싸움꾼들처럼 합이 척척 맞았다.

썬더는 큰 소리로 가르랑거렸다.

"제법인데!"

부풀어 오르는 자부심을 느끼며, 훈련하는 고양이들에게 다가 갔다.

리프와 라이트닝테일이 뒤로 물러나자 새끼 고양이들도 다시 네발로 섰다.

"자신감이 생기니까 진짜 쉬워요."

클로버가 숨을 헐떡이며 말했다.

"순찰대 전체와 싸워도 이길 수 있을 것 같아요."

시슬이 큰소리쳤다.

썬더를 뒤따라온 바이올렛이 눈을 깜박이며 어린 고양이들을 바라보았다.

"떠돌이들도 그런 움직임은 당해 내지 못할 거야."

클로버가 턱을 쳐들었다.

"만약 슬래시가 다시 우리를 공격하면, 우리가 진영을 지킬 수 있어요."

그 말에 시슬의 눈빛이 어두워졌다.

"슬래시가 다시 공격할까요?"

썬더는 진지하게 어린 수고양이와 시선을 맞췄다.

"나도 몰라."

썬더의 무리는 싸움이 벌어지면 이 골짜기를 지킬 수 있을 것이다. 하지만 엠버가 자신들과 함께 잠을 자는 것이 영 불안했다. 비가 편을 공격했다는 소식을 들은 뒤로, 썬더의 꿈에는 어두운 공포가 드리워졌다. 엠버가 무슨 꿍꿍이가 있어서 무리에 들어온 거라면 어떻게 해야 할까? 혹시 엠버도 새로운 진영 동료들을 배신할 계획을 품고 있는 건 아닐까?

바이올렛이 썬더를 쿡 찔렀다.

"이제 다시 가서 일하자."

암고양이는 개암나무 덤불을 힐끗 쳐다보았다. 클라우드스파츠가 새로운 고사리 다발을 물고 고사리 더미로 향하고 있었다.

"우리가 도와줄게요!"

시슬이 썬더를 지나쳐 개암나무로 후다닥 달려갔다.

클로버도 형제 뒤를 쫓아갔다.

"내가 너보다 더 빨리 고사리 줄기를 엮을 수 있어."

자신에게로 달려오는 새끼 고양이들을 클라우드스파츠는 다정하게 눈을 깜박이며 바라보았다.

"너희 둘은 낮은 곳에 있는 가지부터 엮는 게 좋겠구나. 꼭대기는 내가 맡을게."

클라우드스파츠가 말했다.

새끼 고양이들이 덤불에 고사리 줄기를 엮기 시작하자 썬더는 눈을 깜박이며 라이트닝테일을 바라보았다.

"네가 저 아이들을 잘 가르쳤어."

라이트닝테일은 어깨를 으쓱했다.

"방금 그 동작은 리프가 생각해 낸 거야."

썬더는 리프에게 고개를 꾸벅 숙였다.

"리프한테서 배운 뒤로 저 아이들 실력이 굉장히 좋아졌어요."

"나도 가르치는 게 즐거워."

리프가 대답했다. 수고양이의 시선이 썬더를 지나쳐 새끼 고양이들에게로 향했다. 둘은 하나의 고사리 줄기를 서로 차지하겠다고 잡아당기고 있었다.

"내가 먼저 잡았단 말이야!"

클로버가 으르렁거렸다.

"이게 질겨 보인다고 내가 말하니까 탐이 나서 빼앗으려는 거 잖아."

시슬이 쏘아붙였다.

리프가 눈을 굴렸다.

"우린 저 애들이 떠돌이와 싸울 수 있도록 훈련시키고 있어."

리프가 씩씩대며 말했다.

"그런데 이제 떠돌이처럼 굴지 않는 법도 가르쳐야겠군."

리프는 꼬리를 휘두르며 새끼 고양이들에게 다가갔다.

"클로버! 그 고사리는 형제한테 양보해. 고사리는 많이 있잖아."

라이트닝테일은 나무숲을 바라보았다.

"엠버가 아직 돌아오지 않았어."

라이트닝테일이 생각에 잠긴 듯 중얼거리고는 바이올렛에게로 시선을 돌렸다.

"네가 엠버에게 무리 생활에 적응하려고 노력해야 한다고 설명해 주면 안 될까?"

바이올렛은 시선을 떨궜다.

"벌써 말했어."

암고양이는 한숨을 내쉬었다.

"그런데 혼자서 다니는 게 더 좋대."

"그러면 무리에 머물러 있을 이유가 없는 거 아니야?"

라이트닝테일이 쏘아붙였다.

376

썬더는 친구가 제멋대로 행동하는 엠버 때문에 불안해한다는 것을 알아차렸다.

"엠버에게 무리를 떠나라고 말해야겠어."

바이올렛의 눈이 걱정으로 반짝거렸다.

"한 달만 더 시간을 줘."

바이올렛이 제안했다.

"걔도 달라질 거야. 엠버는 좋은 고양이야. 이런 무리에서 살아 보지 않아서 적응하지 못하는 것뿐이야. 슬래시와 사는 건 여기서 사는 것과 많이 달랐어. 우리는 같은 진영에 살면서 슬래시가 시키는 대로 했어. 하지만 그때는 우리 자신 말고는 아무도 우리를 지켜 주지 않았어. 그래서 지금 서로를 돌보고 지켜 주는 것에 익숙해지기 힘든 거야."

바이올렛이 애원하는 눈빛으로 바라보자 썬더는 발이 따끔거렸다. 라이트닝테일도 그를 바라보고 있었다. 썬더는 친구의 진지한 표정으로 미루어 보아, 바이올렛과 달리 엠버에게 또 한 번의 기회를 주고 싶은 마음이 없다고 짐작했다. 둘 사이에서 이러지도 저러지도 못하고 망설이던 썬더는 다른 이야기를 꺼냈다.

"리버리플은 떠돌이들과 어떻게 지내는지 궁금하네."

강 고양이들이 걱정되는 것도 사실이었다. 그들은 작은 무리였다. 리버리플, 나이트, 대플드펠트, 듀, 섀터드아이스뿐이다. 그런데 먹여야 할 입이 넷이나 더 늘었으니, 이번에야말로 강에 물고기가 얼마나 많은지 모두에게 증명할 수 있는 기회가 된 셈이다. 그렇지만 만약 돈과 모스가 비처럼 그들을 배신하면 어떻게 될까? 리버리플과 강 고양이들은 심하게 다칠 수도 있다.

"우리가 가서 알아보는 건 어때?"

바이올렛의 제안에 썬더는 깜짝 놀랐다.

"좋은 생각이야."

라이트닝테일이 동의했다.

"나도 같이 가자."

바이올렛이 검은 수고양이를 휙 쳐다보았다.

"썬더랑 나랑 둘이서 가도 될 것 같은데."

라이트닝테일의 눈에서 즐거움이 반짝였다.

"그런 난 여기 남아서 다른 고양이들이나 도와줘야겠네."

라이트닝테일은 다 안다는 듯 수염을 씰룩거렸다.

썬더는 괜히 부끄러워서 발을 이리저리 꼼지락거렸다.

'강까지 가는 동안 무슨 얘기를 하지?'

순찰대와 함께 있거나 진영에서 다른 고양이들과 함께 있을 때는 바이올렛과 대화하는 것이 전혀 어렵지 않았다.

"정말 우리 둘만 가도 되겠어?"

라이트닝테일은 이미 개암나무 덤불로 향하고 있었다.

"걱정하지 마, 썬더. 바이올렛이 너를 떠돌이들한테서 지켜 줄 테니까."

라이트닝테일이 고개를 돌리고 장난스럽게 말했다.

"떠돌이들은 두렵지 않아."

썬더는 무심코 대답했다.

라이트닝테일이 수염을 씰룩거렸다.

"그럼 왜 그렇게 걱정하는 얼굴이야? 바이올렛은 널 물지 않아."

"혹시 모르지."

바이올렛이 코웃음을 치고는 가시금작화 입구로 걸어갔다.

"안 가?"

암고양이가 썬더에게 큰 소리로 물었다.

라이트닝테일이 짓궂은 얼굴로 썬더를 바라보았다.

"서둘러야겠는데."

썬더는 친구를 노려보고는 바이올렛을 따라 진영을 나갔다.

둘은 아무 말 없이 골짜기를 올라가다가, 꼭대기에 있는 아울아이스와 핑크아이스를 만나고서야 입을 열었다. 둘은 가파른 절벽을 내려다보고 있었다.

"바닥 좀 안 보인다고 무슨 큰일이라도 나?"

핑크아이스가 아울아이스한테 투덜거렸다.

"다음에 발 디딜 바위만 보이면 되는 거 아니야?"

"그냥 절 따라오면서 어떤 바위를 밟는지 기억해 두라고요."

아울아이스가 말했다.

썬더가 골짜기 꼭대기에 다다르자 핑크아이스가 고개를 끄덕였다.

"사냥하러 가니?"

"아뇨, 리버리플이 무리에 새로 들어온 떠돌이들과 어떻게 지내는지 보러 가는 길이에요."

바이올렛이 재빨리 절벽 가장자리로 기어 올라와 몸을 힘껏 털었다.

"돈과 모스를 다시 만난다니 너무 신나."

핑크아이스는 차가운 오후의 햇살을 받아 붉게 보이는 눈을 반짝이며 고개를 갸웃했다.

"그들은 새끼가 있는 떠돌이였지, 아마?"

썬더는 고개를 끄덕였다.

"그들이 문제를 일으킨다는 건 상상도 할 수 없어요."

썬더는 핑크아이스에게 말했다.

"슬래시의 진영을 떠나는 걸 누구보다 행복해했을걸요. 그리고 리버리플은 분명 그들을 환영했을 거예요."

아울아이스의 목덜미가 물결처럼 꿈틀거렸다.

"우리도 엠버를 환영하려고 노력했어. 하지만 계속 겉돌고 있잖아."

아울아이스가 날카롭게 지적했다.

바이올렛은 반항적으로 턱을 쳐들고 강을 향해 걸음을 옮겼다.

"엠버는 그저 시간이 필요한 것뿐이야."

썬더는 암고양이를 빠르게 뒤쫓아 가다가, 너도밤나무 뿌리에서 이끼를 뜯고 있는 밀크위드를 지나치면서 고개를 끄덕여 인사했다. 조심스럽게 공기를 맛본 썬더는 잎 없는 계절의 퀴퀴한 냄새만 나자 마음이 놓였다. 강가로 이어지는 숲이 우거진 비탈길에서 바이올렛을 따라잡았다.

"날씨 좋네."

썬더는 어색하게 말했다.

바이올렛은 힐끗 쳐다보기만 할 뿐, 대꾸하지 않았다.

썬더는 쥐 대가리 같지 않은 말을 생각해 낼 수 있기를 바라며 다시 한 번 말을 걸었다.

"숲에서 사는 건 맘에 들어?"

"나무는 괜찮은 것 같아."

바이올렛은 서리를 맞아 시든 쐐기풀 덤불 사이를 요리조리 빠져나갔다.

"그래, 그럴 줄 알았어."

썬더는 서서히 짜증이 치밀었다. 둘이서만 가자고 먼저 말한 건 바이올렛이었다. 그런데 왜 대화를 이어 가는 걸 도와주지 않는 걸까? 썬더는 다시 한 번 말을 걸어 보기로 했다.

"강에 가 본 적 있어?"

"응."

짧게 대답하고서 바이올렛은 가파른 둑에서 뛰어내려 부스럭대며 낙엽 위에 내려섰다.

나무 사이로 반짝이는 강물이 눈에 들어왔다. 썬더는 걸음을 재촉했다. 강 고양이들의 진영에 다다르면 지금보다는 분위기가 좋아질 것 같았다.

"굉장히 서두르네."

옆을 지나치는 썬더를 향해 바이올렛이 말했다.

"해가 지기 전에 도착해야지."

'지금은 나무 위에 올라간 토끼처럼 너무 어색하단 말이야.'

바이올렛이 걸음을 멈췄다.

썬더는 고개를 돌려 바이올렛을 바라보았다.

"왜 안 가?"

바이올렛의 눈이 장난스럽게 빛났다.

"우리가 진영 울타리에 고사리 줄기를 엮어 넣을 때 네가 하던 말을 끝내길 기다리는 중이야."

암고양이의 달콤한 숨결이 썬더의 코에 닿을 정도로 가까이 다가왔다.

"넌, '저기, 혹시 우리가……'라고 말했어. 나는 우리가 뭘 할 수 있다고 생각했는지 듣고 싶어."

썬더의 털가죽이 불타는 것처럼 화끈거렸다.

"난 그저 우리가 친구가 되었으면 좋겠어."

바이올렛은 상처받은 얼굴이었다.

"난 우리가 이미 친구라고 생각하는데."

썬더는 앞발을 내려다보았다.

"그건 그렇지."

'떠돌이와 개가 우글거리는 진영에 있는 것보다 더 힘드네.'

"하지만 난 네가 특별하다고 생각해. 널 처음 봤을 때부터 그렇게 생각했어."

썬더는 고개를 들고 억지로 말을 이었다.

"난 너를 사랑해. 그리고 우리가 서로에 대해 좀 더 잘 알게 되었을 때, 네가 내 짝이 되면 좋겠어."

바이올렛은 말없이 그를 바라보았다.

썬더는 가슴이 터질 것 같았다.

"어때?"

바이올렛이 가르랑거렸다.

"너무너무 좋아."

암고양이가 몸을 쭉 뻗어 주둥이를 살짝 맞댔다. 그 부드러운 느낌에 썬더는 너무 행복해서 몸이 떨렸다.

"나도 그렇게 생각……."

바이올렛이 썬더의 말을 끊었다.

"일단 리버리플을 만나러 가자. 그런 다음에 우리 미래에 대해서 얘기해 보는 거야."

암고양이는 뒤로 물러나더니 강을 향해 걸어가기 시작했다.

썬더도 쿵쿵 뛰는 가슴을 안고 서둘러 바이올렛을 뒤따라갔다. 숲을 걷는 발이 깃털처럼 가볍게 느껴졌다. 강가 징검다리 앞에서 썬더는 바이올렛을 따라잡았다.

썬더가 다가가자 바이올렛이 몸을 스치며 말했다.

"라이트닝테일이 널 대신해서 내 마음을 물어볼 수도 있겠다는 생각이 들던 참이었어."

썬더는 가르랑거렸고 한동안 둘은 말없이 걷기만 했다. 이번에는 전혀 어색하지 않고 편안했다. 썬더의 생각은 라이트닝테일에게로 향했다.

'라이트닝테일이 널 대신해서 내 마음을 물어볼 수도 있겠다는 생각이 들던 참이었어.'

라이트닝테일은 그렇게 하고도 남았을 것이다. 의리 있고 친절한 친구니까. 썬더는 바이올렛이 자신처럼 둘 사이의 우정을 소중히 생각해 주길 바랐다.

"너도 라이트닝테일이 좋아?"

썬더는 망설이다 물었다.

"물론이야."

바이올렛이 대답했다.

"너한테 아주 충성스럽잖아. 그리고 클로버를 훌륭한 사냥꾼이자 싸움꾼으로 만들어 줬어."

"걔도 언젠가 지도자가 될 거야."

썬더는 작은 소리로 중얼거렸다.

그 말을 들은 바이올렛이 걸음을 멈췄다.

"자신만의 무리를 만든다는 거야?"

바이올렛의 눈이 걱정으로 번들거렸다.

"아니야."

썬더는 암고양이를 안심시켰다.

"만약 나한테 무슨 일이 생긴다면, 라이트닝테일이 다음 지도자가 될 거라는 얘기야. 우리 무리를 하나로 묶을 수 있는 건 라이트닝테일밖에 없으니까. 위기가 닥쳤을 때 어떻게 해야 하는지도 알고, 자신보다 진영 동료들을 먼저 생각해."

바이올렛이 썬더를 빤히 바라보았다.

"왜 너한테 무슨 일이 생길 거라고 생각하는데?"

암고양이의 목소리에서 두려움이 느껴졌다.

"그런 일은 없을 거야."

썬더는 재빨리 약속했다.

"하지만 혹시라도……."

"난 절대 너한테 나쁜 일이 생기게 두지 않을 거야!"

바이올렛이 소리쳤다.

"넌 언젠가 내 아이들의 아빠가 될 테니까. 난 네가 필요해."

바이올렛이 썬더의 눈을 지그시 바라보았다.

썬더는 그 눈에서 사랑을 보았다. 가슴속에서 나비가 날갯짓이라도 하는 듯 간질거리는 느낌이 들었다.

"나도 네가 필요해."

썬더는 속삭였다.

암고양이의 뺨에 코를 가져다 대려고 몸을 앞으로 숙였을 때, 옆에서 물이 첨벙거리는 소리가 들렸다. 고개를 홱 돌려 보니, 반짝이는 물고기를 입에 문 리버리플이 강물을 헤치고 걸어오고 있었다.

"먹을래?"

강 고양이가 둘의 발치에 물고기를 획 던졌다.

썬더는 코를 찡그렸다.

"고맙지만 전 생쥐가 더 좋아요."

리버리플은 어깨를 으쓱했다.

"숲에는 먹잇감이 좀 늘었어?"

썬더는 고개를 끄덕였다.

"그리고 클로버와 시슬이 솜씨 좋은 사냥꾼으로 자라고 있어요. 걔들도 이제 먹이 더미를 채우는 데에 한몫해요."

"밀크위드가 자랑스러워하겠네."

리버리플이 가르랑거리며 말했다.

"우리 모두 그래요."

썬더의 시선이 강을 건너 강 고양이들의 진영으로 향했다.

"떠돌이들은 잘 적응하고 있어요?"

리버리플도 썬더의 시선을 따라 눈길을 돌렸다.

"돈과 모스는 잘 지내고 있어."

리버리플이 다정하게 말했다.

"가자, 내가 보여 줄게."

리버리플은 다시 물고기를 물고 징검다리로 향했다. 그리고 팔짝팔짝 뛰어 쉽게 강을 건너갔다.

썬더가 그 뒤를 따라가고, 바이올렛도 곧바로 뒤따라왔다. 얼음처럼 차가운 물이 철썩이며 발에 닿자 썬더는 몸이 부르르 떨렸다.

'리버리플은 이런 물속에서 어떻게 헤엄을 치지?'

강 고양이를 뒤따라 갈대밭 사이로 난 구불구불한 길을 가다 보니 진영으로 이어졌다.

파인과 드리즐은 공터와 강이 만나는 얕은 물에서 물살을 헤치며 걸어 다니고 있었다. 섀터드아이스가 그 옆에 서서, 물 밖으로 튀어나온 풀 사이로 걸어 다니는 새끼 고양이들을 지켜보았다.

리버리플이 공터를 가로질러 그들을 향해 다가가자 드리즐이 기쁜 듯 눈을 깜박거렸다.

"이거 봐요!"

어린 암고양이가 물을 향해 꼬리를 홱 휘둘렀다. 물 밖으로 얼굴 셋이 쏙 올라왔다.

"엄마랑 아빠가 헤엄치고 있어요!"

리버리플을 따라 물가로 걸어가던 썬더는 가까이에 있는 바이올렛의 털이 곤두서는 것을 느꼈다.

섀터드아이스는 헤엄치는 고양이들을 향해 고개를 끄덕였다.

대플드펠트가 돈과 모스 사이를 획획 지나갔다.

"발을 멈추지 마!"

암고양이가 소리쳤다.

모스는 겁이 나서 눈을 번들거리며 물속에서 미친 듯이 발을 움직였다.

돈은 그보다 훨씬 쉽게 물살을 가르며 나아갔다. 암고양이의 귀에서 물이 뚝뚝 떨어지고 물 밖으로 드러난 등은 수달처럼 반질거렸다.

리버리플이 가르랑거렸다.

"둘 다 금방 물고기를 잡으러 가겠는걸."

바이올렛이 썬더 옆에서 걸음을 멈췄다.

"물속에서 춥지도 않나?"

암고양이가 놀랍다는 목소리로 물었다.

"계속 움직이면 안 추워."

리버리플이 대답했다.

"그나저나 털은 어떻게 말려요?"

썬더가 물었다. 몸이 젖는다고 상상하자 소름이 돋았다.

"재빨리 몸을 털고 나서 갈대밭을 뛰어다니면 돼."

리버리플이 대답했다. 그러고는 자신이 내려놓은 물고기를 쿡 찔렀다.

"그리고 맛있는 먹이를 먹는 거지."

대플드펠트가 물가로 걸어 나오기 시작했다.

돈이 그 뒤를 따라 나오고, 모스도 뒤따라왔다. 털가죽에서 물방울을 뚝뚝 떨어뜨리며 강에서 걸어 나오는 수고양이의 눈에서 안도감이 엿보였다.

파인이 아빠를 맞이하러 달려갔다.

"정말 잘했어요!"

어린 수고양이가 신이 나서 소리쳤다.

"지난번처럼 가라앉지 않았어요."

드리즐은 엄마 옆에서 첨벙첨벙 물장구를 쳤다.

"얼른 털가죽을 털어야죠!"

어린 암고양이도 신이 나서 눈을 반짝이며 말했다.

돈은 몸을 힘껏 털어 새끼 고양이에게 물방울을 마구 튀겼다. 그러자 드리즐이 재미있다며 꺅꺅 비명을 질렀다.

리버리플이 그 모습을 보며 가르랑거렸다.

"저들은 타고난 강 고양이들이야."

드리즐이 눈을 깜박이며 썬더를 쳐다보았다.

"다음엔 나도 헤엄치는 법을 배울 거예요."

섀터드아이스가 얼굴을 찌푸렸다.

"넌 좀 더 커야 해. 물살이 세단 말이야."

모스가 몸을 힘껏 털자 털가죽에서 물이 뚝뚝 떨어졌다.

파인이 꼬리를 홱 쳐들었다.

"갈대밭까지 경주해요!"

모스가 대답하기도 전에 까만 새끼 고양이는 달리기 시작했다. 드리즐이 그 뒤를 쫓아가고, 모스도 뒤따라 달려갔다.

"나도 같이 가!"

돈이 젖은 발로 땅바닥을 찰박찰박 밟으며 뒤쫓아 갔다. 대플드펠트도 뒤를 이었다.

그들이 갈대밭으로 사라지자 썬더는 눈을 깜박이며 리버리플을 바라보았다.

"다들 여기서 행복해 보여요."

리버리플이 어깨를 으쓱했다.

"행복하지 않을 이유가 없잖아? 강도 있고 물고기도 있고, 밤에는 따뜻하고 마른 잠자리가 기다리고 있으니 말이야."

썬더는 강물 너머를 바라보았다.

'엠버도 숲에서 살면서 저렇게 행복해하면 좋을 텐데.'

리버리플이 꼬리를 홱 튕겼다.

"걱정이 있는 얼굴이네."

"고스퍼가 소식을 전해 줬구나, 맞지?"

새터드아이스가 귀를 씰룩거리며 물었다.

"그래서 여기 온 거야? 우리 무리의 떠돌이들이 문제를 일으키지 않는지 확인하려고?"

"맞아요."

썬더는 사실대로 털어놓았다.

리버리플이 바이올렛을 쳐다보았다.

"넌 숲 고양이가 되어 행복해 보이는데."

바이올렛은 썬더에게 가까이 다가갔다.

"이렇게 행복한 적은 처음이에요."

암고양이가 가르랑거리며 말했다.

"엠버는?"

새터드아이스의 눈길이 썬더에게 머물렀다.

"엠버도 잘 적응하고 있어?"

썬더는 마음이 편치 않았다.

"아직도 혼자서 사냥해요."

옆에 있는 바이올렛의 몸이 굳는 것이 느껴졌다.

"시간이 지나면 괜찮아질 거예요."

바이올렛이 재빨리 말했다. 하지만 그다지 자신 있는 목소리는 아니었다.

새터드아이스가 콧방귀를 뀌었다.

"난 나와 함께 사냥하지 않는 고양이는 못 믿을 것 같은데."

리버리플이 진지한 얼굴로 썬더를 바라보았다.

"만약 엠버가 동료들과 함께 사냥하지 않는다면, 무리에 머물러 있어서는 안 된다고 봐."

"그런 소리 말아요!"

바이올렛이 화들짝 놀란 듯 말했다.

썬더는 갑자기 입이 바싹바싹 말라서 침을 꿀꺽 삼켰다. 바이올렛의 기분을 상하게 하고 싶지는 않았지만, 리버리플의 말은 일리가 있었다.

'만약 내가 엠버에게 무리를 떠나라고 말하면, 엠버는 어디로 갈까? 그랬다가 슬래시 패거리만 더 늘어나게 되면 어떻게 하지?'

20
다시 나타난 슬래시

썬더는 추위를 막으려고 털을 부풀렸다. 진영 가장자리에서 눈송이가 흩날렸다. 땅에 떨어져 얼어붙은 눈은 달빛을 받아 반짝반짝 빛났다.

시슬과 클로버는 신이 나서 털을 바짝 세운 채 공터를 가로질러 뛰어다녔다.

시슬이 썬더 앞에 미끄러지듯 멈춰 서서 빤히 쳐다보았다.

"모두 다 거기 가는 거예요?"

"다른 무리 고양이들도요?"

클로버가 눈 덮인 땅에 발이 미끄러지며 한배 형제의 옆구리에 쿵 부딪혔다.

"거의 다 갈 거야."

썬더는 가르랑거리며 말했다. 어린 고양이들은 훈련을 통해 실력 있는 사냥꾼이 되었고, 진영 동료들의 임무를 함께 나누고 싶어 했다. 오늘 아침에는 핑크아이스의 잠자리에 새로 깔 싱싱한 고사리를 모으러 갔다가 온몸에 눈을 잔뜩 뒤집어쓴 채로 고사리 줄기를 물고 공터로 돌아왔다. 하지만 오늘 밤 그들은 처음으로 굴에서 나왔을 때처럼 잔뜩 들떠 있었다.

밀크위드가 가시덤불 옆에 쌓인 눈을 뛰어넘어 서둘러 공터를 달려왔다. 그리고 시슬의 헝클어진 털을 핥아 주기 시작했다.

어린 수고양이는 몸을 숙여 피하며 짜증을 냈다.

"단정해 보여야지."

어미 고양이가 꾸짖었다.

시슬은 성난 얼굴로 엄마를 쳐다보았다.

"이미 몸단장은 다 했단 말이에요."

"두 번이나요."

클로버가 날카롭게 덧붙였다.

바이올렛이 가까이 다가왔다. 암고양이의 따스한 털가죽이 느껴지자 썬더는 언제나처럼 심장이 빠르게 뛰었다.

"이 애들이 거기서 가장 멋진 새끼 고양이들일 거예요."

바이올렛이 밀크위드에게 장담했다.

밀크위드는 자랑스럽게 가슴을 부풀렸고, 클로버는 흥분해서 눈이 휘둥그레졌다.

"타이니브랜치랑 듀페탈이랑 플라워풋도 와요?"

썬더는 고개를 저었다.

"그 애들은 너무 어려. 스타플라워와 함께 잠자리에 남아 있을 거야. 그렇게 어린 고양이들이 나오기에는 날씨가 너무 춥거든."

클로버는 풀 죽은 얼굴이 되었다.

"그럼 실버스트라이프랑 블랙이어랑 화이트테일도 못 만나요?"

밀크위드가 꼬리를 휙 움직여 클로버의 등에 삐죽 솟은 털을 가지런히 눕혔다.

"그 애들도 슬레이트와 함께 거처에 남아 있을 거야. 태어난 지 아직 한 달도 안 됐잖아."

시슬이 얼굴을 찡그렸다.

"드리즐이랑 파인은 올 거예요, 그렇죠?"

"걔들은 꼭 와야 해요!"

클로버가 턱을 쳐들고 말했다.

"걔들은 떠돌이잖아요! 나무 네 그루 모임은 무리에 들어온 모든 떠돌이를 환영하는 모임이라고요."

"그 애들은 올 거야."

썬더는 장담했다.

"걔들은 추위를 견딜 만한 나이가 되었으니까. 리버리플 말로는 그 애들이 이날만 기다리고 있다는구나."

이번 보름날 모임은 리버리플이 제안했다. 썬더는 무리에 들어온 떠돌이들을 정식으로 환영하면, 그들의 충성심에 대한 걱정에서 벗어날 수 있을 거라는 강 고양이의 계획이 성공하기를 바랐다. 공터 너머에 앉아 있는 엠버를 힐끗 쳐다보았다. 눈을 가늘게 뜨고 있는 수고양이의 주황색 털가죽이 새하얀 눈과 대비되어 또렷이 보였다.

'이 모임이 저 수고양이를 떠돌이에서 진영 동료로 바꿔 줄 수 있을까? 이 모임을 하고 나면 엠버도 혼자 사냥하는 걸 그만두고 순찰대와 함께할까?'

썬더는 귀를 신경질적으로 씰룩거렸다.

'적어도 엠버가 모임에 참석하긴 하잖아. 좋은 시작을 의미하는 것 아닐까?'

클라우드스파츠가 고사리 굴길에서 미끄러져 나왔다.

"떠날 준비 됐어?"

검은 수고양이가 공터 너머에서 소리쳐 물었다.

라이트닝테일과 리프가 입구 옆을 서성였다. 핑크아이스는 달빛에 희부연 눈을 빛내며 아울아이스 옆에 서 있었다.

썬더는 클라우드스파츠에게 고개를 끄덕였다.

"가요."

라이트닝테일과 리프는 썬더가 지나갈 수 있도록 비켜 주었다. 바이올렛과 나란히 진영을 빠져나간 썬더는 절벽 기슭에 다다르자 발톱을 세웠다. 절벽에서 튀어나온 바위들은 얼음에 뒤덮여 미끄러울 것이다. 썬더는 첫 번째 바위 위로 뛰어 올라가 다른 고양이들이 지나갈 때까지 기다렸다가, 다른 고양이들이 서둘러 앞질러 가자 바짝 붙어 뒤따라갔다.

미끄러지는 고양이가 없는지 살피려고 고개를 든 순간 눈이 얼굴로 쏟아져 내렸다. 클로버와 시슬이 먼저 절벽을 오르려고 서로를 밀치고 있었다. 그러다 시슬이 발을 헛디뎌 서리 내린 바위 위에서 쭉 미끄러졌다. 썬더는 가슴이 철렁 내려앉았다. 떨어지는 새끼 고양이를 잡으려고 단단히 버티고 서는데, 라이트닝테일이 옆에서 뛰어내려 새끼 고양이의 목덜미를 물어 바위 위로 올려 주었다. 시슬이 제대로 발을 딛고 설 때까지 라이트닝테일은 놔 주지 않았다.

"거기까지 가지 못하면 서둘러 봤자 소용없어."

라이트닝테일이 어린 수고양이에게 엄하게 말했다.

시슬은 고개를 숙였다.

"죄송해요."

새끼 고양이는 천천히 다음 바위로 기어 올라갔다.

썬더는 수염에 묻은 눈을 털어 내고 펄쩍 뛰어올랐다. 얼음 덮인 바위를 발톱으로 긁으며 미끄러지지 않으려고 안간힘을 썼다. 마침내 꼭대기에 이르자 안도의 숨을 내쉬며 눈 덮인 절벽 가장자리로 뛰어 올라갔다.

핑크아이스가 그림자 속을 들여다보려는 듯 숲을 향해 눈을 깜박였다.

썬더는 나이 든 수고양이를 지나쳐 나무 사이로 길을 안내했다.

"서로 바짝 붙어요."

나무뿌리 주위로 눈이 쌓여 있었지만, 나무 네 그루 분지로 가는 길은 익숙해서 쉽게 찾을 수 있었다. 썬더는 눈이 흩뿌려진 나무를 올려다보았다. 마치 오랜 친구를 보는 것처럼 나무줄기 하나하나가 눈에 익었다. 이 나무숲은 이제 썬더의 집이 되었고, 황무지의 토끼 길이나 헤더 길만큼이나 익숙했다.

나무숲 깊이 들어가자 발밑에서 얼음이 바사삭 부서졌다. 분지에 가까워지자 눈 위를 돌아다닌 흔적이 남아 있었다. 썬더는 입을 열어 공기를 맛보았다. 리버리플 냄새가 났다. 강 고양이들이 이 길로 지나간 게 틀림없었다. 그들의 냄새는 아직 신선했다.

'분지 꼭대기에 다다르기 전에 따라잡을 수 있을까?'

썬더는 걸음을 재촉했다.

썬더의 무리가 분지 꼭대기에 다다랐을 즈음 리버리플은 벌써 무리를 이끌고 비탈을 내려가고 있었다. 고사리 줄기 사이로 요리조리 지나가는 나이트의 모습이 눈에 들어왔다. 섀터드아이스와 대플드펠트가 암고양이 뒤를 따랐고, 모스와 돈이 그들 뒤를 바짝 쫓아갔다. 파인과 드리즐의 모습은 고사리 덤불에 가려져 보이지 않았지만, 새끼 고양이들이 흥분해서 재잘거리는 소리는 분명히 들렸다.

"새벽까지 깨어 있어도 돼요?"

드리즐의 질문이 돌처럼 차가운 공기를 뚫고 울려 퍼졌다.

"우리 절대 잠들지 말자!"

파인이 꺅꺅 소리쳤다.

"집에 돌아가면 얼음 위를 걸어 다닐 수 있을 거야."

썬더는 눈을 깜박거렸다.

'강이 얼었나?'

무리 앞쪽에서 리버리플의 목소리가 들렸다.

"새끼 고양이는 얼음 위에 못 올라가. 혹시라도 얼음이 깨지면 너희는 강바닥으로 빨려 들어갈 거야."

밀크위드가 썬더 옆으로 다가와 걸음을 멈추며 몸을 부르르 떨었다.

"우리가 강에 살지 않아서 정말 다행이야. 그랬다면 난 시슬과 클로버한테서 한시도 눈을 떼지 못했을 거야."

리프가 밀크위드를 스쳐 지나가 암고양이의 뺨을 코로 톡 쳤다.

"저 애들을 강에서 키웠다면 지금쯤 오리처럼 헤엄치고 있을 걸. 쟤들은 뭐든 빨리 배우잖아."

클로버가 리프와 엄마 사이를 비집고 나왔다.

"수다 그만 떨고 얼른 가요."

어린 암고양이가 분지를 내려다보았다.

분지 바닥에서는 고양이들이 눈 덮인 땅에 달그림자를 길게 드리우며 이리저리 돌아다니고 있었다.

"다들 왔어요!"

시슬이 서둘러 분지 가장자리로 달려가며 외쳤다.

썬더도 어린 고양이들의 시선을 따라 눈길을 돌렸다. 클리어스카이가 꼬리털을 부풀린 채 자신의 고양이들 사이를 누비고 있었다. 윈드러너는 분지 가장자리에 앉아 눈을 가늘게 뜨고 다른 고양이들을 지켜보고 있었고, 고스퍼는 여기저기 서성거리고 있었다. 썬더는 다른 고양이들 곁에 있는 그레이윙을 보고 기뻤다. 하지만 회색 고양이가 눈에 띄게 수척해진 게 마음에 걸렸다. 모스플라이트는 펀의 옆을 맴돌며 암고양이의 헝클어진 털가죽을 걱정스럽게 쿵쿵거렸다. 톨새도는 마우스이어와 페블하트 사이에 앉아 있었고, 선새도는 주니퍼와 레이븐에게 몸을 숙이고 있었다. 털을 매끈하게 단장하고 귀를 쫑긋 세우고 있는 선새도는 떠돌이들 사이에서 아주 편안해 보였다. 리버리플이 달빛에 눈을 반짝이며 고사리 덤불 밖으로 나가자, 몇몇 고양이가 강 고양이들을 보려고 고개를 돌렸다.

"가자."

썬더는 분지 꼭대기를 넘어 고사리 덤불을 비집고 들어갔다. 고사리 줄기를 잘못 건드리자 등으로 눈이 와르르 쏟아져 내렸다. 썬더는 꼬리를 높이 들고 달리기 시작했다. 뒤에서 다른 고양이들도 덤불을 획획 지나치며 달리는 소리를 들을 수 있었다.

공터로 불쑥 뛰어든 썬더는 턱을 비스듬히 젖혔다.

톨새도가 썬더를 맞이하러 다가왔다.

"그들도 왔어?"

톨새도의 눈길이 썬더의 등 뒤로 향했다. 엠버와 바이올렛이 고사리 덤불에서 미끄러져 나오자 톨새도는 안도하는 표정을 지었다.

"다 같이 왔어요."

썬더는 암고양이를 안심시켰다.

톨새도는 주니퍼와 레이븐을 힐끗 쳐다보았다.

"저들도 이 계획이 마음에 든대."

리버리플이 그들에게 다가왔다.

"드리즐과 파인도 신났어."

썬더는 모여 있는 고양이들을 둘러보았다. 흥분으로 반짝이는 그들의 눈을 보자 마음이 붕 뜨는 것 같았다. 눈 덮인 공터로 가벼운 바람이 불어와 눈가루가 허공으로 흩날렸다. 머리 위 까만 밤하늘에서는 별이 반짝거렸다. 앙상한 떡갈나무 가지 사이로 달빛이 스며들었다.

"시작하자."

톨새도가 공터 한가운데로 걸어 들어갔다. 그리고 공터 가장자리에서 서성이는 윈드러너를 보며 눈을 깜박거렸다.

"준비됐어?"

윈드러너가 눈밭을 가로질러 걸어와 검은 암고양이 옆에 멈춰 섰다.

"정말로 말 몇 마디로 저들이 우리와 같아질 거라고 생각해?"

윈드러너가 펀과 윌로를 보며 큰 소리로 말했다.

두 떠돌이는 털을 곤두세우며 서로 바짝 붙어 앉았다.

썬더는 깜짝 놀라서 윈드러너를 바라보았다.

"펀이 그런 일을 겪었는데도 아직 못 믿는단 말이에요?"

펀의 털가죽에는 여전히 흉터가 남아 있었고 옆구리를 따라 털이 뭉쳐 있었다. 게다가 눈은 부어오르고 코에는 피딱지가 말라 붙어 있었다.

모스플라이트가 엄마를 빤히 쳐다보았다.

"엄마는 왜 그렇게 고집이 세요? 비가 펀을 해친 건, 펀이 같이 가길 거부했기 때문이에요."

윌로가 턱을 들어 올렸다.

"우리는 네 믿음을 얻기 위해 노력할 거야."

그레이윙이 앞으로 걸어 나왔다.

"믿음을 쌓으려면 시간이 필요해, 윈드러너. 하지만 마음을 열지 않으면 아무리 시간이 지나도 믿음은 생기지 않아."

그레이윙의 말은 속삭임이나 다름없었다.

썬더가 보기에 그레이윙의 눈에는 피로가 가득했다. 걱정이 썬더의 털가죽을 콕콕 찔렀다. 그레이윙이 이렇게 아파 보이는 건 처음이었다.

"모임을 시작하자."

윈드러너가 꼬리를 홱 퉁기며 퉁명스럽게 말했다.

썬더는 모스플라이트가 짜증 난 듯 털가죽을 씰룩이는 것을 보았다. 어린 고양이가 속상해하는 건 이해할 수 있지만, 그레이윙의 말이 옳았다. 믿음이 생기려면 시간이 필요했다. 썬더는 바이올렛을 힐끗 쳐다보았다. 그 순간 이 아름다운 암고양이에게 깊은 유대감을 느꼈지만, 스타플라워의 배신으로 썬더는 남을 함부로 믿어서는 안 된다는 걸 배웠다. 다른 떠돌이들과 함께 앞으로 걸어 나오던 바이올렛이 애정이 가득 담긴 호박색 눈으로 썬더와 눈을 맞췄다. 썬더는 가르랑거리는 소리를 꿀꺽 삼키며 고개를 끄덕이고는 라이트닝테일과 리프 사이로 걸어갔다.

무리 고양이들이 떠돌이들을 둘러싸고 모여들면서 허공으로 따뜻한 입김이 뭉게뭉게 피어올랐다. 윈드러너는 고스퍼 옆으로 걸어갔다. 그레이윙은 스파티드퍼와 미노 사이에 자리를 잡았다. 클리어스카이는 레드에게 시선을 고정한 채 네틀 옆에 섰다.

적갈색 수고양이 레드는 불안한 듯 발을 꼼지락거렸다. 썬더는 윌로가 노골적인 경멸의 눈초리로 적갈색 수고양이를 노려보고 있다는 것을 알아차렸다.

주니퍼와 레이븐은 고개를 높이 쳐들고 있었고, 모스와 돈은 얼음처럼 차가운 바람을 막기 위해 드리즐과 파인을 감싸고 옹기종기 모여 있었다.

리버리플이 그 중심에 서 있었다. 떠돌이들을 둘러보면서 리버리플은 분지가 조용해지길 기다렸다. 바람이 멈추고 발밑에서 눈이 뽀득뽀득 밟히는 소리만 차가운 밤공기를 흔들었다.

"너희는 새로운 진영 동료들에게 충성을 맹세할 수 있어?"

리버리플이 떠돌이들을 둘러보며 입을 열었다.

"응."

윌로가 가장 먼저 대답했다. 다른 떠돌이들도 중얼거리며 동의했다.

썬더는 눈을 가늘게 뜨고 엠버를 바라보았다. 이 주황색 수고양이도 다른 고양이들과 함께 대답했을까? 리버리플이 계속 말을 잇자 썬더는 귀를 쫑긋 세웠다.

"동료들을 위해 사냥하고 그들을 위해 싸울 거야? 그들이 약할 때 보호해 주고, 그들이 강할 때 곁에 함께 서 있겠다고 약속할 수 있어?"

"약속해!"

레이븐이 털을 부풀리고 반짝이는 눈으로 톨섀도를 보며 대답했다.

드리즐이 목소리를 높였다.

"난 아직 사냥 못 하는데요."

어린 암고양이의 목소리에는 걱정이 가득했다.

"그러면 무리에 들어가지 못하는 거예요?"

리버리플이 어린 암고양이를 보며 가르랑거렸다.

"그럼 네가 더 크면 우리를 위해 싸우고 사냥하겠다고 약속하겠니?"

"네!"

드리즐은 열심히 고개를 끄덕였다.

"그러면 너도 우리 무리에 들어올 수 있어."

리버리플은 고개를 들어 별을 올려다보았다.

"오늘 밤 우리 선조들이 우리를 지켜보고 있어. 너희가 새로운 진영 동료들에게 한 약속을 그들이 들었어. 그들을 위해, 그리고 우리 모두를 위해 그 약속을 지켜 주길 바랄게."

썬더는 큰 소리로 가르랑거렸다. 옆에서 라이트닝테일의 눈이 만족스럽게 빛났다. 지켜보던 고양이들이 건네는 환영 인사가 여기저기서 울려 퍼졌고, 떠돌이들은 자랑스럽게 서로를 보며 눈을 깜박거렸다.

돈이 꼬리를 번쩍 들었다.

"난 무리 고양이들처럼 이름을 바꾸고 싶어."

리버리플이 눈을 깜박이며 암고양이를 바라보았다.

"어떤 이름으로 불리고 싶은데?"

"돈미스트(새벽안개)."

주황색과 흰색이 섞인 암고양이는 자랑스럽게 가슴을 부풀렸다.

"난 윌로테일(버드나무꼬리)이라고 불리고 싶어!"

윌로가 소리쳤다.

"나는 펀리프(고사리잎)!"

펀도 친구 옆에서 목소리를 높였다.

클리어스카이가 리버리플 옆으로 걸어갔다.

"새로운 이름을 짓는 건 정말 좋은 생각이야!"

클리어스카이는 기대에 찬 눈빛으로 레드를 바라보았다.

"너도 이름을 바꿀 거야?"

레드가 가르랑거렸다.

"이제부터 나를 레드클로(붉은발톱)라고 불러 줘요."

클리어스카이가 고개를 숙였다.

"훌륭한 사냥꾼에게 어울리는 이름이야."

리버리플은 모스를 돌아보았다.

"너도 이름을 바꾸고 싶어?"

"응."

모스의 수염이 만족스럽게 씰룩거렸다.

"나는 모스테일(이끼꼬리)이라고 불러 주면 좋겠어."

"나는 파인니들(솔잎)이라고 할래요!"

파인이 아빠 옆에서 쫑알거렸다.

리버리플은 기대에 찬 눈빛으로 드리즐을 바라보았다.

어린 암고양이는 생각에 잠긴 얼굴로 발을 내려다보았다. 그러다 주위가 조용해지자 고개를 번쩍 들었다.

"꼭 이름을 바꿔야 해요?"

어린 암고양이의 눈에 걱정이 반짝였다.

"난 그냥 드리즐이 좋아요."

리버리플이 가르랑거렸다.

"네가 원한다면 계속 드리즐로 살아도 괜찮아."

드리즐은 파랗고 동그란 눈동자에 고마움을 가득 담고 리버리플을 바라보았다.

"고맙습니다."

톨섀도가 주니퍼와 레이븐을 향해 고개를 끄덕였다.

"너희도 새 이름을 원해?"

주니퍼가 고개를 끄덕였다.

"우릴 위해 이름을 지어 줄 수 있어?"

톨섀도는 생각에 잠긴 표정으로 얼굴을 찡그렸다.

선섀도가 눈을 깜박이며 암고양이를 바라보았다.

"주니퍼브랜치(노간주나무가지) 어때요?"

"그리고 레이븐펠트(큰까마귀털가죽)!"

페블하트가 끼어들었다.

톨섀도는 새로 맞이한 진영 동료들을 마주 보았다.

"이름이 마음에 들어?"

주니퍼가 큰 소리로 가르랑거렸다.

"웅."

레이븐은 고개를 꾸벅 숙였다.

"내일 아침 첫 순찰대에 함께 나가도 될까?"

"레이븐펠트로 말이야?"

톨섀도가 눈을 반짝이며 물었다.

"괜찮다면 네가 순찰대를 이끌어 줘."

톨섀도는 동의를 구하는 듯 선섀도와 머드포스, 마우스이어를 힐끗 쳐다보았다. 그들이 고개를 끄덕이자 재기드피크가 앞으로 나섰다.

"새로운 사냥터를 우리에게 가르쳐 주면 좋겠어."

홀리가 꼬리를 휘둘렀다.

"천둥길 근처에 개구리를 사냥하기 좋은 곳이 있다고 전에 네가 말했잖아."

썬더는 코를 찡그렸다. 소나무 숲 고양이들은 개구리도 먹는 걸까?

리드가 앞으로 걸어 나왔다.

"나는 황무지 고양이로 여러 달을 살았어. 그래서 내 이름은 황무지에 산다는 뜻을 담았으면 좋겠어."

"나도!"

미노가 서둘러 짝 옆으로 걸어 나왔다.

"나는 스위프트미노(재빠른피라미)라고 불리고 싶어."

윈드러너가 깜짝 놀라 눈을 깜박였다.

"하지만……."

리드가 윈드러너의 말을 가로막았다.

"네가 변화를 좋아하지 않는다는 건 알아, 윈드러너. 하지만 난 지금부터 리드테일(갈대꼬리)이라고 불러 주면 좋겠어."

"리드테일."

그 이름을 따라 말하면서, 윈드러너는 마음이 편치 않은지 등줄기 털을 씰룩거렸다.

"알았어."

리버리플이 썬더를 향해 고개를 끄덕였다.

"너희 무리 고양이들도 새 이름을 지을 거야?"

썬더는 바이올렛을 힐끗 쳐다보았다.

"얘길 직접 들어 봐야지."

바이올렛은 마치 분지에 단둘이서만 있는 것처럼 썬더를 다정하게 바라보았다.

"난 바이올렛돈(제비꽃새벽)이라고 불러 줘."

암고양이가 약간 쉰 목소리로 대답했다.

"바이올렛돈."

썬더는 꿈꾸듯 그 이름을 따라 불렀다.

"아름다운 이름이야."

리버리플이 엠버를 향해 돌아서자 썬더는 퍼뜩 정신을 차렸다.

"너는 어때? 썬더의 무리가 되었으니 너도 새 이름을 지을래?"

엠버가 강 고양이를 빤히 쳐다보았다.

"같은 진영에서 잠을 잔다고 해서 나 자신을 바꿔야 하는 건 아니잖아."

톨섀도의 꼬리가 파르르 떨렸다.

"이름을 꼭 바꿀 필요는 없지. 드리즐도 예전 이름을 그대로 쓰잖아."

암고양이가 조심스럽게 말했다.

리버리플은 그 말을 무시하고 엠버에게 시선을 고정했다.

"넌 썬더의 무리야, 아니야?"

리버리플이 부드럽지만 단호하게 물었다.

엠버는 도전적인 눈빛으로 강 고양이를 바라보았다.

"썬더는 내가 자기 진영에서 자게 해 줬어. 그렇다고 해서 우리가 혈육인 것처럼 행동해야 한다는 건 아니잖아?"

썬더는 몸이 떨렸다. 엠버의 말투는 적대적이었다. 이런 고양이를 골짜기에 머물게 해도 괜찮은 걸까?

리버리플은 꼼짝도 하지 않았다.

"너는 방금 진영 동료들을 위해 사냥하고, 그들이 약할 때 보호해 주고 강할 때는 옆에 서 있겠다고 약속했어. 그러면 혈육과 비슷한 거 아니야?"

엠버는 콧방귀를 뀌었다.

"슬래시는 우리한테 아무것도 바라지 않았어. 우리는 우리 마음대로 살 수 있었다고."

썬더의 털가죽 밑에서 분노가 치밀어 올랐다. 곧장 앞으로 달려 나간 썬더는 주황색 떠돌이를 마주 보고 섰다.

"너희는 슬래시 밑에서 단 한 번도 너희 마음대로 산 적 없어. 슬래시가 뭐라고 하든 복종해야 했잖아!"

그때 높은 바위에서 사납게 으르렁대는 소리가 들렸다.

몸을 홱 돌린 썬더는 호리호리하지만 근육이 발달된 슬래시의 윤곽을 확인하고 눈이 휘둥그레졌다. 사악한 떠돌이가 바위 꼭대기에서 달빛을 받으며 고양이들을 내려다보고 있었다. 썬더의 등줄기를 따라 털이 곤두섰다.

'저 떠돌이가 싸우러 온 건가?'

"아무도 나한테 복종할 필요 없었어."

슬래시가 쉭쉭거렸다.

"원한다면 언제든 나를 떠날 수 있었다고."

"그건 사실이 아니야."

펀리프가 절뚝거리며 앞으로 걸어 나와 슬래시를 노려보았다.

"넌 내가 돌아가지 않으면 비치를 해치겠다고 협박했잖아."

"그래서 뭐?"

슬래시가 입을 하악 벌렸다.

"비치는 어쨌든 죽었잖아."

그렇게 말하는 슬래시의 뒤에서 비가 걸어 나왔다.

펀리프가 놀라서 움찔하며 쉭쉭거렸다.

바위 아래쪽에서 더 많은 고양이들이 나타났다. 스플린터, 비틀, 스네이크가 그림자 속에서 걸어 나와 모여 있는 고양이들을 마주 보았다.

썬더는 진영 동료들을 밀치고 앞으로 나가 슬래시를 노려보았다. 뱃속에서 분노가 꿈틀거렸다.

"감히 여기에 나타나다니!"

하지만 슬래시의 눈길은 썬더를 지나쳐 옛 진영 동료들에게로 향했다. 모스테일과 돈미스트가 새끼들을 감쌌다. 윌로테일은 발을 이리저리 꼼지락거렸다. 레드클로의 눈에는 두려움이 고스란히 드러났다.

"내 무리에서 가장 약한 녀석들을 돌봐 줘서 고맙군."

슬래시가 쉭쉭거렸다.

"하지만 이제 다들 집으로 돌아갈 시간이야."

썬더는 몸이 굳었다. 이 떠돌이들은 이제 막 새로운 진영 동료들한테 충성을 맹세했다. 그런 고양이들이 떠날 리가 있을까? 슬래시가 협박한다고 해도 이들을 다시 예전 무리로 돌아가게 만들 수는 없었다.

윈드러너가 털을 곤두세우며 뒤로 물러났다. 불신에 찬 시선이 윌로테일과 펀리프에게로 홱 옮겨 갔다.

'윈드러너는 저들이 우리를 배신할 거라고 생각하는구나!'

썬더는 귓가에서 심장 뛰는 소리가 쿵쿵 울리는 것 같았다.

'그 생각이 틀렸다는 걸 증명해 줘!'

엠버가 모여 있는 고양이들을 비집고 지나가 높은 바위를 향해 걸어가자 썬더는 몸이 굳었다.

"난 돌아갈래."

엠버가 슬래시에게 말했다.

슬래시의 눈이 의기양양하게 빛났다.

"당연히 그래야지. 비가 말해 줬어. 여기 있는 고양이들이 얼마나 멍청하고 생쥐 심장인지 말이야."

슬래시는 썬더를 노려보았다.

"아마 너도 우리와 함께하고 싶을 거야. 이런 비둘기만도 못한 녀석들한테 네 실력을 낭비할 수는 없으니까 말이야!"

썬더는 으르렁거렸다.

"절대 그럴 일 없어!"

진영 동료들을 보호하기 위해 썬더는 마음을 다잡았다. 머리가 빠르게 돌아갔다. 바이올렛돈은 옆에서 함께 싸울 것이다. 라이트닝테일도 마찬가지다. 함께 자란 고양이들 모두 썬더의 곁에서 떠돌이들과 맞설 것이다.

하지만 다른 고양이들은? 썬더는 주니퍼브랜치와 레이븐펠트를 힐끗 쳐다보았다. 그들에 대해서는 아는 게 거의 없었다. 만약 그들이 슬래시의 편에 선다면? 그레이윙은 분명 예전만큼 강하지 않았다. 만약 싸움이 벌어진다면 그레이윙을 보호하기가 쉽지 않을 것이다. 썬더는 갑자기 자신들이 너무 약하다고 느꼈다. 머리 위 나뭇가지 사이로 바람이 흐느끼는 소리를 내며 불었다. 고양이들은 서로를 무섭게 노려보았다.

"나는 다시는 네가 있는 진영으로 가지 않을 거야."

모스테일의 외침이 얼음처럼 차가운 공기를 가르며 날카롭게 울려 퍼졌다.

"나도 마찬가지야!"

돈미스트도 짝 옆에서 단호하게 외쳤다.

"나는 이제 클리어스카이의 무리에 있어!"

레드클로가 앞으로 걸어 나와 클리어스카이 옆에 멈춰 섰다.

"나는 클리어스카이에게 충성을 바칠 거야."

썬더는 주니퍼브랜치, 레이븐펠트, 윌로테일, 펀리프를 힐끗 쳐다보았다. 그들 넷은 새로운 진영 동료들 옆에 줄지어 서서 목털을 곤두세우고 있었다.

그 모습을 보자 안도감이 온몸을 휩쓸었다. 썬더는 슬래시를 노려보았다.

"엠버를 데리고 당장 꺼져."

썬더는 으르렁거렸다.

"우리는 네 무리의 가장 약한 고양이들을 데리고 온 게 아니야. 네 무리의 가장 강한 고양이들을 데리고 왔지."

자부심이 가슴을 가득 채웠다.

슬래시가 화난 눈으로 썬더를 노려보았다.

"저딴 녀석들은 나도 필요 없어."

슬래시가 쉭쉭거렸다.

"하지만 이겼다고 착각하지 마. 당장 네놈들 진영으로 돌아가, 이 쥐 대가리들아. 내 말을 거역하면 어떤 대가를 치르는지 곧 알 게 될 거야."

21
사라진 새끼 고양이

슬래시의 말에 심장이 철렁 내려앉은 그레이윙은 재빨리 클리어스카이를 쳐다보았다.

'스타플라워는 어디 있지? 새끼들은? 슬래시가 다시 스타플라워를 납치할 계획을 세우고 있는 걸까?'

클리어스카이의 눈도 두려움에 번들거렸다.

"스타플라워!"

클리어스카이가 곧장 비탈로 달려갔다. 에이콘퍼와 네틀, 버치도 털을 곤두세운 채 지도자를 뒤쫓아 달려갔다.

그레이윙은 숨을 몰아쉬면서, 충격에 빠진 고양이들을 내려다보는 슬래시를 쳐다보았다. 떠돌이는 재미있다는 듯 수염을 씰룩거렸다.

"만약 스타플라워나 새끼들을 다치게 한다면……."

슬래시가 그레이윙의 말을 끊었다.

"내가 왜 그런 것들한테 신경을 쓰겠어? 클리어스카이는 이미 충분히 괴롭혔는데 말이야. 내 고양이들을 데려간 건 너잖아."

떠돌이의 날카로운 눈이 증오심으로 이글거렸다.

얼음 발톱처럼 차가운 공포가 그레이윙의 털가죽을 움켜잡았다.

"그게 무슨 뜻이야?"

슬래시는 대답하지 않았다. 대신 꼬리를 홱 틍겨 떠돌이들에게 신호를 보내고는 바위에서 뛰어내렸다. 떠돌이들은 그림자 속으로 살금살금 걸어 들어가더니 곧 사라졌다.

그레이윙은 몸이 부들부들 떨리기 시작했다.

'슬래시가 내 탓을 하고 있어.'

"슬레이트와 새끼들이 위험해!"

공포에 질린 윈드러너의 외침이 생각에 빠져 있던 그레이윙을 뒤흔들었다.

그레이윙은 눈 덮인 공터 건너편에 있는 암고양이를 바라보며 중얼거렸다.

"스파티드퍼가 함께 남아 있어."

말은 그렇게 했지만 스파티드퍼 혼자서는 떠돌이들을 상대할 수 없다는 것을 잘 알고 있었다.

"당장 돌아가야 해!"

그레이윙은 비탈을 향해 돌아섰다. 보이지 않는 턱이 가슴을 꽉 물고 있는 것처럼 답답하고 숨을 제대로 쉴 수가 없었다.

윈드러너가 곁으로 달려오며 리버리플을 힐끗 쳐다보았다.

"넌 진영으로 돌아가. 슬래시가 또 무슨 짓을 꾸미는지 알아낼 때까지 가장 튼튼한 거처에 숨어서 드리즐과 파이니들을 지켜."

리버리플이 고개를 끄덕이자 윈드러너는 썬더를 돌아보았다.

"너도 네 무리를 데리고 집으로 돌아가. 우리 모두 각자의 진영에서는 안전할 거야."

클리어스카이의 고양이들은 이미 숲으로 사라지고 스패로퍼만 등줄기 털을 곤두세운 채 남아 있었다.

썬더가 턱을 쳐들었다.

"슬레이트와 새끼 고양이들이 위험하다면 전 그레이윙과 함께 있을게요."

썬더는 라이트닝테일을 향해 고개를 끄덕였다.

"진영 동료들을 데리고 집으로 돌아가. 내가 돌아갈 때까지 네가 무리를 맡아 줘."

리프의 눈이 휘둥그레졌다.

"지금 네가 우릴 떠나면 어떡해, 썬더! 슬래시가 돌아와서 복수할 거야."

"지금은 라이트닝테일을 따르세요."

썬더는 검은색과 흰색이 섞인 수고양이에게 말했다.

"라이트닝테일은 우리 무리에서 가장 힘이 세요. 그리고 난 라이트닝테일을 전적으로 믿어요. 시키는 대로 해요."

썬더가 라이트닝테일에게 가까이 다가가, 그레이윙이 귀를 쫑긋 세우지 않고는 들리지 않을 정도로 목소리를 낮춰 말했다.

"만약 내가 돌아오지 않으면 네가 다음 지도자가 되어 줘. 나는 네가 진영 동료들을 잘 돌봐 줄 거라고 믿어. 무리가 흩어지지 않게 잘 지켜 줘. 우리의 미래는 네 발에 달렸어."

라이트닝테일이 깜짝 놀라 눈을 깜박이며 친구를 바라보았다.

"하지만 돌아올 거잖아, 그렇지?"

썬더가 미처 대답하기도 전에 바이올렛돈이 라이트닝테일을 옆으로 밀치고 다가와 썬더의 볼에 코를 지그시 눌렀다.

"꼭 돌아와야 해!"

썬더는 암고양이와 잠시 뺨을 맞대고는 뒤로 물러났다. 그리고 꼬리를 휘두르며 약속했다.

"최대한 빨리 집으로 돌아갈게."

그레이윙은 절망적인 얼굴로 비탈을 노려보았다.

"얼른 돌아가야 해!"

슬래시가 지금쯤 진영으로 쳐들어갔을지도 모른다. 그레이윙은 힘겹게 숨을 몰아쉬면서 고사리 덤불로 휘청휘청 걸어갔다.

"저도 같이 가요."

페블하트가 공터를 가로질러 걸어와 그레이윙의 어깨를 부축했다. 그러고는 톨섀도를 돌아보았다.

"되도록 빨리 진영으로 돌아갈게요."

톨섀도는 어린 수고양이에게 고개를 끄덕였다.

"선섀도도 데려가. 도움이 될 거야."

톨섀도가 명령했다.

"힘닿는 데까지 도울게요."

선섀도가 재빨리 고개를 끄덕이고는 황무지 고양이들에게로 달려왔다.

"저도 도울게요!"

아울아이스가 허둥지둥 달려와 그레이윙의 반대편 어깨를 부축했다.

그레이윙은 어린 수고양이의 힘에 깜짝 놀랐다. 이 어린 아들이 자신의 옆구리로 기어오르면, 터틀테일이 그 모습을 사랑스럽게 지켜보곤 했는데⋯⋯. 그랬던 아울아이스가 힘센 근육으로 뼈

414

가 앙상한 자신을 부축해 주고 있었다.

윈드러너는 벌써 고사리 덤불을 뚫고 들어갔고, 진영 동료들이 그 옆에서 함께 달려갔다. 더스트머즐과 모스플라이트도 발로 눈을 걸어차며 뒤쫓아 달려갔다.

"저도 같이 가요!"

스패로퍼의 목소리에 그레이윙은 화들짝 놀랐다. 삼색얼룩 암고양이가 다른 고양이들을 뒤쫓아 달려가는 모습을 보자 고마움이 온몸을 휩쓸었다. 터틀테일의 새끼들 모두 도움을 주겠다고 나섰다.

윌로테일이 꼬리를 휘둘렀다.

"만약 슬래시가 새끼 고양이들의 털끝 하나라도 건드렸다가는 내가 그 녀석을 끝까지 쫓아가서 죽여 버릴 거야!"

"나도 도와줄게."

펀리프가 사납게 이빨을 드러내고 쉭쉭거렸다.

그들이 누렇게 시든 고사리 줄기 사이로 사라지자 아울아이스와 페블하트가 양쪽에서 그레이윙을 부축하고 비탈을 올라갔다. 비탈 꼭대기에 오른 그레이윙은 눈 덮인 황무지를 지나온 얼음처럼 차가운 바람에 눈을 깜박거렸다. 흩날리는 눈가루 때문에 눈이 시렸다.

달빛이 비치는 언덕에 그림자처럼 자리한 진영 분지가 저 멀리 보였다. 윈드러너와 다른 고양이들이 그쪽으로 달려가고 있었다.

그레이윙은 어떻게든 그들을 쫓아가려고 비틀거리며 속도를 냈다. 깊은 눈 속을 힘겹게 헤쳐 나가는 그를 페블하트와 아울아이스가 더 가까이 다가와 부축했다. 그레이윙은 가슴이 화끈거렸다. 숨쉬기가 힘들어지면서 눈가가 점점 어두워졌지만 진영에 온 정신을 집중했다.

'제발 슬레이트가 무사해야 하는데! 새끼들도 무사해야 해!'

슬래시는 그저 겁주려고 허세를 떤 것일지도 모른다.

그림자처럼 까맣게 보이는 진영 동료들이 눈 덮인 언덕을 달려 올라가고 있었다. 그들은 헤더 속으로 사라졌다가 반대편에서 다시 불쑥 나타났다.

좌절감이 그레이윙의 몸을 꿰뚫었다.

"더 빨리!"

그레이윙은 숨을 헐떡이며 말했다.

페블하트의 어깨가 그레이윙의 어깨를 더 세게 눌렀다. 아울아이스도 반대편에서 더 가까이 몸을 붙였다. 둘은 중간에 낀 그레이윙을 들어 올리다시피 해서 눈 위로 옮겼다. 그레이윙은 진영으로 끌려가며 앞발을 힘없이 허우적거렸다.

마침내 가시금작화 입구에 다다랐을 때, 나머지 고양이들은 이미 안으로 사라진 뒤였다.

피 냄새가 코를 찔렀다. 심장이 쿵쾅거려서 귀를 쫑긋 세우고 싸우는 소리에 귀를 기울였다. 하지만 전투의 함성은 들리지 않았다. 달빛이 비치는 황무지 위로 실려 오는 구슬픈 울음소리 같은 바람 소리만 들릴 뿐이었다.

몸을 흔들어 페블하트와 아울아이스에게서 벗어난 그레이윙은 비틀거리며 진영 입구로 걸어 들어갔다. 풀 더미에 발이 걸려 휘청거리는데 눈 위에 얼룩진 핏자국이 보였다.

윈드러너와 다른 고양이들이 땅바닥에 쓰러진 두 고양이 주위

416

를 빙 둘러싸고 있었다.

힘겹게 숨을 몰아쉬며 진영 동료들을 밀치고 다가가던 그레이윙은 우뚝 멈춰 섰다.

스파티드퍼와 슬레이트가 털가죽이 피로 물든 채 마치 버려진 먹잇감처럼 눈밭에 널브러져 있었다.

'죽은 거야?'

그레이윙은 심장이 멎는 것 같았다.

그때 스파티드퍼가 신음을 하며 힘겹게 몸을 일으켰다.

"지키려고 애썼어."

스파티드퍼가 끙끙거리며 간신히 말했다. 그러더니 헉하는 소리와 함께 뒷다리가 꺾여 다시 털썩 엎어졌다.

페블하트가 서둘러 황금색 수고양이 옆으로 다가가 걱정스러운 듯 털가죽 냄새를 맡기 시작했다.

하지만 그레이윙은 거의 눈치채지 못했다. 그레이윙의 눈길은 슬레이트에게 고정되어 있었다.

진영 동료들이 공포에 질려 보고 있는데도 쓰러진 암고양이는 꼼짝도 하지 않았다.

리드테일이 그 옆에 웅크리고 앉아 피투성이가 된 목을 다급히 핥았다.

그레이윙은 비틀거리며 더 가까이 다가갔다.

"슬레이트……."

그 이름이 목구멍에 걸린 듯 좀처럼 입 밖으로 뱉어지지 않았다. 머리 위에서 별들이 고요하게 빛나고 있었다.

'제발 슬레이트를 데려가지 마세요.'

417

그레이윙은 선조들에게 소리 없이 애원했다. 그들이 지켜보고는 있을까? 발밑에서 땅이 흔들렸다. 가시투성이 발톱이 심장을 움켜쥐는 것 같았다.

'또다시 이럴 순 없어.'

터틀테일을 잃은 걸로는 충분하지 않은 걸까?

그때 슬레이트가 몸을 움찔거렸다.

"그레이윙?"

속삭임에 가까운 목소리였다.

그레이윙은 배를 땅에 붙이고 슬레이트 옆에 찰싹 엎드렸다. 힘겹게 숨을 몰아쉬는데 슬레이트가 눈을 떴다. 잠시 멍하니 허공을 맴돌던 암고양이의 호박색 눈에 공포가 피어올랐다.

"내 새끼들!"

일어서려고 안간힘을 쓰며 슬레이트가 공터를 가로질러 울부짖었다.

"실버스트라이프! 블랙이어! 화이트테일!"

그레이윙은 주둥이를 휙휙 돌리며 주위를 살폈다. 아이들은 어디 있는 걸까?

슬레이트가 미친 듯이 눈을 번들거렸다.

"우린 애들을 지키려고 싸웠어!"

슬레이트가 숨을 헐떡이며 말했다.

"당신과 다른 고양이들이 떠나고 나서 슬래시가 자기 패거리를 이끌고 왔어. 우리는 놈들을 진영 밖으로 쫓아내려고 했어. 하지만 수가 너무 많았어."

슬레이트는 털을 곤두세운 채 일어나 비틀거리며 공터 끝으로 갔다가, 다시 공터를 가로질러 허둥지둥 걸어갔다.

"화이트테일! 블랙이어!"

"엄마?"

진영의 가시금작화 울타리에서 겁에 질린 목소리가 들려왔다. 나뭇가지가 흔들리고 쌓여 있던 눈이 쏟아져 내리면서 자그마한 진회색 수고양이가 미끄러져 나왔다. 옅은 회색 얼룩무늬 암고양이도 잔가지를 몸 여기저기에 묻힌 채 뒤따라 나왔다.

"실버스트라이프!"

슬레이트는 눈 위에 피 묻은 발자국을 남기며 새끼들에게 달려갔다.

"화이트테일!"

그레이윙은 몸을 휩쓰는 안도감을 느꼈다. 새끼 둘은 무사했다.

슬레이트가 옆에 와서 멈춰 서자 실버스트라이프가 눈을 깜박이며 엄마를 쳐다보았다.

"엄마가 말한 대로 숨어 있었어요."

"숨도 못 쉬었어요."

화이트테일이 속삭였다. 그러고는 바들바들 떨면서 엄마의 배 밑으로 뛰어들어 몸을 웅크렸다.

"그 고양이들이 엄마를 죽인 줄 알았어요."

실버스트라이프가 울먹였다.

슬레이트가 실버스트라이프를 가까이 끌어당기자, 화이트테일은 엄마 품으로 더 깊이 파고들었다.

"엄마가 가르쳐 준 대로 숨어 있었다니, 정말 용감하구나."

"블랙이어는 우리만큼 빠르지 않았어요."

화이트테일이 흐느끼며 말했다.

"그 고양이들이 블랙이어를 보더니 잡아갔어요."

슬레이트는 그레이윙에게로 눈길을 홱 돌렸다. 암고양이의 얼굴에 두려움이 가득했다.

"블랙이어!"

"내가 찾아올게."

그레이윙은 몸을 똑바로 일으키려 했지만 숨이 너무 가빠서 눈앞이 깜깜해지면서 금방이라도 쓰러질 것 같았다.

썬더가 옆으로 다가왔다.

"여기 있어요, 그레이윙. 블랙이어는 제가 찾아올게요."

썬더가 단호하게 말했다.

그레이윙은 발을 쿵쿵 울리는 좌절감을 느끼며 맥없이 썬더를 바라보았다.

"하지만 그 애는 내 새끼야!"

그레이윙은 쌕쌕거리며 힘겹게 말했다.

썬더가 진지한 얼굴로 그레이윙을 바라보았다.

"절 위해 정말 많은 걸 해 주셨잖아요, 그레이윙. 그러니까 이제는 제가 대신 뭔가를 해 드릴게요."

그레이윙은 썬더의 다정한 말에 감동해서 잠시 시선을 멈췄다.

"고맙다."

윈드러너가 꼬리를 휘둘렀다.

"우리는 놈들이 어느 방향으로 가고 있는지 몰라. 썬더, 스패로퍼, 아울아이스! 너희는 소나무 숲으로 가. 슬래시가 블랙이어를 예전 진영으로 데려갔을지도 몰라. 스위프트미노, 너는 리드테일과 더스트머즐을 데리고 강으로 가. 가서 골짜기와 갈대밭을 살펴봐. 나는 선새도와 고스퍼와 모스플라이트를 데리고 떡갈나무 숲으로 갈게. 우리는 나무숲을 수색할 거야."

월로테일이 턱을 쳐들었다.

"나도 같이 가."

암고양이가 윈드러너에게 말했다.

"나도."

펀리프도 친구 옆에 섰다.

윈드러너는 미심쩍은 눈으로 그들을 바라보았다.

그레이윙은 긴장했다.

'설마 윈드러너가 이들의 도움을 거절하는 건 아니겠지?'

윈드러너가 꼬리를 휙 튕겼다.

"넌 아직 상처가 다 낫지 않았잖아, 펀리프."

윈드러너가 힘차게 말했다.

"그러니까 넌 진영에 남아서 페블하트를 도와줘. 그리고 월로테일은……."

윈드러너는 옅은 색 얼룩무늬 고양이에게 고개를 숙이며 말을 이었다.

"너는 나와 함께 가자. 떠돌이들이 이용하는 길은 네가 잘 알 테니까. 그리고 넌 영리하고 힘이 세니까 우리한테 도움이 될 거야."

월로테일은 가슴을 부풀렸다.

"실망시키지 않을게."

그레이윙은 다시 일어서려고 애썼지만 다리가 푹 꺾였다. 온몸에서 분노가 치밀어 올랐다.

'내 새끼 하나 구하러 가지 못하다니!'

페블하트가 옆에서 그레이윙의 몸을 누르며 펀리프에게 고개를 끄덕였다.

"머위가 어떻게 생겼는지 알아?"

페블하트가 펀리프에게 물었다.

펀리프는 고개를 끄덕였다.

"아마 추위에 시들었을 거야."

페블하트가 말했다.

"하지만 줄기는 찾을 수 있을 거야. 서리 맞아 시든 줄기도 효과는 있을 테니까 좀 모아다 줘. 그레이윙이 숨 쉬는 데 도움이 될 거야."

페블하트는 슬레이트를 돌아보며 말을 이었다.

"새끼들을 거처로 데리고 가서 따뜻하게 해 주세요. 스파티드퍼를 먼저 살펴보고 나서 상처를 봐 줄게요."

주위에서 고양이들이 빠르게 움직였다. 사방에서 발들이 쿵쾅거렸다. 진영 동료들이 입구로 달려가고 있었다.

썬더의 단호한 목소리가 그레이윙의 귓가에 울렸다.

"블랙이어를 반드시 찾아낼 거예요."

썬더가 약속했다.

"그래서 집으로 무사히 데려올게요."

마지막 남아 있던 힘이 눈 덮인 땅속으로 스며드는 것을 느끼며, 그레이윙은 어둠에 갇혔다.

22

눈 위의 추격

쓰러지는 그레이윙을 지켜보면서, 썬더의 머릿속에서 생각들이
소용돌이쳤다.

'그레이윙은 아프고 블랙이어는 사라졌어! 모든 게 엉망이야!'

밤이 깊었고, 머리 위 하늘에는 달이 밝게 빛나고 있었다. 떠돌
이들이 새 이름을 정할 때 빛나던 바로 그 달이었다. 달은 그대로
인데 어쩌다 이렇게 많은 것이 순식간에 변해 버렸을까?

썬더의 눈길이 입구로 향했다. 윈드러너, 모스플라이트, 고스
퍼, 윌로테일은 벌써 리드테일과 더스트머즐을 따라 달려가고 있
었다. 스패로퍼와 아울아이스는 초조하게 꼬리를 움직이며 썬더
를 기다리고 있었다.

"빨리 가!"

페블하트가 주둥이로 썬더를 밀었다.

"그레이윙은 내가 잘 돌볼게. 얼른 가서 블랙이어를 찾아."

썬더는 눈을 깜박이며 어린 수고양이를 보다가 풀 더미를 가로
질러 달려갔다. 아울아이스와 스패로퍼를 지나쳐 앞장서서 진영
을 빠져나갔다. 떡갈나무 숲으로 가는 윈드러너의 갈색 얼룩무늬

423

털가죽이 눈밭에 대비되어 또렷하게 보였다. 스위프트미노는 골짜기를 향해 달려가고 있었다.

"발자국 안 보여?"

썬더는 자신을 뒤쫓아 달려오는 스패로퍼에게 소리쳐 물었다. 떠돌이들이 발자국을 전혀 안 남겼을 리는 없었다.

"여기 있어!"

뒤에서 아울아이스가 외치는 소리가 들렸다.

썬더는 미끄러지듯 멈춰 서며 빙글 돌아섰다.

아울아이스가 짓밟힌 눈에 코를 박고 냄새를 맡고 있었다. 발자국은 그곳에서 언덕을 넘어 푹 꺼진 큰 구덩이로 이어졌다. 썬더는 서둘러 아울아이스 옆으로 다가갔다. 발자국 냄새를 맡아보니 고약한 떠돌이 냄새가 났다. 썬더는 어설프게 구덩이 바닥으로 내려갔다.

스패로퍼가 옆으로 폴짝 뛰어내렸다. 아울아이스도 빠르게 달려 내려왔다. 썬더는 발에 짓밟혀 평평해진 눈 냄새를 맡았다.

"놈들이 여기서 잠시 멈췄어."

썬더는 추측했다. 발자국들이 동그라미를 그리며 교차되어 있었다.

"여기 멈춰 서서 어디로 갈지 고민한 것 같아."

스패로퍼가 얼굴을 찡그렸다.

"슬래시가 블랙이어를 어디로 데리고 갈지 미리 정해 두지 않았을까?"

"저기 봐!"

아울아이스는 발자국을 쫓아 구덩이 한쪽 비탈을 올라가고 있었다.

"이쪽으로 간 게 분명해."

"하지만 여기에도 발자국이 있어!"

스패로퍼는 한 줄로 나 있는 발자국 냄새를 맡고 있었다.

썬더는 얼굴을 찡그렸다.

"뿔뿔이 흩어졌단 말이야?"

아울아이스가 어리둥절한 표정을 지었다.

"왜?"

썬더는 얼굴을 찌푸리고 이 상황을 이해하려고 애썼다.

"슬래시와 떠돌이들이 나무 네 그루 모임에 왔을 때는 블랙이어를 데리고 오지 않았어."

썬더는 스패로퍼를 보며 말을 이었다.

"놈들은 우리가 모두 진영을 떠나자마자 블랙이어를 납치한 게 분명해. 모임에 왔다가 진영을 공격하러 가기에는 시간이 부족하니까."

스패로퍼가 귀를 쫑긋 세웠다.

"블랙이어를 잡아다가 어딘가에 숨겨 둔 게 분명해."

아울아이스가 꼬리를 씰룩거렸다.

"그러려면 보초가 필요할 텐데."

썬더는 걸음을 옮기기 시작했다.

"모임에 오지 않은 떠돌이가 하나 있어!"

습지 진영을 떠날 때 슬래시에게 데려가 달라고 애원하던 주황색 암고양이가 퍼뜩 떠올랐다. 나무 네 그루 모임에 온 슬래시의 떠돌이들 중에 그 암고양이는 없었다.

"스왈로가 거기 안 왔어!"

썬더는 빠르게 머리를 굴렸지만, 스패로퍼가 한발 빨랐다.

"슬래시가 나무 네 그루 모임에 왔을 때 스왈로가 블랙이어를 감시하고 있었던 거야!"

삼색얼룩 고양이의 눈이 휘둥그레졌다.

"그래서 그들이 흩어졌구나."

아울아이스는 한쪽 발자국과 다른 쪽 발자국을 고개로 차례차례 가리켰다.

"슬래시와 떠돌이들은 나무 네 그루가 있는 공터로 가고, 스왈로는 블랙이어를 다른 곳으로 데리고 간 거야."

썬더의 마음속에서 희망이 깜박였다.

"블랙이어를 숨긴 곳을 찾아내야 해."

"지금은 거기에 없을 거야."

아울아이스가 지적했다.

"하지만 슬래시와 다른 떠돌이들이 블랙이어를 데리러 뒤늦게 그곳으로 갔겠지."

썬더는 논리적으로 생각을 이어 갔다.

"그러려면 시간이 걸렸을 거야."

스패로퍼가 눈 위로 꼬리를 획획 휘둘렀다.

"우리가 그렇게 많이 뒤처지진 않았을 거야."

아울아이스가 초조한 듯 발을 이리저리 꼼지락거렸다.

"어느 쪽 흔적을 따라가야 할까?"

"이게 블랙이어를 숨긴 곳으로 이어질 것 같아."

썬더는 한 쌍의 발자국을 주둥이로 가리켰다.

"가자!"

스패로퍼가 구덩이 밖으로 달려 나갔다.

눈 위에 난 발자국을 따라 높은 황무지로 달려가는 삼색얼룩 고양이를 썬더는 바짝 쫓아갔다. 높은 돌산에서 불어와 차가운 냄새를 잔뜩 머금은 바람이 털 사이로 스며들었다. 썬더는 걸음을 재촉했다. 블랙이어는 이런 추위를 견디기에는 너무 어렸다. 이런 날씨에 밖에 있다가는 얼어 죽을지도 모른다.

발자국은 앞쪽의 매끈한 눈밭을 가로질러, 언덕 옆으로 우뚝 솟은 바위로 이어졌다. 그 흔적을 찾아낸 썬더는 스패로퍼를 지나쳐 달려갔고, 바람에 깎여 반질거리는 바위 사이로 난 틈을 발견하고 마음이 놓였다. 적어도 스왈로가 슬래시를 기다리는 동안 바람을 피할 수 있는 곳에 블랙이어를 숨겨 놓을 정도의 정신은 있다는 게 다행이었다.

더 많은 발자국들이 방향을 틀어 한 쌍의 발자국과 합쳐졌다. 썬더는 천천히 발자국 냄새를 맡다가 슬래시의 냄새를 맡고 나지막이 으르렁거렸다. 얼마 되지 않은 신선한 냄새였다. 썬더의 짐작이 맞았다. 슬래시와 떠돌이들은 나무 네 그루 모임이 끝난 후 스왈로와 블랙이어를 데리러 이곳에 왔다.

스패로퍼가 썬더 옆을 지나쳐 달려가 바위 사이 틈으로 뛰어들었다.

아울아이스도 누이를 뒤따라 그늘진 바위틈으로 사라졌다.

"그들이 언제까지 여기 있었을까?"

그들을 따라 들어가며 썬더는 큰 소리로 물었다. 머리 위로 바위가 닫히면서 어둠이 온몸을 집어삼켰다. 두려움의 냄새가 코를 찔렀다. 스왈로는 여기서 불안하게 웅크리고 있었을 것이다. 썬더는 땅바닥에 코를 박고 냄새를 맡는 스패로퍼를 스쳐 지나갔다.

"블랙이어가 여기 있었던 게 확실해. 냄새가 나."

삼색얼룩 고양이가 말했다.

주둥이를 땅바닥에 들이대자 따뜻한 새끼 고양이 냄새가 났다. 썬더는 털을 찌르는 안도감을 느꼈다.

'피 냄새가 아니야.'

새끼 고양이는 다치지 않았다.

아울아이스가 바위에 털가죽을 스치며 옆으로 슬며시 지나갔다.

"여길 떠난 지 얼마 안 됐어."

아울아이스가 흥분한 목소리로 말했다.

"금방 따라잡을 수 있을 거야. 새끼 고양이를 데리고 가려면 속도가 느려질 수밖에 없으니까."

썬더는 배를 콕콕 찌르는 공포를 느끼며 고개를 들었다. 진영 동료가 개한테 물려 죽는데도 보고만 있던 슬래시의 모습이 떠올랐다. 그런 고양이가 새끼 고양이라고 해서 동정심을 베풀까?

"어떻게 해야 블랙이어를 다치지 않고 안전하게 데려올 수 있을까?"

"그건 그때 가서 생각해."

그림자 속에서 스패로퍼의 눈이 반짝거렸다.

썬더는 고개를 끄덕였다. 우선 그들을 찾는 게 먼저였다.

썬더는 동굴 입구로 걸어갔다.

그런데 밖에서 으르렁거리는 소리가 들렸다.

썬더는 몸이 얼어붙었다. 익숙한 악취가 코를 찌르면서, 달빛이

들어오는 입구를 그림자가 막아섰다.

"여우야!"

옆에 있던 아울아이스의 몸이 굳었다. 스패로퍼는 털이 곤두섰다.

"냄새를 따라왔나 봐."

썬더는 속삭였다.

"밖에서 우리가 나오길 기다리고 있어."

썬더가 말하는 사이 주둥이가 동굴 입구로 들어오면서 으르렁대는 여우의 얼굴이 나타났다. 고양이들을 발견한 여우는 기쁨으로 눈을 번들거렸다.

썬더는 스패로퍼와 아울아이스를 뒤로 밀면서 천천히 물러났다.

여우가 낑낑거리며 동굴 안으로 더 깊이 들어오려고 애썼다.

"너무 커서 못 들어와."

아울아이스가 속삭였다.

"하지만 우린 밖으로 나가야 해!"

스패로퍼가 쉭쉭대며 말했다.

"녀석을 뒤로 몰아내야 해. 그런 다음 도망치는 거야."

썬더는 결심했다.

"우릴 쫓아올 텐데."

아울아이스의 목소리가 떨렸다.

"블랙이어가 있는 곳까지 쫓아올지도 몰라."

스패로퍼가 말했다.

썬더는 망설였다. 분노가 앞발을 타고 쿵쿵 울렸다. 여우와 싸울 시간은 없었다. 지금 허비하는 매순간마다 슬래시와 떠돌이들은 점점 더 멀어질 것이다. 그렇지만 다른 방법이 있을까?

"내가 여우를 입구에서 멀리 유인할게."

썬더는 발톱을 세우며 말을 이었다.

"너희는 내 뒤를 따라 조용히 나와. 아울아이스, 너는 꼬리를 노려. 스패로퍼, 너는 등에 올라타."

이것은 굉장히 위험한 작전이었다. 잎 없는 계절의 여우는 오소리보다 더 사나웠다. 하지만 반드시 해야만 했다. 그레이윙을 위해서. 썬더는 아울아이스와 스패로퍼를 향해 고개를 끄덕였다.

"준비됐어?"

"준비됐어."

스패로퍼가 으르렁거렸다.

아울아이스가 꼬리를 홱 휘둘렀다.

"준비됐어."

썬더가 앞으로 뛰어들면서 여우의 주둥이를 할퀴었다.

그러자 여우는 으르렁거리며 뒤로 물러났다.

스패로퍼와 아울아이스가 옆에서 천천히 움직이는 느낌이 들었다. 입구가 뻥 뚫리자 달빛을 받아 환하게 빛나는 눈밭이 보였다. 썬더는 곧장 밖으로 뛰쳐나갔다.

여우가 즉시 달려들어 이빨로 어깨를 깨물었다. 썬더는 아파서 비명을 지르면서도 홱 돌아서서 여우의 코를 다시 한 번 후려쳤다. 발톱으로 시커먼 주둥이를 할퀸 뒤 뺨을 향해 한 번 더 발을 휘둘렀다.

화가 난 여우는 눈을 번들거리며 주둥이를 들이밀어, 썬더를 향해 입을 덥석 다물었다. 썬더는 뒤로 물러났다. 여우가 바위로 밀어붙이며 점점 더 가까이 다가오는 바람에 발을 휘두를 공간도 없었다. 두려움이 털가죽을 타고 밀려왔다. 얼핏 보니 아울아이스가 필사적으로 여우 꼬리를 잡아당기고 있었다. 스패로퍼는 여우의 어깨에 매달려 뒷발로 털가죽을 잡아당겼다. 반짝이는 눈 위로 붉은 털이 여기저기 흩날렸다.

하지만 여우는 꿈쩍도 하지 않고, 잔뜩 흥분해서 눈을 번들거리며 썬더에게 번쩍이는 이빨을 드러냈다.

'날 죽이려는구나!'

순간 공포가 밀려왔다. 진영에서 기다리고 있을 바이올렛돈이 생각났다. 라이트닝테일도 떠올랐다.

'네가 다음 지도자가 되어 줘.'

자신이 하나로 모은 고양이들을 돌봐 달라고, 마음속으로 친구에게 부탁했다.

그때 날카로운 전투의 함성이 허공을 갈랐다.

겁먹은 여우는 눈을 번들거리며 주둥이를 홱 돌렸다.

어깨가 넓은 회색 수고양이가 달려오고 있었다.

'아버지!'

클리어스카이는 울부짖으며 뛰어올라 앞발로 여우의 목을 후려쳤다. 여우는 눈 위에서 미끄러지며 비틀거렸다. 스패로퍼가 으르렁거리며 여우의 털가죽을 잡아당겨 균형을 무너뜨렸다. 아울아이스가 꼬리를 한쪽으로 홱 잡아당기자 여우는 쿵 넘어졌다.

썬더는 여우의 몸 위로 펄쩍 뛰어올랐다. 그리고 아버지와 나란히 서서 서로 옆구리를 맞댄 채로 여우를 향해 사정없이 발을 휘둘렀다.

여우는 겁에 질려 캥캥대며 날카롭게 울부짖었다. 침을 튀기며 공격하는 고양이들한테 깔려 있던 여우는 몸부림을 쳐서 간신히 빠져나왔다.

여우가 비틀거리며 일어서자 썬더는 뒤로 물러났다. 겁먹은 눈으로 고양이들을 노려보던 여우는 휙 돌아서서 언덕을 가로질러 달아났다.

"아버지!"

썬더는 숨을 가다듬으며 아버지를 바라보았다.

"여긴 왜 오셨어요?"

클리어스카이는 숱 많은 회색 털가죽을 꿈틀거리며 숨을 헐떡이고 있었다. 눈에서는 별빛이 반짝거렸다.

"진영에 가 보니 스타플라워는 무사하더구나."

클리어스카이는 눈을 깜박이며 썬더를 바라보았다.

"슬래시가 그레이윙의 진영을 공격한 거니?"

썬더는 고개를 끄덕였다.

"블랙이어를 데려갔어요."

"다른 고양이들은 괜찮고?"

클리어스카이는 꼼짝도 하지 않고 날카로운 눈으로 바라보았다.

"실버스트라이프와 화이트테일은 무사해요. 슬레이트와 스파티드퍼는 새끼들을 지키려고 싸우다 다쳤는데 페블하트가 그들과 함께 있어요."

"다행이구나."

클리어스카이는 고개를 돌려 황무지를 살폈다.

"슬래시가 어느 쪽으로 갔는지는 아니?"

스패로퍼가 헝클어진 털가죽을 힘껏 털었다.

"지금 흔적을 뒤쫓던 참이었어요."

아울아이스가 바위에서 멀리 떨어진 짓밟힌 눈밭으로 달려갔다.

"슬래시가 모임에 간 사이에 스왈로가 여기에 블랙이어를 숨겨 뒀어요."

어린 수고양이가 설명했다.

"슬래시와 다른 떠돌이들이 나중에 그들을 데리러 왔고요."

클리어스카이는 흔적이 있는 곳으로 서둘러 달려가 냄새를 맡았다.

"아직 냄새가 신선해."

"멀리 가지 못했을 거예요. 우리가……."

썬더의 말이 채 끝나기도 전에 클리어스카이는 눈을 걷어차며 달려갔다. 썬더도 아버지를 뒤따라 힘껏 뛰었다. 둘은 달빛이 비치는 언덕을 가로질러 떠돌이들의 흔적을 쫓아 달려갔다. 아울아이스가 비탈길 아래로 방향을 틀더니 이쪽저쪽으로 시선을 홱홱 돌렸다. 스패로퍼는 눈 위에 거의 흔적도 남기지 않고 빠르게 질주했다.

황무지가 비탈을 이루면서 달빛을 벗어나 그림자 속에 파묻혔다. 앞쪽에는 헤더 밭과 소나무가 쭉 이어져 있고, 그 주변을 빙 둘러 떠돌이들의 발자국이 나 있었다. 스패로퍼가 아울아이스를 뒤쫓아 덤불 사이로 달려갔다. 썬더는 클리어스카이를 계속 뒤따라갔다. 공기가 너무 차가워서 가슴이 타는 것처럼 아팠고 털가죽에서는 뜨거운 열기가 훅훅 뿜어져 나왔다. 헤더 밭을 빙 둘러 가는데, 저 앞 덤불에서 아울아이스가 불쑥 뛰쳐나왔다.

회색 수고양이는 걸음을 멈췄다. 눈길이 톨새도의 영역으로 곧장 이어지는 흔적을 향해 있었다.

"놈들은 소나무 숲으로 가고 있어."

썬더는 급히 멈춰 섰다.

헤더가 흔들리더니 스패로퍼가 뛰쳐나왔다. 어린 암고양이는 형제의 눈길을 따라 아래쪽의 시커먼 나무숲을 바라보았다.

"자신들의 옛 진영으로 가려고 하는 것 같아."

"그러려면 천둥길을 건너가야 해."

황무지와 소나무 숲을 가로지르는 천둥길을 보자 두려움이 썬더의 털가죽을 찔렀다. 천둥길에 쌓인 눈은 괴물들의 발에 짓밟혀 지저분한 진창으로 변했다. 썬더는 흔적을 샅샅이 살피며 떠돌이들을 찾았다. 하지만 천둥길 가장자리는 어둠에 휩싸여 있었다. 괴물 하나가 비명을 지르면서 앞발에서 진흙을 튀기며 달려가자 썬더는 귀를 머리에 납작 붙였다.

"어쩌면 천둥길을 건너지 않았을지도 몰라."

스패로퍼가 희망에 찬 목소리로 말했다.

"이 길을 쭉 따라 떡갈나무 숲으로 갔을 수도 있어. 그곳은 나무가 울창하잖아. 그러니까 숨을 곳도 많을 거야."

"어디 한번 보자."

클리어스카이가 비탈을 펄쩍 뛰어 내려갔다.

썬더도 그 뒤를 따라 성큼성큼 달려갔다. 비탈 아래 다다르자 발이 눈 속으로 푹푹 빠졌다. 다시 떠돌이들의 흔적이 나타나면서 천둥길을 따라 이어졌다. 냄새도 신선했다. 천둥길의 악취가 매캐하게 코를 찌르는데도 떠돌이들의 냄새에서 아직 따뜻한 기운이 느껴졌다. 방금 전에 이곳을 지나간 게 분명했다. 썬더는 눈을 가늘게 뜨고 어둠 속을 바라보았다.

'대체 어디로 간 거야?'

괴물이 눈에 불을 켜고 달려오는 바람에 썬더는 잠시 앞이 잘 보이지 않았다. 그런데 눈을 찡그렸을 때, 나무 서너 그루 정도 떨어진 길가에 눈부시게 밝은 빛을 등진 시커먼 형체 여럿이 보였다. 천둥길 옆에 떠돌이들이 서 있었던 것이다. 그중 한 녀석의 입에 자그마한 형체가 대롱대롱 매달려 있었다.

"블랙이어!"

썬더는 숨이 턱 막혔다.

클리어스카이가 걸음을 멈추고 아들의 눈길을 좇다가, 괴물이 요란하게 울부짖으며 옆을 지나쳐 가자 몸을 움찔했다.

"나도 봤어!"

귀가 멀 것 같은 시끄러운 괴물의 소리에 썬더는 귀를 머리에 납작 붙였다. 스패로퍼와 아울아이스는 눈을 찡그리고 둘 사이를 비집고 나가 천둥길 옆을 노려보았다.

떠돌이들은 괴물들이 흩뿌린 진흙에 흠뻑 젖은 채 물을 뚝뚝 흘리며 길가에 모여 있었다. 길을 건너려는 게 틀림없었다. 슬래시가 그들 주위를 빙빙 맴돌며 꼬리를 휘두르다가, 썬더를 발견하고 걸음을 멈췄다.

"놈이 우리를 봤어."

썬더는 몸을 떨었다.

멀리서 빛이 번쩍거렸다. 또 다른 괴물이 천둥길을 따라 달려오고 있었다.

"여기서는 공격 못 해. 너무 위험하잖아."

스패로퍼가 으르렁거렸다.

"일단 길을 건너가게 둔 다음, 소나무 숲으로 따라가자."

아울아이스가 제안했다.

클리어스카이가 얼굴을 찌푸렸다.

"소나무 숲에는 눈이 쌓이지 않았을 거야. 그러면 흔적을 쫓아가기가 힘들어져. 놈들을 놓칠 수도 있어."

썬더도 같은 생각이었다.

"소나무 숲으로 들어가는 걸 막아야 해."

썬더는 길가를 따라 걸어가기 시작했다. 공포가 배를 푹 찌르는 것 같았다. 떠돌이들의 수가 더 많았다. 스네이크, 슬래시, 스플린터, 엠버, 비틀이 목털을 잔뜩 곤두세우고 그들을 마주하고 있다. 스왈로가 천둥길 가장자리로 가까이 다가갔다. 암고양이의 입에 대롱대롱 매달린 블랙이어는 허공에서 발을 바동거렸다. 괴물이 눈에 불을 켜고 그들을 향해 달려오고 있었다.

"잠깐만."

스패로퍼가 겁을 먹어 날카로워진 목소리로 말했다.

"괴물이 지나갈 때까지만이라도 기다려."

"그런 다음엔 어쩌려고?"

아울아이스가 물었다.

"공격해야지."

클리어스카이가 으르렁거렸다.

썬더는 슬래시와 시선을 맞췄다. 잠시 동안 떠돌이는 재미있다는 듯 눈을 번뜩였다. 그러더니 사납게 울부짖으며 천둥길을 가로질러 달려갔다. 나머지 떠돌이들도 줄줄이 젖은 돌 위를 달리기 시작했다. 그들의 털가죽이 무섭게 달려오는 괴물의 눈빛에 환하게 빛났다.

썬더는 가슴속에서 심장이 터질 것만 같았다.

"놈들이 도망치고 있어!"

말을 하는 사이 스왈로가 비틀거렸다. 진창 속에서 발이 미끄러진 암고양이는 배를 바닥에 깔고 엎어졌다. 스왈로가 괴물을 홱 돌아보았다. 괴물은 비명을 지르며 점점 가까워졌다. 허둥지둥 일어난 스왈로는 진영 동료들을 따라 건너편 길가로 내달렸다. 순식간에 떠돌이들은 나무숲으로 사라졌다.

"블랙이어!"

겁에 질린 스패로퍼의 울부짖음은 괴물의 비명에 묻혀 버렸다.

썬더는 어린 암고양이의 겁먹은 눈길을 따라갔다.

새끼 고양이가 천둥길 한가운데에 서 있었다. 괴물이 눈을 이글거리며 새끼 고양이를 향해 달려오고 있었다. 블랙이어는 놀란 토끼처럼 털가죽을 잔뜩 부풀린 채 괴물을 보고만 있었다.

아울아이스가 놀라서 숨을 헐떡였다.

"괴물이 쟤를 죽일 거야!"

23
되찾은 새끼 고양이

클리어스카이는 멍하니 블랙이어를 바라보았다. 자그마한 새끼 고양이를 향해 달려드는 괴물의 눈빛에 반쯤 정신이 나간 채였다. 세상이 고요해졌다. 시간도 느리게 흐르는 것 같았다. 클리어스카이는 마치 보이지 않는 발이 몸을 움직이는 것처럼 앞으로 튕겨져 나갔다. 천둥길로 달려 들어가자 주위가 흐릿해졌다. 발바닥 밑에서 진흙이 질퍽거리며 튀었지만, 축축한 냉기를 거의 느끼지 못했다. 눈에는 오직 블랙이어만 보일 뿐, 순간순간 가까워지는 괴물은 보이지 않았다. 더러워진 눈 위로 미끄러지며, 단 한 순간도 머뭇거리지 않고 블랙이어의 목덜미를 물었다.

바람이 바위처럼 몸을 때렸다. 그 바람에 떠밀려 천둥길 반대편으로 데구루루 굴러갔다. 요란한 비명을 지르며 옆을 스쳐 지나가는 괴물의 발에서 자갈이 튀어 옆구리를 때렸다. 꼬리가 말할 수 없이 아프고 털이 불타는 느낌이 들었다. 진창으로 뒤덮인 풀밭을 구르는데, 턱 사이로 블랙이어의 목털이 잡아당겨지는 느낌이 들었다.

'잡았어.'

겁이 나서 눈을 뜰 수가 없었다. 새끼 고양이는 움직이지 않았다. 조심스럽게 이빨로 문 목덜미를 놓고 몸을 숙여 새끼 고양이를 감쌌다.

"아버지!"

썬더의 목소리가 귓가에 울렸다.

철벅철벅 달려오는 발소리도 들렸다. 누군가의 이빨이 목덜미를 파고들어 천둥길에서 먼 곳으로 질질 끌고 갔다. 블랙이어를 품에 꼭 끌어안고 눈을 떠 보니 머리 위를 뒤덮은 소나무들이 보였다.

"아버지?"

겁에 질린 썬더의 목소리가 다시 들렸다.

이빨이 목덜미를 놓았다. 눈을 깜박이며 고개를 들자, 썬더와 아울아이스 그리고 스패로퍼가 주위에 모여 있었다.

"죽은 줄 알았어요!"

아울아이스가 털을 잔뜩 곤두세운 채 클리어스카이를 내려다보며 소리쳤다.

"괴물이 수염 하나 차이로 아슬아슬하게 비켜 갔다고요!"

스패로퍼도 껵껵대며 말했다.

클리어스카이는 블랙이어를 안고 있던 앞다리에 힘을 풀었다.

"살아 있어?"

묻기도 겁이 났다. 괴물이 일으킨 바람이 그들을 강타했다. 욱신거리는 통증이 꼬리를 타고 올라왔다. 옆구리는 마비되어 아무 감각도 없었다.

썬더가 몸을 숙여 클리어스카이의 배 옆에 있는 젖은 새끼 고양이의 냄새를 맡았다.

블랙이어가 가냘픈 소리로 칭얼거렸다.

"집에 가고 싶어요."

그 순간 마음이 놓여 클리어스카이는 몸이 아픈 것도 잊었다. 꼬리의 통증에 얼굴을 찡그리면서도 비틀비틀 일어나 앉아 새끼 고양이의 냄새를 맡았다. 어린 수고양이의 목덜미에는 고약한 떠돌이 냄새가 잔뜩 배어 있었고, 털가죽에서는 천둥길 연기 냄새가 풍겼다.

"떠돌이들이 괴롭혔어?"

클리어스카이는 잠긴 목소리로 물었다.

"집에 못 가게 했어요."

블랙이어가 겁먹은 눈을 반짝거리며 클리어스카이를 올려다보았다.

"엄마는 괜찮아요? 떠돌이들이 엄마를 공격하는 걸 봤어요. 그러더니 나를 끌고 갔어요."

클리어스카이는 목이 멨다.

"네 엄마는 무사해."

클리어스카이는 새끼 고양이에게 장담했다.

"조금 긁히긴 했는데, 페블하트가 치료해 주고 있어."

"그럼 실버스트라이프와 화이트테일도 무사해요?"

블랙이어가 물었다.

클리어스카이는 블랙이어의 뺨을 주둥이로 꾹 눌렀다.

"그 애들도 안전하고 무사해."

얼음 같은 물에 털가죽이 흠뻑 젖어서 몸이 부들부들 떨렸다.

440

하지만 블랙이어를 구했다. 바들바들 떨면서 네발로 일어서는 새끼 고양이를 보자, 잠자리에 안전하게 있을 타이니브랜치가 떠올랐다.

"얼른 엄마한테 데려다줄게."

"우선 몸을 말리고 따뜻하게 해 줘야 해요. 톨새도의 진영으로 가요. 거기가 제일 가까우니까."

스패로퍼가 블랙이어의 목덜미를 물어 들어 올렸다.

"아야!"

새끼 고양이가 매달린 채 발을 바동거렸다.

"목이 아파요!"

"자, 이리 와."

썬더가 새끼 고양이 앞에 웅크리고 앉았다.

"내 등에 올라타렴."

스패로퍼가 블랙이어를 썬더의 어깨뼈 사이에 조심스럽게 내려놓고는, 한 발을 들어 썬더의 숱 많은 털로 아이의 몸을 덮어 주었다.

"꼭 붙잡고 있어."

블랙이어는 몸을 깊이 파묻으며 발톱을 구부려 썬더의 털가죽을 꼭 잡았다.

클리어스카이는 썬더를 힐끗 쳐다보았다.

썬더는 걱정스러운 얼굴이었다.

"거기까지 갈 수 있겠어요?"

클리어스카이는 온몸이 쑤시고 아팠다. 하지만 여기 계속 있을 수는 없었다.

"난 괜찮아."

억지로 일어나 다리가 멀쩡한지 확인했다. 후들후들 떨리기는 했지만 걸어갈 수는 있을 것 같았다. 가장 아픈 곳은 꼬리였다. 너무 아파서 차마 돌아볼 엄두도 나지 않았다. 괴물이 꼬리를 갈 기갈기 찢어 놓기라도 한 것 같았다.

"꼬리가 아파."

클리어스카이는 쉰 목소리로 나지막이 말했다.

스패로퍼가 다가와 꼬리 냄새를 맡았다.

"다쳤어요. 움직일 수 있겠어요?"

클리어스카이는 꼬리를 들어 보려고 했다. 타들어 가는 것처럼 아팠지만, 꼬리는 축 늘어진 채 움직이지 않았다. 클리어스카이는 불안한 눈으로 뒤를 돌아보았다. 꼬리는 천둥길의 진흙으로 더럽 혀진 채 마치 죽은 뱀처럼 뒤에 축 늘어져 있었다.

스패로퍼가 몸을 힘껏 털었다.

"톨섀도의 진영으로 가 계세요. 전 페블하트를 데려올게요. 그 리고 슬레이트와 그레이윙에게 블랙이어가 무사하다고 전할게 요. 페블하트는 꼬리를 치료하는 법을 알고 있을 거예요."

블랙이어가 주둥이를 들어 올렸다.

"난 황무지로 돌아가고 싶어요!"

스패로퍼가 새끼 고양이와 눈을 맞췄다.

"넌 바람을 피해서 따뜻하게 있어야 해. 큰 충격을 받았잖아. 네 엄마가 몸이 괜찮다면 페블하트와 함께 데리고 올게."

"아빠도 같이 데려오면 안 돼요?"

블랙이어가 기대에 찬 얼굴로 삼색얼룩 고양이를 바라보며 물

442

었다.

스패로퍼와 썬더가 걱정스러운 얼굴로 서로를 바라보자 클리어스카이는 눈살을 찌푸렸다.

"그레이윙한테 무슨 일이라도 있어?"

썬더의 귀가 움찔거렸다.

"아무 일도 없어요."

썬더가 재빨리 대답했다.

"아마 아직도 블랙이어를 찾아다니고 있을 거예요."

클리어스카이는 눈을 가늘게 떴다. 썬더는 거짓말을 하고 있었다. 블랙이어를 힐끗 쳐다보았다. 새끼 고양이에게 알리고 싶지 않은 일이 있는 게 분명했다. 클리어스카이는 코로 블랙이어의 머리를 톡 치며 화제를 돌렸다.

"넌 운이 좋구나. 태어난 지 한 달도 안 돼서 다른 진영을 방문하는 새끼 고양이는 거의 없거든."

아픈 꼬리는 생각하지 않으려고 애썼다. 천둥길에 쓸린 발바닥도 따끔거렸다.

스패로퍼가 황무지를 향해 돌아섰다.

"최대한 빨리 갈게요."

고개를 끄덕여 작별 인사를 하고서 어린 암고양이는 소나무 사이로 서둘러 달려갔다.

아울아이스가 클리어스카이 옆으로 조용히 다가와 어깨를 지그시 밀었다.

"저한테 기대세요."

클리어스카이는 도움을 받지 않으려고 몸에 힘을 줬지만, 또 다시 밀려온 통증에 숨이 턱 막혔다. 하는 수 없이 어린 수고양이에게 몸을 기대고 톨셰도의 진영을 향해 천천히 절뚝거리며 걸어갔다.

진영의 가시덤불 울타리에 가까워졌을 때 소나무에서 눈덩이가 떨어졌다. 숲 바닥에는 눈이 거의 쌓여 있지 않았지만, 나무 위에는 눈이 제법 무겁게 쌓여 있었다. 숲의 소리가 나무 밑으로는 거의 들리지 않았고 사방에 그림자가 드리워져 있었다. 클리어스카이는 마치 이상한 꿈속을 걷는 듯한 기분이었다. 추위가 털가죽과 살갗을 뚫고 뼛속까지 파고든 것처럼 몸이 바들바들 떨렸다.

"클리어스카이 형?"

나무 사이로 재기드피크의 놀란 목소리가 울려 퍼졌다.

어둠 속에서 눈을 깜박거리자 동생의 회색 털가죽이 보였다.

재기드피크가 서둘러 다가왔다.

"어떻게 된 거야?"

재기드피크는 걸음을 멈추고 클리어스카이를 쳐다보다가, 이어서 썬더의 등에 업힌 지저분한 새끼 고양이에게로 눈길을 돌렸다.

아울아이스가 클리어스카이를 더 힘껏 밀었다.

"우리가 모임에 참석하는 동안 슬래시가 윈드러너의 진영을 습격했어요. 그래서 블랙이어를 데려갔는데 우리가 되찾았어요."

재기드피크의 눈이 분노로 번뜩였다.

"그 여우 심장 녀석을 다시 안 보게 되는 날이 오긴 할까?"

썬더가 으르렁거렸다.

"이런 짓을 벌이고도 우리 근처를 어슬렁거리는 건 바보짓이라

444

는 걸 이제 그 녀석도 알 거예요.”

썬더는 진영을 향해 고갯짓을 하며 말을 이었다.

“일단 블랙이어를 따뜻한 곳으로 데려가야 하고, 아버지도 좀 쉬어야 해요. 괴물한테 부딪혔거든요.”

“부딪힌 건 아니야.”

클리어스카이는 쉰 목소리로 말했다.

“꼬리는 부딪혔잖아요.”

썬더가 투덜거리듯 말했다. 그러고는 재기드피크를 지나쳐 진영으로 향했다.

블랙이어가 썬더의 어깨뼈 사이로 고개를 내밀고 가시덤불 가지를 올려다보았다.

“여긴 늘 이렇게 어두워요?”

“아직 동이 트지 않아서 그래.”

재기드피크가 서둘러 썬더를 따라잡으며 새끼 고양이에게 대답했다.

“근데 왜 안 자고 깨어 있어요?”

블랙이어가 다시 물었다.

“우린 소식을 기다리고 있었어.”

“재기드피크?”

톨섀도의 목소리가 입구에서 들려왔다. 밖으로 고개를 내민 암고양이는 자신의 진영을 찾아온 고양이들을 보고 눈이 휘둥그레졌다. 톨섀도의 시선이 재빨리 그들을 살폈다. 그러고는 다시 안으로 들어가 진영을 가로질러 소리쳤다.

“마우스이어! 네 거처가 필요해. 클리어스카이가 다쳤어. 홀리!

445

블랙이어도 같이 왔어. 뼛속까지 얼어붙은 것 같아."

클리어스카이가 썬더를 따라 진영 입구로 들어갔을 땐 고양이들이 공터 주위를 바쁘게 돌아다니고 있었다. 하지만 가시덤불 울타리의 그림자에 가려져 거의 보이지 않았다.

"이쪽이야."

안심시켜 주는 듯한 마우스이어의 목소리가 그들을 공터 가장자리로 안내했다.

두꺼운 가시덤불 울타리 사이에 틈이 하나 벌어져 있었다. 썬더가 먼저 몸을 숙이고 그 안으로 들어갔고, 클리어스카이도 비틀거리며 그 뒤를 따랐다. 재기드피크와 아울아이스는 밖에 남았다. 마우스이어의 잠자리에서는 따뜻한 냄새가 났다. 수고양이가 방금 전까지 이 안에서 자고 있었던 게 분명했다. 클리어스카이는 잎이 달린 소나무 가지에 이끼를 덮어 만든 푹신한 잠자리로 걸어가, 마음 놓고 털썩 쓰러졌다.

썬더가 몸을 숙여 블랙이어를 옆에 내려놓자, 새끼 고양이는 따뜻한 품을 찾아 파고들었다. 그때 홀리가 거처 안으로 들어왔다.

홀리는 웅크리고 앉아 젖은 새끼 고양이를 혀로 부드럽게 핥아 주었다.

블랙이어가 즉시 가르랑거리기 시작했다.

"엄마랑 똑같은 냄새가 나요. 아주 조금 다르긴 하지만요."

새끼 고양이가 나른하게 중얼거렸다.

썬더는 잠자리 옆에서 몸을 꼼지락거렸다.

"엄마는 분명히 이리로 오고 있을 거야, 페블하트랑 같이."

홀리가 코를 씰룩거리며 고개를 들었다. 그리고 클리어스카이

446

의 꼬리를 힐끗 쳐다보았다.

움찔 놀라는 암고양이를 보자 클리어스카이는 심장이 빠르게 뛰었다.

"그렇게 안 좋아?"

"더 나쁜 상처도 본 적 있어."

홀리는 기운차게 말하고는 블랙이어에게로 눈길을 돌렸다.

"이 아이 몸이 꽁꽁 얼었어. 이끼 좀 더 갖다줄 수 있어, 썬더?"

"그럼요."

썬더는 고개를 끄덕이고 거처에서 나갔다.

클리어스카이는 피로가 밀려오는 걸 느꼈다.

"블랙이어는 괜찮을까?"

꽉 잠긴 목소리로 홀리에게 물었다.

"몸만 따뜻해지면 괜찮을 거야."

홀리는 눈을 깜박이며 클리어스카이를 바라보았다.

"페블하트를 기다리는 동안 눈 좀 붙여."

클리어스카이는 싫다고 하지 않았다. 털가죽이 마치 죽은 먹잇감을 달고 다니는 것처럼 무겁게 느껴졌다. 발도 따가웠고, 꼬리가 욱신거릴 때마다 별별 쓸데없는 생각이 다 들었다. 머리가 빙빙 도는 걸 느끼며 클리어스카이는 주둥이를 잠자리 옆에 기대고 눈을 감았다.

따뜻한 숨결이 주둥이를 적셨다. 생쥐 냄새를 맡은 클리어스카이는 코를 움찔거렸다. 눈을 깜박이며 떠 보니 약한 빛 속에서 썬더가 희미하게 보였다.

"해가 떴어?"

클리어스카이는 흐릿한 눈으로 물었다.

"뜨려고 해요."

썬더는 마치 한동안 그 자세로 있었던 것처럼 발을 뻣뻣하게 움직거렸다.

"여기 오래 있었어?"

클리어스카이는 주둥이를 들어 올리고 물었다.

"있을 만큼 있었어요."

"이제 그만 진영 동료들한테 가 봐야 하는 거 아니야?"

"라이트닝테일이 진영을 책임지고 있어요. 한동안은 저 없이도 잘 돌아갈 거예요. 전 아버지가 괜찮은지 확인하고 싶었어요."

클리어스카이는 귀를 쫑긋 세웠다.

'썬더가 나를 걱정하는 걸까?'

자신의 꼬리를 힐끗 내려다보았다. 통증은 줄어들었다. 그리고 약초를 씹어 만든 걸쭉한 덩어리가 꼬리에 발려 있었다.

"페블하트가 찜질약을 만들었어요."

썬더가 아버지의 눈길을 따라가며 설명했다.

"좀 어때요?"

"훨씬 좋아졌어."

"페블하트 말로는 세 군데가 부러졌대요. 괴물이 꼬리를 밟고 간 게 분명해요. 하지만 나을 거라고 했어요."

썬더의 눈을 마주 본 클리어스카이는 아들의 호박색 눈 깊은 곳에서 반짝이는 따스함에 기분이 좋아졌다.

"넌 마치 죽어 가는 고양이라도 보는 듯한 표정으로 날 보고 있구나."

괜히 쑥스러워서 눈길을 돌렸다.

"아버지가 블랙이어를 구했어요."

썬더가 속삭이듯 말했다.

"분명 제 옆에 계셨는데, 다음 순간 괴물이 달려오는 길로 뛰어 드셨어요. 자칫하면 아버지가 죽을 수도 있었어요."

"블랙이어가 죽는 걸 두고 볼 순 없었어."

클리어스카이는 시선을 들었다.

"그레이윙은 내 새끼들을 구해 줬어. 그러니 그레이윙의 새끼 들을 구하는 게 당연하지."

"목숨을 내놓는 게 아버지의 의무는 아니죠."

썬더가 중얼거렸다.

"하지만 난 죽지 않았잖니."

잠자리 안에서 몸을 뒤척이던 클리어스카이는 문득 블랙이어 가 사라졌다는 것을 깨달았다.

"어디 갔지?"

날카로운 공포가 배를 찔렀다.

"홀리가 잠자리로 데려갔어요."

썬더가 말했다.

"스톰펠트랑 듀노즈랑 이글페더가 옆에서 시끌벅적하게 구는 게 더 좋을 거랬어요. 그러면 몸도 금방 따뜻해질 테고, 오늘 겪 은 힘든 일도 빨리 잊을 수 있을 테니까요."

클리어스카이는 가르랑거리고 싶었지만 목이 너무 말랐다.

썬더가 젖은 이끼 뭉치를 앞발로 밀어 주었다.

클리어스카이는 코를 쭉 뻗어 축축한 이끼 뭉치 속으로 혀를 밀어 넣었다. 물이 입속으로 흘러들자 눈을 감고 목으로 전해지는 시원함을 즐겼다. 그대로 눈을 감은 채 클리어스카이는 다시 말을 꺼냈다.

"그레이윙이 내 새끼들을 구했다고 했잖아. 그건 타이니브랜치, 듀페탈, 플라워풋만 말하는 게 아니야. 너 역시 마찬가지야."

감정이 북받쳐 올랐지만 간신히 말을 이었다.

"네가 나를 필요로 할 때 난 널 돌보지 않았어. 그레이윙이 대신 널 돌봐 줬지. 나보다 그레이윙이 너에게 더 아버지 같은 존재야. 난 그 점에 대해 감사하고 있단다."

긴장하며 썬더가 입을 열기를 기다렸지만, 썬더는 아무 말도 하지 않았다.

클리어스카이는 눈을 뜨고 아들을 쳐다보았다.

썬더의 눈이 감정에 북받쳐 반짝반짝 빛나고 있었다.

"아버지는 최선을 다했어요."

썬더가 쉰 목소리로 말했다.

그때 갑자기 거처 밖에서 날카로운 목소리가 들렸다.

"블랙이어를 집으로 데려가야 해."

걱정에 잠긴 슬레이트의 목소리였다.

홀리가 초조하게 대답했다.

"아직 먼 거리를 갈 수 있을 만큼 회복되지 않았어."

"몸이 따뜻해지고 잘 먹었으니까 괜찮을 거예요."

페블하트가 슬레이트를 안심시켰다.

"그레이윙한테 보여 줘야 해."

슬레이트가 꽉 잠긴 목소리로 말했다.

"어쩌면 마지막 기회일지도 몰라……."

슬레이트는 말을 잇지 못했다.

클리어스카이는 몸이 뻣뻣하게 굳었다.

"마지막 기회라니?"

썬더가 블랙이어에게 한 거짓말이 기억났다.

"그레이윙이 많이 아프구나, 그렇지?"

썬더는 슬픈 듯 눈을 깜박였다.

"이번에는 회복하지 못할 것 같아요."

"그레이윙이 죽어 가고 있다는 거야?"

클리어스카이는 억지로 일어섰다. 충격이 심장 박동처럼 온몸을 쿵쿵 울렸다.

"나도 봐야겠어."

썬더는 눈을 가늘게 떴다.

"황무지까지 가실 수 있겠어요?"

"그레이윙을 만나야만 해."

클리어스카이는 으르렁거리며 말했다. 그리고 썬더를 지나쳐 거처 밖으로 미끄러져 나갔다. 눈 덮인 진영에 반사된 눈부신 햇살에 저절로 얼굴이 찡그려졌다. 클리어스카이는 슬레이트를 바라보았다. 블랙이어가 엄마의 배에 찰싹 달라붙어 있었다.

"나도 같이 가."

슬레이트가 고개를 떨궜다.

"저도요."

썬더가 거처에서 나와 클리어스카이 옆에 섰다.

또다시 꼬리가 참을 수 없이 아팠다. 클리어스카이는 비틀거리며 썬더에게 기댔다.

"걱정 마세요, 아버지."

썬더가 어깨를 힘껏 밀어 몸을 떠받쳐 주었다. 그사이 슬레이트는 블랙이어를 물고 진영을 나섰다.

"늦지 않게 집으로 데려다줄게."

24
끝나지 않은 여행

숨을 쉴 때마다 날카로운 통증이 그레이윙의 가슴을 찔렀다. 숨 쉬는 게 너무 힘들어서 이제 그만 포기하고 싶었다. 하지만 그럴 수 없었다. 아직은 아니었다. 블랙이어가 안전하게 진영으로 돌아오기 전까지는.

윈드러너가 옆에서 어쩔 줄 몰라 하며 서성거렸다.

"제발 거처로 들어가 있어. 여기 있으면 얼어 죽을 거야."

그레이윙은 말도 할 수 없을 정도로 숨이 차서 고개만 가로저었다. 그리고 풀 더미 사이에 누운 채 진영 입구를 고집스럽게 바라보았다. 눈송이가 털 위에 내려앉았다. 짙은 구름이 또다시 황무지 하늘을 뒤덮고 있었다.

"머위 좀 더 먹어. 도움이 될 거야."

리드테일이 주둥이 가까이 머위 잎을 밀어 주었다.

그레이윙은 친절한 수고양이를 향해 눈을 깜박거렸다. 머위는 도움이 되지 않은 지 이미 오래였다. 이제는 어떤 도움도 소용없었다. 그저 사랑하는 슬레이트와 블랙이어를 마지막으로 한 번 더 보기 위해 힘겨운 싸움을 하며 기다리고 있을 뿐이었다.

"아빠?"

실버스트라이프가 옆으로 와서 몸을 기댔다.

"엄마가 간 지 한참 됐어요. 엄마는 꼭 돌아올 거예요, 그렇죠?"

"당연히 돌아오지."

그레이윙은 쉰 목소리로 대답했다.

화이트테일도 다가와 주둥이를 비볐다.

"블랙이어도요?"

"그래, 블랙이어를 찾았다고 고스퍼가 전해 줬어."

그레이윙은 힘없이 기침을 하면서도 말을 이었다.

"엄마가 지금 블랙이어를 데리고 돌아오고 있을 거야."

"숨을 아껴."

스위프트미노가 자신과 그레이윙의 옆구리 사이에 새끼 고양이들을 두고 바짝 붙어 앉았다. 그리고 새끼 고양이들의 자그마한 몸을 꼬리로 감싸 쌓이는 눈을 막아 주었다.

"윈드러너 말이 맞아. 모두 안으로 들어가야 해."

그레이윙은 대답하지 않았다. 가시금작화 입구에서 눈을 뗄 엄두가 나지 않았다. 오래전, 터틀테일이 두발쟁이 마을에서 돌아오기만을 기다리던 그날이 떠올랐다. 터틀테일은 결국 돌아오지 않았다.

'슬레이트, 제발 돌아와.'

슬레이트와 블랙이어를 다시 보고 싶어서 마음이 아팠다.

모스플라이트가 스파티드퍼의 거처에서 걸어 나왔다.

리드테일이 어린 암고양이를 힐끗 쳐다보며 물었다.

"스파티드퍼는 좀 어때?"

모스플라이트는 털을 부풀렸다.

"잠들었어요."

"열은 안 나고?"

"안 나요."

모스플라이트가 대답했다.

"코가 차가웠어요. 상처도 깨끗하고, 페블하트가 발라 준 찜질 약이 상처에서 시큼한 냄새가 나는 걸 막아 줄 거예요."

그레이윙 옆에서 꼼지락거리던 화이트테일이 투덜거렸다.

"엄마 보고 싶어. 나 배고프단 말이야."

"엄마는 금방 돌아올 거야."

그레이윙은 힘없이 중얼거렸다.

스위프트미노가 눈 덮인 먹이 더미를 힐끗 쳐다보았다.

"생쥐를 좀 먹여 볼까……."

"그런 걸 먹기엔 아직 너무 어려."

윈드러너가 중얼거렸다.

"내가 생쥐를 씹어서 먹여 주면……."

"쉿."

그레이윙은 귀를 쫑긋 세웠다. 진영 밖에서 뽀드득뽀드득 눈 밟는 소리가 들렸다. 힘겹게 몸을 일으켰지만 다리가 푹 꺾였다.

'슬레이트한테 이런 힘없는 모습을 보일 수는 없어!'

하지만 온몸으로 통증이 밀려오면서 몸 안에 남은 숨이 새어 나가고 기침이 터져 나왔다.

"괜찮아."

스위프트미노가 천천히 털가죽을 핥아 주었다.

"슬레이트가 곧 올 거야. 그리고 모든 게 잘될 거야."

가시금작화가 파르르 떨리며 슬레이트가 진영으로 걸어 들어 오자 그레이윙은 심장이 빠르게 뛰었다. 슬레이트의 등에 블랙이 어가 매달려 있었다.

블랙이어는 그레이윙을 보자마자 엄마 등에서 스르르 미끄러 져 내려왔다.

"아빠가 왜 눈 위에 누워 있어요?"

블랙이어가 쪼르르 달려와 그레이윙의 가슴으로 뛰어들어 부 드러운 털 속으로 파고들었다.

"슬래시가 날 훔쳐 갔지만 난 도망쳤어요!"

블랙이어가 야옹거리며 말했다.

"나 이제 집에 왔어요! 아빠가 너무너무 보고 싶었어요."

화이트테일과 실버스트라이프가 스위프트미노의 꼬리 밑에서 후다닥 달려 나가 한배 형제를 반겼다. 그 모습을 보면서 그레이 윙은 목이 멨다.

"화이트테일이 슬래시가 널 잡아먹었다고 했어!"

실버스트라이프가 끽끽대며 소리쳤다.

"내가 언제!"

화이트테일은 누이를 밀어내고, 블랙이어에게 코를 처박고 가 르랑거렸다.

그레이윙은 자신의 턱 밑에 옹기종기 모인 아이들의 냄새를 들 이마셨다.

그러다 슬레이트와 눈이 마주쳤다.

슬레이트는 꼬리 하나 떨어진 곳에 멈춰 서 있었다. 그를 바라보는 암고양이의 눈이 슬픔으로 반짝였다.

'미안해.'

죄책감이 그레이윙의 털가죽을 뒤덮었다. 새끼들을 기르는 것을 도와주겠다고 약속했는데, 숨을 쉬려고 안간힘을 쓸 때마다 마지막이 다가오고 있다는 느낌이 들었다. 이제 슬레이트 혼자서 이 아이들을 키워야 했다.

슬레이트는 슬픔을 떨쳐 내려는 듯 눈을 깜박거렸다.

"얘들아, 아빠 힘들겠다. 좀 물러나렴."

슬레이트가 다가와 화이트테일의 목덜미를 물어 올렸다.

"블랙이어는 괜찮아?"

그레이윙은 슬레이트의 시선을 살피며 물었다.

"괜찮아."

슬레이트가 대답했다.

"하지만 엄청난 모험을 했으니까 일단 따뜻한 당신 거처로 들어가서 이야기를 듣도록 해."

슬레이트가 말하는 사이 썬더와 페블하트, 재기드피크 그리고 클리어스카이가 진영으로 들어왔다. 클리어스카이는 엉망이 된 꼬리에 끈적끈적한 약초를 덕지덕지 바른 채 썬더에게 몸을 기대고 서 있었다. 그레이윙은 눈을 깜박이며 형제를 바라보았다.

"어떻게 된 거야?"

하지만 슬레이트는 이미 그레이윙을 일으켜 세우려고 주둥이로 밀고 있었다.

"일단 눈을 좀 피하자."

암고양이가 빠르게 말했다. 그레이윙이 비틀거리자 슬레이트는 다시 힘껏 밀었다. 윈드러너가 반대편에서 몸을 받쳐 주었고, 두 암고양이는 그레이윙을 거처 쪽으로 데리고 갔다.

그레이윙은 암고양이들의 도움을 받아 잠자리에 몸을 눕혔다. 몸에 닿는 잠자리가 부드럽고 따뜻했다. 가시금작화 동굴은 어둡고 아늑했다. 입구를 통해 저녁 햇살이 스며들었다. 그레이윙은 힘겹게 숨을 쉬며 잠시 가만히 누워 있었다. 그때 실버스트라이프, 블랙이어, 화이트테일이 달려 들어왔다.

"썬더가 그러는데, 블랙이어가 하마터면 괴물한테 밟혀 죽을 뻔했대요."

화이트테일이 그레이윙의 잠자리로 허둥지둥 달려와 말했다.

"그런데 클리어스카이가 구해 줬대요."

실버스트라이프가 한배 형제를 따라 잠자리로 팔짝 뛰어들며 덧붙였다.

"떠돌이 중 하나가 나를 천둥길 한가운데에 떨어뜨렸거든요."

블랙이어가 극적으로 말했다.

그레이윙은 심장이 철렁 내려앉았다.

슬레이트가 옆에서 바쁘게 움직였다.

"하지만 이젠 안전하잖니. 그러면 됐지."

슬레이트가 블랙이어에게 말하고는 달랑 물어 올려 형제들 옆에 내려놓았다.

옆구리에 닿는 새끼들의 따스한 체온을 느끼며 그레이윙은 가르랑거리려고 했다. 하지만 그럴 기운도 없는 데다 또다시 기침이 터져 나왔다.

"아빠 아파요?"

블랙이어가 엄마에게 물었다.

화이트테일이 코를 쳐들고 아는 척 나섰다.

"아빠는 홀쩍이에 걸렸어. 그래서 리드테일이 내가 홀쩍이에 걸렸을 때 준 거랑 똑같은 약초를 아빠한테 줬어."

그레이윙은 슬레이트를 쳐다볼 엄두가 나지 않았다. 슬픔이 심장을 할퀴는 것 같았다.

윈드러너가 앞으로 다가와 그레이윙의 눈을 마주 보았다.

"블랙이어가 돌아와서 정말 다행이야."

암고양이의 눈이 슬픔으로 흐릿해졌다.

"다시는 아이들을 잃어버리지 않을게. 네 새끼들은 항상 여기서 안전할 거라고 약속해."

윈드러너는 코를 쭉 뻗어 그레이윙의 머리에 갖다 댔다.

"잘 가, 내 오랜 친구."

실버스트라이프가 어리둥절한 표정을 지었다.

"윈드러너가 왜 슬퍼하는 거예요?"

그레이윙은 목이 멨다.

"힘든 하루였거든, 그래서 그래."

윈드러너와 잠시 눈을 맞췄다. 그러다 암고양이가 돌아서자 거처를 나가는 내내 지켜보았다. 그레이윙은 블랙이어를 가까이 끌어당겼다. 윈드러너가 약속을 지킬 거라고 믿었다. 윈드러너는 용감하고 믿을 수 있는 지도자였다.

'윈드러너의 믿음을 얻은 건 정말 행운이야.'

그레이윙은 생각했다. 앞으로 어떤 일이 있든 자신의 아이들은 이 무리에서 안전할 거라고 믿었다.

윈드러너가 저녁 빛 속으로 사라지자 썬더가 거처 안으로 머리를 들이밀었다.

"들어가도 돼요?"

그레이윙은 눈을 깜박이며 썬더를 바라보았다.

"그럼."

그레이윙은 거친 목소리로 대답했다.

"페블하트랑 재기드피크랑 클리어스카이도 오라고 해."

자신에게 정말 소중한 이들의 얼굴을 꼭 보고 싶었다.

재기드피크가 가장 먼저 들어왔다. 그레이윙은 겁 없고 무모해서 자신을 여기까지 오게 만든 동생을 다정하게 바라보았다. 진지해 보이는 저 파란 눈 속에 아직도 불꽃 같은 열정이 남아 있을까? 그레이윙은 흐린 빛 속에서 동생의 눈을 찬찬히 살펴보았지만 그 안에는 슬픔만 가득했다.

뒤따라 들어온 페블하트를 보자 마음이 따뜻해져서 가르랑거리는 소리를 내려고 애썼다. 스패로퍼와 아울아이스도 함께 있다면 얼마나 좋을까! 그들도 블랙이어를 구하는 데 도움을 줬다. 터틀테일도 분명 이 아이들을 자랑스러워할 것이다. 스패로퍼와 아울아이스는 몇 달 사이에 까불거리던 새끼 고양이에서 용감하고 믿을 수 있는 고양이로 성장했다. 하지만 페블하트는 변하지 않았다. 터틀테일의 새끼들 중 가장 얌전했던 이 아이는 항상 진지했지만 그 진지함 속에는 언제나 친절한 마음과 지혜가 담겨 있었다.

"저길 보렴."

그레이윙은 자신의 품에 안긴 블랙이어에게 속삭였다.

꼼지락대던 블랙이어가 움직임을 멈추고 아빠의 눈길을 따라 고개를 돌렸다.

"왜요? 페블하트잖아요."

"페블하트는 내가 아는 가장 다정한 고양이란다."

그레이윙은 어린 아들에게 속삭였다.

"언제든 문제가 생기면 페블하트를 찾아가렴. 어떻게 해야 하는지 항상 잘 알고 있을 거야."

썬더가 거처로 들어왔다. 크고 하얀 앞발이 희미한 빛 속에서 환하게 빛났다. 그레이윙은 자랑스러운 눈으로 썬더를 바라보았다. 성질 급하던 어린 수고양이는 어느새 강력한 지도자로 성장했다. 썬더를 따르는 고양이들은 모두 그를 우러러보았다. 그레이윙은 썬더의 진영 동료들이 썬더를 바라보는 시선에서 존경심과 따뜻함을 엿볼 수 있었다.

화이트테일이 잠자리 옆쪽에 발을 올리고 숲 고양이를 바라보았다.

"왜 다들 아빠를 찾아오는 거예요?"

'마지막 인사를 하러 온 거란다.'

그레이윙은 어린 아들의 머리를 핥아 주었다.

"블랙이어가 괜찮은지 보러 온 거야."

"그런데 왜 하필 저들이 온 건데요?"

화이트테일이 아빠에게 몸을 꼭 기댔다.

"저들이 아빠의 혈육이에요?"

"그래."

그레이윙은 다정하게 대답했다.

화이트테일이 얼굴을 찡그렸다.

"그러면 왜 우리랑 같은 무리에 안 살아요?"

"저들은 저들만의 무리가 따로 있으니까."

'무리……'

문득 이 말은 자신이 진영 동료들을 얼마나 가깝게 느끼는지 충분히 설명해 주지 못한다는 생각이 들었다. 윈드러너, 고스퍼, 슬레이트, 스위프트미노, 리드테일, 스파티드퍼……. 그레이윙은 갑자기 그들이 혈육만큼 가깝게 느껴진다는 것을 깨달았다. 무리보다 더 큰 의미를 지닌 말을 찾기 위해 생각이 빨라졌다. 자신과 함께 사냥하고 싸우는 고양이들에게 느끼는 유대감을 표현할 수 있는 말이 필요했다.

"저들에게는 저들만의 '종족'이 따로 있어."

갑자기 이 말이 입 밖으로 튀어나왔다.

페블하트가 눈을 깜박거렸다.

"종족!"

어린 수고양이의 눈이 만족스럽게 빛났다.

"다섯 종족이에요, 타오르는 별의 다섯 꽃잎처럼요."

블랙이어가 귀를 쫑긋 세웠다.

"우리 종족 이름은 뭐예요?"

그레이윙은 잠시 생각에 잠겼다. 그들이 어디서 왔고, 어떻게 살아왔는지를 보여 주려면 어떤 이름이 좋을까? 높고 넓은 황무지와 털 사이로 쉴 새 없이 불어오는 바람을 떠올렸다.

"우리는 바람족이야."

그레이윙은 마침내 작은 소리로 말했다.

실버스트라이프가 그레이윙의 옆구리로 기어 올라왔다.

"그럼 썬더의 무리는 천둥족이라고 해요."

화이트테일도 누이 옆으로 팔짝 뛰어올랐다.

"톨섀도의 종족은 그림자족이야!"

블랙이어가 꼼지락거리며 그레이윙의 품에서 빠져나왔다.

"그러면 리버리플의 무리는 강족이라고 하자!"

슬레이트가 그레이윙 옆으로 미끄러져 들어와 옆구리를 맞댔다. 암고양이의 따뜻한 체온이 털 사이로 흘러들어 뼛속까지 전해졌다.

"그럼 클리어스카이의 무리는 뭐라고 부를까?"

화이트테일이 물었다.

그레이윙은 클리어스카이를 바라보았다. 형제의 털은 지저분하게 엉겨 붙어 있었다. 뺨은 퉁퉁 부어 있었고 눈은 고통으로 멍해보였다. 하지만 산에서 같은 잠자리에서 잠들며 함께 동굴을 탐험하던 새끼 고양이 시절의 단호한 눈빛은 여전히 남아 있었다. 폭포 너머로 난생처음 눈을 구경하자며 클리어스카이가 꼬드기던 기억이 떠올랐다. 그레이윙의 삶에서 일어난 모든 일에 클리어스카이가 있었고, 그들에게 어떤 어려움이 닥치든 클리어스카이는 항상 용감하게 지평선 너머를 바라보았다.

"하늘족."

그레이윙은 작은 소리로 속삭이며, 이제 곧 보지 못할 거라는 슬픈 예감을 안은 채 형제의 눈을 바라보았다.

클리어스카이의 수염이 씰룩거렸다.

"하늘족."

클리어스카이가 중얼거렸다.

"내가 알 수 없는 특별함을 담은 이름을 지어 줬다고 믿어."

그레이윙은 형제의 눈에서 시선을 떼지 않았다.

"하늘이 언제나 널 둘러싸고 있어."

그레이윙은 부드럽게 중얼거렸다.

"그리고 매일 하늘 속을 걷고 있어. 네가 깨닫지 못할 뿐이야."

클리어스카이가 뭐라고 말하기 전에 그레이윙은 다시 말을 이었다.

"정말로 네가 내 아들을 구했어?"

썬더가 끼어들었다.

"아버지가 목숨 걸고 괴물의 발에서 블랙이어를 구해 냈어요."

"고마워."

그레이윙은 거친 목소리로 말했다.

어떤 움직임이 시선을 사로잡았다. 클리어스카이의 뒤쪽 어둠 속에서 별들이 반짝이는 것 같았다. 가시금작화 거처 벽이 움직이는가 싶더니 새로운 얼굴이 나타났다. 그레이윙은 그 얼굴을 단번에 알아볼 수 있었다.

"브라이트스트림!"

암고양이가 클리어스카이 옆에 멈춰 섰다. 발치에는 얼룩무늬와 연회색 새끼 고양이 둘이 서 있었다.

브라이트스트림은 눈을 깜박이며 그레이윙을 바라보다가, 코로 새끼들의 머리를 톡 쳤다.

"내가 죽을 때 뱃속에 품고 있던 아이들이야."

암고양이가 속삭였다.

그레이윙의 눈길이 클리어스카이에게로 휙 옮겨 갔다.

"들었어?"

"뭘?"

클리어스카이가 고개를 갸웃했다.

"브라이트스트림이 왔어! 지금 네 옆에 있다고. 네 새끼들과 함께 말이야."

"내 새끼들?"

클리어스카이는 어쩔 줄 몰라 하며 발을 꼼지락거렸다.

"지금 그 애들이 네 눈에 보여?"

"그래, 보여! 죽을 때 뱃속에 품고 있었대."

그레이윙의 마음은 기쁨으로 가득 찼다.

"아이들이…… 정말 예뻐."

브라이트스트림이 가르랑거렸다. 암고양이의 수염 사이로 별들이 반짝거렸다.

"이 아이들은 언제나 나와 함께 있을 거야."

또 다른 고양이가 거처의 짙은 어둠 속에서 걸어 나왔다.

'셰이디드모스!'

옛 지도자를 알아본 그레이윙의 마음에 기쁨이 차올랐다.

'레인스웹트플라워!'

오래전 죽은 고양이들이 살아 있는 고양이들 주위로 모여들면서, 거처 벽이 그들의 별빛 털가죽으로 반짝거렸다. 그레이윙과 클리어스카이가 한때 사랑했던 스톰도 새끼들과 함께 서 있었다. 그리고 스톤텔러는 그레이윙과 눈이 마주치자 환영한다는 듯 다정한 눈빛을 보냈다. 어머니인 콰이어트레인과 누이동생인 플러

465

터링버드도 있었다. 고개를 꾸벅 숙여 인사하는 문새도는 마지막 순간에 그를 괴롭혔던 고통의 흔적은 전혀 찾아볼 수 없이 털가죽에 윤기가 흘렀다.

'터틀테일!'

눈을 깜박이며 그레이윙을 바라보던 암고양이는 슬픔 가득한 시선을 화이트테일과 블랙이어, 실버스트라이프에게 돌렸다.

"당신이 이 아이들과 오래오래 함께하기를 바랐어, 그레이윙."

터틀테일이 속삭였다.

"하지만 당신을 그저 기억 속에 묻어 두는 게 이 아이들의 운명이야."

그레이윙은 가슴이 꽉 조이듯 아팠다. 숨이 너무 얕아서 공기가 가슴속으로 들어오지도 않는 것 같았다. 그렇지만 어둠 속에서 희미하게 빛나는 익숙한 털가죽들이 아직 눈에 보였다. 호크스웁과 잭도스크라이는 서로 꼬리를 휘감고 서 있었다. 그리고 윈드러너의 자그마한 새끼들은 터틀테일에게 바짝 붙어 있었다. 그레이윙이 알던 모든 고양이가 이곳에 있었다. 산에서 이곳까지 오는 여행 중에, 대전투 중에, 그리고 아프거나 혹은 사고로 죽은 친구들이 모두 이 자리에 와서 그레이윙이 합류하기를 기다리고 있었다.

"그레이윙?"

슬레이트의 목소리가 귓가를 간질였다.

"지금 어딜 보고 있는 거야?"

그레이윙은 떨리는 숨을 몰아쉬었다.

"그들이 나를 데리러 왔어. 그들은 죽은 게 아니야. 내가 그들과 함께 가기를 기다리고 있어."

그레이윙은 슬레이트의 뺨을 주둥이로 문질렀다.

"내가 당신을 얼마나 사랑하는지 절대 잊지 마."

그렇게 말하고 새끼들의 머리도 차례로 톡톡 쳤다.

"실버스트라이프, 용감하게 엄마를 돌봐 주렴. 화이트테일, 배울 수 있는 건 모두 배워. 그래서 언젠가 종족이 자랑스러워할 고양이가 되렴. 블랙이어, 네가 겪은 모든 고통을 용서하고, 종족 동료들에게 친절을 베풀어야 해. 우리 모두 힘든 싸움을 하고 있지만, 친절이 가장 필요할 때도 있단다."

블랙이어는 어리둥절한 얼굴로 눈을 깜박였다.

"꼭 작별 인사를 하는 것 같아요, 아빠."

"맞아."

그레이윙은 아들의 뺨을 핥아 주었다.

"안 돼요!"

블랙이어가 옆구리로 기어 올라와 어깨를 툭툭 치기 시작했다.

"가지 마세요!"

화이트테일의 울음소리는 마지막 숨이 몸에서 빠져나가며 잦아들었다. 눈에 보이지 않는 턱이 꽉 물고 있는 것처럼 답답하던 가슴도 마침내 편안해졌다.

숨을 깊이 들이마시며 그레이윙은 네발로 일어섰다. 그리고 사뿐사뿐 잠자리 밖으로 나왔다. 뒤를 돌아보니 슬레이트와 실버스트라이프, 화이트테일, 블랙이어가 이제는 그에게 필요 없는 몸뚱이에 매달려 있었다.

"항상 모두를 지켜 볼게."

그레이윙은 속삭였다.

별빛으로 빛나는 고양이들을 향해 돌아서자 그들 모두 옆으로 물러나 그레이윙이 지나갈 수 있게 길을 내주었다. 그레이윙은 거처의 어둠 속으로 걸어 들어갔다. 별빛 고양이들의 털가죽이 몸을 스치고, 가르랑거리며 환영하는 소리가 들려왔다.

그들과 함께 어둠 속으로 더 깊이 들어가자, 가시금작화 울타리가 열리면서 구불구불한 언덕 너머로 탁 트인 지평선이 나타났다. 저 멀리서 해가 떠오르며 눈부신 빛줄기가 땅 위로 쏟아졌다.

'나는 지금껏 긴 여행을 했고, 많은 사랑을 했어. 그리고 지금도 여전히 태양의 흔적을 따라 새로운 사냥터로 향하고 있어.'

〈5부 끝〉

〈6부 1권에 계속〉

전사들 5부 '종족의 탄생'
제6권 〈별들의 길〉을
도서관에 희망도서
신청해 주세요!
(사은품 증정)

전 세계가 열광한 베스트셀러 작가, 에린 헌터의 『전사들』 시리즈 제1부!

예 언 의 시 작

WARRIORS
전사들

¹ 야생으로

² 불과 얼음

³ 비밀의 숲

⁴ 폭풍 전야

⁵ 위험한 길

⁶ 짙은 어둠의 시간

거친 숲에서 자유롭게 살아가는 전사 고양이들이 있다. 그리고 안락한 삶을 버리고 야생으로 뛰어든 애완 고양이 한 마리가 있다. 그의 운명을 예견한 전사 조상들의 예언은 이루어질 것인가? 애완 고양이에서 종족 지도자가 된 파이어스타의 흥미진진한 성장기!

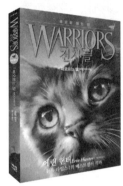
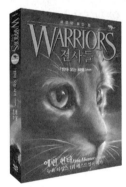

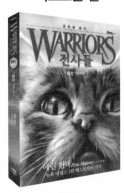

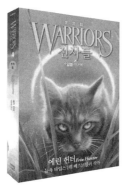

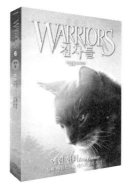

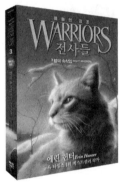

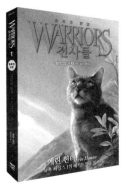

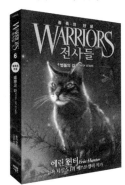

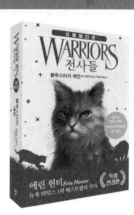

생생한 만화로 재탄생한 전사 고양이들의 이야기
『전사들』 그래픽 노블!

그 래 픽 노 블
WARRIORS
전사들

그레이스트라이프의
모험

레이븐포의 길

스커지의 탄생

타이거스타와 사샤

하늘족과
낯선 고양이

강족의 그림자

변화의 바람

『전사들』 시리즈의 숨겨진 뒷이야기가 만화적 상상력과 묘사를 더해 재탄생했다!
두발쟁이에게 잡혀간 부지도자 그레이스트라이프, 종족을 탈출한 훈련병 레이븐포, 최고의 악당
스커지, 어둠의 전사 타이거스타의 사랑, 하늘족과 솔, 페더테일과 레퍼드스타, 머드클로의 이야
기까지, 『전사들』에 열광하는 독자들의 마음을 사로잡을 이야기들이 펼쳐진다.

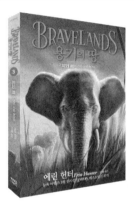
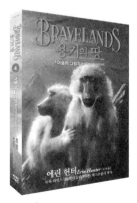
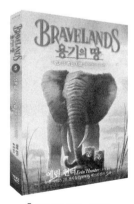

전 세계가 열광한 베스트셀러 『전사들』 작가
에린 헌터의 극한 생존 판타지!

SURVIVORS
살아남은 자들

첫 번째 이야기 | 개들이 야생을 지배하는 때가 왔다!

1 텅 빈 도시   2 숨어 있는 적   3 또 다른 시작
4 어긋난 길   5 분노의 심판   6 대결전

두 번째 이야기: 다가오는 어둠 | 적은 보이지 않는 곳에 숨어 있다!

1 분열된 무리   2 깊은 밤   3 그림자 속으로
4 붉은 달   5 고독한 개의 여정   6 최후의 전투